文春文庫

壮心の夢

火坂雅志

文藝春秋

壮心の夢　目次

壮心の夢

うずくまる

一

洛中加世ヶ図子《らくちゅうかせずし》にある津守屋の遊女、小鶴《こつる》のもとへ、ひとりの武士がたずねて来たのは、満開の桜が散った天正十三年春の終わりのことであった。

「わがあるじが、そなたをいたく気に入られてな。すでに妓楼《ぎろう》の楼主《あるじ》とも話はつけてある。ありがたく、仰せに従うように」

「あの、それは、私を身請《みう》けして下さるということでございますか」

小鶴はとまどいながら、濃い髭《ひげ》におおわれた男の表情の少ない顔を見つめた。

「さよう」

男は深々とうなずいた。

武骨で愛想はないが、一見して、見なりのよい武士である。平絹の肩衣袴《かたぎぬばかま》、刀の拵《こしら》えも蠟色鞘《ろいろざや》の上等なものとわかったのは、小鶴が武家の出だったからである。

もと近江《おうみ》国の浅井《あざい》氏に仕える土豪であった小鶴の父は、織田軍に抵抗して敗れ、故郷を追われ、流浪の果てに病死した。つづいて、母も病に倒れ、小鶴は幼い弟や妹を抱えた一家の生計《たつき》を支えるために京へ上り、苦界《くがい》に身を沈めたのである。
加世ヶ図子の津守屋へ入ったのが十七の年。それから六年の歳月が流れて、小鶴は二十三になった。
当時、京の色里では、
若紫
高砂《たかさご》
微妙《みみよう》
をはじめ、全盛をきわめる十人の太夫《たゆう》が妍《けん》を競っており、公家《くげ》や豪商たちにひいきにされていた。太夫のなかには、小鶴のように没落した武家の出だという者も多い。
しかし、たいした器量よしでもなく、客あしらいも上手《じようず》とは言えない小鶴は、太夫より一段下の端女郎《はしじよろう》のままでいた。
（ずっと端女郎のままでもいい。きらびやかな小袖《こそで》を着た太夫でも、つまるところ、遊女づとめには変わりがないのだもの……）
小鶴はみずからをなぐさめ、ただひたすら、年季が明ける日を待ち侘《わ》びていたのだった。
そこへ――。
天から降って湧いたような突然の身請け話である。
大金を積んで身請けしてくれるほど、自分に執心している馴染《なじ》みの心当たりもなかっただけに、小鶴は幸運をすなおに喜ぶというより、膝の裏あたりがムズムズするような居心地悪さを覚えた。

「あなたのあるじさまと申されますと、私を身請けして下さるのは、お武家さまなのでございましょうか」

われながら愚かなことと思いながら、小鶴は聞かずにはいられなかった。

「むろん」

男はにこりともしない。

「失礼ながら、そのお方の名は？」

「はばかりあって、いまここで明かすことはできぬ。屋敷へくれば、わかることとじゃ」

「でも、それでは……」

「不足があると申すか」

男が、鎌《かま》のようなするどい目で小鶴を睨《にら》んだ。

それきり、小鶴は相手のことをあれこれ聞き出すことができなくなり、身請け話は小鶴の意思とかかわりなく、とんとん拍子《ぽ》に進められることになった。

「きっと、どこかの物持ちがあんたに惚れたんだよ」

十日後、津守屋に運び込まれた衣裳《いしょう》や調度《ちょうど》（家具）の山を見て、仲間の女郎の千代菊が、いまにも舌なめずりしそうな顔で言った。

河内《かわち》国住吉《すみよし》の出で、肌が浅黒く、痩《や》せぎすの目もとに険《けん》のある女だが、根っからの好《す》色者《きもの》であるため、見かけによらず客の人気が高かった。

「ほれ、あの辻《つじ》が花染めの小袖の豪勢なこと……。まるで、大名の姫君のようじゃないかえ。つくづく、あんたもいい男をつかまえたものさ」

千代菊が細くしなる指で小鶴の脇腹をギュッとつねった。

その痛さに、小鶴は顎《あご》の丸い小づくりな顔をしかめながら、

「だけど、妙な話」

「妙って何がさ」

「身請けしていただくのはありがたいけれど、どこの誰かも名乗ってくれないなんて。私のお客のなかに、そんな変わり者のお武家さまがいたかしら……」

「お忍びで廓《くるわ》へ通って来てたから、おおっぴらに名乗れないんじゃないのかえ。身請けまでするのに、氏素姓《うじすじよう》を簡単に明かさないってところを見ると、相手はよほど身分のあるお方だろうねえ」

「まさか」

と、打ち消したが、千代菊の言うのは、まんざらいわれのないことでもなかった。

名のある公家や武将のなかには、わざわざ身分を隠し、遊廓《ゆうかく》通いをする者があった。そのほうが、外聞をはばからずに心ゆくまで女と痴戯にふけることが出来、よほど快楽が深いというのである。

客のなかに、そうした遊びの通人がいたとしても何の不思議はないが、にしても、小鶴にそこまで惚れ込んだ男の心当たりがないことも事実だった。

（気味が悪い……）

辛《つら》い遊女暮らしから足が洗えると思っても、小鶴の心はどこか冴《さ》えなかった。

「いいじゃないのさ、そんなに考え込まなくても。ともあれ、ひとりの男にとことん思われるってのは幸せなことさ」

衣桁《いこう》にかけられた辻が花染めの裾《すそ》をまさぐりながら、千代菊が言った。

「相手が嫌な男でも？」

「あたしたちは春を売る遊女だもの、好きも嫌いもないじゃないか。あんたが大名のご側室にでもおさまったあかつきには、あたしをお城へ呼んでおくれ。きっと、約束だよ」

「そうね……」

小鶴は一重まぶたの目を細め、かすかに笑った。

二

津守屋へ迎えがやって来たのは、それから三日後、この季節にしてはやや肌ざむい薄曇りの日であった。

迎えに来たのは先日と同じ、髭面《ひげづら》の武士である。

「もしかして、あれは唐皮才蔵《からかわさいぞう》さまじゃないかえ」

小鶴と一緒に格子戸の内側からようすをうかがっていた千代菊が、男の顔を見たとたん、おどろいたように声を上げた。

「唐皮さまって、あんた、あのお侍を知っているの」

「そりゃ、そうさ。唐皮さまといえば、十文字槍《やり》を使っては天下に並ぶ者がないといわれるほどの豪傑だよ。駿河《するが》の徳川さまが、千石で召し抱えようとなさったが、万石以上でなければ槍の穂が錆《さ》びると言って仕官を断ったそうさ。その後、どこの大名に仕えたとも聞いていないけど、あの唐皮才蔵のあるじってことは、あんたやっぱり、たいそうな玉の輿《こし》だよ……」

しんから羨《うらや》ましそうな顔をする千代菊に見送られながら、小鶴は唐皮才蔵が曳《ひ》いてきた馬の背に乗り、苦《にが》い思い出しか残らない加世ヶ図子をあとにした。

その屋敷は、京から三里、河内国と摂津国を分かつ淀《よど》川の右岸、高槻《たかつき》の里にあった。高槻は、かつて切支丹《キリシタン》大名の高山右近《たかやまうこん》が城を築いた地で、山陽道の宿駅としても賑《にぎ》わいをみせている。屋敷は、高槻の城下のはずれにあり、ゆるやかな坂道をのぼりきった高台からは、斜面に広がる青菜の畑と雑木林、その向こうの淀川の流れがはるばると見渡すことができた。

京をたつとき、どんよりと曇っていた空は、いつしか晴れ渡り、紅をしぼったような夕焼けが、かなたにつらなる生駒《いこま》の山並みを美しく染め上げている。

「馬を下りよ」

屋敷の門前で、それまで無言を通していた唐皮才蔵がはじめて口をひらいた。

「ここが、今日から私の暮らすお屋敷……」

「そういうことになる」

唐皮の助けを借りて、小鶴は地面に下り立った。

豪壮な大名の居館というより、山荘めいた瀟洒《しょうしゃ》な風情をただよわせる屋敷である。まわりは小柴垣《こしばがき》でぐるりと囲われ、垣根ごしに枝ぶりのいい以呂波楓《いろはかえで》がみずみずしい青葉を茂らせていた。

「殿がお待ちかねじゃ。入るがよい」

唐皮才蔵に導かれ、小鶴は門をくぐって屋敷に足を踏み入れた。

木立の向こうから水の流れる音がする。

裏山から流れを引いて、庭に泉水をめぐらしているのであろう。庭木一本一本の植え方、石灯籠《いしどうろう》の置き方ひとつにも独特のおもむきがあり、庭を造らせた者の趣味のよさが感じられた。

(もしや、この家のあるじは茶をたしなまれるのかしら……)

と、小鶴が思ったのは、庭の茂みの陰に茶室らしい柿葺《こけらぶ》きの小さな屋根が見えたからである。

「あれはお茶室でございましょうか」

小鶴が声をかけると、唐皮はちらりと茂みのほうに視線を投げ、

「そうじゃ。筆庵《ひつあん》と申して、わが殿がお建てになられたものじゃ。折々、茶会が開かれ、茶友がおみえになる。そなた、茶の心得はあるか」

「幼いころ、父が茶を点《た》てるのを見たおぼえはございますが」

「いずれ、わが殿がおんみずからご指南されることがあるやもしれぬ。この家に仕えるからには、そなたも茶とは無縁ではいられまいて」

「それでは、私がお仕えする方は茶人……」

「うむ」

苔《こけ》むした路地を抜け、小鶴は敷地のもっとも奥まったところにある数寄屋《すきや》造りの母家《おもや》へ案内された。

暗い玄関の式台に能面のような顔をした老女が待ち受けており、小鶴の姿をみとめて、

「よくぞお出でなされました」

と、床に三つ指をついて頭を下げた。

唐皮才蔵と同様、この老女も表情がうすい。どこかに人間の感情を置き忘れてきたのではないかと思うほどである。

唐皮が立ち去ると、老女は小鶴のつま先から頭のてっぺんまで、値踏みするようにしげしげと見つめた。

「そのような濃い化粧《けわい》は、どうくんさまのお好みではない。すぐに洗い流してもらわねば」

「どうくんさま……」

小鶴は、その名を口のなかで繰り返した。

「それが私を身請けしてくださった方のお名前でございますか」

「そなた、何も聞かされてはおらなんだのか」

老女が意外そうな顔をした。

「また、どうくんさまのいつもの悪い癖であろう。いいお年をなされて、あのお方はいつまでも悪ふざけがお好きじゃ」

「その、どうくんさまと申されますのは？」

小鶴の問いに、老女は唇の端に侮蔑《ぶべつ》するような薄笑いを浮かべ、

「荒木道薫《あらきどうくん》さまじゃ。もと摂津有岡《ありおか》三十八万石のご城主であられ、いまは剃髪《ていはつ》して羽柴《はしば》(豊臣）秀吉さまの御伽衆《おとぎしゅう》をつとめておいでになる。世にあったときのお名を荒木村重《むらしげ》と申せば、そなたも存じておろう」

「荒木村重……」

小鶴は、あっと驚いた。

摂津有岡城主荒木村重といえば、畿内近国に住む者でその名を知らぬ者はない。摂津の小土豪として生まれながら、摂津一国を切り取り、三十八万石の領主となった叩《たた》き上げの戦国大名である。

天下の諸大名にさきがけて上洛を果たした織田信長に従い、いっときは織田軍の一翼をになっていたが、天正六年、突如として信長に叛旗《はんき》をひるがえし、有岡城で十カ月にもおよぶ籠城戦をおこなったことは、小鶴も頭のすみでかすかに記憶している。

(あれは私が廓に入るより少し前、そう、七年も前のことだったかしら……)

当時、信長が麾下《きか》の羽柴秀吉に命じておこなっていた中国の毛利攻めは、織田軍にとって不利な状況にあり、一方で信長は、畿内の石山本願寺攻略にも手を焼いていた。荒木村重は、その虚を突くように毛利氏、本願寺と手を結び、信長に牙《きば》を剥《む》いたのである。

しかし——。

長期の籠城戦ののち、有岡城は落ちた。将兵一体となって戦い抜いたすえの落城では

ない。城主の荒木村重が愛用の茶壺《ちゃつぼ》と小鼓《こつづみ》を抱え、一族家臣を見捨てて城を抜け出してしまったのだ。あるじを失った有岡城はほどなく落ち、城内に残された村重の肉親、将兵たちは、織田軍の手によってことごとく惨殺された。

――荒木村重は、卑怯《ひきょう》者よ。城より茶道具、小鼓が惜しいか。

世間の者は、村重を罵《のの》り笑った。

小鶴のなかに、荒木村重という武将の名が記憶されていたのは、そのときの世間の痛《つう》罵《ば》が激しかったせいかもしれない。

（その荒木村重が、生き長らえて、大坂城の秀吉さまの御伽衆になっていたのか……）

小鶴は知らぬことだが、荒木村重はおのが城を落ちのびたあと、息子が在城する尼崎城へ逃れ、さらに各地を転々としたあげく、備後《びんご》国尾道《おのみち》に逃亡し、毛利氏にかくまわれた。

それから二年後、織田信長が本能寺の変に斃《たお》れると、村重はふたたび畿内へ舞いもどり、信長の覇業を継いだ羽柴秀吉のもとに御伽衆として出仕するようになった。

――御伽衆
とは、話術、学識、茶道などをもって、戦国武将に仕える話相手のことである。

四国平定を目の前にした秀吉には、このころ二、三百人の御伽衆がいた。なかでも、もっとも秀吉の寵遇《ちょうぐう》を得た十人あまりの者たちは、御咄衆《おはなしのしゅう》と呼ばれ、つねに秀吉のそば近くに仕え、さまざまな知識を与えた。

御咄衆の顔ぶれは、当代一流の文化人ばかりである。

信長の弟で、茶人として名高い織田有楽《うらく》。同じく茶人の古田織部《おりべ》。禅僧で秀吉の右筆《ゆうひつ》もつとめていた西笑承兌《せいしょうじょうたい》、ならびに大村由己《ゆうこ》。連歌師の里村紹巴《じょうは》。太鼓の名手、樋口石見《ひぐちいわみ》。そして、出家して名乗りを道薫とあらためた荒木村重も、茶道などの教養をもって秀吉に重用されるようになった。

有岡落城のとき、世間の嘲笑《ちょうしょう》を受けながら抱えて逃げた茶道具と小鼓が、あとになって村重の身を助けたわけである。

むろん小鶴は、荒木村重あらため道薫の、そうした事情まで知るよしもない。

(どうして私が見込まれたのだろう……)

これからのことを思うと、小鶴は胸の奥に暗い潮《うしお》のような不安が込み上げてくるのを押さえることができなかった。

三

小鶴はその日、ついに荒木道薫と対面することはなかった。

大坂城で急な用事ができ、当の道薫自身が高槻の山荘に来ることができなくなったのである。

小鶴は拍子抜けすると同時に、とりあえず、ほっと胸を撫《な》で下ろした。

留守居役をつとめる老女の話では、道薫はほとんどを大坂城で過ごし、この高槻の屋敷へは、ときおり息抜きにやって来るだけらしい。御咄衆はつねに秀吉の側近くに詰め、あるじの機嫌をうかがっていなければならないため、気楽そうに見えて、なかなか気の抜けぬ仕事であるという。

屋敷には、お須磨《すま》と名乗る老女のほか、ほんの数えるほどしか人がいなかった。昼間でも閑寂とした屋敷だが、夜ともなれば邸内は死に絶えたように静まり返り、遊里の喧《けん》噪《そう》に慣れた小鶴はなかなか寝つかれなかった。

一夜が明け、小鶴はお須磨に唐皮才蔵のことをきいてみた。

「唐皮どのは、大坂屋敷のほうに詰めておいでじゃ。用のあるときよりほかは、こちらにはお出でにならぬ」

「では、大坂屋敷のほうに、道薫さまの奥方さまをはじめ、お身内の方々がおられるのでございますか」

「道薫さまには、もはや奥方さまはおられぬ」

何がおかしいのか、老女のお須磨は鉄漿《かね》で染めた真っ黒な歯をのぞかせ、唇のはしを吊《つ》り上げてうっすらと笑った。

「道薫さまの奥方、だしさまは、有岡落城のときにお亡くなりになられた。道薫さまは世間で今楊貴妃《いまようきひ》と呼ばれた美しいだしさまを、掌中の珠《たま》のようにいつくしんでおられた。それゆえ、だしさまを失われたあとも、新しい奥方をお迎えになるどころか、ほかのおなごをひとりたりともお側に近づけようとはなさらなんだのじゃ」

「さようでございましたか……」

お須磨の話を聞いて、小鶴はますますわけがわからなくなった。

今楊貴妃と呼ばれた美貌《びぼう》の妻を熱愛していたはずの道薫が、どういうわけで自分のような何の取り柄もない遊女を身請けしたのか。女を近づけなくなったはずの道薫が、なぜいまさら、高槻の別邸に小鶴を囲う気になったのか――。

「あの方の気まぐれじゃ」

お須磨は冷たく言い捨てた。

「わらわはだしさまのお輿入れについて、荒木家にお仕えするようになってこの方、道薫さまを身近で見てまいったゆえ、あの方のご気性はよう存じておる」

「それでは、お須磨どのは有岡落城のときも、お城におられたのですか」

「いや」

老女は皺《しわ》ばんだ首を無念そうに振り、

「わらわは病《やまい》のために里へもどっていて、だしさまのお側にいることがかなわなんだ。もしお城におれば、むざむざと生き長らえることなく、だしさまの死出の旅路のお供ができたものを……」

「………」

小鶴はこのときはじめて、能面のような老女の顔に、感情の炎が揺らめくのを見たような気がした。

荒木道薫は、それから三日たっても高槻の屋敷に姿をあらわさなかった。

小鶴は広い部屋のなかで、所在なく時を過ごした。あるじの道薫の言いつけで、朝夕の食事は、女ひとりでは食べ切れないほどの豪勢な膳《ぜん》が運ばれてくる。

食べては眠り、眠っては食べ、小鶴は京にいたころよりやや太った。

（どんなお方なのだろう……）

退屈な暮らしのなかで、小鶴は自分のあるじとなる道薫のことにあれこれと思いをめぐらせた。

お須磨によれば、道薫は二十以上も年下の奥方を、何ものにも代えがたく熱愛していたというが、

（ほんとうにそうだろうか……）

と、小鶴は思う。

心の底から奥方を愛していたなら、籠城戦のとき、大事な女《ひと》を残して自分だけ城を抜け出すようなまねはするはずがない。道薫が一族家臣を見捨てて逃亡したために有岡城は落城し、まだ二十一歳の若さだったという奥方も織田軍に捕らえられて、京都市中引き廻しのすえ、六条河原で斬首《ざんしゅ》に処せられた。

道薫は奥方と生死をともにするよりも、自分ひとりが助かる道を選んだのだ。

（心の冷たい男なのかもしれない）

小鶴が頭に思い描く荒木道薫の貌《かお》は、おのれが生きるためなら愛する者を犠牲にすることすら厭《いと》わない、冷酷で残忍無比な戦国武将のそれだった。

（そんなお方に、お仕えできるのかしら）

小鶴は、朝露にしっとりと濡《ぬ》れた庭のツユクサに目をやり、ほうっと重いため息をついた。

いかにも茶人の好みらしい、庭石、灯籠、遣水《やりみず》、滝、草木のひとつひとつにいたるま

で、たくみに計算されつくした庭である。小鶴には作庭のわざの奥深さなどわからないが、それでも縁側にすわって庭を眺めていると、なぜか心がしんと澄みわたってくる。涼しいせせらぎの音にさそわれ、小鶴は草履《ぞうり》をはいて庭へ下りた。庭は一面、やわらかく苔むしていて、草履ごと足が吸い込まれそうになる。

庭をそぞろ歩いているうちに、小鶴はふと、唐皮才蔵が言っていた、

——筆庵
という茶室のことを思い出した。

(たしか、あの路地の奥にあったはず……)

路地の飛石をたどりながら、小鶴の足はしぜんに茶室へと向かっていた。

筆庵は、古池のほとりにあった。

茶室の外観は、柿葺《こけらぶ》きの切妻造り。軒深く、庇《ひさし》が架してある。壁は赤みを帯びた土壁で、正面に下地《したじ》窓と格子をはめ込んだ連《れん》子《じ》窓が切ってあり、朝の木洩《こも》れ陽《び》を受けて窓の障子がしらじらと光っていた。

建物を眺め、小鶴がもと来たほうへ引き返そうとしたとき、茶室のほうから物音が聞こえた。

湯のたぎる音である。

(誰かいるのかしら)

小鶴は好奇心をそそられた。

何者かが茶室で茶釜《ちゃがま》にお湯を沸かし、茶を点てようとしているらしい。湯のたぎる音

とともに、かすかな人の気配が感じられた。

足音を忍ばせつつ、小鶴は茶室に近づいてみた。下地窓の下に、人が出入りするにじり口がある。

そのにじり口の板戸を、そっと横に引き開けると、白い湯気を上げる茶釜のかたわらに、ひとりの男がすわっているのが見えた。

年は五十過ぎだろう。

肩幅の広い、がっちりとした体格の男である。涼しげな白茶の麻の小袖に黒い絽《ろ》の胴服をまとい、頭をきれいに剃《そ》り上げている。

が、ただの僧侶《そうりよ》にしては、茶釜に向き合う横顔がするどすぎた。

(岩山に棲《す》む鷲《わし》のような……)

と言えば、当たっているだろうか。

鼻梁《びりよう》がひいで、頬骨《ほおぼね》が高く、落ち窪《くぼ》んだ眼窩《がんか》の底のぐりぐりと大きな目が印象的だった。

そのとき不意に、

「誰じゃ」

男がこちらを振り向いた。

思いがけず男と目が合い、小鶴は狼狽《ろうばい》した。いまさら戸を閉めて逃げ出すわけにもいかず、やむなく、

「申しわけございませぬ」

深々と頭を下げた。

「そなた、小鶴じゃな」

「はい……」

「朝茶をふるまって進ぜよう。これへ、参るがよい」

男の声には有無《うむ》を言わせぬ強い響きがあり、小鶴は声に引きずられるように、にじり口から茶室に入った。

床《とこ》の間《ま》の竹籠《たけかご》の花入に、露を浮かべた京鹿子《きようがのこ》の花、掛け軸は唐《から》風の山水画がかけてある。

小鶴がおずおずと畳に腰を下ろしたのを見て、男は姥口《うばぐち》の茶釜から柄杓《ひしやく》で湯をすくい、しずかに茶碗へそそいだ。

「朝の茶はよい。心気爽涼《そうりよう》とした気分になる」

茶筅《ちやせん》で茶を点てる手さばきに、生気が満ち満ちている。男は茶碗を袱紗《ふくさ》にのせ、小鶴の膝元に差し出した。

「不調法者《ぶちようほうもの》ゆえ、作法をよく存じませぬが」

「決まりごとなど、どうでもよいわさ。好きなように飲め」

言われて、小鶴は茶碗を抱くように手に取った。

異様な茶碗である。唐渡りの井戸《いど》茶碗なのだろうが、表面に瘤《こぶ》のような突起がいくつも盛り上がり、じつに奇ッ怪な姿をしている。

小鶴はこわごわ茶碗のふちに唇をつけ、ひとくち茶を飲んだ。

「どうだ、うまいか」

男の大きな目が、小鶴をのぞき込んだ。

茶はうまいと言うより舌に苦かった。が、小鶴は小さくうなずき、あとは一息に飲み干した。

「おお、見事な飲みっぷりじゃ。もう一服、どうだ」

「いえ、もう……」

小鶴は縁を指でぬぐって、茶碗を男のほうにもどした。

「道薫さま、でございますか」

聞かずともわかっていたが、念のために確かめてみた。

「いかにも、わしが荒木道薫。そなたを身請けした男じゃ」

男の口もとに、傲岸不遜《ごうがんふそん》な笑みが刻まれた。

とっさに何を言えばいいのか、何からたずねればいいのか、小鶴はわからなくなった。

とっさに口をついて出たのは、

「道薫さまは、私のような女のどこがお気に召されたのでございます」

という言葉だった。

道薫は、井戸茶碗を手もとに引き寄せながら、

「この茶碗のごとく、そなたがいびつであるところかな」

かるく笑った。

「私がいびつ……」

「さよう。そなたは体に似合わず、尻《しり》がでかい。四条河原で女曲舞《くせまい》を見物しているそな

たの後ろ姿を見かけ、その尻に惚れた」

「尻でございますか」

小鶴は思わず、摺箔《すりはく》の小袖につつまれた自分の体に視線を落とした。

たしかに、尻は大きい。胸も鳩胸《はとむね》で恥ずかしいほどである。遊廓に通ってくる客のひとりに、おまえの尻は石臼《いしうす》のようにどっしりしておる、と言われたこともある。

（いやだ……）

小鶴は小袖の裾を直し、頬を赤らめた。

「いびつなるものは、それがいびつであればあるだけ、見る者の心に深く食い込み、異形《いぎょう》の輝きを放つ。この松《まつ》ヶ根《ね》の茶碗もそうなら、そなたの尻もそうじゃ。わしの目利《めきき》に狂いはない」

四

荒木道薫がいびつなものに魅《ひ》かれるのは、どうやら茶碗だけではないらしい。
ともに暮らすうちにわかってきたことだが、道薫が秘蔵し、自慢にしている茶壺もまた、いっぷう変わった奇妙な壺であった。
——兵庫《ひょうご》の壺
と呼ばれるその壺は、道薫がまだ有岡城主であった十年あまり前、兵庫湊《みなと》の市で掘り出してきたものという。表面に、瘤が二十あまりも突き出た異形の茶壺で、のちに銭千五百貫文で秀吉の手に渡り、さらに尾張清洲《きよす》城主である織田信雄《のぶかつ》の手に渡る。

「いまはいびつに見えても、見慣れるうちに、やがてこれを美しいと思うようになる。端正なものにのみ美があるのではない。むしろ、ゆがんだもの、いびつなものにこそ、奥の深い真の美がある」

　というのが、道薫の口癖であった。

だが、小鶴には道薫の言うことが理解できない。と同時に、たまに高槻の山荘にやって来ては、茶人らしからぬ荒々しさで小鶴の体に肉を埋めてゆく道薫という男も理解できなかった。

　夏が終わり、庭の木々が黄や赤に燃え立ちはじめたころ、小鶴のもとに不意の来客があった。

「よく来てくれたわねえ、千代菊」

「お屋敷に呼んでおくれって、約束したじゃないか」

　小鶴の手を取り、蓮《はす》っ葉《ぱ》な声で言ったのは、津守屋で遊女仲間だった千代菊である。

「あたしもあんたが出て行ってすぐ、清水坂《きよみず》の飴《あめ》屋のだんなに身請けされたんだよ。助兵衛なじじいだけど、商売熱心でね。あたしもいまじゃ、商家のお内儀さ」

「よかったこと」

　仲間の幸せを、小鶴は我がことのように喜んだ。

「よかったといえば、あんたのほうがずっと運がいいよ。こんな立派なお屋敷で、人にかしずかれながら暮らしてるなんて、羨ましいかぎりだよ」

「そうかしら……」

「そうさ」

と、千代菊は、物憂げに庭の紅葉に目をやる小鶴の膝をたたき、

「大名のご側室だったら何かと気苦労も多いだろうけど、相手は天下さまの御咄衆というじゃないか。北ノ方もいないそうだし、お世継ぎでも生めば、あんたの行くすえは万々歳さ。それとも何かえ、荒木道薫さまというのは、よっぽど嫌な男……」

ちょうどそのとき、障子に影が射したため、千代菊は口をつぐんだ。

老女のお須磨が茶と菓子を運んできたのである。茶は薄茶《うすちゃ》、菓子は近ごろ京ではやりの味噌松風《みそまつかぜ》だった。

お須磨は二人の前に茶菓を差し出すと、何も言わずに立ち去っていった。

「ちょっと、何さ。あの女、いまにも嚙《か》みつきそうな目であんたを睨《にら》んでいったよ」

「お須磨どのね」

小鶴は眉《まゆ》をひそめた。

「あのひとは、道薫さまの亡くなられた奥方、だしさまにお仕えしていたものだから、道薫さまがいまごろになって、私をお屋敷に引き入れたのが気に入らないようなの。いつだって、閨《ねや》の声がはしたなすぎると、ひどく叱《しか》られるのよ」

「へえ」

千代菊は意味ありげに笑い、茶菓子の味噌松風をくしゃくしゃと食べた。

「道薫さまっていうのは、あっちのほうがだいぶお強いのかえ。そういえば、あんた、腰のあたりに何ともいえぬ色気が滲《にじ》み出してきたようだけど」

「え……」

千代菊の無遠慮な視線に、小鶴は思わず頬を赤らめた。

じつを言えば――。

道薫との閨事は、遊女づとめをしていた小鶴でさえ、思い出すと頬が赤らむほど淫靡《いんび》であった。

それも、ふつうの閨事ではない。道薫は山荘へやって来ると、真っ先に小鶴と風呂場で交わりを持つのである。

風呂とは言っても、当時の風呂は現在《いま》の風呂とちがい、湯を沸かして蒸気で体を蒸らす蒸し風呂であった。

蒸し風呂の簀《す》の子《こ》の上にすわり、しばらく湯気にあたっていると、顔から、首すじから、胸の谷間から、ふつふつと汗が湧き出し、やがてそれが滝のように流れてとまらなくなる。

白い湯帷子《ゆかたびら》を着た小鶴の体を、汗がしとどに濡らしたころ、

「こっちへ来て、臥《ふ》すのだ」

褌《ふんどし》ひとつになった道薫が、自分の前に、腹ばいになって横たわるように命ずる。

床の上には、薬草の石菖《せきしょう》とドクダミの葉が敷いてあり、湯気とともにあおくさい匂《にお》いが立ちのぼってくる。

小鶴が湯帷子を脱いで裸の体を横たえると、道薫は待ちかねたように上におおいかぶさり、汗まみれになった小鶴の肌に唇を這《は》わせはじめる。舌の先で小鶴の背中を、豊か

すぎる尻を執拗《しつよう》になめ、さらに太股《ふともも》のあいだに指を伸ばしてくる。

かほどの快楽を、小鶴はいままでに経験したことがなかった。

むせるような薬草の匂いにつつまれていると、いつしか小鶴の頭は霞《かすみ》がかかったようになり、極楽引接《いんじょう》の五彩の雲が湧いてくるのが見える。

体の底のほうから突き上げてくる愉悦に溺《おぼ》れ、

(なんて淫《みだ》らな……)

われながら恥ずかしくなるような声を上げた。

風呂での交わりが終わると、小鶴は抜け殻のようになってしまうのがつねであった。

一方の道薫のほうはと言えば、ついさきほどまでの激しい淫事など忘れたかのように、茶室に籠《こ》もり、ひとりしずかに茶を点てるのである。

(不思議なお方だ)

体を交えれば交えるほど、小鶴は道薫という男の正体がつかみがたくなっていた。

聞けば道薫は、秀吉茶頭《さどう》の千利休《せんのりきゅう》、津田宗及《そうぎゅう》、今井宗久《そうきゅう》らと並び、いまや天下で五本の指にはいるほどの高名な茶人なのだという。道薫の開く茶会には、名のある公卿《くぎょう》、大名がこぞって集まり、侘び茶を楽しむと聞いている。

摂津の一土豪から力ひとつで成り上がった戦国武将の貌と、数寄者《すきしゃ》としての茶人の貌が、どこでどう結びつくというのか。

不思議といえば、道薫は、大坂屋敷のほうに唐皮才蔵のごとき剛勇の士を集め、それぞれに分不相応な大禄《たいろく》を与えているらしい。

（何を考えておいでなのだろう……）

小鶴は、道薫の考えていることが知りたくなった。知れば、道薫が自分に何を求めているのかわかるはずだ。

「あのお方のことを、もっと知りたい」

「知っているじゃないの、それこそ男の体のすみずみまで」

千代菊が卑猥《ひわい》に唇をゆがめた。

「私が知りたいのは体じゃないのよ。心の奥を知りたいの」

小鶴が言うと、

「あんた、惚れたね」

千代菊の目が揶揄《やゆ》するように底光りした。

五

荒木道薫と小鶴の交わりは、日を追うごとに奇矯《ききょう》さを増していった。

秋も深まるころになると、道薫は風呂場での交わりに飽きたのか、深夜、満天の星空の下での情交を小鶴に強《し》いるようになった。

「人に見られまする」

嫌がる小鶴を、道薫は庭に連れ出し、全裸にさせて、やわらかな苔のしとねの上に横たえた。

月明かりに照らされ、小鶴の肌は輝くようである。

「よい尻じゃ」

と、道薫はここでも、小鶴の豊満な尻を、気に入りの茶道具でも手入れするように念入りに愛撫《あいぶ》した。

「わしはな、小鶴」

小鶴の尻を撫でまわしながら、道薫は耳もとに語りかけるように、

「有岡城で、一度死んだはずの男じゃ。それが、いま生きてここにおる。人はわしを、妻や家臣どもを見殺しにした卑怯者と言うが、それはちがう。城は、わしがおってもおらぬでも、早晩、落ちたであろう。摂津有岡三十八万石の大名としての荒木村重は、あのとき、城とともに滅んだ。いま、そなたとこうして睦《むつ》み合うているわしは、わしであってわしでない」

「道薫さま……」

道薫の指先はすでに小鶴の尻を割り、秘肉に忍び入っていた。

「一度死んだ男ゆえ、いまのわしは人の命のいとなみが愛《いと》おしゅうてならぬ。そなたの豊かな尻、そして豊饒《ほうじょう》な茂みの奥からこんこんと湧き出る泉に触れていると、わしはおのれが生きてここにある喜びを、体で感じることができるのじゃ」

「…………」

「この匂い……」

道薫は小鶴のそこから手を離すと、女の蜜《みつ》で濡れた指先を、おのが鼻に近づけた。

「なんと、かぐわしき香りぞ。むかし安土《あづち》城の信長の茶会で嗅《か》いだ、蘭奢待《らんじゃたい》の香りに似

ておる」
「嫌……」
小鶴は裸の尻をくねらせた。
その尻を道薫は、ふたたび手を伸ばして抱え込み、
「人の命とは、はかないものよ。わしが蛇蝎《だかつ》のごとく憎み、やつの行くすえを見届ける
までは死んでも死にきれぬとまで思い込んだ信長は、三年前に本能寺で斃《たお》れた。やつは
地獄の炎に焼かれて灰となったが、わしは生きてここにある。とすればわしは、やつに
勝ったことになる」
道薫の言葉はすでに、小鶴に語りかけられるものではなかった。
道薫はおのれ自身に向かい、いや、おのれの心の奥底にひそむ何者かに向かって、言
葉を投げつけているようである。
「いや、ちがう。わしが欲しておったのは、これではない。わしが欲しいのは……」
小鶴は、背後から重くのしかかる道薫の責めに耐えながら、喉の奥から低く絞り出す
男の声を遠いもののように聞いた。
高槻の山荘にある筆庵で、ごく内輪の茶会が開かれたのは、年も明けた天正十四年、
正月のことだった。
客はただひとり。
道薫の茶の師匠筋にあたる、千利休であった。むろん、亭主をつとめるのは荒木道薫
自身である。

一対一の茶事は、一客一亭と呼ばれ、よほど老巧な茶人でなければ、おこなうのが難しいとされる。

茶事にあたって、道薫はまず料理を出した。

「ばい貝旨煮《うまに》」

「蕪《かぶら》蒸し」

「鶴の汁」

「鯛《たい》の浜焼き」

いずれも季節のものである。

菓子はむき栗《ぐり》、金柑《きんかん》、金飩《きんとん》。

食事ののち、濃茶と薄茶が供されたが、そのとき使われた茶釜は姥口の平釜、茶碗は大高麗《おおごうらい》であった。

床の間には、秘蔵の定家卿《ていかきよう》和歌色紙が飾られ、その下に長盆がすえられて、一枝の白梅を活けた花入がのっている。

道薫が、

――うずくまる
と呼んで愛用している、どっしりと腰のすわった古備前の片口花入である。姿が、ちょうど人がうずくまっているように見えることから、その名がつけられた。

「さきごろ、関白殿下（秀吉）は内裏にご自慢の黄金の茶室を持ち込み、茶会をお開きになられた。公卿たちは一様に目を剝いておりましたが、あれはあまり、みばのよい茶会ではございませなんだな」

　茶を点てながら、道薫がつぶやくように言った。

　利休は何も言わず、下地窓の障子にうつる笹《ささ》の葉の影に目をやっている。

　道薫はなおも、言葉をつづけ、

「尾張の百姓の小倅《こせがれ》であった男が、いまや宮中で茶会をおこない、天下人にならんとしており申す。つくづく、世の中には理に合わぬことどもが多うござる。利休どのも、そうは思われませぬか」

「道薫、そなた……」

「どうぞ」

　と、道薫が差し出す茶を、今年六十四歳になる利休は、あざやかな手並みで喫した。端正な眉に肉厚な目、やや顎の張った、いかにも意志の強そうな面構《つらがま》えをしている。

「茶に、険がある」

「は……」

「そなたの心の険が、茶にあらわれていると申したのじゃ。わしが今日たずねてまいったのは、ほかでもない。このところ、よからぬ噂《うわさ》を立てられているそなたの真意をたしかめるため」

「よからぬ噂とは、何でございましょうか」

　とぼける道薫を、利休は底光りのする目で見すえ、

「わしが知らぬと思ってか。そなた、関東の北条《ほうじょう》氏や、みちのくの伊達政宗《だてまさむね》のもとにし

きりに使いを送り、よしみを通じているそうではないか。来るべき時にそなえ、屋敷に剛勇の者どもを集めているとも聞いている。万一、そのことが関白殿下のお耳に達すれば、ただではすむまいぞ」

「謀叛《むほん》の疑いあり——と、切腹を申しつけられまするか」

「まさか、関白殿下に対し、本気で謀叛を企《たくら》んでいるわけではあるまいの」

利休の問いに、道薫はぶ厚い唇の端をゆがめ、声もなく笑った。

「もし、そなたが何ごとか企んでおるなら、いますぐやめよ。一度死んだ命を、関白殿下のお陰で救われたのではないか」

諭《さと》すように、利休が言った。

「そなたのなかに、殿下への恨み心はないはずじゃ。ことを起こしたとて、いまさら身のためにはなるまい」

「利休どのにはおわかりにならぬ」

「なに……」

「利休どのは、そもそも泉州堺の商人。この道薫のなかに流れる血は、若いころから天下盗《と》りを夢見、おのが力で摂津一国を切り取った武将のそれでござる。有岡落城後は、身すぎ世すぎのために心を押し殺し、枯れさびた茶人の仮面をかぶってまいりましたが、それがしの身のうちには、野心という名の蛟竜《こうりゆう》がとぐろを巻いております」

「野心など、愚かしい。夢じゃ、夢。武将の見る愚かな夢のために、どれほどの無益な血が流されてきたことか……」

「だから、利休どのにはおわかりにならぬと申し上げたのです」

道薫はふてぶてしく笑い、床の間の花入に視線を投げた。

「いまのそれがしは、あの花入のようなものでござる」

「うずくまるか」

「はい」

道薫はうなずき、

「手足をちぢこめ、ただ丸くなって世間の片隅にうずくまっている。床の間で花など活けられてつくねんとしているが、内側に身もだえせんばかりの情念を抱いている。それゆえにこそ、あの花入は美しいのかもしれませぬな」

「道薫……」

「ご案じ召されるな。それがし、夢は夢と承知いたしております。ならぬ夢をつかみ寄せたいなどと大望を抱き、身を滅ぼすほど若うはござりませぬ。すべて座興と思《おぼ》し召されませ」

「座興か」

「さよう」

二人の男が声もなく見つめあったとき、茶室の奥の水屋《みずや》でかすかな物音がした。低く声を忍ばせ、女が泣いているようである。

利休の顔が、はっとこわばった。

「誰か、水屋に人がいるようだが」

「そのようでございますな」

道薫に、あわてたようすはなかった。

水屋に身をひそめていたのは、小鶴であった。

朝から料理を出す手伝いをしていたが、なぜか胸騒ぎがして水屋を去らず、利休と道薫の会話を立ち聞いてしまったのである。

聞いているうちに、わけもなく涙があふれてきた。止めようと思っても、止まらなかった。男のいびつな情欲の意味が、はじめてわかったような気がした。

嗚咽《おえつ》する女の声など、耳にも入らぬように、

「そろそろ、北野天神の梅が見ごろでございましょうな」

道薫は誰に言うともなく、ぽつりとつぶやいた。


その年、天正十四年五月――。

荒木道薫こと村重は、急の病のため、泉州堺の地で死んだ。享年、五十二歳。堺の南宗寺《なんしゅうじ》に葬られ、法名を秋英道薫居士《しゅうえいどうくんこじ》という。

晩年、道薫は、みずからのことをさげすんで、〝道糞《どうふん》〟と称した。道ばたの糞《くそ》にも劣るといった意味であろう。

高槻の山荘は、彼の遺言により、小鶴に下げ渡された。

小鶴はときどき、苔むした庭の片隅で手足を丸めてうずくまってみることがあった。そうしていると、なぜか、好きだった男の哀しみが胸に沁《し》みとおるような気がしたのである。

桃《とう》源《げん》

一

その若者にはじめて出会った日のことを、藤原惺窩《せいか》はいまもあざやかに覚えている。

天正五年、初夏——。

木々に萌《も》え立つ若葉が目にまぶしかった。

若者は、十六歳。惺窩のほうが、ひとつ年上の十七歳だった。

のち、近世儒学《じゆがく》の祖と呼ばれ、門下に林羅山《らざん》をはじめとする俊秀を生みだした藤原惺窩は、播磨《はりま》国三木郡細川荘《ほそかわのしよう》（現、兵庫県三木市）の生まれである。幼くして竜野《たつの》郊外の禅寺、景雲寺に入り、つい先年、髪を剃って得度《とくど》を果たしたばかりであった。

法名を、宗舜《そうしゆん》。

宗舜こと惺窩を、その若者に引き合わせたのは、師の東明《とうみよう》和尚だった。

「このお方が先の竜野城主の赤松広通《ひろみち》さまじゃ。お若いながら和漢の学問に通じたお方ゆえ、そなたもいろいろと教えていただくがよい」

「教えを乞うのは私のほうです」

まだ、貌《かお》に少年のおもかげを残した若者は、障子のすきまからこぼれる木洩れ陽に、目を細めるように言った。

（これが、十六歳にして竜野城を逐《お》われた悲劇の若殿か……）

惺窩は、若者の春風のような表情の明るさを見て、やや意外の感にうたれたのを覚えている。

赤松弥《や》三郎《さぶろう》広通――。

その若者の噂は、禅堂暮らしの惺窩の耳にも届いている。

赤松家は、鼻祖赤松円心《えんしん》以来つづく、山陽筋の名門である。竜野赤松家は、西播磨に勢力を張っていたが、織田信長の命を受けた羽柴秀吉が中国攻めにやって来ると、年少の当主広通に代わって、家老たちが戦わずして城を明け渡し、広通を平位郷の佐江《さえ》村に退隠させた。

それが、わずか一月《ひとつき》前のこと。

景雲寺と広通の蟄居《ちっきょ》先の佐江村は、半里と離れていない。することもなく暇をもてました広通は、話相手をもとめて寺をたずねて来たのであろう。

「宗舜、そなたと広通さまは年も近い。わしの代わりに、寺の庭を案内して差し上げるがよい」

東明和尚に命じられ、惺窩は若者とふたり、境内をそぞろ歩くことになった。

景雲寺には、足利八代将軍義政の庭師、善阿弥《ぜんあみ》の作による蓬萊山《ほうらいさん》石組の庭がある。おりしも、庭の植え込みに紫紅色の躑躅《つつじ》の花が満開であった。

「城を逐われ、一介の牢人《ろうにん》の身となったいまでも、花の美しさを見れば心が華やいでしまう。人の心とは、妙なものです」

躑躅の花に目をとめ、広通がつぶやくように言った。

「世をはぐれた御身だからこそ、花の美しさがわかるのかもしれませぬな」

「たしかに」

惺窩の言葉に若者が振り返り、小さく笑ってみせた。

城主の座を逐われたからといって卑屈にならず、どこかいまの境涯を楽しんでいるような若者の態度に、惺窩は好感をおぼえた。広通のほうも、年の近い惺窩に親しみを感じたらしい。

「ときに宗舜どのは、かの定家《ていか》卿のご子孫にあたられるとか。さきほど、東明和尚が言っておられた」

「仰せのとおりです」

惺窩はうなずいた。

定家卿とは、新古今和歌集を編んだ鎌倉時代はじめの歌人、藤原定家のことである。定家の子孫は、二条、京極、冷泉《れいぜい》の三家にわかれ、このうち冷泉家が京の〝上《かみ》冷泉家〟と、播州細川荘の〝下《しも》冷泉家〟にわかれた。

下冷泉家が領地の細川荘に下ったのは、うちつづく戦乱のために年貢がとどこおったからである。細川荘の屋形《やかた》で争いごとを鎮めているうち、土地に腰をすえるようになり、富裕な土豪になった。

いまの下冷泉家の当主は、定家十一世の子孫の為純《ためずみ》。惺窩はその為純の三男にあたる。

「宗舜どの、よろしければ私に定家卿流の敷島《しきしま》の道（歌道）を教えていただけませぬか」

「和歌を？」

惺窩は不審を覚えた。

「あなたさまは、いずれ弓馬の道で身を立てねばならぬ御身。敷島の道など必要ありますまい」

「いや。人と争う弓馬の道よりも、そのほうが私には合っているようだ」

と言って、若者は恥ずかしそうに笑った。

それが、以後二十余年にわたってつづく、惺窩と赤松広通の数奇な交友のはじまりとなった。

二

若くしての隠居暮らしで暇を持てあましている広通は、しばしば景雲寺に惺窩をたずねて来るようになった。惺窩もまた、佐江村の隠居所を足しげくおとずれ、広通に和歌の手ほどきをした。

親しく付き合うようになってみると、東明和尚の言っていたとおり、広通は武家の生まれには似合わず学問好きで、史書や漢詩など、古今の書物も読みこなしていた。和歌の才もなかなかのもので、惺窩が舌を巻くほどの歌を詠んだ。

「たいしたものです。広通どのの歌には、持って生まれた万葉ぶりのおおらかさがある。いくら技巧を学び、達者な歌を詠んだつもりでも、大空に鶴が舞うような伸びやかさだけはまねすることができない」

「かいかぶりです」

広通は、ういういしい目もとを赤らめた。

美青年と言っていい。色白で鼻すじがとおり、口もとが引きしまっている。女のごとき優しげな風貌《ふうぼう》だが、それでいて弱々しい感じは与えない。

小太りで老《ふ》け顔の惺窩とは、年が十以上も離れているように感じられる。

(このような惨めな境遇でも卑屈にならぬのは、やはり育ちがよいせいか……)

幼くして寺に入れられ、どこか世を拗《す》ねたところのある惺窩は、広通の天性の明るさが羨《うらや》ましく、同時に好ましくもあった。広通のほうもまた、諸学に通じた惺窩のことを実の兄のごとく慕うようになった。

「宗舜どのは、先々、どのように生きたいとお考えですか」

あるとき、蓬萊山石組の庭を眺めながら、広通が惺窩にたずねてきた。

「どのように生きたいとは……」

惺窩はとまどった。

自分がどのように生きたいかなど、考えてみたこともない。ひたすら禅の修行を積み、いずれ寺を継ぐしかないと思っていた。それ以外の生き方など、ありはしない。

惺窩が思ったままを口にすると、

「私には、生涯をかけて為《な》してみたいことがあります」

広通はこころもち、頬《ほお》を紅潮させながら言った。

「ほう、それはいったい何です」

「人に話せば、笑われます。宗舜どのも、きっとお笑いになるにちがいない」

「私は笑いませぬ。どうかお聞かせ下さい」

「桃源郷《とうげんきょう》を造りたいのです」

「桃源郷？」

「そう」

広通はかなたを見つめ、

「いまの世の中、天下は戦乱で明け暮れ、民はいくさに駆り出されて命を失い、重い夫《ぶ》役《やく》や年貢に苦しんでいる。私はいくさや争いごとのない、民が安んじて暮らせる国を築きたい。城を逐われ、侘《わ》びずまいで一人暮らすようになってから、日々、そのようなことばかりを考えています」

「…………」

「一介の牢人に落ちぶれた若造が、身のほど知らずなことをぬかすと、さぞや呆《あき》れておいででしょう」

「いえ」

首を横に振ってはみたものの、正直、

（烏滸《おこ》な……）

と、惺窩も思わずにはいられなかった。

広通が一国一城のあるじであれば、思いのままの国造りをすることもできよう。しかし、竜野城が羽柴秀吉に乗っ取られ、番将として秀吉麾下《きか》の蜂須賀小六《はちすかころく》が城に入っているいまは、広通が城主に返り咲くことはあり得ない。人が笑うのは当然であろう。

(だが、おもしろいことを考える)

惺窩は、この時代の武将にはめずらしい、民を幸せにする理想の国を造りたいという広通の考え方に興味をおぼえた。

「国を造るには、まず国を取らねばなりませぬな。しかし、国を取るにはいくさをせねばなりませぬ。いくさをすれば民は死ぬ。そこのところ、どのようにお考えでしょうか」

「たしかに、あなたのおっしゃるとおりだ」

広通はかすかに眉をひそめた。

「どうしたらよいか、そのことで私も悩んでおります。このまま隠居暮らしをつづけていれば、人を傷つけ、苦しめることもない。だからと言って、閉じこもっているだけでは私の思い描く桃源郷を築くことなどできない。宗舜どのに、何かよいお知恵はありませんか」

「はて」

惺窩は首をひねった。

すべての人間を幸せにしたいという赤松広通の理想はわかる。だが、国を取るにはいくさをせねばならない。おのれの前に立ちはだかる者を打ち倒し、手を血で染めていかねばならぬのである。

（いまや天下人にもっとも近いところにいる織田信長は、比叡山《ひえいざん》を焼き討ちし、伊勢長島の一向衆を無慈悲に殺戮《さつりく》した。それが、武将というものではないか）

公家の名門、冷泉家の血を引く惺窩は、信長のごとき血に飢えた乱世の武将たちを肚《はら》の底から嫌悪していた。

（しかし……）

おのれの夢を熱く語るこの若者は、ほかの戦国武将たちと明らかに毛色が異なっている。なぜ国を取りたいかという、根本の思想からまったく違うのだ。

（風変わりな男だ）

と思う反面、子が親を追放し、家臣が主君を弑《しい》しておのれがのし上がろうとする下剋《げこく》上《じょう》の時代、民の幸せを大まじめに考えている男に、惺窩は奇妙な感動をおぼえずにいられなかった。

「残念ながら、よい知恵はございませぬな」

「やはり……」

「さりながら、行く末、広通どのがその桃源郷とやらをお築きになるとき、ぜひとも愚僧もお手伝いいたしとうございます。かような末法《まっぽう》の世に、あなたさまの考えているような国ができるなら、それは素晴らしいことだ」

「ともにやってくれますか」

「やりましょう」

惺窩と広通はその日から、新しい国造りの話に熱中した。

むろん、そのときの惺窩は、広通の言うような桃源郷が実現できるなどと本気で信じていたわけではない。

（ただ……）

赤松広通という好漢の情熱に魅《ひ》き込まれていた。若い二人には、両手に持てあますほどの時があり、何ものにも縛られぬ自由があった。

しかし、奇《く》しき縁で結ばれた二人の若者たちも、やがて乱世の激しい荒波に引き裂かれる日がやって来た。

翌、天正六年四月——。

惺窩の実家、細川荘の下冷泉家が、三木城主の別所長治《べつしょながはる》によって攻め滅ぼされた。

別所長治はいったんは織田方についていたが、のちに毛利方に寝返り、織田によしみを通じる下冷泉家を襲ったのである。

急を聞いた惺窩は、取るものもとりあえず、細川荘の屋敷へ駆けつけた。

（無残な……）

あたりは一面の焼け野原であった。常御殿《つねのごてん》、武者溜《むしゃだまり》、持仏堂、子供のころ和歌の伝授を受けた会所《かいしょ》、菊や菖蒲《しょうぶ》の花がみごとであった花畑、それに先祖の定家卿以来、代々家に伝わる古文書のたぐいもことごとく灰燼《かいじん》に帰した。

父の参議侍従《さんぎじじゅう》為純は死に、下冷泉家の跡取りであった兄左近衛権少将《さこのえのごんのしょうしょう》為勝も死んだ。

惺窩はよって立つものを失った。

あとに残されたのは、屋敷が焼け落ちる前に近在の寺へ落ち延びていた母と、まだ十歳にも満たない弟や妹たちである。

(下冷泉家を立て直すのは自分しかいないのだ……)

悲嘆にくれる暇《ひま》もなく、惺窩の肩には重い現実がのしかかってきた。いままでは寺に身を置き、ひたすら好きな学問に打ち込んでおればよかったが、これからは焼け出された家族を食わせ、おのが力で家を支えていかねばならない。

(これが乱世というものか)

すべてを失った惺窩の肌に、焼け野原を吹き渡る風が冷たく滲《し》みた。地の底へ足がのめり込むような暗澹《あんたん》たる思いに、涙すらこぼれなかった。

(この先、どうすればよい……)

悄然《しょうぜん》と立ち尽くす惺窩の胸に、ふと思い出されたのは、

——いくさのない国を造りたい。

と、語っていた赤松広通の言葉である。

思えば、広通もわずか十六歳で城を逐われるという悲運に遭《あ》っている。一見、理想主義に思える広通の言葉は、そうした乱世の悲惨な現実が言わしめたものであったにちがいない。

惺窩は、このときはじめて、赤松広通という若者の心の奥底をかいま見たような気がした。

三

惺窩は京へのぼった。

京には叔父の寿泉《じゆせん》がいる。寿泉は臨済禅の古刹《こさつ》、相国寺普広院《しようこくじ》の住持であった。行くあてのない一家を、寿泉は寺の客殿にかくまい、養ってくれた。

惺窩は還俗《げんぞく》せず、弟の為将《ためまさ》に家を継がせると、相国寺で禅修行をつづけ、学問に励んだ。

惺窩がめきめきと頭角《とうかく》をあらわすのは、このころからのことである。叔父の寿泉は、博覧強記をもって世に知られていたが、その寿泉ですら、

――我、舜首座《しゆんしゆざ》（惺窩）に対し、すなわち口の開き難し。（『惺窩先生行状』）

というありさまであった。惺窩の名は相国寺ばかりか、しだいに京都五山に響きわたるようになった。

京都五山は禅門の最高峰で、そこには諸国の俊秀が集まっていた。当時の最高学府にあたる京都五山で秀才の名をほしいままにした惺窩は、この時代のトップレベルの頭脳の持ち主であったと言える。

学僧としての惺窩の前途は、洋々と開けていた。

（広通どのはどうしているか……）

学業にいそしむかたわら、惺窩は片時も赤松広通のことを忘れたことがなかった。ふたりで語り合った桃源郷の話は、惺窩のなかで時とともに大きく膨《ふく》らみ、しだいに形を

なしはじめていた。

（現世に夢の国を出現させるには、仏教ではだめだ）

惺窩は思った。

なぜなら、仏教の根本をなすのは来世《らいせ》本位の思想である。この世で幸せになることよりも、あの世で成仏《じょうぶつ》することが目的なのだ。また、人を殺《あや》めても、許されざる罪をおかしても、功徳《くどく》さえ積めば来世では救われるという。その功徳たるや、権力を持った一握りの者が財にものを言わせて堂塔を建て、金を寺に寄進するという浅薄《せんぱく》なものである。

（この世の現実と、正面から向き合う思想はないものか）

と探し求め、ついに惺窩が見つけ出したのが、

――儒教《じゅきょう》

の思想であった。

儒教は、唐《から》の国で生まれた〝仁《じん》〟を根本とする政治思想である。最初にとなえたのは春秋戦国時代の孔子《こうし》で、のち孟子《もうし》、荀子《じゅんし》などがその教えを継承し、完成させている。

来世本位の仏教に対し、儒教は現実的かつ現世的な考え方をするのが特徴である。人として守らねばならない倫理の修養と、徳をもって仁政をしく徳治主義の政治をおこなうというのが、儒教の根幹をなしていた。

この道徳的な政治思想は、我が国にもすでに古代に入っていたが、深く根づくことなく、忘れ去られたままになっていた。

はじめて儒教の書を読んだとき、

「これだッ！」

と、悍窩は思わず膝をたたいた。

——民を貴《たっと》しと為《な》し、社稷《しゃしょく》（豊饒の神）之《これ》に次ぎ、君を軽しと為す。

四書のひとつ『孟子』の一節である。

為政者たるべき者は自分のことよりも、民衆の幸せを至上のものとし、いくさよりも大地を耕し産業を興すことを最優先にする。そうすれば、世の中は自然におさまるというのである。

君主が民に仕える——これぞまさしく、かつて赤松広通と語り明かした〝桃源郷〟のあるべき姿ではないか。

また、孔子の言葉をしるした『論語《ろんご》』は言う。

——士にして居《きよ》を懐《おも》うは、以《もっ》て士と為すに足らず。

民をおさめるべき士たる者が、おのれの安住ばかり思っているようでは、すでに士たる資格はない。これをいまの戦国大名たちに当てはめれば、士と為すに足る者が果たして何人いることか。

（誰もおるまい……）

と、悍窩は思った。ただ一人、赤松広通をのぞいては——。

このころ、天下に大きな波乱が起きていた。

天下統一目前と思われていた織田信長が、家臣の明智光秀の謀叛《むほん》によって、京の本能寺に斃《たお》れた。しかし、その明智も、中国大返しを演じた羽柴秀吉に敗れ、非業の死を遂げる。

主君信長の仇《あだ》を討った秀吉は、その余勢をかって、同じ織田家家臣の柴田勝家を賤《しず》ヶ嶽《たけ》に打ち破り、天下人への道を歩みだした。

播州佐江村で隠居暮らしを送っていた赤松広通は、惺窩と別れたあと、蟄居を解かれて小邑《しょうゆう》を与えられ、秀吉軍の一翼を担うようになっていた。

その噂を、惺窩は相国寺の禅堂で風のたよりに聞いた。

（どうやら広通どのも、桃源郷をつくるには、いくさもやむなしと肚《はら》をくくられたようだな……）

理想を現実のものとするための矛盾を、広通は彼なりに払拭《ふっしょく》したらしい。

赤松広通は、賤ヶ嶽の合戦、四国長宗我部《ちょうそかべ》攻めでの功がみとめられ、二十四歳にして念願の領地を手に入れた。但馬国竹田《たじまのくにたけだ》二万二千石である。

「ぜひとも竹田へ、お越し下さい」

赤松広通から京の惺窩のもとへ書状が来たのは、蟬《せみ》しぐれが寺の木立に降りしきる、天正十三年夏のことであった。

四

「ここが、われらがこころみの濫觴《らんしょう》の地です」

竹田城の天守に立ち、赤松広通が眼下にひろがる眺めを見下ろして言った。

山国但馬の山峡《やまかい》を、澄みわたった清冽《せいれつ》な円山川《まるやま》がゆるやかに流れている。竹田の城下は、その円山川ぞいの播但《ばんたん》街道の両側に、細長い帯のようにひろがっていた。

まれている。

重畳《ちょうじょう》たる青い山並みにかこまれた町は、喧噪とは無縁の、眠ったような静けさにつつまれている。

「川向こうの山の中腹に、立雲峡《りつうんきょう》という桜の名所があります。私はまだ竹田に来たばかりで見たことはないが、春には天狗《てんぐ》桜、姥《うば》桜、臥竜《がりゅう》桜などの名木が咲きそろい、山に霞《かすみ》たなびくがごとしと聞いております」

「さぞ、見事な眺めでありましょうな」

友と肩を並べて天守に立ちながら、惺窩は目の前にありありと、霞むがごとき桜に埋めつくされた山の眺めが浮かぶような気がした。

七年ぶりの再会であった。が、赤松広通はいささかも変わっていなかった。

なるほど、外見は年相応の年輪を加え、日焼けした顔、眉間《みけん》に刻まれた縦皺には武将としての重みが感じられる。しかし、何かを夢想するような瞳は以前のままで、桃源郷に対する情熱も昔のままであった。

世の荒波に揉《も》まれ、幾多の修羅場をくぐり抜けたいまでも、以前と変わらぬ高邁《こうまい》な理想を心に抱きつづけているとは、じつに奇跡と言っていい。

「広通どのはこの竹田を、徳をもって仁政をしく国に造り替えるおつもりか」

「あなたよりの文で、儒教の教えには強く心揺さぶられるものがありました。仰せのとおり、私はここを、民を至上のものとして貴ぶ国に為《な》します。そのためにこそ、私はしたくもない合戦をし、領地を手に入れたのです」

「思いは広通どのと同じです。私もこの日のために、学問に励んできた」

「惺窩どの」

若くして戦乱のなかで辛酸をなめてきた二人の気持ちは、戦国の世としては荒唐無稽《こうとうむけい》とも言える、ただひとつの理想に向かって燃えていた。

但馬竹田城主赤松広通は、藤原惺窩を客分として厚く遇《ぐう》し、ともに知恵をしぼって新しい国造りに乗り出した。

まず二人がおこなったのは、年貢の大幅な引き下げである。

つい半年前まで領内は、先代の城主桑山修理大夫重晴《しゅりだゆうしげはる》により、収穫高の七割にもおよぶ重い年貢が課されていた。

「七割とは、重すぎる。それでは、民百姓は田畑を耕す気も起きまい」

広通は眉をひそめた。

当時の年貢は、通常、収穫高の五割が普通で、城普請《しろぶしん》、合戦などの物入りがある場合、六割、七割にまで引き上げられた。先代の桑山氏は竹田城の普請のため、民に重税を課していたのである。

「ここは思い切って、年貢を軽くなさることです。いま、領民たちは疲弊《ひへい》しきっております。年貢を減らせば、人々の暮らしはうるおい、城下のあきないも盛んとなりましょう」

惺窩の進言を、広通は受け入れ、領内の年貢を三割（山間部は二割）にまで引き下げた。

むろん、年貢が大幅に減るぶん、城の台所は火の車となった。

近隣の大名たちは、

「赤松の青二才は国を潰《つぶ》すつもりじゃ」

と、あざけり笑った。

しかし、広通は自分自身と一族、家臣たちの生活を徹底的に切り詰めて無駄をはぶき、これを見事に乗り切った。

つぎに広通と惺窩が着手したのは、領内に産業を興すことである。

但馬は一国すべてが山国と言ってよく、田畑は少なく、もともと生産力が低かった。広通の所領の朝来《あさご》郡、養父《やぶ》郡一帯も事情は同じで、ただでさえ収穫量が低いうえに、年に何度か決まっておこる円山川の氾濫《はんらん》のせいで荒れ地が広がっていた。

「この荒れ地を実りゆたかな田に変えるのは、至難のわざでござりましょう」

広通とふたり、領内を見まわりながら、惺窩は難しい顔で言った。

「ならば、どうすればよいのか」

「国をうるおすのは、米ばかりではありませぬ」

「と言うと？」

「荒れ地に強い桑の木を植えてはいかがでございます。桑を植えて蚕《かいこ》を飼い、養蚕をおこなうのです」

「それは妙案だ」

広通はさっそく、考えを実行に移した。

このとき赤松広通がはじめた養蚕により、のちに但馬国は、我が国でも指折りの養蚕地と化すにいたった。

さらに、広通はすぐれた人材を登用するため、唐の国の儒教制度にのっとって、

――科挙《かきよ》
の試験をおこなった。

科挙を実施することにより、身分にかかわらず有用な者を集め、人事の活性化をはかろうとしたのである。

また同時に、武術にひいでた者をすすんで家臣に取り立てようと、科挙の武芸版にあたる《武科挙》をおこなったため、赤松家には多くの武芸の達人が集まった。

広通と惺窩が竹田城下ではじめた斬新な政策は、しだいに成果を上げ、諸大名のあいだでも評判になりはじめた。

「藤原惺窩というのは、たいした学者であるらしい」

世の人は、竹田城下での施策の成功を、五山随一の秀才である惺窩ひとりの手柄と考えた。

しかし、事実はそうではない。

（わしの考えが実現できるのは、赤松広通という男あればこそだ……）

惺窩には、よくわかっていた。

だが、その思いとはうらはらに、惺窩自身の名声はしだいに高くなり、

「ぜひとも、貴僧を治国の師としてお招きしたい」

と、諸国の大名からの誘いが殺到した。

「あなたが望むのなら、どこでも理想を実現できるところへ種を蒔《ま》きに行くべきだ」

広通はわだかまりなくすすめたが、惺窩は気がすすまなかった。惺窩のやり方がうまくいったのは、彼の理念に賛同する赤松広通という男の助けがあったればこそである。

(はたして、ほかの大名がどれほど真剣に民のことを考えていることか……)

おおいに疑わしかった。

そもそも、君主は民に仕えるべきだという儒教の理念は、為政者にとって耳ざわりのいいものではない。人の上に立てば立つほど、為政者は我がままになり、傲慢《ごうまん》になり、民を力で支配しようとするようになる。

当然、儒教と為政者の考え方は相容《あいい》れず、ために儒教は反体制思想として、弾圧されてきた歴史があった。しかし、のちに儒教は為政者に媚《こ》びるように形を変え、唐《から》の国の国教となった。

「いや、あなたが臆《おく》していてはならない。われらの夢を諸国に広げるべく、あなたは動かねばならぬ」

広通にすすめられ、惺窩が豊臣家五大老の筆頭、徳川家康の招きを受けたのは、文禄二年、惺窩三十三歳のときであった。

おりしも、家康は江戸に新しい町造りをしている最中で、惺窩のごとき有能な学者をもとめていた。

惺窩は江戸へおもむき、家康に対面した。

唐《とう》の太宗《たいそう》と家臣たちとの問答をしるした『貞観政要《じようがんせいよう》』を講義したのち、家康と一問一答をかわした。

家康は五十二歳。豊臣政権第一の実力者として重きをなしながらも、虎視眈々《こしたんたん》と天下をうかがっていた時期である。

「汝《なんじ》に問う、国を治むるとは如何《いか》に」

「国を治むるは、その家を斉《ととの》うに在り」

「国を治めるためには、まずおのれの家から治めよということか」

三河の一大名から関八州二百四十二万石の太守に成り上がっただけあって、家康はさすがに頭脳明敏な人物であった。

「しからば、民を治むるとは如何に」

家康は、肉厚な瞼《まぶた》の奥の金壺眼《かなつぼまなこ》を光らせながら問うた。

「民は、治むるものにあらず」

惺窩の返答に、

「なに」

家康は意外そうな顔をした。

「民は、治むるものにあらずとな……」

「さようにござります。民は治むるものではなく、君主のほうが仕えるもの」

「これは異なことを申す。民とは君主に仕えるものではないか。君主のほうが仕えていては、君主とは呼べぬ」

「さにあらず」

惺窩は家康の目をするどく見返した。

「民あらずして、君主は君主たりえませぬ。万民あらばこその君主でござります。その大事な民に仕えずして、どうして君主たることができましょうか」

「そちの申すこと、いちいちもっともなり」

家康は太った指で脂《あぶら》の浮いた顎《あご》の肉を撫でた。

「だが、それは理屈じゃ。言うは易《やす》く、おこなうは難し。まつりごとは、理屈どおりにはゆかぬもの」

「お言葉を返すようでございますが、但馬国竹田の城下では、赤松広通どのが民に仕えるまつりごとをおこのうておられまする」

「竹田のごとき小邑ではできるかもしれぬ。しかし、天下のまつりごとともなれば、小邑を治めるのとは違う」

「どのように違うと申されます」

惺窩は、少し意地になった。

家康はゆったりと笑い、

「民とは、おなごと同じよ。甘やかせば、どこまでもつけ上がり、増上慢《ぞうじょうまん》になる。ゆえに、甘やかし過ぎてはならぬ。生かさぬように、殺さぬように為《な》すべきものであろう」

その言葉を聞き、

（徳川どのとは相容れぬ……）

惺窩は、胸の底で思った。

しかし、考えてみれば、この武力万能の世の中では、家康の考え方こそが正論で、惺窩たちの考えのほうが異端である。

これ以上、何を言い争っても無駄であろうと、惺窩は江戸を去った。

五

書院の庭に、紫陽花《あじさい》が咲いている。絹糸のような細かい雨が、薄紫色の花弁をみずみずしく濡らしていた。

太閤《たいこう》秀吉が新造したばかりの伏見城、その城下の御船入《おふない》りにある赤松家の伏見屋敷にふたりはいた。

「本日は、広通どのに相談があってまいりました」

「相談？」

広通が茶を点《た》てる手をとめ、秀麗な眉を上げて惺窩を見た。茶碗は秀吉から下賜された染付《そめつけ》茶碗である。

「はい。しばらく、広通どのにお暇《いとま》をいただかねばなりませぬ」

「江戸へもどり、徳川どのに仕えられるのか」

「いや、そうではありませぬ。旅に出ようと思っております」

「旅とな」

「はい」

広通がすすめる染付茶碗を両手で抱くように受け取ると、惺窩は茶を一息に飲み干した。

「いずれへ参られる」

「唐《から》の国へ渡ろうと存じまする」

「唐か……」

広通の目もとが、ほのかに紅潮した。

唐の国と聞いただけで、広通には惺窩の気持ちが通じたようである。

惺窩は、近ごろますます儒教への傾倒を深め、儒教の教えこそ乱れた天下を救う唯一の手段と考えるようになっていた。

唐の国への渡海を思い立ったのは、儒教の本場である彼の地でよりいっそう学問を深めたいと思ったからである。

仏教に見切りをつけた惺窩は、僧籍を離れて還俗《げんぞく》し、渡海を機に儒家として再出発することを決意していた。法名を捨てて、藤原惺窩と名乗りを変えた。

「羨ましいかぎりだ。この身がふたつあれば、私も惺窩どのとともに波濤《はとう》を越え、異国へ旅立とうものを」

広通は遠くを見るような目をした。

惺窩は茶碗のふちをかるく親指で拭《ぬぐ》って笑うと、

「何を申されます。われらの国造りは、まだはじまったばかりです。広通どのなくして、仁のまつりごとをこの国でおこのう者はおりませぬ。あなたさまに代わり、この惺窩が儒の真髄を身につけてまいりましょう」

翌、慶長元年六月――。

惺窩は京を発ち、薩摩《さつま》へ向かった。薩摩で船を待ち、山川湊《やまがわみなと》から明《みん》へむかって船出したのは、その年の秋の終わりのことである。

船は、薩摩島津氏が明との交易のために出している唐船《からぶね》であった。

山川湊を出て二日、空は曇りなく澄みわたっていた。東から西へ向かって、微風が吹いている。

「惺窩先生は、明国へ学問のためにお渡りになるそうな」

船の胴ノ間《どうのま》で話しかけてきたのは、島津家の唐通詞《からつうじ》の入来《いりき》弥三郎であった。

丸顔で色黒く、眉の太い、いかにも薩摩武士らしい風貌をした若者である。

「しかし、このようなときに渡海するとは、先生も物好きなお方だ」

と、弥三郎が言うのは、朝鮮、明とのいくさのことである。

天下統一を果たした太閤秀吉は、その野心を海外にまで広げ、四年前の文禄元年、朝鮮へ兵を繰り出した。いわゆる、文禄の役である。

小西行長、加藤清正らを将とする秀吉軍は富山浦（釜山《プサン》）から咸昌、聞慶、さらに漢城をつぎつぎに陥れたため、朝鮮は明国に援軍をもとめた。当初は連戦連勝をつづけていた秀吉軍であったが、明の援軍が到着するにおよび、戦線は膠着《こうちゃく》、食糧も欠乏するに至って、秀吉はようやく撤退を考え、明国とのあいだに講和を結んだ。

しかし、今年になって、明からやって来た使者の態度に秀吉が腹を立て、ふたたび朝鮮へ出兵することを決めたのである。

そのような緊張が高まっている時期に、わざわざ敵国の明へ渡ろうというのだから、島津の唐通詞があきれるのも無理はない。

「物好きといえば、そちらも同じ。島津氏は、先年の朝鮮出兵のあいだも、兵を送る一方で明国との交易をつづけていたと聞きおよびます。今日、明日《あす》にでも、ふたたび合戦がはじまろうといういまも、こうして取引の船を出している」

「いくさばかりでは、こちらの顎が干上がってしまいますゆえ」

「太閤殿下が聞いたら、激怒するでありましょうぞ」

秀吉の朝鮮出兵に批判的な惺窩は、潮風に目を細めて皮肉に笑った。

航海は思いのほか順調であった。

だが、薩摩を出てから四日目になって、にわかに風向きが変わり、西からの強風が吹きだした。

海は荒れ、船は木の葉のごとく波に揉まれた。胴ノ間の柱にしがみついていないと、船が揺れた拍子に端から端まで床を転げそうになる。

船頭たちは、碇綱《いかりづな》を流し、船の安定をはかった。

しかし、波は山のように高い。しぶきをともなって、風が凄《すさ》まじく吹き荒れた。嵐と言っていい。

夜が明けても風はやまず、船は大海原を流されつづけた。

十五人の水夫がひとり残らず髷《まげ》を切り、竜神に祈りをささげたが、嵐が静まる気配はなかった。

（どうなるのだ……）

胴ノ間に身をひそめながら、惺窩は生きた心地がしなかった。

ときおり、木が裂けるような音がした。そのたびに肝《きも》が冷えた。

どうやら、舵《かじ》が壊れたらしい。

風の吹きすさぶ音にまじって、船頭が怒ったようにどなる声がした。

となりで真っ青な顔をしている入来弥三郎は、住吉の神、金毘羅《こんぴら》の神、白山、八幡と、ありとあらゆる神々に祈っている。

仏門を捨てた惺窩も、このときばかりは阿弥陀《あみだ》如来に救いをもとめた。

（わしにはまだ、為《な》さねばならぬことがある。このようなところで死ぬわけにはいかぬ……）

最大の理解者であり、良き友である赤松広通の顔が、瞼の裏に浮かんで消えた。

「帆柱を切るぞーッ！」

悲鳴に似た声が響いた。

船が転覆せぬよう、いよいよ帆柱を切り倒すらしい。帆柱は船にとって命にひとしい。それを切るのは、船乗りたちにとって最終手段であった。

（もう、だめだ……）

帆柱を失った船は、荒波に翻弄《ほんろう》されながら流されつづけた。

船が大きく傾き、海水がどっと胴ノ間に流れ込んできたとき、惺窩は意識を失った。

やがて——。

気がついたときには、悍窩は畳一枚ほどの木片につかまり、波間をただよっていた。いつしか、嵐はおさまり、波も静まっている。

おだやかな大海原が、陽の光に金粉をまいたように輝いていた。

「無事でござるか」

人の声がした。

声のするほうに目をやると、同じ木片の端に入来弥三郎がつかまっている。

「船は、どうなったのです……」

「われらの船は暗礁に乗り上げ、座礁してござる。横波を受けて、粉微塵《こなみじん》になり申した」

「ほかの者たちは」

「わかりませぬ。とにかく、われら二人は助かったようです」

「助かったといっても、この大海原の真っただなかでは……」

悍窩の体に、晩秋の海の冷たさが凍えるように染みた。

「まんざら望みがないわけでもござらぬ。さきほど、あおあおとした月桃《げっとう》の葉が流れてまいりました。みずみずしい葉が流れてきたのは陸地が近いあかし。無駄な力を使わず、波に身をまかせておれば、いずれどこかの島に流れ着きましょう」

入来弥三郎の言葉どおり、その日の夕暮れ近く、悍窩たちは見知らぬ島へ流れ着いた。

島は無人島ではなかった。

サンゴの石垣にかこわれた、草葺き屋根の東屋《あずまや》のような家々が軒をつらねている。島民にここはどこかと問うと、

「鬼界《きかい》ヶ島《しま》」

という答えが返ってきた。

鬼界ヶ島といえば、その昔、平家追討のくわだてに失敗した俊寛僧都《しゅんかんそうず》が流された島である。

鬼界ヶ島から薩摩へもどる船は、とうぶん寄港せぬとのことであったが、とにかく命があっただけでも僥倖《ぎょうこう》と言うべきであろう。

惺窩はアダンや蘇鉄《そてつ》の茂る南の島で、半年近くを過ごした。

明への渡航をあきらめ、琉球《りゅうきゅう》からの船に便乗して薩摩国山川湊へもどったのは、年が明けた慶長二年五月のことである。

六

翌年、八月十八日――。

太閤秀吉が伏見城において世を去った。

豊臣家の跡目は、秀吉の遺児秀頼が継いだ。

だが、わずか六歳の童児に天下が治められるはずもなく、五大老筆頭の徳川家康がいよいよ天下簒奪《さんだつ》の野心をあらわにした。

諸国の大名は、秀頼を押し立ててあくまで豊臣政権を死守しようとする石田三成派と、

徳川家康に与《くみ》する者とにわかれ、天下を二分する大合戦の気運がしだいに高まっていった。

「また合戦か……」

ここ数日、竹田城内にもうけた孔子廟《びょう》に籠もりきりだった赤松広通が、憂え顔で眉をひそめた。

顔色がすぐれない。ちかごろ、腎《じん》の病をわずらっているらしい。

かつて生き生きと光を放っていた瞳の輝きは失われ、表情全体が暗く沈んでいる。

鬼界ヶ島から帰洛後、ふたたび竹田城下をおとずれた惺窩は、人変わりしたように精気の失せた広通を案じていた。

「のう、惺窩どの。人はなぜ血を流して争うのであろうか」

「少しでも多くの利をもとめるのが、我ら凡愚の衆生《しゅじょう》の性《さが》だからでござりましょう。人の欲には限りがありませぬ」

「それでは、あまりにむなしいとは思わぬか」

「思いまする」

「私もむなしい……。近ごろでは、おのれが信じてきた仁のまつりごとも、しょせん大波の前の砂の楼閣ではないかと思うことがある」

「気の弱いことを申されますな。広通どのの仁政のおかげで、竹田城下は富み栄え、民はみな、あなたのことを聖人のごとく崇《あが》めたてまつっているではありませぬか。広通どのの為してきたことは、むなしい行為ではござりませぬ」

「しかし、悍窩どの」

広通は悍窩を憂愁に満ちた目で見つめ、

「ひとたび合戦が起き、国破れれば、われらが竹田の小邑で積み重ねてきた苦心の国造りは、この世から跡形もなく消えてなくなろう。民の暮らしは昔にもどり、あなたと私のこころざしは永劫《えいごう》に忘れ去られる」

「不吉なこと……。さようなことは断じてありませぬ」

「そうかな」

「儒教の五賢に誓って」

「だと、よいが……」

それが、悍窩と広通がこの世でかわした、最後の言葉となった。

ほどなく、徳川家康ひきいる東軍と、石田三成ひきいる西軍とのあいだに合戦の火蓋《ひぶた》が切って落とされた。天下分け目の関ヶ原合戦である。

広通は西軍方についた。

仁義を貴ぶ儒教を奉ずる広通にとって、豊臣家は恩ある主君であり、その豊臣家を裏切ることは人倫に反する行為であった。

手勢一千余りをひきいて、赤松広通は丹後田辺城攻めに参加した。

田辺城には、東軍方についた細川幽斎《ゆうさい》が立て籠もっており、これを西軍の小出吉政《よしまさ》、谷衛友《もりとも》らの軍勢とともにかこんだのである。

田辺城の包囲戦は、二カ月近くにわたってつづいた。

城主の細川幽斎は、当時有数の文化人として知られ、古今集の口伝《くでん》を伝える〝古今伝授〟の継承者であったため、それが失われることを惜しんだ後陽成《ごようぜい》天皇が勅使を派遣して和議をととのえ、広通ら城攻めの諸将は囲みをといて兵を引いた。

その直後の九月十五日――。

美濃《みの》関ヶ原で、石田三成ひきいる西軍方は、家康の東軍の前に敗れ去った。

田辺城攻めに加わった西軍の将たちは、直接、関ヶ原合戦に参加しなかったということで、そのほとんどが咎《とが》めを受けることなく、所領を安堵《あんど》された。

京に引き上げ、いくさの成り行きを息をひそめて見守っていた悍窩は、

（これならば、広通どのもご無事だ……）

ひとまず胸を撫で下ろした。

しかし、間もなく、悍窩のもとにもたらされたのは、まったく予想もしなかった哀しい知らせであった。

因幡《いなば》鳥取の真教寺《しんきょうじ》なる寺で、赤松広通が切腹して果てたというのである。

「なぜだ。なにゆえ、広通どのが鳥取に……」

うめくように声を絞り出した悍窩に、凶事を知らせた赤松家の使者が、広通が自決に追い込まれた事情を語って聞かせた。

それによれば――。

関ヶ原の合戦ののち、家康より因幡の平定を命じられた中国筋の大名、亀井《かめい》茲矩《これのり》が、かねて旧知の仲であった赤松広通に援軍をもとめてきた。広通はこれに応じ、兵を発

したが、城攻めはうまくいかず、亀井の陣中から出た火がもとで鳥取城下は灰燼に帰した。

「城下を焼くとは何たることじゃ」

家康は立腹し、失火の責任を亀井茲矩に問うた。

この責めに対し、保身にたけた茲矩は、

「あれは、赤松広通が火を放ったものにございます」

と、偽《いつわ》りを言い立てて罪を広通にかぶせたため、無実の広通が腹を切らされたというのである。

「ばかなッ！」

話を聞いた惺窩は、人目もかまわず、声を上げて男泣きに泣いた。

悔《くや》しかった。

自分と広通の桃源郷の夢が、たったひとりの邪《よこし》まな男の讒言《ざんげん》のために潰《つい》え去ったというのが、身もだえするほど悔しくて悔しくてならなかった。

(夢は終わった……)

と、惺窩は思った。

惺窩は、三十九歳の若さで死んだ心友赤松広通を悼《いた》み、三十首の哀切に満ちた和歌を詠んだ。

神無月《かんなづき》おもふも悲し夕霜の

置くや剣《つるぎ》の束《つか》の間の身を

(ちょうど十月、そろそろ庭に置きはじめる霜のように刃を冷たく輝かせる剣、その剣で命を絶った友は、なんと束の間の短い生涯であったことか)

立ち帰れをのれ寄せくる世を海の
磯べともなき波の濡れぎぬ

(帰ってきてくれ、寄せては返すあの波のように。あるはずのない濡れぎぬをきせられたのだから)

ながらふる恥に忍ばん年暮れぬ
仰げばいつの空の白雲

(友に死に遅れて生きながらえている恥を忍びながら、今年も暮れてしまった。ふと仰ぐと、空にはいつもと変わらぬ白雲がある)

のち、藤原惺窩は洛北市原野《いちはらの》に庵《いおり》を結んでいる。

天下の覇者となった家康は、徳川幕府の政治顧問として惺窩を迎えたいと、何度も使者を送ったが、惺窩は頑として応じず、晴耕雨読の隠者の暮らしを送った。

民を至上のものとする広通の国造りと違い、家康は儒教を天下支配の道具として使おうとしているだけだと、惺窩は見抜いていた。

晩年、惺窩はこう言い残している。

「赤松広通以外の武将は、是《これ》ことごとく盗賊であった」

と——。

おらんだ櫓

一

雨がふりつづいている。

秋の長雨である。

因州鹿野《しかの》は、一年をとおして雨の多い土地だった。日本海の湿気をふくんだ風が、海から四里離れた鹿野の嶺々《みねみね》にぶつかり、山すその盆地に雨を降らせるのである。

慶長十三年九月の、やや肌寒い午下《ひるさ》がり――。

降りしきる雨は、湖山池の中島に放し飼いにされた驢馬《ろば》や水牛、天竺《てんじく》渡りの孔雀《くじやく》の羽根を濡《ぬ》らし、跋提《ばつたい》川、流沙《りゆうしや》川の川面をたたき、城下を見下ろす高台に築かれた鹿野城の瓦《かわら》屋根を音もなく濡らしている。

その、蕭然《しようぜん》と雨にけぶる城の一角に、

――おらんだ櫓《やぐら》
と呼ばれる、奇妙な名の櫓があった。

櫓は、

棕櫚《しゅろ》
白檀《びゃくだん》
黒檀《こくたん》
檳榔樹《びんろうじゅ》
沈香《じんこう》

など、珍奇の材をもって造られている。

雨が小降りになると、櫓の窓から遠く日本海をのぞむことができた。鉛色の雨雲が風に動く下に、鈍色《にび》に光る荒海が不気味なうねりをみせている。

「この海を越え、異国の地へ攻め入りたいものだ」

雨のとばりを透かすように見つめ、傲然《ごうぜん》とつぶやく男がいた。

「日本《ひのもと》には、もはや、わしが手に入れるべき国はない。とすれば、海へ乗り出し、見知らぬ土地を切り取るのみ」

櫓には、もうひとり、人がいた。

金髪碧眼《へきがん》。肌が磁器のように白い異国の美女だった。

深紅の衣服《ドレス》をまとった女は、胸が豊かに盛り上がり、腰がくびれ、背がすらりと高い。

紅毛人、すなわちオランダ人の女で、日本の言葉を完全には理解できぬながらも、男のつぶやきに興ありげなようすで耳を傾けている。

男の名は、亀井《かめい》茲矩《これのり》。

因州鹿野三万八千石の城主である。

「わたしは、こんなちっぽけな城のあるじで終わるような男ではない。わかるか、ユリアナ」

「Ｊａ《ヤー》」

女が異国の言葉でうなずく。

「そうか、わかるか。そなたはかわいい女じゃ」

茲矩は女を抱きかかえ、櫓の中央に置かれた銀の寝台に横たえた。

女の長い金髪が、白絹の夜具の上に散り乱れる。

「まるで黄金の糸じゃ。さても、美しい色よのう」

女に添い寝した茲矩は、夜具にこぼれた金髪を手に取り、陶然とつぶやいた。髪は絹糸よりも細く、うちから輝き出すような微細な光沢をおびている。

「西洋の女は、みな、そなたのように美しいのか」

「…………」

言葉の意味を解《げ》しかねるといったように、女が目をしばたたかせた。

「よいわ」

茲矩は、金色のうぶ毛の生えた女の腕を撫《な》で、

「いずれ、琉球《りゆうきゆう》を手に入れ、そなたの故国にも船を出す。富と女、どちらもわしの思うがままじゃ」

うすく髭《ひげ》のはえた口もとをゆがめて、かすかに笑った。

顎《あご》のとがった面長な顔は、興奮のためか、やや上気し、吊《つ》り上がった細い目がぎらぎ

らと光っている。

茲矩は、大きく胸のあいた女の衣服に手をかけ、ぐいと下へ引いた。上着といっしょに下着《ペティコート》もずれ、熟《う》れた果実が皮を破ってはじけるように、白くたわわな乳房がむき出しになる。

乳房と乳房の間の深い谷間が、うっすらと汗に濡れている。そこだけ黒ずんだ乳暈《にゅううん》の大きな乳首が、天を向いて屹然《きつぜん》とそそり立っていた。

「やはり、日本の女とはちがう。この豊かさ、このずしりとした重み……」

茲矩は女の乳房をわしづかみにし、荒っぽく揉《も》みしだいた。

女が眉根《まゆね》に皺《しわ》を寄せ、奔放にあえいだ。金髪が乱れ、細い指先が男をもとめて虚空《こくう》をつかむ。

「かわいいやつ」

女の胸から顔を上げ、茲矩は満足げに笑った。

「そなたの望むことは、何でもかなえてやろう。何か、欲しいものはないか」

「…………」

女は澄んだ碧《あお》い瞳で、しばらく茲矩の顔を見つめていたが、やがて、

「竜涎香《りゅうぜんこう》が欲しい」

ささやくように言った。

「竜涎香か」

「Ｊａ」

「わかった。今度の朱印船で必ず取り寄せてやろう」

茲矩の言葉に、女が紅い唇を淫蕩《いんとう》にほころばせた。

鹿野城主亀井茲矩は、徳川幕府の許しを得て、五年前から暹羅《シャム》や安南《アンナン》など東南アジア諸国とのあいだで朱印船貿易をおこなっていた。朱印船貿易は、小国の領主にすぎない茲矩に、少なからぬ利益をもたらした。

のみならず、あくなき物欲と野心の持ち主である茲矩は、幕府に隠れて領内の蘆崎湊《あしざきみなと》から船を出し、密貿易をおこなってさらに巨万の富を手にいれた。

みずから、

——王舎城《おうしゃ》
と、呼びならわしている鹿野城の珍奇な南蛮の用材、湖山池の中島に放し飼いにした驢馬、水牛、孔雀、そしておらんだ櫓に置かれた銀製の寝台も、そこに横たわる美女ユリアナも、すべて密貿易によってもたらされたものである。

だが、茲矩は巨富を得ただけで満足するような男ではなかった。

(わしのまことの望みは、こんな小さな城の領主で終わることではない。わしは、山陰、山陽十一カ国を領していた尼子《あまこ》家の一門。尼子家を再興し、我が名を天下にとどろかせることだ……)

茲矩の身の内に、灼《や》けつくような衝動が込み上げてきた。

女の乳房から腋《わき》の下、さらに臍《へそ》のくぼみへ舌を這《は》わせると、

「欲しいか、ユリアナ」

昏《くら》い欲望を秘めた声で聞いた。

女が濡れた唇の端を、わななかせてうなずく。

「そうか、欲しいのか。わしも、そなたが欲しくてたまらぬ」

小袖《こそで》と袴《はかま》を脱ぎ捨てた茲矩は、裾《すそ》のふくらんだユリアナの着衣をめくり上げ、形よく伸びた女の長い脚を大きく左右に押し広げた。

蜜壺《みつぼ》は、匂《にお》いが強かった。

濃厚な匂いに溺《おぼ》れるように、茲矩は女のなかにゆっくりと割って入った。荒海の波間を分けて、船が進んでいるような気がした。

二

亀井新十郎茲矩は、山陰の太守尼子氏の家臣、湯左衛門尉《ゆのさえもんのじょう》永綱の子として生まれた。だが、主家の尼子氏は、梟雄《きょうゆう》毛利元就《もとなり》によって出雲月山富田城《がっさんとだ》を落とされ、永禄《えいろく》九年に滅亡した。茲矩、十歳のときである。

その後、父永綱は、尼子旧臣の山中鹿介《しかのすけ》らとともに主家再興をはかったが、月山富田城奪回に失敗して戦死。茲矩は十三歳で、天涯孤独の身となった。

頼るべき者はいなかった。

弱肉強食の戦国の世を、茲矩はただ一人で生きてゆかねばならなかった。父を失った茲矩は、そのもっとも多感な青春期を、諸国放浪のうちに過ごした。

槍術《そうじゅつ》、砲術、軍学、操船術と、学べるものは何でも学び、貪欲《どんよく》に吸収していった。苦

難のなかでも、茲矩が厳しい鍛錬をおのれに課しつづけたのは、

「いつか世に出て、一国一城の主となりたい」

という強烈な野心が、胸に燃えさかっていたからにほかならない。

諸国放浪のうちに身につけた技のうちでも、ことに槍術は達人の域に達し、

——槍《やり》の新十郎
との異名を取った。

その槍の新十郎こと、亀井茲矩が、父永綱の仲間だった尼子旧臣たちのもとにふたたび姿をあらわしたのは、父の戦死から四年後の元亀《げんき》三年のことである。

茲矩は、因幡甑山《いなばこしきやま》城で毛利軍と戦っていた山中鹿介のもとをたずね、

「それがしも、尼子家再興のために力を尽くしたい」

吊り上がった細い目の奥を光らせ、ほとばしるように言った。

このとき、茲矩は十七歳。諸国修行の甲斐《がい》あって、すでに堂々たる若武者に成長している。

「そなたが、湯左衛門尉どのの子息か」

山中鹿介は、戦死した同志の忘れがたみの成長に目を細めた。同時に、茲矩の目から鼻へ抜けるような敏才を見抜き、ともに戦う仲間として迎え入れた。

山中鹿介の仲立ちで、尼子一門衆のなかでも、名門中の名門として知られる亀井家の姫の婿となり、亀井の名跡を継いだ。

茲矩が、尼子家再興の軍に身を投じ、

――亀井新十郎茲矩

と、名乗るようになったのは、まさにこのときからである。

尼子再興軍の旗頭は、尼子孫四郎勝久《かつひさ》であった。

京の禅寺に入れられ、僧侶《そうりょ》になっていたのを、鹿介ら尼子の遺臣がかつぎ出し、再興軍の盟主にすえていた。

その勝久のもとで、茲矩は身につけた軍才、武略を発揮し、やがてひとかどの武将としてみとめられるようになった。

毛利方に寝返った因幡八上郡の土豪、矢部《やべ》行綱《ゆきつな》の館へ乗り込み、行綱を得意の槍で突き殺し、家臣十数名を相手に奮戦して、剛勇ぶりをしめしたこともある。

茲矩をはじめとする尼子再興軍は、その後、四年にわたって熾烈《しれつ》な戦いをつづけた。

しかし、敵は中国の雄、毛利氏である。

衆寡《しゅうか》敵せず、尼子遺臣団はしだいに追いつめられ、ついに壊滅の危機を迎えるにいたった。

「もはやこれ以上、因幡の地を支えることはできぬ」

若桜《わかさ》鬼ヶ城の軍議で、山中鹿介が苦渋に満ちた決断を下した。

「たとえいまは散り散りになっても、いつかふたたび尼子の旗を揚げる日も来よう。その日まで、みな耐え忍んでくれ」

同志たちは悄然《しょうぜん》とうなだれ、声もなかった。

無理もない。尼子家の再興だけを生きる目的に、巨大な敵、毛利氏を相手に塗炭の苦しみを嘗《な》めながら戦い抜いてきたのである。しかし、状況を思えば、鹿介の言うとおり散り散りになるしかない。

異をとなえる者とてなく、軍議が終わろうとしたとき、

「お待ち下され」

茲矩は立ち上がった。

一同の視線が茲矩ひとりに集まった。

「たしかに、因幡の地を捨てるは、いたしかたござらぬ。されども、ここでわれら一同が散り散りになっては、行くすえ、ふたたび再起できるかどうか危ぶまれまする。諸国へ散ってしまうのは、ちと早計というものでございましょう」

「ならば、どうせよというのだ」

老臣のひとりが言った。

「打つ手はございます」

茲矩は自信たっぷりに、一同を見わたした。

「毛利を倒すには、毛利と敵対する勢力と手を組むにしくはございませぬ。さしあたって、先年、京への上洛を果たした織田信長に使者を差し向けてはいかがでございましょう」

「織田か……」

軍議の席に、どよめきが広がった。

諸国の大名にさきがけ、いち早く京を制した織田信長は、この時期、畿内で着々と勢

力を増していた。

茲矩は、その信長に援助をもとめてはどうかと提案したのである。

もともと茲矩は、小知恵にたけたところがあった。畿内へも早くから諜者《ちょうじゃ》を放ち、信長が中国筋への野望を持っていることを秘かにつかんでいたのである。

軍議のすえ、茲矩の意見は取り入れられ、尼子遺臣団は信長に使者を差し向けた。毛利攻略を考えていた信長は、これを喜んで受け入れた。

天正五年、十月——。

織田信長の毛利攻めがはじまった。総大将を命じられたのは、織田家の重臣、羽柴筑《はしばちく》前守《ぜんのかみ》秀吉《ひでよし》である。

尼子遺臣団五百余騎は、秀吉軍の先鋒《せんぽう》をつとめ、山陽筋の播州平野へなだれ込んだ。いくさは連戦連勝だった。播磨《はりま》の土豪たちは、つぎつぎと織田信長の武威になびき、秀吉軍の軍門に降《くだ》った。

（勢いとは、恐ろしいものだ……）

茲矩はあらためて、おのれの判断に自信を持った。

勢いに乗る秀吉軍は、さらに西へ兵を進めた。茲矩ら尼子遺臣団は、西播磨にある上《こう》月《づき》城の守備を秀吉から命じられた。

上月城は、毛利方の勢力圏と境を接する、最前線の城である。織田方にとって、そこは中国攻めの重要拠点のひとつであった。と同時に、尼子遺臣団にとっても、上月城は再起を懸ける大事な城となった。

山中鹿介らの上月城入りを聞きつけ、諸国に散っていたかつての仲間が、ぞくぞくと城に集まってきた。軍勢はたちまち二千余りにまで膨《ふく》れ上がった。

(毛利を下せば、尼子家再興がなるぞ)

茲矩の胸は、早鐘を打つように高鳴った。

ところが――。

状況はまもなく一変した。毛利方の猛反撃がはじまったのである。雲霞《うんか》のごとく押し寄せた毛利の大軍によって、上月城は十重《とえ》二十重《はたえ》に囲まれた。

城軍は、安土《あづち》の信長に救援をもとめた。しかし、信長は動かなかった。

「上月城にかかわっていては、大局を見失う恐れがある」

と、中国攻めの司令官の秀吉に、尼子遺臣団を見殺しにすることを命じた。

このころ、茲矩は上月城ではなく、秀吉のもとにいた。小才がきくところが、秀吉に気に入られ、二百騎をひきいて秀吉軍本隊に属していたのだった。

茲矩は、秀吉に呼ばれた。

「上様のご命令じゃ。節義の上からも上月城を見捨てとうはないが、わしの力ではいかんともしがたい。使者として、そなたが鹿介のもとへ行ってくれぬか」

秀吉は茲矩の手を握り、目に涙を浮かべ、何べんも頭を下げた。

(何ということだ……)

茲矩は茫然《ぼうぜん》とした。救援部隊を送らぬということは、籠城《ろうじょう》軍に死ねということではないか――。

しかし、尼子遺臣団と、主君信長との板挟みになった秀吉の苦衷《くちゆう》もわかる。

（これが戦国の世のさだめか……）

茲矩は黒装束に身をつつみ、わずか二名の供を連れ、夜陰にまぎれて上月城へ忍び込んだ。

「織田はこの城を捨てるつもりです。どうか、孫四郎さまと鹿介どのだけでも、城を落ちのびて下さいませ」

茲矩は、山中鹿介を説得した。

だが、鹿介は城と運命をともにする道を選んだ。

――兵を捨て、将のみ生き延びることはゆるされぬ。

という鹿介の言葉を、茲矩は冷めた気持ちで聞いた。

（ちがう……。たとえ世間から卑怯者《ひきようもの》とののしられようと、地に這いつくばろうと、最後に志を遂《と》げるのが乱世の将ではないか。わしは生きて生きて、生き抜いてやる）

茲矩は落城の直前、上月城を脱出した。

脱出するのは、侵入するよりも難しかった。

山の急斜面を、木や草につかまりながら這い下りた。途中、足がすべり、茲矩は崖下へ転落した。

さいわい、命に別状はなかった。

しかし、転げ落ちるさい木の根に首を打ちつけ、大けがを負った。

三

雨がつづくと、首が痛んだ。

しくしくとネズミが骨を噛《か》んでいるように痛む。

(くそッ。三十年前の古疵《ふるきず》が、いまだにうずくとは)

茲矩は後ろ首を押さえ、顔をしかめた。

このところ、悪い夢ばかり見る。

決まって、昔の夢である。

上月城で城を枕に討ち死にした山中鹿介が、顔面を血で染め、物言いたげに枕辺に立つこともあった。あるときには、それが尼子孫四郎勝久になり、別の武者にもなった。

また、尼子の旗を押し立てた騎馬武者たちが、喊声《かんせい》を上げながら城の周囲を走り回る夢を見ることもあった。

「ご城主さまは、怨霊《おんりよう》に取り憑《つ》かれておいでだそうじゃ」

「仲間を裏切り、自分だけがぬくぬくと生き抜いてきたせいじゃろう」

などと、城下の者どもは口さがなく噂《うわさ》しているらしい。

だが、

(怨霊など、わしは信じぬ)

怨霊とは、心に負い目がある者、気持ちの弱い者が見る幻影であろう。その点、茲矩はみずからの過去のおこないに、罪悪感というものを一切持っていない。

「のう、ユリアナ」

茲矩は、銀製の寝台の上で、閨事《ねやごと》の疲れにまどろんでいる紅毛の美女に語りかけた。

「死んでしまっては何もならぬ。わしが、上月城で死んだ奴らのぶんまでしぶとく生き抜いてきたからこそ、いまだに尼子再興の夢が消えずにつづいているのだ。化けものに祟《たた》られるいわれはない」

聞いているのかいないのか、ユリアナは寝床のなかで麝香《じゃこう》猫のように身をくねらせ、小さなあくびをした。

上月城落城から、三十年――。

長い時が流れていた。

上月城の尼子遺臣を見捨て、山中鹿介らを死に追いやった織田信長は、すでに二十六年前の天正十年、叛臣《はんしん》明智《あけち》光秀の手によって、京都本能寺で斃《たお》れている。

信長の天下布武の覇業を継いだのは、秀吉だった。

秀吉に仕えた茲矩は、因幡鹿野一万三千石を与えられ、大名になった。秀吉に属していたおかげで、徒手《としゅ》空拳《くうけん》だった放浪の孤児が、城持ちの大名に成り上がったのである。破格の出世というべきであろう。

しかし、茲矩は不満だった。

茲矩の望みは、あくまで尼子氏の再興だった。尼子孫四郎勝久亡きあと、尼子一門の名跡を継ぐ自分が中国の太守となる――それがすなわち、茲矩の考える尼子再興であった。

かつて、尼子氏は山陰、山陽十一カ国に覇をとなえていた。十一カ国とまではゆかずとも、せめて二、三カ国、いや、尼子氏本貫の地である出雲《いずも》一国でもいい。国を支配する国守になりたかった。

だが、秀吉が天下統一を果たし、麻のごとく乱れた戦国の世は終わりを告げてしまった。長年の宿敵であった毛利氏の頭領輝元《てるもと》も、秀吉に臣従を誓い、旧領を安堵《あんど》されている。

もはや、茲矩が切り取るべき土地は、日本中、どこを探しても残っていなかった。

だが、茲矩はしぶとい男である。

あくなき執念を捨てなかった。

(日本がだめなら、異国がある……)

茲矩は、目を海外へ向けた。

もともと茲矩は海外貿易に興味を持ち、ことに鹿野城主となってからは、領内の蘆崎湊からさかんに船を出し、朝鮮や琉球との交易を積極的におこなっていた。

(まずは、琉球《りゆうきゆう》を切り取り、さらなる異国制覇の足掛かりにすればよいではないか)

茲矩の夢は、果てしなく膨らんだ。

大坂城での酒宴のおり、茲矩は秀吉に、

「それがしを、琉球守に任じて下さいませ」

と、訴えた。

むろん、琉球はいまだ、秀吉の支配がおよぶところではない。

秀吉は最初、突拍子もない茲矩の訴えにおどろいたようすだったが、罪のない冗談と思ったか、

「はッはは……。茲矩はなかなか、面白いことをぬかすやつじゃ。よかろう、そなたを琉球守に任じてつかわす」

いたって上機嫌で、みずから金扇に、

――亀井琉球守殿
と、書いて与えた。酒宴の席の、ほんの座興のつもりだったであろう。

が、金扇を拝領した茲矩のほうは大まじめであった。

(これで琉球を攻め取ることができる)

にわかに、夢が現実味をおびてきた。

当時、琉球には中山《ちゆうざん》王朝の尚《しよう》氏が君臨していた。尚氏は海外貿易をもって栄えていたが、兵力は意外なほど少なく、攻め取ることは容易に思われた。

茲矩はさっそく領地へ取って返すと、百挺櫓《ちようろ》の安宅船《あたけぶね》一艘《いつそう》、五十挺櫓の関船《せきぶね》四艘を建造し、琉球攻略の準備を着々と押しすすめていった。

やがて、秋《とき》はおとずれた。

天下人秀吉が、朝鮮、明《みん》へ軍をすすめるというのである。

(やるならいましかない……)

と、判断した茲矩は、秀吉に面会をもとめ、琉球攻略のゆるしを正式に願い出た。

ところが秀吉は、意外にも渋い顔をした。

「それは、ならぬ。まずは全軍あげて朝鮮を攻め取るほうが先じゃ。さいわい、そなたは軍船を建造したとのよし。朝鮮攻め第十軍、加藤嘉明《よしあき》ひきいる水軍に加わるがよい」

有無を言わせぬ秀吉の命令に、

（くそッ！）

茲矩は断腸の思いで唇を嚙んだ。

そんな茲矩の気持ちを知ってか知らずか、秀吉は言葉をつづけ、

「朝鮮を攻め取り、さらには明国を手中におさめたるあかつきには、そなたに明国の一州を与えよう。どうじゃ、どこがよい」

まだ切り取ってもいない異国の領地を与えると約束した秀吉も秀吉だが、それを微塵《みじん》も疑わず、

「されば、台州《だいしゅう》をいただきとう存じます」

と、細い目の奥を光らせて即答した茲矩も、恐るべき夢想家である。

台州とは、浙江《せっこう》省の東部海岸にあり、天台密教の発祥地として名高い天台山国清寺がある。日本人にも古くからなじみの深い土地だった。

秀吉は、金扇にまたもや筆を走らせ、

——亀井台州守殿

と書いて、茲矩に与えた。

結局——。

二度にわたる朝鮮攻めは失敗に終わり、慶長三年、秀吉は死んだ。

朝鮮の富山浦（釜山《プサン》）に出兵していた亀井茲矩は、将兵をひきいて肥前名護屋《なごや》へもどった。出陣のとき、五艘あった茲矩の兵船は、朝鮮水軍の大将、李舜臣《りしゅんしん》との海戦で二艘を失い、わずかに三艘だけになっていた。

のみならず、〝台州守〟の約束も、秀吉の死とともに反故《ほご》にされた。

だが、これであきらめるような茲矩ではなかった。

むしろ、逆に、

（琉球を攻め取るなら、いまをおいてほかにない）

秀吉の死のどさくさにまぎれ、琉球へ向けて兵を出すことを決意した。

茲矩は残った三艘の兵船に七百人の手勢を分乗させ、琉球へ向けて船出した。

東シナ海に、秋風が吹きはじめていた。

夏場はおだやかな東シナ海だが、秋風が立つころになると、海は荒れる。薩南《さつなん》の島づたいに南下した茲矩の船団は、荒波に揉まれながらも、半月後、ついに琉球の島影を見いだした。

（あれが、わしの国じゃ）

長い年月、待ち望んだだけに、感慨ひとしおのものがあった。

琉球の北岸、運天《うんてん》港に船を着けた茲矩は、足軽鉄砲隊、弓隊を繰り出し、たちまちのうちに港を制圧した。

茲矩は緒戦《しょせん》を勝利で飾り、すこぶる上機嫌だった。

あとは、運天港の船頭たちに水先案内をさせ、海岸づたいに南へ下り、一気に尚氏の王都のある首里《しゅり》を衝《つ》けばよい。

だが――。

出港はできなかった。突然の嵐のために、海が大荒れに荒れたのである。

風がごうごうと吹き過ぎる音を聞きながら、茲矩は琉球の地酒、花酒《はなざけ》（泡盛）を飲んで過ごした。

待つことは、少しも苦にならなかった。いままで、気が遠くなるほどの時を待ちつづけてきた。

（あと少しだ。あと少しで、琉球が手に入る……）

茲矩はきつい酒に酔い、甘い夢に酔った。

その夢が打ち破られたのは、三日後の早暁のことである。運天港から二里離れた今帰仁《なきじん》城の大里按針《おおざとあじ》が、嵐のなか、陸路三百の兵をひきいて、亀井軍を急襲したのだ。

意表を衝かれた茲矩の軍は、さんざんに打ち破られ、兵船一艘を失い、ほうほうのていで日本へ引き揚げた。

茲矩の琉球遠征は失敗に終わった。

それでもなお、茲矩は執念を捨てなかった。

（いつかふたたび、琉球をこの手におさめてくれる。わしは、琉球の中山王となるべき男だ……）

それから二年後、関ヶ原合戦が起きた。

天下分け目の戦いで、茲矩は徳川方についた。長年、恩を受けた豊臣家を見かぎり、徳川方に加勢したのは、茲矩一流の嗅覚《きゅうかく》がはたらいたからである。いついかなるときも、茲矩は機を見るに敏だった。

合戦は、茲矩の思ったとおり、徳川家康ひきいる東軍の大勝利に終わった。

しかし、茲矩は鳥取城攻めのさいの失火の件で、家康から問責された。

(琉球の中山王となり、尼子再興の夢を果たすべきこのわしが、こんなところで潰《つぶ》れてたまるか……)

おのれが生き残るためなら、茲矩はいかなる手段でも使う男だった。

茲矩は、失火は鳥取に援軍に来ていた但馬《たじま》竹田城主の赤松広通《ひろみち》の落ち度であると讒言《ざんげん》をおこない、みずからは罪をまぬがれた。

濡《ぬ》れ衣《ぎぬ》を着せられた赤松広通は、鳥取の真教寺《しんきょうじ》で切腹して果てた。

関ヶ原合戦の戦功により、茲矩の所領は西因幡三万八千石に膨らんだ。

しかし、茲矩はそれでもまだ満足することはなかった。

茲矩の夢は、琉球の中山王になることである。

琉球への再渡海をめざす茲矩は、ふたたび軍船を建造するために、蓄財に励みだした。

(金をつかむためには、貿易に本腰を入れることだ……)

茲矩は、江戸に幕府を開いた家康から、海外貿易の朱印状を受け、明国、呂宋《ルソン》、暹羅《シャム》へ向けて、さかんに船を出すようになった。

——茲矩さきに琉球を征せんと欲して果たさず、意を翻《ひるがえ》して海外に通商せむ。

『道月余影』なる古書には、そうしるされている。

朱印船貿易のみならず、密貿易にも手を染めた茲矩の鹿野城には、緞子《どんす》、繻子《しゅす》、蜀紅《しょっこう》錦《にしき》、天鵞絨《ビロード》、猩猩緋《しょうじょうひ》、豹皮《ひょうがわ》、虎皮《とらがわ》、あるいは瑠璃《るり》、珊瑚《さんご》、象牙《ぞうげ》などの異国の宝物があふれ返り、城内はつねに麝香《じゃこう》や伽羅《きゃら》、沈香などの香りでむせ返り、鸚鵡《おうむ》、孔雀、鸚哥《インコ》などの声が響きわたった。

四

「殿、黒文字がやってまいりました」

おらんだ櫓の銀の寝台で、紅毛美女と同衾《どうきん》していた茲矩に声をかけてきた者がいた。

家老の多胡信濃《たごしなの》である。

多胡信濃はほかならぬ尼子遺臣の一人で、上月城落城以来、長年にわたり茲矩に仕えてきた老臣であった。

「何ッ、黒文字が……」

茲矩は、寝台からはじかれたように身を起こした。

早暁だった。

外はまだ明け切ってはおらず、群青《ぐんじょう》色に透きとおった空に星が浮かんでいる。昨夜までの雨は、上がっているらしい。

「昨夜遅く、蘆崎湊に入りましてございます」

「いよいよ、来たか」

目覚めたばかりで、うすく濁っていた茲矩の双眸《そうぼう》が、爛《らん》と輝いた。

――黒文字
とは、黒船すなわち、南蛮船の陰語である。

長崎でひそかに建造させていた黒船を、亀井家の家中では〝黒文字〟と呼んでいた。

多胡信濃の話では、その黒船がついに完成し、城下から二里先の蘆崎湊に姿をあらわしたのだという。

「いかがなさいます。すぐにご検分なさいますか」

「むろんじゃ」

茲矩は寝台から飛び出るや、身支度をととのえ、厩《うまや》から引き出された葦毛《あしげ》の馬にまたがった。

鹿野城から蘆崎湊へは、深田のなかを、

――亀井畷《なわて》
と呼ばれる、茲矩自身が切り開いた道が一直線に伸びている。

ほのぼのと明け初《そ》める薄明の亀井畷を、茲矩は馬に鞭《むち》を入れ、湊へ向かって急いだ。

道の途中で、あとから追いかけてきた老臣の多胡信濃が馬を寄せてきた。

「殿」

「なんじゃ」

馬上の茲矩は、ちらりと振り返った。

「殿に、ちと申し上げたき儀が」

「黒文字のことか」

「いえ。余にあらず、女のことにござります」

多胡信濃は茲矩の馬を必死に追いかけ、追いかけ、

「紅毛の女は、ことのほか淫気《いんき》が強いと申しまする。殿も、もはや若うはござらぬ。近ごろ、殿はお顔の色がすぐれぬご様子。ここは御身をつつしまれ、紅毛の女をお遠ざけになっては……」

「わしに意見する気か」

「いや、決してさようなことは」

「不愉快じゃ」

「殿……」

「即刻、そなたに隠居を命ずる。いらぬ口出しは無用じゃ」

額に青筋を立てて叫ぶや、茲矩はさっと馬鞭を振った。しなった鞭が、手綱を握る多胡信濃の手の甲をうち、

——わッ
とばかりに、老臣の体が馬から深田へ転げ落ちる。

茲矩はそれきり、振り返らず、北をめざして駆けつづけた。

蘆崎湊に着いたのは、朝の明るい陽射しがあたりをまばゆく照らすころだった。

海はおだやかに凪《な》いでいた。

湊に、黒船が浮かんでいた。堂々たる巨船だった。

船首と船尾にそれぞれ楼閣を持ち、三本の帆柱《マスト》が天に向かってそびえ立っている。い

わゆる、ガレオン船と呼ばれる大型の西洋軍船である。

船体が黒光りして見えるのは、楠《くすのき》の船材に魚油を塗り込めているためだった。はるか海の果てから、荒波を越えてやってくる西洋人の船を模しただけあって、いかにも頼もしく、海上に浮かぶ大要塞《だいようさい》のように見える。

「見事なものじゃ」

茲矩は朝陽に照り輝く黒船の勇姿に、陶然とため息をついた。

湊で待っていた船手奉行の案内で、茲矩は艀《はしけ》に乗り、縄ばしごを伝って黒船の甲板へのぼった。

「船首には航海の無事を祈る西洋の女神像が、また左右の舷側《げんそく》に、合わせて十六の砲台が取りつけてございます」

船上を歩きまわりながら、船手奉行が説明した。

船尾楼のほうへ行くと、そこにも大砲が並んでいる。

「これなる大砲は、でみかるばりん砲と申し、海戦にもっとも適した大筒にござります」

船手奉行が大砲の筒の前の留め金をはずすと、舷側に四角い窓があいた。

窓の向こうに、タイ釣り漁からもどってきた漁師の舟が、米粒のように小さく見える。大砲を放てば、ひとたまりもなく吹き飛んでしまうであろう。

（これは、よい）

茲矩は、にぶく光る大砲の鉄の肌をうっとりと撫でた。

「して、長崎で造らせているほかの黒船は、いつごろ出来上がる」

「これよりやや小型の快速船一艘が、今年の暮れに。もう一艘の大船は、年が明けた来年の春までには完成いたしましょう」

「遅いッ！　もっと急がせるのじゃ」

「はっ」

にわかに激しい茲矩の語気に、船手奉行は恐れおののいたように頭を下げた。

「わが船室に案内《あない》せよ」

茲矩が、細かな指図を送って造らせた船室は、船尾楼から階段を下ったところにあった。

船尾のほうに面して馬蹄型《アーチ》の窓があり、はめ込まれた透明な玻璃《ガラス》を透かして外洋がよく見える。

床には、蓮花葉紋の紅い絨毯《じゅうたん》が敷きつめられ、壁にギリシャの叙事詩、イーリアスの一場面を織り出した壁飾り《タペストリー》が掛かっていた。部屋の真ん中に、寄木細工《よせぎざいく》の六角形の卓と椅子《いす》、飾り棚の上には南蛮渡りの地球儀がすえられている。

この船に乗り、茲矩は琉球へ攻め込み、さらに海のかなたへと野心を広げていくつもりであった。

茲矩は甲板へもどった。

機嫌がいい。この黒船さえあれば、長年の望みは苦もなく達せられよう。

茲矩は船首楼の最上階にのぼった。

海を眺めていると、

「長崎で、ひとつ気がかりな噂を耳にいたしましてございます」

船手奉行が言った。

「気がかりな噂じゃと？」

「はい。薩摩の島津が、琉球攻めの準備をおこなっているともっぱらの噂でございました」

「なに、島津が」

茲矩は顔をゆがめた。

事実とすれば、ゆゆしき事態だった。薩摩の島津家といえば、秀吉の九州攻め以前は、薩摩、九州の大部分を支配下におさめていた強大な大名である。秀吉に臣従してのちは、薩摩、大隅《おおすみ》の二カ国に押し込められてしまったが、いまだに勢力は衰えていない。

むしろ、新たな領土拡大の機会を虎視《こし》眈々《たんたん》と狙《ねら》っているとも言える。

（そうか、島津が……）

茲矩は爪が肉に食い込むほど、強く拳《こぶし》を握りしめた。

（琉球はもともと、この亀井茲矩が、故太閤《たいこう》殿下より切り取りをゆるされた国じゃ。この期《ご》におよんで、島津にかっさらわれてたまるものか……）

とはいえ、茲矩が秀吉から、

——琉球守
の肩書をもらったのは、遠い昔のことだった。すでに秀吉はこの世を去り、豊臣政権そのものも崩壊し、天下は徳川家康のものとなっている。

島津が琉球を攻め取ろうと、茲矩が文句を言える立場ではなかった。

「急ぎ九州へもどり、島津の動静をくわしく調べるのじゃ」

茲矩は、船手奉行に命じた。

「そして、一日も早く、すべての黒船を完成させるように」

言い捨てるなり、茲矩は船首楼を駆け下り、甲板を大股《おおまた》に横切って、艀に向かって垂れ下がった縄ばしごをつかんだ。

(負けぬぞ……。島津ごときに、遅れは取らじ)

頭の芯《しん》が、カッと熱くなっていた。

さきほどまでは、胸に染み入るように美しく映じた海の青さも、もはや茲矩の目には入らなかった。

あまりの怒りに、我を忘れたせいだろう。艀まで、あと四、五段、下りればよいというところで、茲矩は縄ばしごを踏みはずした。

——あッ
と、思ったときには、茲矩の体は宙へ投げ出され、艀の舟底にいやと言うほどたたきつけられた。

茲矩はまたしても、首を打った。

五

その日から――。

亀井茲矩は、鹿野城の御殿に伏したまま、身動きができなくなった。

身動きできぬどころではない。

絶えまなく襲いかかる痛みのために、夜も眠ることができなかった。

かつて、上月城脱出のさいに痛めた首の古疵が、黒船からの転落によって、さらに悪化してしまったらしい。これまでも、雨の日に古疵がうずくことがあったが、いまの痛みにくらべれば、物の数にも入らない。

骨の髄《ずい》を、千本の針の束でつつかれるような、激烈な痛みである。

近在の田舎《いなか》医者ではらちが明かず、京の名医施薬院《やくいんそうはく》宗伯を呼び寄せて診《み》てもらった。

宗伯は脈を取り、患部を診察したあと、

「残念ながら、たちどころに治る特効薬はございませぬな。痛み止めを処方しますゆえ、なるべく首を動かさず、安静にしておられますように」

と、告げた。

宗伯が処方した痛み止めは、一時しのぎにすぎなかった。いっこうに、首の痛みが去らぬまま、半月がたち、一月《ひとつき》がたった。

因州鹿野の秋は、またたく間に深まり、色づいた木の葉を散らして、城下を木枯らしが吹き抜けるようになった。

しかし、痛みは去らない。

（くそッ……）

焦りだけが、胸につのった。

（悠長に寝ている場合ではない。早く、琉球へ渡る準備をせねば、島津に先を越されてしまうではないか）

無理を押して、何度も起き上がろうとした。が、無理をすると、翌日にはかえって症状が悪化し、苦痛が増すばかりである。

そのことがあったのは、陰鬱《いんうつ》な重い鉛色の空から、鶴《つる》の羽毛のような初雪が舞い下りた寒い日の夕刻であった。

その日は、朝からめずらしく痛みがやわらいでいた。紅毛美女のユリアナに、肩と腰を揉ませ、茲矩はうとうととした。

一刻あまりも眠ったか、ふと茲矩が目を覚ますと、かたわらにいたはずのユリアナの姿が消えていた。部屋のなかは、闇が満ちている。

（厠《かわや》へでも行ったのか……）

寝返りを打とうとしたとき、部屋のすみに、何者かの影があるのに気づいた。

「ユリアナ、そなたか」

影に向かって、声をかけた。

が、返事はない。その者は、闇のなかに無言で立ちつくし、こちらを見すえている。

「誰じゃ！」

兹矩は甲走《かんばし》った声を発した。

おぼろげな輪郭がしだいにはっきりとし、その者の姿が闇のなかに浮かび上がってきたとき、兹矩は思わずうめき声を上げそうになった。

白装束を着た武者であった。

髪は乱れ、片袖の裂けた白い衣《ころも》の腹のあたりが、どす黒く血に染まっている。武者は唇のはしから一筋の血をしたたらせ、感情のない目で兹矩を見つめていた。

「そ、そなた、赤松……」

それは、かつて関ヶ原合戦のおりに、兹矩の讒言で腹を切らされた、但馬竹田城主の赤松広通にほかならなかった。

「おのれ、わしを取り殺しに来おったか」

知らず知らず、声がうわずっていた。怨霊など信じていないつもりだった。だが、さすがに腋《わき》の下に冷や汗がにじむ。

(気の迷いじゃ。首の痛みのせいで、あらぬ幻を見ているにすぎぬ……)

兹矩は、おのれに言い聞かせた。

「失《う》せよッ、怨霊。わしは、天に恥じることなど、何もしておらぬ。うぬが腹を切ったは、うぬが要領よく生きなんだせいじゃ」

大声で、叫んだつもりであった。

ところが、声が出ない。手足を動かそうにも、全身が金縛《かなしば》りにあい、ただ身を固くして横たわっているしかできなかった。

闇に浮かんだ亡者の蒼《あお》ざめた顔が、かすかに笑ったように見えた。

(負けぬぞ。怨霊ごときに、わしの大望を打ち砕かれてなるものかッ!)

茲矩は下腹の丹田《たんでん》に力を入れた。

とたん、金縛りが解け、手足が動くようになった。夜具をめくり、起き上がった茲矩は、床の間の刀掛けに手を伸ばすや、鞘《さや》を払い、怨霊めがけて真一文字に斬《き》りつけた。

刀が闇を一閃《いっせん》した。

が、そこにはもはや、何者の姿もなかった。振り下ろした刀の切っ先が、むなしく畳を斬り裂いた。

(やはり、夢だったか……)

茲矩は刀の柄《つか》をつかんだまま、肩で大きく息をした。

奇妙にも、その日を境に、茲矩の首の痛みは嘘《うそ》のように消え去った。

(わしは怨霊にも打ち克《か》ったぞ)

痛みが消えると、茲矩は以前にも増して、琉球攻略に強い意欲を燃やした。

五体に熱い血が駆けめぐり、満々たる野心もよみがえってきた。

長崎で建造させていた残りの黒船が完成したとの知らせが入ったのは、年が明けた春、山の雪が解け、蘆崎の湊に紅い藪椿《やぶつばき》の花が咲きほころころのことである。

海はまだ風が強く、押し寄せる波が白く砕けながら磯を噛んでいた。

やがて、新造の黒船が到着し、山陰の小さな湊に黒船が三艘、山のような威容をあらわした。

「者ども、出陣の準備じゃ。船に兵糧《ひょうろう》を積み込めッ！　武具を積み入れよッ！」

真っ赤な猩猩緋の羽織を着た茲矩は、馬上で派手に金扇を振るい、声を嗄《か》らして指揮をとった。

鹿野城の蔵にたくわえられていた米や味噌《みそ》、水樽《みずだる》が、つぎつぎと黒船に運び込まれた。槍、刀、弓矢、火縄銃などの武具も積み込まれた。

かつて、琉球を襲ったときは、兵数七百。

今回は、倍以上の千五百の兵が、三艘の黒船に分乗することになった。

慶長十四年、四月二十七日――。

亀井茲矩の船団は、鹿野領の蘆崎湊を出港した。航海は順調に進んだ。

美保ヶ関
温泉津《ゆのつ》
浜田
と、湊を結んで山陰海岸を西へ進み、七日目には、周防《すおう》下関の湊へ着いた。下関からさらに、玄界灘を横切り、平戸の瀬戸を抜けて、出港から足かけ十日で、肥前長崎の湊に到着した。

長崎は、このころ、海外貿易の基地として大発展していた。茲矩の船のみならず、ポルトガルの三色旗を立てた黒船や、明のジャンク、呂宋《ルソン》、暹羅《シャム》などの交易船が、湊を所せましと埋めつくしていた。

その知らせが入ってきたのは、水の補充を終え、いよいよ明日は琉球へ向けて出港という夜のことであった。

長崎で情報収集にあたっていた船手奉行が、茲矩の船室に飛び込んできた。顔面が蒼《そう》白《はく》である。

「どうした」

切子の酒杯で赤葡萄酒《ぶどうしゅ》を飲んでいた茲矩は、眉をひそめた。

「無念でございます、殿」

「何があったのじゃ」

「薩摩の島津めが、琉球に攻め入り、首里城を陥落させたと、いましがた知らせが入りましてございます」

「なにッ、島津が……」

茲矩は思わず、酒杯を手から取り落とした。杯が割れ、葡萄酒が絨毯に飛び散った。

「琉球王尚寧《しょうねい》は囚われの身となり、薩摩へ護送されて、幽閉されたそうにございます。長崎奉行の話によりますれば、幕府も、島津の琉球支配をみとめる意向であるとか」

「先を越されたか」

茲矩は、自分が立っている足元が音を立てて崩れていくような気がした。

「くそッ!」

寄木細工の卓を、拳で何度もたたいた。

(わしは、いままで何をしてきたのだ……)

やり場のない怒りが込み上げ、胸のうちで突風のように荒れ狂った。

人を押しのけながら、ひたすら尼子家再興をめざしてきたおのれの人生は、いったい何だったのか――。

涙が出た。喉《のど》の奥から嗚咽《おえつ》が洩《も》れた。

「わしは亀井琉球守じゃ」

茲矩は昏《くら》い夜の海に向かって、憑《つ》かれたように叫びつづけた。

亀井茲矩は、この年、幕府に隠居願いを出し、嫡男政矩《まさのり》に家督をゆずった。

隠居後は、京に住んだ。

失意の茲矩が、京でいかなる日々を過ごしたか、古記録には残されていない。『稲場《いなば》民談記《みんだんき》』によれば、慶長十六年の秋ごろから、首の古疵が悪化し、翌年正月、五十六歳で世を去ったという。

戒名は、「中山道月大居士《ちゅうざんどうげつだいこじ》」。

〝中山〟とは、すなわち〝琉球〟のことにほかならない。

抜擢

世に、これほど出世した男もめずらしい。

男とは、

——木村伊勢守吉清《いせのかみよしきよ》。

吉清は、主君豊臣秀吉の鶴の一声により、禄高五千石の侍大将から、じつに三十万石の大名へと異例の大出世を遂げたのである。

現代であれば、うだつの上がらない〝万年係長〟が、いきなり〝重役〟に抜擢《ばってき》されたのに等しい。しかも、本人にはたいした実績もなく、きわだった才腕が一切ないにもかかわらず、である。

「なぜ、あの者が……」

世間の誰もがおどろいた。吉清程度の男が三十万石の大名になるくらいなら、ほかに実績、能力のある武将はいくらでもいる。

「関白《かんぱく》さまのなさりようも、こたびばかりは納得ゆかぬ」

首をひねる者が多いなかで、ほかの誰より仰天しているのは、当の木村吉清自身であった。

「三十万石の大名になったぞ」

小田原北条攻め、それにつづく奥州平定の長い遠征を終え、大坂の屋敷へ帰還した吉清は、古女房のお亀にむかってうめくように言った。

「あほらし」

お亀は丸い団子鼻に小じわを寄せて笑った。

お亀は名のごとく、顔が亀に似ている。色黒で表情が鈍く、厚い上まぶたがいつも眠そうに垂れ下がっていた。

「あほらしとは、何じゃ。関白殿下から内々にご沙汰《さた》があったことは、とうに会津から書状で知らせておいたであろう。女房なら、もそっと物の言いようがあるのではないか」

「あほらしいものはあほらしいから、そのように申し上げたまでです。それとも、おまえさまは、ネズミを捕らえて来た猫のように、女房によくぞやったとでも褒《ほ》めてもらいたかったのですか」

「いや、さようなことは……」

十九年前に夫婦《めおと》になった当初から、吉清は、この古女房に頭が上がらない。というのも、お亀は、吉清が豊臣家の家臣になる以前、主君として仕えていた明智光秀の肝煎《きもい》りで嫁に迎えた女だからである。

お亀の実家は、近江《おうみ》の名族堀氏。名家の出ゆえ、さぞかし﨟《ろう》たけた娘であろうと、若い吉清は胸をときめかせたが、じっさいに祝言の席にあらわれたのは、お世辞にも美人とは呼べぬ女だった。

むろん、顔が気に入らぬからと言って、主君の肝煎りで嫁にした女を離縁するわけにもいかない。それに、いっしょに暮らしてみると、お亀は鈍重な姿形からは想像もつかぬほど頭がよい。それゆえ、何事によらず決断力にとぼしい吉清は、しばしば女房の意見を頼りにした。

旧主の明智光秀が本能寺の変を起こし、のち、中国大返しを演じた秀吉と戦って敗死したときも、冷静に状況を見定め、

「ここは、意地を張って亡き明智の殿に義理立てするより、一刻も早く、羽柴さま（秀吉）に恭順の意をしめしたほうがようございます」

と助言し、当時、吉清が守っていた丹波亀山城を、無傷で秀吉軍に引き渡させたのは、ほかならぬ女房のお亀だった。

彼女の賢明な判断のおかげで、吉清は明智の旧臣として咎《とが》めを受けるどころか、かえって秀吉の侍大将のひとりに取り立てられ、命を永らえることができた。吉清が、ますます女房に頭が上がらなくなったのは言うまでもない。

そのお亀、夫の目もくらむばかりの今度の大出世を手放しで喜ぶどころか、ふふんと鼻の先でせせら笑った。

「よくよくお考えなされ。このたびの小田原攻めと奥州のいくさで、おまえさまにどれ

ほどのお手柄がございました」

「む……」

と、吉清は言葉につまった。言い返すことができない。

なるほど、お亀の言うとおり、吉清は半年にわたる秀吉軍の小田原、奥州遠征で抜群の勲功を上げたというわけではなかった。わずか三百騎の勢をひきいて葛西《かさい》、大崎攻めに加わり、蒲生氏郷《がもううじさと》、浅野長政らによる主力軍の援護をしただけである。

「それ、ご覧なされませ」

お亀は小鼻をふくらませ、

「おまえさまは三十万石に値するほどの働きをなさってておられぬのでしょう。身にふさわしくない禄を与えられても、少しも嬉《うれ》しくはありませぬ」

「関白さまは、わしの地道な精勤ぶりをお目にとめられたのだ」

「ばかな」

お亀は、あきれたといった顔をした。

「世の中は、そのように甘いものではございませぬよ。いまの世で三十万石を超える大名といえば、徳川さま、加賀の前田さま、安芸《あき》の毛利さま、越後の上杉さまなど、ほんの数えるほどしかおられませぬ。あの武名高い加藤清正さまさえ、十九万石しかいただいておらぬのです。そうそうたるお歴々をさしおいて、おまえさまが三十万石の大名になるほうが、よほどどうかしています」

悔しいが、

(たしかにそのとおりだ)

と吉清も思う。ずけずけと女房に言われなくとも、吉清自身がいちばんよくわかっていることである。

じじつ、会津黒川城で秀吉から内示を受けたときも、吉清は頭のなかが真っ白になり、

(ご辞退申し上げたほうがよいのではないか……)

と、背中にだらだらと冷や汗をかいたほどである。

だが、結局、関白秀吉の意思に逆らうだけの勇気もなく、

(これはきっと、天がわしに与えた僥倖《ぎょうこう》なのだ)

無理に思い込むことで、かろうじて精神の平衡を保っていたのである。

「悪いことは申しませぬ。関白さまに申し上げ、三十万石をお断りなさいませ」

「いまさら何を……。すでにお受けしてしまった話なのだぞ」

「おまえさまとて本当は、三十万石は荷が重いと思っておいでなのでしょう。身にそぐわぬ装束を着てあおのけに転ぶより、着なれた衣のほうがよほど気持ちがよいではありませぬか」

と言って、お亀は案じるように吉清を見た。なんのかんのと言っているが、自分の夫の器量を知り抜いているだけに、三十万石の重みにつぶされてしまうのではないかと心配でたまらぬのである。

吉清には、女房の気持ちがよくわかった。しかし、吉清も乱世を生き抜いてきた武将のひとりだった。おのれが本当に三十万石に値する男なのかどうか、

（試してみねば、わからぬではないか……）

と、自分に言い聞かせた。

二

吉清が与えられた三十万石の領地は、秀吉に服さず征伐された奥州の土豪、葛西氏および大崎氏の旧領である。

本吉《もとよし》郡、東磐井《ひがしいわい》郡、玉造《たまつくり》郡、志田郡など、十二郡にわたっており、広大な奥州全体のじつに五分の一近くを占める大領だった（いまの宮城県の北半分にあたる）。

領内の各所に点在するおもだった城館だけでも、二十数カ所あり、それぞれに三、四十人ずつ人を置くにしても、千人を超える家臣が必要だった。

（えらいことだ……）

いままでは五千石の小身で、家来の少なかった吉清はおおいにあわて、急いで家臣を募集した。明智や尼子《あまこ》の旧臣をはじめ、兵法《ひょうほう》者、山伏、金掘り、船頭、はては無頼の徒にいたるまで、多少のことには目をつぶり、とにかく頭数をそろえた。なにしろ七日後には、一族郎等を引き連れ、ふたたび奥州へ向けて旅立たねばならないのである。

忙しい出立準備の合間を縫って、吉清は大坂城の北政所《きたのまんどころ》ねねのもとへ伺候《しこう》した。

秀吉の妻ねねは、吉清の遠縁にあたる。

（もしや、今度の異例の抜擢は、北政所さまのお口添えがあったためではあるまいか……）

吉清は、はたと思いあたった。ねねが豊臣家の人事に少なからぬ影響力を持っているのは、殿中の者なら誰でも知っていることである。

吉清は、辻《つじ》が花染めの布十疋《ぴき》をねねに献上し、

「このたびのこと、北政所さまにはお礼の申し上げようもございませぬ」

米搗《つ》きバッタのように頭を下げたが、北政所からは通りいっぺんの言葉が返ってきただけであった。

（どうやら、わしの出世に、北政所さまは無縁のようじゃ。だとすれば、いったいなにゆえ……）

いくら考えても、吉清には秀吉の真意がつかめなかった。

夕暮れが近かった。

西陽の差し込む本丸の長廊下を、吉清がぼんやりと歩いていると、曲がり角でいきなり、向こうからやって来た者と肩がぶつかった。

物思いにふけっていて、人の気配に気づかなかったのである。

「これは、失礼を……」

言いながら吉清が見ると、肩をぶつけた相手は、秀吉の子飼いの家来、賤《しず》ヶ嶽《たけ》七本槍のひとりとして天下に名高い、猛将の福島左衛門大夫正則《さえもんのだゆうまさのり》であった。

廊下の真ん中に仁王立ちになった正則は、吉清の顔をじろじろと眺め、

「おう、誰かと思えば、三十万石ではないか」

皮肉たっぷりな口調で言った。

「福島どの、ご無礼つかまつった」

吉清は跳ぶように廊下をしりぞき、ふかぶかと頭を下げた。

当然のことである。福島正則といえば、ついこのあいだまで、吉清にとっては雲上人《うんじようびと》にひとしい存在であった。

「なあに、頭を下げるまでもあるまい。なにしろ、わしはたかだか伊予府中十一万石のぬし、かたやおぬしは三十万石の大大名ではないか。頭を下げねばならぬのは、わしのほうじゃ」

ばか丁寧な言葉づかいとは裏腹に、正則の団栗眼《どんぐりまなこ》は、どす黒い怒気を含んでぎらぎらと光っていた。武功抜群の自分を差し置いて、ろくな手柄もない吉清が抜擢されたことが、腹立たしくてならないのであろう。

「おぬし、どんな手を使った」

「は……」

「三十万石を得るために、裏でどんな薄汚い手を使ったかと聞いておるのよ」

「それがしは何も、裏工作などいたしておりませぬ」

「隠すな」

正則は吉清の肩をかるく肘《ひじ》で小突き、

「関白殿下に、自分の女房でも献上したか。もっとも、おぬしの不細工《ぶさいく》な女房では、殿下も迷惑されたであろうがな」

「福島どのッ……」

吉清は言い返そうとしたが、福島正則は廊下中に響き渡る大声で笑い、足音もあらあらしく立ち去って行った。

(やりきれぬな……)

福島正則ほどあからさまでないにせよ、三十万石が決まってから、吉清にあてこすりや皮肉を言う者は、一人や二人ではなかった。

厭味《いやみ》を言われるたびに、吉清の胸はざらざらした思いに満たされた。

考えてみれば、諸将が吉清の破格の出世に冷静な気持ちでいられないのは、よくわかる。武将にとって禄高は、ただの実入りの多い少ないをしめすだけのものではない。武将としての評価そのものなのだ。命懸《が》けで戦い、ときには人質となった妻や子を見捨て、血の滲《にじ》み出るような思いで手に入れたものなのである。

それに引きかえ、吉清の三十万石には、いかなる痛みも伴っていない。ぽんと天から降ってきたようなものだ。

吉清自身が、三十万石に負い目を感じれば感じるだけ、人の視線が気になり、ちょっとした相手の言葉が矢のように胸に突き刺さった。

(早く、奥州へ行ってしまいたい……)

吉清はいたたまれぬ思いで、日々を過ごした。

それゆえ、大坂を発ち、街道を東へ下ったときには、内心、肩から大きな荷を下ろしたようにほっとした。

一行は、京に立ち寄ったあと、草津《くさつ》、土山、亀山と泊まりを重ね、十二日めに箱根の山にさしかかった。

「奥州とは、ずいぶん遠いところでございますなあ」

峠で、休息のために駕籠《かご》を下りたお亀が、疲れた顔もみせずに言った。眼下に、あおあおと芦《あし》ノ湖《うみ》の湖面が広がっている。

「奥州の領地までは、あと十日ほどじゃ。まだまだ先は長いゆえ、覚悟しておけよ」

「覚悟なら、とうにできておりまする。わたくしのことより、おまえさま自身のご覚悟はどうなのです」

「わしの覚悟だと？」

吉清は、かすかに眉《まゆ》をひそめて女房を見た。

「聞けば、おまえさまが拝領した奥州の所領は、治めるに、たいへん難しいところと申すではありませぬか。いまだ、葛西氏、大崎氏の残党が各地に隠れ住み、一揆《いっき》を企《くわだ》てんとしているとの噂《うわさ》も聞きました」

「うむ」

「そればかりか、ご領地の南隣には、ついこのあいだまで豊臣家に楯《たて》ついていた伊達政《だてまさ》宗《むね》という暴れ馬がおります。そのようなご領地で、おまえさまがうまくやっていけるかどうか……」

「わしの力が信じられぬのか」

女房にまで、おのれを腐《くさ》すようなことを言われ、吉清は思わずむっとした。

「葛西、大崎の残党が何じゃ。伊達が何するものぞ。わしは関白さまより三十万石を与えられた大大名よ。歯向かう者は、わが鉄砲隊で蹴散《けち》らしてくれるわッ」

吉清は、内心の不安を撥《は》ねのけるように強い口調で言った。

顔を紅潮させ、昂然《こうぜん》と胸をそらす夫を見て、お亀がほんの少し哀しそうな顔をしたのを吉清は知らない。

木村吉清の一行は、途中、常陸鹿島《ひたちかしま》神宮で武運長久を祈願したのち、鹿島の白旗を押し立てて奥州街道を北上し、大坂を発ってから二十二日めに、ついに領地の南端、黒川郡にいたった。

三

みちのくの秋は深まっている。

あたりの山々は濡《ぬ》れるがごとき紅葉《もみじ》に染め上げられ、木々を揺らす風も、肌に滲《し》みとおるように冷たかった。

吉清は、錦《にしき》織りなす紅葉を愛《め》でる余裕もなく、本城と定めている登米寺池《とよまてらいけ》城へ急いだ。

「殿、あれは何でござりましょうや」

三本木の渡しまで来たとき、重臣の成合《なりあい》平左衛門が、老いた目をしばたたかせて、かなたを見つめた。

吉清が見ると、なるほど成瀬川の向こう岸に、百騎を超える騎馬武者が横一列に並んでこちらを見ている。

「すわッ、敵の来襲じゃ」

と、雑兵どもが騒ぎだし、一行は大混乱におちいった。もともと寄せ集めの家来どもゆえ、いったん混乱すると収拾がつかない。

慌てて鉄砲の火縄に火を点《つ》け、向こう岸の騎馬隊に銃口を向ける者もいる。

「落ち着けッ！　うろたえるなーッ！」

吉清は馬上から叫んだ。

だが、兵を叱《しか》りつけたものの、突然の事態にもっとも狼狽《ろうばい》しているのは、当の吉清自身であった。

（葛西、大崎の残党に待ち伏せされたか）

吉清は青ざめた。

（入国そうそう、合戦をせねばならぬとは……）

と、一戦する覚悟を固めたとき、騎馬武者のなかから、進み出てくる者があった。黒《くろ》鹿毛《かげ》の馬にまたがり、鯰尾《なまずお》の兜《かぶと》をかぶった大将とおぼしき男である。

「木村伊勢守さま、お待ち申し上げておりましたッ」

川べりで大音声《だいおんじょう》を張り上げた男の顔をよくよく見れば、吉清が畿内へ帰っているあいだ、領地内の代官を任せていた浜田安房守広綱《あわのかみひろつな》ではないか――。

浜田安房守は、気仙郡高田村（現、岩手県陸前高田市）の土豪で、葛西、大崎氏攻めでは早くに秀吉軍に帰順したため、あらたに旧葛西、大崎領の支配者となった吉清に、客将として迎えられた男であった。

（なんじゃ、浜田安房守がわしを迎えに来てくれたのか。大坂ではわしも肩身がせまいが、ひとたび奥州へ入れば、わが威光はこのとおりだ……）

吉清は敵襲でないと知って、安堵《あんど》すると同時に、誇らしい気持ちになった。

采配をふるって味方の動揺をおさめ、粛々と川を渡った。

「浜田安房守、出迎えご苦労」

吉清は、大坂からひきいてきた家臣たちの手前、ことさら尊大な口調で言った。

安房守は即座にひらりと馬から飛び下り、六尺近い巨体を河原にかがめて、

「ははッ」

と、平伏した。安房守配下の武者たちも、あるじに倣《なら》って馬を下り、ふかぶかと頭を垂れた。

吉清はいい気持ちになった。出迎えの者たちは、新しい領主の吉清に心服しきっているようである。

ここでは卑屈になる必要などなかった。どんなに尊大にふるまってもいい。尊大にふるまえばふるまうだけ、向こうはさらに吉清を恐れ、うやまうのだ。

「わしの留守中、何か変わったことはなかったか」

吉清の問いに、浜田安房守は赤銅《しやくどう》色に日焼けした顔を上げ、

「領民ことごとく、殿のご威光に服したてまつり、ご到着をお待ち申し上げておりました。われらが先導つかまつりますゆえ、疾《と》く、登米寺池城へご入城下さりませ」

「うむ、そのつもりじゃ」

夕刻、新領主の吉清は、かつて葛西氏の本城だった登米寺池城へ入った。

城といっても、大坂城や京の聚楽第《じゅらくてい》のような、贅《ぜい》をこらした大建築とはほど遠い。石垣もなければ、天守もない。北上川《きたかみ》のほとりの小丘陵のまわりに水濠《みずぼり》と土塁をめぐらしただけの、砦《とりで》に毛の生えたような田舎《いなか》むさい城であった。

（そのうち、もっと立派な城を築かねばならぬだろう）

城の大手門をくぐりながら、吉清はふと思った。

その夜──。

城内の大広間で、領主の到着を祝う宴《うたげ》がおこなわれた。代官の浜田安房守が事前に触れを出しておいたのか、領内の土豪がわれもわれもと機嫌うかがいにあらわれ、飲めや歌えの酒宴となった。

おどろいたのは、蝦夷人《えぞびと》がやって来たことである。あざやかな蝦夷錦をまとった髭《ひげ》の濃い男ふたりが、樹木の皮を丸めて作った奇妙な笛を吹き鳴らした。かつて耳にしたことのない旋律である。

哀切な響きの笛の音に、吉清が聞き惚《ほ》れていると、

「あれは胡沙笛《こさぶえ》と申し、蝦夷が狩りをするさい、獲物をおびき寄せるために使うものにございます」

かたわらにすわった浜田安房守が、低い声で言った。

「胡沙笛……」

「はい。いにしえの歌人西行法師の和歌にも、胡沙吹かば、曇りもぞするみちのくの、蝦夷には見せじ秋の夜の月、というのがございます」

「わが領内には、あのような蝦夷人が多く住んでいるのか」

「いや」

浜田安房守は猪《いのしし》のような太い首を横に振り、

「ここより北の九戸《くのへ》領には、いまだ蝦夷の集落がござるが、ご領内にはすでに蝦夷の村はございませぬ」

「ならば、なにゆえ城にあらわれた」

「殿のご入城を祝うため、それがしが呼び寄せました」

「そうか」

吉清は、浜田安房守の気配りがおおいに気に入った。

お亀は、旅の疲れが出たと言って、宴がはじまるとすぐに部屋に引き上げた。うるさい女房がそばにいないせいもあり、吉清はふだんあまり飲まぬ酒を、したたかに飲んだ。

宴は夜が更ければ更けるほど、ますます盛り上がり、賑《にぎ》やかになった。

その美女が宴席にあらわれたのは、夜半を過ぎ、そろそろ家来たちのなかにも欠伸《あくび》をかみ殺す者が出はじめたころだった。

月明かりの落ちた廊下の向こうから、突如、透き通るような女の唄声が響いてきた。あまりに美しい声であったため、宴席にいた誰もが騒ぐのをやめ、酒杯を持つ手をとめたほどである。

一座の視線が、廊下にそそがれた。

待つほどもなく、嫋々《じょうじょう》たる声とともに、ほそい手に檜扇《ひおうぎ》をかざした女がしずしずと廊下を渡り、大広間に入ってきた。

女があらわれたとたん、広間いっぱいに白牡丹《はくぼたん》の花が咲き、ふくいくたる芳香がただよったように、吉清には思えた。

女の姿はまさしく、繚乱《りょうらん》と咲く白牡丹そのものであった。

肌の色は抜けるがごとく白く、東国の女らしく、目鼻立ちがはっきりしている。つややかな黒髪、濃い睫《まつげ》、大きな瞳が濡れたようにうるんでいた。

肉付きの豊かな体に白綾《しらあや》の小袖をまとい、澄んだ声で歌いながら、優艶《ゆうえん》に舞う。

（美しい……）

吉清は呆《ほう》けたように、女に見惚《みと》れた。

根っから武骨者の吉清は、これまで正妻のお亀のほかに側室ひとり持ったことがなかったが、それは吉清が女房以外の女に関心がなかったためではなく、お亀の目をぬすんで若い側室をそばに置くだけの勇気がなかったからだった。

むろん、お亀はできた女房だから、吉清がどうしても側室が欲しいと言えば、逆らうことはないだろう。しかし、お亀とのあいだには、十八歳になる嫡男の清久《きよひさ》を頭に、すでに三人の子があり、いまさら女が欲しいと言い出すのも金の無駄遣《むだづか》いをするようで気がひけた。

とはいえ、吉清はけっして女に興味がないわけではない。

いや、むしろ、長年のあいだ心に押さえつけてきた情欲は、

（人一倍強いのではないか……）

と、我ながら思う。

吉清が魂を抜かれたように見とれていると、やがて、女は舞いおわり、吉清の前にかしこまって頭を下げた。

「いかがでございました、伊勢守さま。ただいまの舞は」

浜田安房守が、食い入るように女を見つめている吉清に声をかけてきた。

「この者は誰じゃ」

「それがしの遠縁の者にて月乃《つきの》と申します」

「お……。そのほうの縁者であったか」

吉清は喉《のど》がからからに渇き、声もうわずっている。

「はい。申し上げてよいものかどうか、はばかられますが、月乃の父、千葉藤八《とうはち》はさきのいくさで葛西氏に忠義立てし、関白殿下の軍と戦って討ち死にいたしました。ほかに身寄りもございませぬゆえ、それがしが引き取って世話をしております……。もしお気に召せば、そばで召し使ってやって下さりませ」

「わしのそばにか……」

「ご愛妾《あいしょう》のひとりにでも加えていただければ、幸いに存じます」

浜田安房守の言葉を聞いて、吉清は思わず生唾《なまつば》を飲んだ。

安房守は、自分の遠縁の娘を吉清の側女《そばめ》にしてくれと申し出ているのである。新しい領主との結びつきを深めるため、安房守も必死なのであろう。

すでに、娘は言い含められているのか、

「一心にお仕え申し上げまする。どうか末永《など》う、かわいがって下さいませ」

と、やや震えをおびた声で言った。

（この者は、わしを頼りにしているのだ……）

若い娘に頼られ、かわいがってくれと哀願されるなど、吉清には生まれてはじめての経験だった。

娘の震える肩を見ているうちに、男としての義俠心《ぎきょうしん》がむくむくと頭をもたげ、

「よし、わかった。そなたの面倒は、このわしが一生みてやろう。何も案ずることはない」

吉清はおもわず口走っていた。

あとで話を聞いて古女房のお亀がどう思うかなど、女の美しさに酔いしれた吉清は考えてもみなかった。

四

入国してすぐに、吉清は家臣の領国配置をおこなった。

領国の北半分は旧葛西領で、南半分は大崎氏の領地だったところである。

吉清自身の居城は、北の登米寺池城。南の旧大崎領の中心にあたる大崎城には、息子の清久を入れて領国経営にあたらせることにした。

ほかに、佐沼《さぬま》城に、家老の成合平左衛門。岩出山城に、荻田《おぎた》三右衛門。飯倉要害館、出崎館、平館、寺館など、二十余カ所の城館に家臣を派遣した。

だが、大坂で急遽《きゆうきよ》募集したとはいえ、三十万石の広大な領地にくらべ、家臣の数はまだまだ十分とはいえない。なかには、わずか六、七人の守備兵しか置くことのできぬ砦もあり、領国の支配はまだまだ万全というわけにはいかなかった。

「大名というのも、どうしてなかなか気疲れするものじゃ」

家臣の大半が領内の砦に配置されたあと、吉清はお亀を相手に愚痴をこぼした。

「力のありそうな新参の者を引き立てれば、古参の老臣が文句を言うし、かといって、老臣だけを大事にすれば、新参の者が腐る。人の上に立つのは、はたで見ているより気苦労が多い」

「そういえば、こちらへ来てから、めっきり白髪《しらが》が増えられましたような」

「そうか」

と、あわてて手鏡をのぞき込む吉清を見て、

「嘘《うそ》でございます。この年になって、若い側女を迎えられた方が、白髪など生やして老け込むはずがござりませぬ」

お亀が、あいかわらずの鈍い表情で言った。

「そなた、月乃のことを存じておったか」

「知るも知らぬもありませぬ。城中では、おまえさまが葛西氏の旧臣の娘に惚れ込み、北上川のほとりに屋敷まで与えていると、たいそうな評判になっております」

「あ、あれは……。もと葛西晴信《はるのぶ》の持ち物だった屋敷で、空き家にしておくのも不用心ゆえ、月乃を住まわせたのだ」

吉清が言いわけすると、

「何でも、一生面倒をみてやると、家臣たちの前でお約束なさったとか」

「月乃は、いくさで親兄弟を失った哀れな女だ。一途《いちず》にわしを頼っておるのだ。見捨てるわけにはゆくまい」

「たいへん美しい方のようですね」

「なんじゃ、お亀。そなた嫉《や》いているのか」

「嫉いてなどおりませぬ。おまえさまも、三十万石の大名となられたうえは、側女のひとりやふたり、お持ちになったところで異議を挟む者はおらぬでしょう」

「だったらよいではないか。月乃のことについて、口出しは許さぬ」

吉清は、いつになく強い口調で言った。

どういうわけか、奥州に来てから、前のようにお亀が怖くない。怖くないばかりか、若い月乃の可憐《かれん》な美しさにくらべ、とうに盛りを過ぎてかわいさのかけらもないお亀の存在が疎《うと》ましくてならない。

(できるなら、うるさい古女房など大坂へ帰してしまい、誰はばかることなく若い側女との暮らしを楽しみたい……)

と、吉清は思う。

そんな夫の気持ちのうつろいを、お亀のほうも敏感に嗅《か》ぎ取っているらしく、

「おまえさまはお変わりになられましたな」

庭の古池を眺めながら、ぽつりとつぶやいた。

「変わるのは当然じゃ。わしは、五千石の侍大将だった昔のわしではない。三十万石の大名じゃ。そなたも、大名の奥方らしく、つまらぬことで騒ぎ立てるな」

と言い捨てると、吉清はあらあらしく席を蹴って立ち上がった。

「明日から、領内の巡検に出る。しばらく戻らぬゆえ、留守《るす》をまかせたぞ」

「葛西、大崎の旧臣が一揆など起こさぬよう、しかと巡検なされませ。もし、ご領内で一揆が起き、騒ぎが広がることにでもなれば、おまえさまはせっかくの三十万石を失うどころか、関白さまより切腹を申し付けられることになりまするぞ」

「言われずとも、わかっておるわ。そなたの差し出口は、もう聞きあきた」

吉清は顔をそむけ、部屋を出た。

お亀の顔など見たくもなかった。この城で、いまだに自分を五千石の侍大将そのままの目で見ているのは、お亀だけではないか——。

(ほんとうに、あいつを大坂へ帰してしまおうか)

吉清は、大まじめに思った。

翌日——。

吉清は土地の事情にくわしい浜田安房守を案内役に、領内の巡検に出た。道の両側に広がる水田は、すべて刈り入れが終わり、干上がった田のあちこちに藁束《わらたば》が積んである。

「いかがでござる。領民たちはみな、新しいご領主さまに恭順の意をしめしておりましょう」

吉清と馬を並べて進みながら、浜田安房守が言った。

安房守の言うとおり、吉清の一行は、たずねる村、たずねる村で歓待を受けた。進上物の美酒佳肴《かこう》を持った村人たちが、総出で村境まで出迎え、新領主をもてなした。

(奥州の民は、みな醇朴《じゅんぼく》で人がよい。抜け目ない京畿の民百姓とは大違いじゃ……)

吉清の見たところ、彼らは新領主を素直に受け入れているようだった。お亀の言うように、一揆など起こす気配は微塵《みじん》もない。

はじめは緊張の糸を張りつめていた吉清も、村々をまわるうちに、すっかり安心し、領国経営に自信を持つようになった。

「どうでござりましょう」

浜田安房守が言ったのは、巡検に出てから三日目、岩出山の近くまで来たときだった。

「この渓谷をさかのぼってまいりますと、みちのく一円に名高い鳴子《なるご》の湯がござります。立ち寄って、巡検のお疲れを癒《いや》してまいられてはいかがです」

「湯治《とうじ》か」

「ちょうど、渓流ぞいの紅葉《もみじ》も見ごろでございましょう。湯に浸かり、紅葉を肴《さかな》に酒を飲むのも、また一興かと」

「悪くない」

思ったより、巡検が順調にいっているせいもあって、吉清は気が大きくなっていた。

(わしが急いでまわらずとも、領内はうまくおさまっておるのだ……)

吉清は、浜田安房守に案内させ、山あいの渓谷にある鳴子の湯へ向かった。

鳴子の湯宿には、月乃が待っており、

「お会いしとうございました」

蕩《とろ》けるような甘い声で、吉清を出迎えた。どうやら、浜田安房守は、最初から月乃と会わせるつもりで、吉清を鳴子の湯へさそったらしい。

(心憎いことを……)

安房守の気配りを、吉清はすなおに喜んだ。

三日ぶりに会う月乃は、ますます美しさに磨きがかかり、初々しさのなかに妖艶な色気まで加わってきたように見える。

吉清は領内巡検の途中であることも忘れ、人里離れた山あいの湯で、若い愛妾との逢《おう》瀬《せ》を楽しんだ。

五

鳴子の湯で十日あまりを過ごしたのち、吉清は領内巡検を途中で切り上げ、城へ帰還した。

城へもどってみると、女房のお亀の姿が消えている。

「どうしたのじゃ」

留守居役の侍に聞いたところ、お亀は侍女たちを引き連れ、大坂へもどったという。

「いつのことだ」

「ほんの二日前のことにございます」

「なぜ、わしに知らせなかった」

「奥方さまが、その必要はないと仰せられましたゆえ……」

話を聞いたとたん、

（お亀め、わしが月乃と鳴子の湯にいるのを知って、逆上しおったな）

吉清は、一瞬、人をやって連れ戻そうかと考えた。女の足で二日の距離なら、馬を飛ばせばたちまち追いつく。

だが、

（勝手にやきもちを焼いて出ていったのだ。好きにさせておけ……）

吉清はすぐに思い返した。お亀がいなければ、いっそ都合《つごう》がいい。月乃を北上川べりの山荘から城へ呼び寄せ、好きなだけ会うことができる。

吉清はさっそく、山荘へ使いを送り、月乃を迎えようとした。が、月乃は鳴子からもどるとすぐに、養い親の浜田安房守の高田村の居城へ行ったとかで、不在であった。

（なんじゃ、どいつもこいつも……）

吉清は腹立たしくなった。
二、三日、城で無聊《ぶりよう》をもてあましていると、そこへ、領内のもっとも北にある江差郡の岩谷堂《いわやどう》砦の番をしていた新参の侍が駆け込んで来た。男の桶側胴《おけがわどう》の具足には矢の根が刺さり、顔が血と泥に染まっている。
「殿、一大事でございますッ！　一揆勢により、岩谷堂の砦が落とされました」

「なんじゃと……」

「一揆勢は、人数を増しながら、はや水沢《みずさわ》の砦にまで迫っております。どうか、援軍をお送り下さいませ」

吉清には、とっさに事態が理解できなかった。

領内巡検のときには、一揆が起きる気配など、まったく感じられなかった。領民は、みなおとなしく、新しい領主を受け入れているものとばかり思っていた。領民たちの従順な姿は、いつわりであったのか——。

「何かの間違いではなかろうな」

「いまさら何を申されます」

侍は気色ばみ、

「一揆を煽動《せんどう》しているのは葛西の旧臣ども、われらが少勢では、とても防ぎようがございませぬ。一刻も早いご出陣を……」

「わかった」

うながされて、吉清は取るものも取りあえず、出陣の準備に取りかかった。臑当《すねあて》をつけ、籠手《こて》をつけ、具足をつけて高紐《たかひも》の緒《お》を結ぼうとするが、指先がぶるぶると震えて、うまく結ぶことができない。

出陣の準備をしている途中、各地の砦から急を知らせる使者がつぎつぎとやって来た。

「前沢城が陥落しました」

「寺館、出崎館が、一揆勢に奪われましてございます……」

もたらされる知らせは、一揆の広がりを伝えるものばかりである。一揆は領内の各所でいっせいに起こり、燎原《りょうげん》の火のごとく燃え広がっているらしい。

ついには、南の大崎城を守らせていた息子の清久まで、反乱軍に追われて吉清のもとへ逃げ込んで来る始末だった。

「ばかな……」

吉清は青ざめた。

斥候の報告によれば、一揆勢は、その数二万を超える勢いをみせ、登米寺池城に迫っているという。このままでは、遠からず、城は反乱軍に包囲されるであろう。

（どうすればよい……）

こんなとき、お亀がいれば、いつものように冷静な助言をしてくれたところだろう。

だが、お亀は城にいない。

「いかがいたします、父上」

息子の清久に聞かれても、吉清にはおのれが何をなすべきか、まったくわからなかった。

頭が白くかすみ、体ががくがくと瘧《おこり》にでもなったように震えた。

呆然《ぼうぜん》としている吉清に代わり、息子の清久が、

「かくなるうえは、恥を忍び、会津の蒲生氏郷どのに援軍を頼むしかありませぬ」

「いや、しかし……」

「ぐずぐずしている暇はありませぬ。とにかく、この城は山も低く、籠城するには適しておりませぬ。ここより東へ二里離れた佐沼《さぬま》城のほうが、まわりを沼にかこまれ、籠城戦に向いておりましょう。籠城しながら、蒲生どのの援軍を待つのです」

「そ、そうじゃな」

吉清は兵をまとめ、逃げるように家老成合平左衛門が守る佐沼城へ入った。

佐沼城に籠《こ》もった吉清は、ほどなく、一揆の首謀者の名を知った。陰で一揆を煽《あお》り立て、たきつけていたのは、なんと、浜田安房守広綱だという。

「まさか、安房守が……」

吉清は、足元が崩れていくような脱力感におそわれた。

浜田安房守は、表面は吉清に従うようなふりをしながら、そのじつ、反乱を起こすべく、裏で動きまわっていたのである。吉清に月乃を近づけたのも、いまにして思えば、吉清を女に溺れさせ、骨抜きにする手段だったにちがいない。

「広綱めッ！」

吉清は、拳《こぶし》を膝《ひざ》にたたきつけたが、もはや何もかも手遅れだった。すでに、佐沼城は雲霞《うんか》のごとき反乱軍に包囲され、脱出は不可能となっていた。

やがて、みちのくの山野を、真っ白な雪がおおった。

籠城一カ月——。

吉清父子は、会津の蒲生氏郷が派遣した救出部隊により、吹雪の吹きすさぶ佐沼城を命からがら脱出した。

記録によれば、このとき吉清は命の恩人である蒲生氏郷の手を取り、

「蒲生どののおかげで九死に一生を得ることができました。自分はこのたびの不始末で、お咎《とが》めを受け、関白さまより死罪をたまわるのは必定と存じます。しかし、万が一、運

よく命を永らえましたるときは、生涯あなたさまの家来となり、草履《ぞうり》取りをつとめましょう」

と、感涙にむせんだという。

結局、木村伊勢守吉清は、北政所ねねの助命嘆願により死罪をまぬがれ、言葉どおり、蒲生氏郷の家臣となった。禄高は五百石。かつての三十万石から比べれば、微禄と言っていい。

翌年の春、会津黒川城下の吉清のもとへ、ひょっこりとお亀がたずねてきた。

「お亀……」

なつかしい古女房の顔だった。

あいかわらず不細工だが、久しぶりに向かい合ってつくづくと眺めていると、傷ついた心が妙にあたたかくなごんでくる。

「元のおまえさまにもどられましたな」

お亀が、くすりと笑った。

「元にもどったわけではない。五千石が三十万石になり、いまではわずか五百石の小身じゃ」

「よいではありませぬか、お命があったのです。それに、三十万石の大名だったおまえさまより、いまのほうが、ずんとよい男です」

「こんなわしでも、まだ見捨てずについて来てくれるのか」

吉清が聞くと、

「当たり前です。わたくしたちは、夫婦《めおと》でございますよ」

「なるほど、夫婦だったな」

お亀の手が、吉清の筋くれだった手をやわらかく包んだ。

「それにしても、いまでもわからぬのは」

吉清はふと首をかしげ、

「関白さまは、なぜ、わしのような男を三十万石の大名に引き上げられたかということよ。人を見る目の肥えた関白さまが、何を思ってわしを奥州へ下したのか……」

「おまえさまは、まだお気づきになりませぬのか」

「気づくとは、何を？」

「秀吉さまは、奥州で一揆が起きることを、最初からわかっていらしたのです。どんな名将に治めさせても、一揆を防ぐことは難しかろう。ならばいっそ、早めに一揆を起こさせて、悪い膿《うみ》をすべて出し切ってしまおうとお考えになったのではないでしょうか」

「それで、毒にも薬にもならぬこのわしを、三十万石に……」

「秀吉さまをお恨みにならぬことです。たとえつかの間でも、おまえさまは大名になったのです。よい夢を見たとお思いなされ」

「よい夢か……」

吉清は低くつぶやき、ほろ苦い微笑を頬《ほお》に浮かべた。

花は散るものを

一

花が散っている。

白い桜の花びらが音もなく散っている。

イタリア人ジョバンニ・ロルテスは、その夢幻のごとく美しい、いまを盛りと咲きほこる満開の枝垂桜《しだれざくら》の下にいた。

遠い故郷のイタリアには、花見などという優雅《アマービレ》にして繊細《デリカート》な習慣はない。それゆえ、春のおとずれを告げる花を愛《め》で、はかなく散る花に涙を流すこの国の民びとを知ったとき、ロルテスは瞳《め》が洗われるような新鮮な驚きをおぼえた。

——日本人《ジャポネーゼ》は不思議な民だ……。

その不思議なる民の不思議なる島国に、はるか波濤《はとう》を越えて流れ着いた奇蹟を、ロルテスは貴重なものに思わずにはいられない。

西暦一五九五年——。この国の暦では文禄《ぶんろく》四年、春のことである。

「羅久呂左衛門《ろくろざえもん》どのの故郷《くに》にも、桜花は咲くかのう」

酔いで目のふちをやや赤らめ、ロルテスに瓶子《へいじ》の酒をすすめてきたのは、同じ蒲生《がもう》家に仕える蒲生忠兵衛であった。

忠兵衛は、もとは儀峨《ぎが》忠兵衛と名乗っていたが、醇朴《じゅんぼく》な気性を主君の蒲生氏郷《うじさと》に愛され、とくに許されて蒲生の姓を名乗るようになっていた。

ロルテス自身の〝山科《やましな》羅久呂左衛門勝成〟なる日本名も、

――この国での呼び名がなくては、何かと不都合であろう。

と、氏郷が命名してくれたものである。

「のう、どうじゃ。桜は咲くのか」

酒を過ごして、くどくなった忠兵衛が重ねて聞いた。

「いや、桜という木はありませぬ」

ロルテスの言葉は明瞭な日本語である。日本へ来て足かけ十年、最初は難解に思われた異国の言葉も、いまでは日常会話に不自由ないほど熟達している。

「なんじゃ、咲かぬのか。桜のない春など、春が来たような気がせぬのう」

拍子抜けしたように酒杯をあおる忠兵衛に、ロルテスは無言で微笑してみせた。

(桜はないが、故郷のジェノバ共和国には雪より白いオレンジの花が咲く。そして、おれが石もて追われたマルタの島にも……)

イタリア人ジョバンニ・ロルテスは、かつて、地中海の西端に浮かぶマルタ島を根拠地とする聖ヨハネ騎士団に属していた。聖ヨハネ騎士団は別名、マルタ騎士団とも呼ばれ、〝清貧〟〝服従〟〝貞潔〟を旨とする、誇り高き宗教騎士団である。

その基督教《キリスト》の騎士であるロルテスが、何のゆえあって遠い東洋の島国に流れ着いたのか、忠兵衛をはじめとする蒲生家の家中のなかにも知る者はいない。

彼らがロルテスについて知っていることと言えば、来日したロルテスが当初、宣教師オルガンティーノの助言で、伊勢《いせ》亀山城主の関一政《せきかずまさ》に仕えていたこと、のち基督教に帰依した蒲生氏郷に召し抱えられたこと、そして、褐色の巻き毛に鳶《とび》色の瞳をした彼が、日本の武士たちに勝るとも劣らぬ勇猛果敢で命知らずの男であることくらいのものであった。

最初のうちは彼を好奇の目で見ていた蒲生家の侍たちも、山科羅久呂左衛門ことロルテスの鬼神のごとき槍《やり》ばたらきをみとめ、

「やつは鬼武者じゃ」

と、一目置くようになっていた。

奥州会津領九十二万石を領する蒲生氏郷のもとには、流れ者の新参の家臣が多い。それゆえ、蒲生家での日々は、ロルテスにとって居心地の悪いものではなかった。

「花が散るのう」

蒲生忠兵衛が惜別の情を込め、洛東知恩院《らくとうちおんいん》の境内に絢爛《けんらん》と咲く桜の古木を見上げた。

浅黒く陽焼けした武骨な男の目に、かすかに光るものがある。

「殿がかように早くお亡くなりになるとは、われら家臣一同、夢にも思わなんだわ」

「蒲生《ガモウ》さまが死んで、はや七日ですか」

「信じられぬ……。殿はまだ、四十歳になったばかりのお若さだったのじゃぞ。跡取り

の鶴千代《つるちよ》さまは、まだ十三にすぎぬ。この先、蒲生家はどうなるのか」

「われらが案じてもはじまりますまい」

朱塗りの酒杯に満たされた酒を、ロルテスは静かに飲み干した。

米の酒《テルラツイナ》は、東洋へ来てはじめて飲んだが、西洋の葡萄酒《ぶどうしゅ》に慣れたロルテスにはいまだに馴染《なじ》めないでいる。とはいえ、南蛮貿易を通じてわずかに日本へ入ってくるだけの葡萄酒が、いまのロルテスに簡単に手に入るはずもなく、主君を失った哀しみをまぎらわすには、好きでもない米の酒を痛飲するしか手立てがなかった。

「われらが殿は、まこと度量広大にして慈悲深い、君主の鑑《かがみ》のようなお方であった。そう思わぬか、羅久呂左衛門どの」

　ロルテスにも異論はない。

　じっさい、この二月七日に世を去った氏郷は、ロルテスが日本で出会った武将たちのなかで、もっとも知性にすぐれた人物と言ってよく、基督教の教養の理解においても、氏郷ほど深くその真髄に触れている日本人をロルテスは見たことがなかった。

　氏郷こそは、この異教徒の国におけるロルテスの唯一の理解者であり、じつの兄に対するような敬愛の念を抱いていたぶん、その人を失った心の傷もまた、言葉では言いあらわせないほど深かった。

「桜は、わが殿が何よりお好きだった花じゃ。今宵は、桜木の下で殿をしのび、とことん飲み明かそうぞ、羅久呂左衛門どの」

「明日には、紫野大徳寺において蒲生さまの葬儀が執りおこなわれます。葬儀は豊太閤《ほうたいこう》が主催するものとか。そのような葬儀を前に、家臣のわれらが酔いつぶれていては、礼を失するのではござらぬか」

ロルテスがたしなめると、忠兵衛は瓶子の酒をみずからの杯になみなみと注ぎ、

「なに、かまいはせぬ。太閤秀吉など、知ったことか。殿は太閤秀吉に殺されたのだからな」

「いま、何と申された」

「殿は、太閤秀吉に毒殺されたと言ったのじゃ」

忠兵衛は目の奥を暗く光らせた。

「毒殺……。それはまことですか」

「なんじゃ、貴公は知らなんだのか。蒲生家の家中はおろか、都じゅうに噂《うわさ》が広まっておるぞ」

「知らなかった。それでは、蒲生さまの死は単なる病死ではなく謀殺《アサシアーノ》……」

ロルテスにとって、まさしく脳天に雷が落ちたような話であった。今日の今日まで、よるべのない異国で自分を拾い上げてくれた氏郷は、病のために死んだものとばかり思っていた。

(謀殺……)

その言葉を、ロルテスは口のなかで重く嚙《か》みしめた。

「豊太閤は蒲生さまのあるじ。それがどうして、蒲生さまを毒殺しなければならないのですか」

「太閤はわが殿を恐れておったのよ」

「恐れた……」

「そうじゃ。太閤はすでに老境にさしかかっておる。跡目を継ぐことになっている関白秀次《ひでつぐ》は、誰の目から見ても天下を統《す》べる器ではない。おのれ亡きあと、天下の覇権を器《き》量《りょう》すぐれたわが殿に奪われるのではないかと、太閤は夜も眠れぬほど案じておったと聞いている」

「蒲生さまは太閤に妬《ねた》まれたのか」

「うむ」

「それで毒殺を……」

「はっきりとした証《あかし》はない」

忠兵衛は声をひそめ、

「だが、みな陰ではそう言うておるでな」

「事実としたら、ゆゆしきことです」

「そのとおりじゃ」

「ただちに噂の真偽を調べ、天下に理非をただすべきでありましょう」

聖ヨハネ騎士団の誇り高き騎士であったロルテスは、義憤が肚《はら》の底から熱い泉のように湧き上がってくるのを感じた。

「調べてどうなる。相手が天下人では、喧嘩《けんか》にもならぬわさ」

忠兵衛が顔をしかめ、酒臭い息をふうっと吐き出した。

「しかし、それでは蒲生さまがあまりに無念。われら家臣の手で、何としても真実を究明するべきです」

「おぬしの申し様《よう》、いちいちもっともなり」

「やりましょう、忠兵衛どの。われら蒲生さまに恩を受けた者の手で、不正を白日のもとに晒《さら》すのです」

「うむ、そうじゃな」

忠兵衛がうなずき、酒で赤くうるんだ目で枝垂桜を見上げた。

二

戦国の異才蒲生氏郷は、近江《おうみ》日野城主、蒲生賢秀《かたひで》の子として生まれた。母は、近江守護職佐々木氏の重臣、後藤賢豊《かたとよ》の娘。

氏郷十三歳のとき、尾張の織田信長が近江の諸将を切り従えながら上洛、父の賢秀も信長の軍門に降った。

嫡子の氏郷は人質として信長の本城、岐阜城に送られ、これがのちの氏郷の運命を大きく変えることになる。

まだ前髪《まえがみ》立ての少年であった氏郷を一見した信長は、

「蒲生が息子の目付き常ならず。只者《ただもの》にてはあらず」

と、その器量の非凡なることを見抜き、みずから烏帽子親《えぼしおや》となって元服させ、近習《きんじゅう》の列にくわえた。のみならず、おのが息女の冬姫を、一介の近江の土豪の小せがれに過ぎぬ氏郷にめあわせるという、異例の厚遇を与えた。

よほど、氏郷の人品骨柄が気に入ったのであろう。

氏郷のほうも、信長の期待によく応え、戦場にあってはつねに織田軍の先頭に立ち、豪勇ぶりをいかんなく発揮した。

氏郷の才を最初にみとめた信長が、天下統一を目前にして本能寺で憤死したのは、天正十年、氏郷二十七歳のときである。

氏郷は、信長の後継者となった秀吉に従い、秀吉の天下統一戦に加わるようになった。むろん、秀吉は信長と同様、氏郷の才を高くかった。しかし、かつて信長が少年時代の氏郷に対して示したような親愛の情をみせることはなかった。

秀吉にとって、氏郷はおのが天下統一に役立つ貴重な存在であり、もっとも優秀な〝駒《こま》〟のひとつであったと言える。

覇業をめざす秀吉のもと、氏郷は合戦にことごとく勝利した。それにつれ、近江日野六万石から伊勢松坂十二万石、さらには会津若松四十二万石と、めざましいばかりの大出世を遂げていく。

イタリア人騎士ロルテスがこの異能の若き武将と出会い、その陣中に加わったのは、ちょうど氏郷が伊勢松坂で城下町の建設にあたっていたころのことだった。

近江出身の氏郷は武勇ばかりでなく、経営の才にもひいでており、彼がひらいた松坂、会津若松の城下町は、商都としておおいに栄えるようになった。

文禄三年、氏郷は奥州攻めに力を尽くした手腕をかわれ、旧伊達《だて》領を割譲されて九十二万石の大名にまでのぼりつめる。九十二万石といえば、当時、二百四十二万石の徳川家康、百二十万石の毛利輝元に次ぐ、天下第三の大封である。

まさに順風満帆、前途洋々たる人生であったが、突如、氏郷を原因不明の病魔が襲う。

記録によれば、氏郷の身にはじめて異常があらわれたのは文禄二年。朝鮮攻めの後詰めとして肥前名護屋《なごや》の陣にあったときのことで、氏郷は吐血、さらに大量の下血をみた。以後、しばしば下血を繰り返し、発病から二年後、京の柳馬場二条邸において、ついに帰らぬ人となった。

（それにしても、毒殺とは……）

小川通を北へ向かって馬を歩ませながら、ロルテスは太く濃い眉《まゆ》をひそめた。

町家の向こうの東山三十六峰は春霞《はるがすみ》にかすんでいる。空は花曇りで、白とも灰色ともつかぬ薄雲が絹のように広がっていた。

ロルテスが町を行くと、たいがいの日本人は足を止め、目をそばだてて振り返る。

基督教の十字を白く縫い取った黒羅紗《らしゃ》のマントは、聖ヨハネ騎士団時代から愛用しているものである。黒一色のマントを六尺（約一八〇センチ）を超す長身にはおり、背中に六匁《もんめ》玉筒の火縄銃、腰に銀の洋剣を帯び、葦毛《あしげ》の馬にゆったりとまたがったその姿は、異邦人以外の何者でもなかった。

「おお、あれが蒲生の鬼武者どのじゃ」

「あの天狗《てんぐ》のように高い鼻を見よ」

人々は目引き、袖《そで》引き、声をひそめて噂しあった。日本人の好奇の目には、すでにロルテスは慣れっこになっている。

もし、肌の色が黄色く鼻の低い日本人が、ジェノバの広場《カンポ》を歩いていたとしたら、ロルテスもまた同じ目で異国の民を見ただろう。

文化や民族の違いとはそうしたものだと、西から東へ諸国を渡り歩いてきたロルテスにはわかっている。

（千《せん》家の屋敷はこのあたりだったな……）

ロルテスが馬を止めたのは、日蓮《にちれん》宗京都十六本山のひとつ、本法寺《ほんぽうじ》の門前近くまで来たときだった。

小川通に面して、古雅な風情の薬医《やくい》門がある。

四年前に秀吉の勘気を蒙《こうむ》って切腹した茶人、千利休《せんのりきゅう》の屋敷で、いまは利休の二男の少《しょう》庵《あん》が住んでいる。利休が罪を受けてから、千家一族は京を逐《お》われ、少庵は利休の茶の高弟だった蒲生氏郷を頼って会津に逼塞《ひっそく》していたが、去年、赦《ゆる》されて京へもどって来ていた。

馬を下りたロルテスは、門をくぐり、青石の敷かれた路地を歩いた。

路地に沿ってツバキやアオキが植え込まれ、濃い翠《みどり》の葉陰に苔《こけ》むした石の灯籠《とうろう》が配されている。西洋の庭とは異なる、どこか神秘的で奥深さを感じさせる庭である。

木立のあいだを進んで行くと、庭の木戸の向こうに土壁の剝《む》き出しになった小さな建物が見えた。

茶の湯の世界で、

――待合《まちあい》

と呼ばれる茶会の待ち合い所だが、茶の心得のないロルテスはその名までは知らない。

待合から草葺《くさぶき》屋根の茶室に向かって、点々と飛石がつづいていた。

庭や茶室は、先代の千利休の手によるもので、石や草木の配置ひとつひとつが緻密《ちみつ》に計算されつくしている。

その日本人の美意識の極致とも言うべきたたずまいを、

（美しい……）

と思う感性は、ロルテスにはない。

日本に来る前、ロルテスがこの国に対して抱いていたイメージといえば、ヴェネツィアの商人マルコ・ポーロが『東方見聞録』に書き残した、

――黄金の国
という一語につきた。

だが、じっさいに来てみれば、日本はむしろ質素清廉《せいれん》な国で、太閤秀吉の大坂城はたしかに壮大華麗な城であるものの、夢に描いていたような黄金の宮殿ひとつ建っているわけではなかった。

（しかし……）

この庭には何かがある。その何かこそが、日本人の精神そのものであろうと、ロルテスには思われるのである。

待合の横を通って、母屋《おもや》の玄関先まで来たとき、足もとで音がした。

（何だ……）

耳を澄ましていると、しばらくしてまた音が響いた。あきらかに、庭の苔むした岩の下から音がする。ガラスの器を指で弾《はじ》くような、高く澄んだ音色である。

(日本の魔術か)

ロルテスが目をみはり、苔におおわれた岩を見つめていると、

「おどろくことはない。それは水琴窟《すいきんくつ》じゃ」

後ろから声をかけてきた者がいる。

振り向くと、石灯籠のわきに男が立っていた。

三

枯木のような瘦《や》せぎすの体に梅鼠《うめねず》の道服《どうふく》を着た初老の男であった。髪を剃《そ》り上げ、肉厚の瞼《まぶた》の奥で細い目が光っている。

「それは水琴窟と申しての、地中に甕《かめ》を埋め、そこに清水を引き込んで水滴がしたたり落ちるようにしたものじゃ」

「水琴窟……」

「さよう。しずくがしたたると、地中の甕が鳴り、琴を爪弾《つまび》いたがごとき玄妙な音が湧く。もとは唐の国で作られたものというが、わが国の数寄者《すきしゃ》のあいだにも神韻縹渺《しんいんひょうびょう》とした音色を愛《め》でる者は多い」

「摩訶《まか》不思議な音色ですな」

「南蛮には、かように風雅な仕掛けはあるまいて」

男が細い目を糸のように細め、口もとに皮肉な笑いを刻んだ。

「少庵《ショーアン》どのでござりますか」

ロルテスが聞くと、男はかすかにうなずいてみせた。

齢《とし》は五十くらいと聞いていたが、じっさいの年齢よりも老けて見える。どことなく表情に孤愁に似た翳《かげ》がただよっているのは、利休が秀吉から死を賜ってのち、千家がたどった数奇な運命のせいであろう。

少庵のことは蒲生家の同僚から噂には聞いていたが、茶人と武人という立場の違いもあり、じっさいに顔を合わせるのはいまがはじめてであった。

「おぬしは蒲生の鬼武者と評判の高い、山科羅久呂左衛門じゃな」

「突然おたずねした無礼、お許しください」

「なんの、こちらは見てのとおり、世捨て人同然の身じゃ。ちょうど退屈しておったところ。茶でも一服飲んでゆかれるがよい」

少庵に導かれ、ロルテスは三畳台目の茶室に入った。

粗壁《あらかべ》に切られた連子窓《れんじ》から、春の薄ら陽があわあわと差し込んでいる。

「亡き蒲生さまが、おぬしのことをよく自慢しておいでじゃった。日本の武者が強いと思うていたが、南蛮にも剛の者はいる。羅久呂左衛門は真の侍じゃとな」

「蒲生さまが、そのようなことを……」

「聞くところによればおぬし、去る九州島津の岩石城《がんじやく》攻めでは、石火矢《いしびや》（大砲）を馬に曳《ひ》かせて城壁を撃《う》ち崩し、真っ先駆けて攻め込んだそうな」

茶釜《ちゃがま》の湯気を見つめながら、少庵が言った。

「蒲生さまはよき主君でした。この国で、騎士の心を持っていたのはあの方だけでしょう」

「まこと、氏郷さまはできすぎた大名じゃった。それゆえ、太閤殿下の妬《ねた》みをかったのじゃろう」

「少庵どの」

ロルテスは膝《ひざ》をすすめた。

「今日おたずねしたのは、ほかでもない。蒲生さまの死につき、世間では太閤さまに毒殺されたとの噂が流れているよし。死の直前まで蒲生さまのそばにいたあなたなら、何かご存じなのではないか」

「聞いてどうする」

少庵は釜に目を落としたまま、表情を変えずに言った。

「もし、それが真実《まこと》なら、主君の仇を討つのがサムライの心得と聞き及んでおります」

「太閤殿下を斬《き》るか」

「いえ」

ロルテスは首を横に振り、

「剣で突き殺します」

「物騒《ぶっそう》なことを申すのう」

うっすらと笑うと、少庵は柄杓《ひしゃく》で釜の湯をすくい、利休遺愛の小井戸《こいど》茶碗にそそいだ。

しずかな手さばきで茶を点《た》てる。

「ならば、太閤殿下は死なねばならぬ。噂は本当じゃ」

少庵は小井戸茶碗をロルテスの膝もとにすすめた。

「やはり……」

「うむ」

「たしかな証《あかし》があるのですか」

「茶がさめる。まあ、飲みなさるがよい」

茶の湯の作法を知らぬロルテスは、苦い茶を一気に飲んだ。飲むと、眉間《みけん》のあたりが妙に熱くなってきた。

「わしは、蒲生さまが毒を盛られたものと確信いたしておる。あの方自身、そのことをよくご存じであった」

「蒲生さまの口からお聞きになられたのか」

「いや、あの方は最後まで何も仰せにはならなんだ。しかし、蒲生さまが残された辞世の句を見たとき、わしにはわかったのじゃ」

少庵は連子窓を見上げ、一首の和歌を口ずさんだ。

かぎりあれば吹かねど花は散るものを
　こころ短き春の山風

「異国人のおぬしに、この歌の心がわかるか」

「…………」

「わかるはずもあるまい。この歌は、無念の長恨歌《ちょうごんか》じゃ。花の命は短い。花と同じく、人の命もはかなく短い。風が吹かなくても花が散るように、人もやがては死ぬべき宿命《さだめ》。わざわざ手を下して命を奪うこともあるまいにと、歌にことよせて嘆いておられる」

「しかし、和歌のどこにも太閤が殺したとは言っていない」

ロルテスには、少庵の言葉が理解できない。

「わが国には、秘すれば花という言葉がある。はっきりと言わぬからこそ、秘められた人の心がより深く身に沁《し》みるのじゃ」

「はっきり言わなければ、心は通じない。われら南蛮の者には、あなたがたの考え方がわからない」

「困ったのう」

少庵は苦笑いした。

「辞世の和歌がわからぬと言うのなら、ほかにも証はある」

「それは……」

「太閤殿下は昔から、おのが意のままにならぬ者、おのれよりすぐれたる者を憎《にく》み、死を与えてまいられた。とくにお年を召されてから、その癖がはなはだしくなった。わが父、利休がよい例じゃ」

「利休どのも、罪なくして太閤に切腹を命じられたわけですな」

「しかり」

おだやかな少庵の顔に、一瞬、地獄の淵のように昏《くら》い憎悪の色がよぎった。

「いまでこそ太閤などと威張り返っておるが、もとをただせば尾張在《ざい》の百姓の出じゃ。それに引きかえ、蒲生さまは若くして信長公に見込まれ、その娘婿になった。のみならず、茶をやれば、わが父利休より七高弟の筆頭とみとめられ、何をやっても人に抜きん出た才がおありになった。太閤は蒲生さまのことが、むかしから妬ましゅうて妬ましゅうてならなかったのじゃろう」

「しかし、この国の王たる者が、そのようなささいな理由だけで、国を支える大事な臣《しん》を殺すものでしょうか」

ロルテスは首をかしげた。

「げに恐ろしきは男の嫉妬《しっと》よ」

少庵が喉《のど》の奥で、低くつぶやいた。

「蒲生さまは妬みゆえに、太閤殿下にお命を奪われた。わしは、さように思っておる」

四

千少庵の話は、氏郷の死の真実を追いもとめるロルテスにとって、何ら新しい光明を与えるものではなかった。

少庵が、氏郷の死を太閤の謀略と決めつけるのはすべて感情論で、人を納得させるに足る証拠があるわけではない。

(少庵どのは、父利休の一件で、太閤秀吉を深く恨んでいるのだ……)

ただ、それがわかっただけだった。いまだ、真実は闇につつまれたままである。

帰りぎわ、おのれの話になお承服しかねるようすのロルテスを見て、

——蒲生さまの死につき、くわしいことを知りたいなら、唐糸《からいと》どのをたずねるがよい。

千少庵はひとりの女人の名を教えてくれた。

唐糸なる女性は、死の直前まで氏郷の身のまわりの世話をしていた侍女で、レチオという洗礼名を持つ切支丹《キリシタン》だという。氏郷の死とともにつとめを辞し、いまは洛南深草《ふかくさ》の里に引き籠《こ》もっているらしい。

(今度こそ、まことのことがわかるだろう……)

千少庵をたずねた翌日、ロルテスは女の住む深草の里へ馬を向けた。

深草は、京の都から南へ二里。

竹林につつまれた閑雅な里である。その昔、都の貴族が一帯に別業《べつぎょう》をいとなんだとされ、風にざわめく竹林に隠れるようにして、世を捨てた数寄者の草庵、おとなう人とてない破《や》れ寺などがひっそりと点在していた。

道には、行きかう人の影もまれである。

(ここか……)

少庵が教えてくれた女人の住まいは、やはり、翠《みどり》の竹林のなかに埋もれるようにしてあった。

まわりを小柴垣でかこわれた、草葺きの粗末な庵《いおり》である。あるじの死とともに世間と

のまじわりを断ったとはいえ、女人がひとりで暮らすには、あまりに寂しすぎる住まいであった。

馬から下りたロルテスは、小柴垣のわきの松の木に手綱を結びつけ、垣根の柴折戸《しおりど》をあけた。

庵のほうから、清らかに澄んだ女の声が流れてくる。

ガラサ満ち満ちたまふ
マリアにおん礼をなしたてまつる
おん主《あるじ》はおん身とともにまします
女人のなかにおいて
わけておん果報いみじきなり……
アメン、ゼスス

聞こえてきたのはオラショであった。オラショとは、ラテン語で〝祈禱《きとう》〟という意味で、日本の切支丹たちは神に祈りをささげるとき、宣教師が日本語に訳したオラショを唱えるのである。

オラショを唱えることにより、罪深き我が身を悔い、ひたすら神の救いをもとめるのだった。

（なんと美しく、汚《けが》れなき声だ……）

ロルテスは女の唱えるオラショに、魂を洗われるような気がした。聖ヨハネ騎士団の聖地であるマルタ島を離れて以来、十五年、これほど美しい祈りの言葉を聞いたことがない。

思わずロルテスが庭に立ちつくしたまま聞き惚《ほ》れていると、やがてオラショの響きがやんだ。

庭に面した庵の障子があき、卯《う》の花《はな》色の地に野の草を散らした清楚《せいそ》な小袖姿の女が縁側にあらわれた。

年は若い。まだ、二十歳《はたち》をいくつも過ぎていないだろう。

やわらかな白い首に、銀のロザリオをかけている。

「何かご用でございますか」

女が澄んだ瞳でロルテスを見た。

（あッ）

女の顔を見たとたん、ロルテスは自分がいまどこに立っているのかも忘れ、茫然自失《ぼうぜんじしつ》とした。

（フランチェスカ……）

髪の色、瞳の色こそ異なっているが、庵からあらわれた女は、ロルテスの忘れ得ぬ女人《ひと》とそっくりだった。

内から輝き出すような薔薇《ばら》色の頰《ほお》、トルコ産のチューリップのごとき紅い唇。そして、かぎりなく優しい、慈愛に満ちた聖母のようなまなざし——。

「どうかなさいましたか」

「いや、何でもありません。失礼ですが、あなたは先ごろまで蒲生家に仕えていた唐糸どのですか」

「さようにございますが……」

瞳《め》に不審の色を浮かべる女人に、ロルテスは自分が何者であるか、また彼女を来訪したわけを話した。

「亡き殿のことでございますか」

唐糸は、困惑したように長いまつげを伏せた。しかし、すぐに顔を上げると、

「せっかくおたずね下さったのです。わび住まいではございますが、どうぞなかへお入り下さいませ」

「いや、私はここでよい」

ロルテスは女のひとり住まいに気を遣い、縁側に腰を下ろした。

何げなく庵のなかへ目をやると、六畳ばかりの板敷の部屋には、家具調度と呼べるものはほとんどなく、ただ聖母子の画像を飾った祭壇と、祭壇の前の花入に小ぶりな桜の枝が供えられていた。

ロルテスの視線に気づいた女が、

「レオさまが、桜がお好きだったものですから」

かすかな微笑を浮かべた。笑うと頰に片えくぼができる。それもフランチェスカとよく似ていた。

レオとは、熱心な切支丹だった氏郷の洗礼名である。

「入信されてから長いのですか」

「はい。八歳のとき、安土《あづち》の南蛮寺で、オルガンティーノ神父さまより洗礼を受けました」

「おお、オルガンティーノどのより……」

「明智光秀の軍勢によって安土の南蛮寺が焼かれたあと、蒲生家の家臣だった叔父のもとに逃れ、縁あって氏郷さまにお仕えするようになったのです」

「………………」

「羅久呂左衛門《ろくろざえもん》さまのお噂は、殿さまからうかがったことがございます。神《デウス》のおん教えを守る、聖なる騎士の島よりお出でになったとか。きっと、憎しみも争いもない、天国《パライソ》のごとき神の恩寵《おんちょう》につつまれた島なのでございましょう」

女の言葉を聞いて、

（はたして、そうだっただろうか……）

ロルテスは、遠い昔に捨ててきた騎士団の島を思い出した。

マルタ島の聖ヨハネ騎士団は、もともと基督教の聖地エルサレムをイスラム教徒から奪回するために組織された、十字軍の騎士団であった。その宗教的性格上、妻帯はせず、一生を異教徒との戦いに捧げるのがマルタの騎士の掟《おきて》だった。

だが、それはあくまでたてまえである。十字軍時代の熱狂的な宗教心がしだいに薄れてゆくなか、騎士たちのなかにはひそかに女と通じる者もおり、騎士団全体の風紀を乱すほどでないかぎり、その関係は黙認されていた。

十五年前、まだ二十歳の若い騎士だったロルテスにも、人知れず、思いを寄せる女性はいた。

マルタ島の商人の娘、フランチェスカである。

手さえ握らぬ淡い恋だった。しかし、フランチェスカのほうも彼を慕っていることは、白い石畳の道ですれ違うときの、はにかんだような表情からわかった。フランチェスカを思うだけで、ロルテスは幸福だった。

そのつかの間の幸せを破ったのは、イスパニア（スペイン）人の騎士であった。フランチェスカの美しさに目を止めたイスパニア人騎士が、彼女にしつこく言い寄り、凌《りよう》辱《じよく》せんとしたのである。

愛する娘が恐怖におののいていると知ったロルテスは、前後の見境もなく、イスパニア人騎士に決闘を申し込んだ。

騎士団内での諍《いさか》いはご法度、ましてや女をめぐる争いごととなれば、処罰は必至であったが、熱い激情を押さえるにはロルテスはあまりに若すぎた。

島の北の岬でおこなわれた決闘で、ロルテスはイスパニア人騎士の左胸を刺し貫き、相手を碧《あお》く深い地中海に沈めた。

それから、フランチェスカに二度とふたたび会うこともなく、ロルテスはマルタ島を逃亡し、諸国をさすらう放浪の騎士となった。

（いまごろ、フランチェスカはどうしているか……）

ロルテスの胸を、痛みに似た甘い感傷がよぎって過ぎた。

その初恋の娘によく似た唐糸に、ロルテスは氏郷の死は毒殺によるものではないかと、きいてみた。

「さあ……。わたくしは、よくわかりませぬ」

唐糸はとまどった顔になった。

「氏郷さまが毒を盛られたなどと、そのような恐ろしいこと、夢にも信じられませぬ。ただ……」

「ただ？」

「太閤殿下が切支丹《キリシタン》禁教令を出されてよりこの方、氏郷さまは人知れず、苦しんでおいででした」

「あの、忌《い》まわしき禁教令か」

ロルテスの喉からうめきが洩《も》れた。

豊臣秀吉により、切支丹禁教令が発せられたのは天正十五年、九州島津攻めの最中であった。

九州の切支丹のようすを見た秀吉は、キリスト教の熱病のような広まりに脅威を感じ、天下統一のさまたげになると考えて、禁教令を発したのである。

京、大坂にあった南蛮寺はただちに破壊され、オルガンティーノをはじめとする宣教師は追放。もっとも信仰の厚い切支丹大名であったジュスト高山《たかやま》右近《こん》は、棄教の命に従わなかったがゆえに、播磨明石《はりまあかし》の所領を没収された。

「氏郷さまご自身は、表向き、信仰を捨てたふりをなさいましたが、お心のうちでは固く神を信じ、多くの切支丹教徒たちのために胸を痛めておられました」

「そうだ、蒲生さまは太閤への恐れのために、教えを棄てるような方ではなかった」

げんにロルテス自身、禁教令が発せられたあとも、小田原攻めの陣中で礼拝をおこなっている氏郷の姿を目撃している。

「これは、わたくしが病床の氏郷さまから内々にうかがった話ですが」

と、唐糸は前置きし、

「氏郷さまは、ご自分の病が平癒されたあかつきには、会津の領内を切支丹の楽土となすおつもりだと申されておりました。それゆえ、いまは辛《つら》いであろうが、そなたも信仰を棄てずに待っておれと……」

そこまで言うと、唐糸はついに耐え兼ねたように肩をふるわせてむせび泣いた。

女の姿が昔の恋人の面影に重なった。

ロルテスは思わず、たよりなげな女の肩をそっと抱いた。

(心配ない、フランチェスカ……。そなたのことは、私が守ってみせる)

口のなかで低くつぶやくと、ロルテスはかつて、恋人のためにイスパニア人騎士を刺し殺した洋剣の銀の柄《つか》を片手で強く握りしめた。

五

(太閤が、蒲生さまを殺さねばならぬ理由《わけ》はそれだったか……)

禁教令を出したにもかかわらず、配下の一大名が命にそむき、領内を切支丹国となそうとしていると知れば、秀吉が怒り心頭に発し、毒殺をはかったとしても不思議はない。

氏郷の行為は豊臣政権に対する公然たる反逆と言っていい。

（太閤が蒲生さまを謀殺したのは、少庵どのの言うような妬みだけではない。もっと切実な理由があったのだ……）

唐糸の話で、太閤が氏郷を殺さねばならぬ動機はわかった。しかし、まだ氏郷が毒を盛られたという確証をつかんだわけではない。

（もっと調べねば……）

ロルテスは氏郷毒殺の証拠をもとめて、さまざまな人々に話を聞いてまわった。

「あれは石田治部少輔三成《じぶのしょうゆうみつなり》が、蒲生どのに天下盗《と》りの野心ありと見て、毒害いたしたものよ」

色黒の顔に薄ら笑いを浮かべながら言ったのは、連歌師の里村紹巴《じょうは》である。紹巴は生前の氏郷と親しく交際しており、豊臣家、および諸大名の内情にもくわしかった。

「三成めは、諸大名の目付役をもって任じておるでな。いかさま、奴ならやりかねぬわ」

紹巴のほかにも、三成謀略説をとなえる者は数多くいた。だが、秀吉の懐刀《ふところがたな》とも言うべき五奉行筆頭の石田三成は、冷徹非情な事務官僚として人々に嫌われており、

――三成憎し
の個人的感情が差し挟まれていることは否《いな》めない。

一方で、

「殿を害したてまつったのは、奥州の伊達政宗《だてまさむね》である」

と言う者もいた。かつて氏郷の小姓をつとめ、美男として天下に名が鳴り響いている名古屋山三郎《なごやさんざぶろう》である。

名古屋山三郎は主君氏郷の寵あつく、文武にすぐれた若者であったが、氏郷の死後は蒲生家をはなれ、京の三条河原の芝居小屋に入り浸っていた。

「奥州の覇者たらんとの野望を抱いていた政宗にとって、会津で目を光らせていた我が殿は目の上の瘤《こぶ》だった。政宗は邪魔者をのぞくために、毒を盛ったのさ」

山三郎の言葉は、あながち論拠のないことではない。じっさい、政宗が氏郷を亡き者にしようと、毒殺をはかった事件が過去にはあった。

五年前の、葛西《かさい》、大崎一揆《いっき》のときである。奥州で起きたこの大一揆は、伊達政宗が陰で糸を引いていたと言われる。木村吉清を助け、一揆平定に乗り出した氏郷を邪魔に思った政宗は、みずからの茶室に氏郷を招き、附子《ぶす》の入った毒茶を飲ませたのだった。

茶の味がおかしいことに気づいた氏郷が、茶室を出るなり茶を吐き、毒消しの豊心丹を服したため、このときは事なきを得た。

（石田治部少輔に、伊達政宗か……）

さまざまな人の話を聞くうちに、氏郷殺しは太閤の差し金にちがいないと思っていたロルテスの確信は揺らぎだした。

人々の話のいずれにも、それなりの理はある。しかし、それをもって事実とするには、まだまだ証拠が足りないのである。

（いったい、氏郷さまを殺したのは誰なのか。太閤なのか、石田なのか、それとも伊達なのか……）

調べれば調べるほど、謎《なぞ》は深まっていくばかりだった。

やがて、知恩院の枝垂桜も散り果て、京の社寺に匂《にお》い立つばかりの青葉が芽吹く季節になった。

蒲生家では、京都南禅寺で仏道修行をしていた氏郷の嫡男、鶴千代の遺領相続がみとめられた。還俗《げんぞく》して名を秀行《ひでゆき》とあらためた鶴千代は、秀吉への御礼言上のために大坂城に登城した。

氏郷毒殺の噂もいつしか下火になり、いまでは豊臣家の相続をめぐって秀吉と対立を深める関白秀次のことが、世間のもっぱらの評判となっている。

だが、人々が氏郷を忘れても、ロルテスのみは真相究明の手をゆるめなかった。

ロルテスの身辺に怪しい影がつきまとうようになったのは、そのような折りも折り、梅雨《つゆ》のうっとうしい雨が京の町家の屋根を濡《ぬ》らすようになったころのことである。

ときどきようすを見にいく深草の唐糸の草庵、あるいは話を聞きに立ち寄る先々に、何者かの目が光っているのを感じる。

（太閤の差し向けた刺客か……）

たとえ太閤秀吉でなくとも、真相が暴き出されるのを恐れた毒殺者が、ロルテスの口封じをはかろうとすることは十分に考えられる。正体不明の刺客の影に、ロルテスの騎士魂はかえって燃え上がった。

（口封じができるものなら、やってみよ。マルタの騎士は脅しには屈せぬ）

真相究明を神に誓ったロルテスは、伝《つて》をたどり、氏郷の死を看取《みと》った医師と会うことに成功した。

医師の名は、曲直瀬玄朔《まなせげんさく》。施薬院全宗《やくいんぜんそう》、一鴎軒宗虎《いちおうけんそうこ》らと並ぶ太閤秀吉の侍医のひとりで、天下に名高い名医である。

「蒲生どのの死は病死に間違いございませぬ」

医師らしい、冷静な口調で玄朔は断じた。

しかし、相手は太閤秀吉の侍医をつとめている男である。その言葉は鵜呑《うの》みにできない。それどころか、彼自身が手を下して毒を盛った可能性すらある。

ロルテスの疑惑に満ちたまなざしに気づいたのであろう、玄朔は手文庫から一冊の冊子を取り出した。

「これをご覧になられよ。蒲生どのの病床のようすは、当時の看立《みた》て日録にくわしく書き残してある」

異国人のロルテスには、難解な日本の文字を読むのは骨が折れたが、玄朔の助けを借り、どうにか読み下した。

――会津宰相《あいづさいしょう》、病《やまい》、下血なり。

冒頭にはまず、氏郷の病名が〝下血〟であることがしるされていた。下血とは文字どおり、肛門《こうもん》からの出血が止まらぬ病である。さまざまな原因が考えられるが、当時はそれを一括して下血の病と称したのである。

　冊子をめくると、文禄三年秋の項に、

――面色を候《うかが》ふに終《つい》に調《ととの》はず、黄黧《こうり》にて、項頸《こうけい》の傍、肉痩消し、目下微《かすか》に浮腫す、若《も》し腹張り、肢腫《ししゅ》生せば必ず大事なるへし。

と、ある。

　すなわち、氏郷はこの時点で、顔色悪く、黄疸《おうだん》が出、首の肉がいちじるしく痩せ、目の下に浮腫が生じていたというのだ。もし腹に腹水がたまって張り、脚にまで腫れが及ぶようなら、もはや治る見込みはないと、医師の玄朔は診断を下しているのだ。

（肝臓《フェガート》の癌《がん》だな……）

　記録に書かれた患者の症状を読んでいて、ロルテスは思い当たることがあった。かつて、マルタ島にある聖ヨハネ騎士団の病院で、これとまったく同じ症状の病人を目にしたことがあり、病院の医師が下した診断が重度の肝臓癌だったのだ。騎士団病院の患者は、やがて治療のかいもなく死んでいった。

　記録が事実とすれば、氏郷の死は毒によるものではなく、病によるものだったということになる。

（だが、それはあくまで日録に書かれていることが事実としての話。太閤の命により、玄朔が記録を改竄《かいざん》したということもある……）

　ロルテスの疑いは、日録を見てもまだ晴れなかった。

六

ロルテスは曲直瀬玄朔の屋敷をあとにした。

すでに日は暮れ、あたりは暗くなっている。薄闇のなかに、白く煙る霧のような細かい雨が降りしきっていた。

釈然《しゃくぜん》としない気持ちを抱えたまま、人気の絶えた新町通《しんまちどおり》を行くあてもなく歩きだしたとき、刀を抜きつれ、路地のかげから躍り出てきた者たちがいる。

その数、五、六人。

顔を黒頭巾《ずきん》で隠した男たちである。賊は、霧雨を裂くように、白刃を突き出しながらロルテスを取り囲んだ。

(ついに、あらわれたか)

彼らがロルテスの身辺につきまとっていた刺客であることは、問わずともわかる。

さしていた唐傘を投げつけるや、ロルテスも腰の洋剣を引き抜いた。

「太閤の命で、おれを殺しにきたか。それとも、石田治部少輔に飼われた犬か」

眼光するどく睨《にら》みつけるロルテスに、男たちは何も応えない。無言のまま、頭巾の奥の目を不気味に光らせている。

男たちの体からは、凄《すさ》まじい殺気がたちのぼっていた。

「死ねッ！」

叫びざま、男ひとりが斬りかかってきた。

瞬間――。

ロルテスは低く踏み込み、洋剣の切っ先をひらめかせた。

狙《ねら》いあやまたず、洋剣は敵の心臓をつらぬいている。剣先を引くと、胸から鮮血をほとばしらせた男が、手で虚空をつかむようにもがきながら、どっと前のめりに倒れる。

水しぶきが散った。

すかさず、右横からきた。足もとを狙っている。

低く薙《な》ぎつけてきた刀を、ロルテスは化鳥《けちよう》のごとく跳び上がってかわし、かわしざま、敵の喉笛を串刺《くしざ》しにした。

日本の刀が〝斬〟を主体とするのに対し、細身の洋剣は〝突〟を得意とする。しかも、日本刀にはない変則的な動きに、刺客たちは明らかに手を焼いている。

「さあ、来いッ！」

ロルテスは褐色の巻き毛を逆立て、獣のごとく吠《ほ》えた。

男たちはロルテスの見幕に恐れをなし、遠巻きにしたまま、襲いかかってこない。

ロルテスはみずから動いた。

洋剣の光芒が氷柱《つらら》のようにきらめくたびに、男たちが一人、また一人と地に伏していく。

またたくまに五人を倒した。

残る敵は一人。

男は太刀を中段に構えたまま、草鞋《わらじ》をにじらせ、じりじりと後退していく。追い詰められ、武家屋敷の塀を背負った男に、ロルテスは洋剣を突き出して詰め寄った。

「言えッ。おまえたちを雇ったあるじの名を。言えば、命だけは助けてやる」

「…………」

男は返事をしなかった。答えるかわりに、喉の奥から奇声をほとばしらせ斬りかかってきた。

ロルテスは冷静に見切って一撃を横にかわし、足で敵の臑《すね》を払った。

男がもんどり打って地面に転がる。

あわてて起き上がろうとした男の黒頭巾を、ロルテスはあざやかな剣さばきで十文字に切り裂いた。

頭巾の下から、刺客の浅黒い顔があらわれた。

ロルテスは驚いた。

「おまえは……」

苦渋をにじませながらロルテスを見上げたのは、日ごろよく見慣れた男の顔であった。

＊　＊

私はいま、筑前《ちくぜん》博多からマカオへ向かうポルトガル商船に乗っている。東シナ海を渡る爽涼《そうりよう》とした初夏の風が、肌に心地よい。

私は日本を去ることにした。

私が、日本を去ろうと思ったのは太閤秀吉の刺客に命を狙われたからではない。迫害に屈するような私ではない。

　私がこの国との決別を決意したのは、太閤の意を受けて襲ったと思われた一団が、じつは蒲生家からの刺客であることがわかったからだ。しかも、その刺客をひきいていたのは、我が友と信じていた蒲生忠兵衛だった。

　彼らの言いぶんはこうである。

　氏郷を失い、存続を危ぶまれた蒲生家は、ようやく嫡子の秀行が跡目を継ぎ、遺領相続が許された。しかるに、いまさらロルテスが事を荒立て、事件の真相を嗅《か》ぎまわるのは迷惑千万である。

　彼らにとってもっとも大事なのは、事実を突き止めることではない。お家の安泰こそ、第一なのである。たとえ真実は闇に葬られても、いま目の前にある小さな平安を守りたいのだ。

　――和を以て貴《たつと》しと為《な》す。

　それが、この国の掟であるらしい。

　だが、西洋に生まれた私には、彼らの考えは理解できない。私はこの国に溶け込もうと努力した。しかし、ともにやっていくことは難しかったようである。

　蒲生さまの死の真相は、ついに突き止めることができなかった。

　この国での十年あまりが、まったく無駄な日々であったようにも思えるが、私はそれを少しも後悔していない。

　なぜなら、私のそばには可《か》憐《れん》な娘、唐糸がいる。私と同じように、彼女もこの国で行き場を失った者である。

唐糸と二人、これから未知なる大地をもとめて旅をつづけようと思う。私たちの望む安住の地が、この世界のどこに残されているかわからない。だが、愛《いと》しき人と二人ならば、私は何も恐れないであろう。彼女もまた、私を信じてくれている。

さらば、日本。

美しき花《サクラ》の国よ――。

幻の軍師

一

神子田半左衛門《みこだはんざえもん》は軍学の天才であった。その軍師としての才能は、あるいは、豊臣秀吉《とよとみひでよし》の天下取りを陰で支えた二人の軍師、竹中半兵衛《はんべえ》、黒田官兵衛をも凌《しの》ぐものがあったかもしれない。

こんな逸話がある。

秀吉が織田《おだ》家の一将として播磨《はりま》の三木城を攻めていたおりのことである。秀吉の帷幄《いあく》の臣をつとめていた竹中半兵衛が肺腑《はいふ》の病にたおれた。長年、半兵衛に篤《あつ》い信頼を寄せてきた秀吉は、京から医師を呼んで手当させたが、容体は恢復《かいふく》せず悪くなる一方であった。

看護の甲斐《かい》もなく、いよいよ死期が迫ってきたとき、秀吉は病み衰えた半兵衛の手を握り、

「そなたが死んだら、わしは軍の采配《さいはい》をいったい誰にまかせればよいのだ。死ぬなよ、半兵衛」

と、涙ながらに訴えた。

すると、それまで生死の境をさまよっていた半兵衛が、うっすらと目を開け、

「どうか、ご心配めされますな。私のかわりに殿のお役に立つ者が、たった一人だけおります。私の死後は、その男を頼りになされるとよい」

「その者とは……」

「神子田半左衛門にございます。かの男ならば、かならずや殿のご期待にそむくことはないと存じます」

半兵衛は苦しい息の下からそう言うと、安堵《あんど》したように目を閉じたという。

神子田半左衛門正治《まさはる》――。

かの竹中半兵衛がその死にのぞみ、おのが身代わりとして秀吉に推挙したほどの武将である。いかばかりの俊秀であったか、想像にあまりあろう。

神子田半左衛門正治は、伊勢《いせ》国桑名郡に生まれた。父の名は神子田肥前守《ひぜんのかみ》。神子田家は代々、伊勢湾一帯の海運業に従事していたが、肥前守の代になって、木曾《きそ》川をへだてた尾張《おわり》国海西郡鯏浦《うぐいうら》に本拠を移している。織田信長が尾張一国を統一すると、神子田肥前守、半左衛門親子もその麾下《きか》に属した。

織田信長が今川義元《よしもと》を破った桶狭間《おけはざま》合戦、美濃《みの》の斎藤攻めにも、父子ともに十騎をひきいて参戦し、手柄をたてている。その神子田半左衛門正治が、のちに太閤《たいこう》秀吉となる木下藤吉郎にはじめて声をかけられたのは、美濃加納《かのう》城攻めのあと、織田軍が木曾川を見下ろす丘の上で中食《ちゅうじき》をとっているときだった。

半左衛門がほかの者たちから離れ、柿《かき》の木を背に休んでいると、

「さても、うまそうな柿の実でござるな」

浅葱木綿《あさぎもめん》の陣羽織を着た小男がにこにこしながら近寄ってきた。

「ばかを申すな、これは渋柿じゃ。とても食えたものではない」

半左衛門が無愛想に言うと、小男は顔の前でひらひらと手を振り、

「いやいや。渋柿とて、家に持ち帰って軒に吊《つ》るしておけば、頰《ほ》っぺたが落ちそうなほど甘い干し柿になりますぞ」

「おぬし、足軽百人頭《がしら》の木下藤吉郎だな」

「それがしをご存じであったか」

「知るも知らぬもない。おぬしのその珍妙な顔つき、一度見たら誰しも忘れられるものではないわ」

「このように不細工な顔でも、たまには役に立つものでござる」

と言うと、藤吉郎は猿面をつるりと撫《な》でて笑った。

木下藤吉郎はもともと、信長の草履取りだった男である。それが、よく知恵のまわるところを信長に気に入られ、台所奉行から足軽百人頭にまで出世した。

しかし、

（この草履取り上がりが……）

という思いが、半左衛門のみならず、織田家中の誰の心のなかにもある。

「わしに何の用だ」

藤吉郎の顔に、半左衛門は冷たい視線を投げた。

「聞くところによれば、神子田どのは孫子《そんし》をまなばれたそうにございますな」

「それがどうした」

「孫子のみならず、呉子《ごし》、六韜《りくとう》、三略《さんりゃく》、ありとあらゆる兵書を読破されたとか」

「兵書のたぐいなら、ひととおり読みこなしている。しかし、なにゆえおぬしがそのことを知っておるのだ」

「津島の禅寺の住職から洩《も》れ聞いたのでござるよ。かの住職、あなたさまのことを、いまどきめずらしい知勇を兼備えた人物と、いたく感心いたしておりましたぞ」

「それほどのことはない」

謙遜《けんそん》しながらも、半左衛門は悪い気はしなかった。

半左衛門は少年時代、尾張国津島の臨済宗寺院、建得寺《けんとくじ》で学問をまなんだ。もともと利発だった半左衛門は、禅坊主《ぼうず》の教える難解な漢文をたちどころに理解し、寺はじまって以来の秀才とよばれた。孫子や呉子などの兵書も、その禅寺で読破したのである。

「いや、それにしても勿体《もったい》ない」

藤吉郎はおおおげさな身振りで額をたたいてみせた。

「ありあまる軍学の才を持ちながら、それを存分に発揮する機会を与えられぬとは、まったくもって、嘆かわしいことでありますな」

「おれは織田家の馬廻りにしかすぎぬ男だ。孫子や呉子を知っていても、何の役にも立たぬわ」

自嘲《じちょう》するように顔をそむけた半左衛門の肩に、藤吉郎がふわりと手を置いた。

「いかがでござる、神子田どの。あなたさまのその才、この木下藤吉郎に貸してはいただけませぬか」

「どういうことだ」

「それがしの家臣になっていただきたいのでござるよ。この藤吉郎が万に一つ、いっぱしの将に出世したあかつきには、ぜひとも神子田どのの力をお借りしたい」

この男、頭がどうかしているのではないか——神子田半左衛門はそのとき、肚《はら》の底からそう思った。いかに主君の信長に気に入られているとはいえ、足軽百人頭の藤吉郎が一軍をひきいる将にまで出世するとは、とうてい考えられないからである。

しかし——。

墨俣一夜城《すのまたいちやじょう》の築城で大功を立てた藤吉郎は、織田家のなかでとんとん拍子に出世した。

神子田半左衛門が、その藤吉郎に臣従するようになったのは、

（この男に仕えていれば、あるいは、自分の軍学の才を満天下に知らしめる機会がやってくるかもしれない）

と、望みをかけたからにほかならない。半左衛門は、おのれを恃《たの》むところの大きい男だった。

藤吉郎を利用し、あわよくば自分がひとかどの将になりたいと思っていた。半左衛門はそれほど、学問に裏付けられたおのれの才に自信を持っていたのである。

二

神子田半左衛門が、いまひとりの天才、竹中半兵衛に出会ったのは、元亀《げんき》元年の春のことであった。

顎《あご》が張り、いつもぎらついた野心的な目をした男っぽい風貌《ふうぼう》の半左衛門に対し、竹中半兵衛は長身瘦軀《そうく》、閑雅の風采を持った男だった。半左衛門と同じく、軍略家としての才を買われ、近江《おうみ》の山中で隠棲《いんせい》していたところを三顧の礼をもって木下藤吉郎に迎えられた。

「ほう、神子田どのも李衛公問対《りえいこうもんたい》をまなばれたか」

岐阜城下にある神子田の屋敷をたずねた竹中半兵衛は、相手の軍学の素養の深さにすなおに驚いて見せた。李衛公問対は軍学のなかでも、もっとも難解な部類に入り、それを理解する者はめったにない。

半左衛門は我が意を得たりとばかりに膝《ひざ》をたたき、

「建得寺の住職が足利《あしかが》学校でまなんだものを、わしにだけとくに教えてくれたのだ。類は友を呼ぶというが、竹中どののような軍学をよく解する者が、同じ釜《かま》の飯を食うことになるとは喜ばしいかぎりじゃ」

「私のような者は、神子田どのの足もとにも及びません」

竹中半兵衛の態度はあくまで謙虚である。半左衛門は、半兵衛の言葉に久方ぶりにいい気持ちになった。

「竹中どのの前だから言うが、この家はあるじから雑兵《ぞうひょう》のはしばしにいたるまで、じっさいろくな者がいない。わしのような有能な人材を活用するすべを、まったく心得ておらぬのだからな」

「どういうことです」

「どうもこうもない。おぬしをここへ呼んだ木下藤吉郎、あの男、わしの力を借りたいなどと殊勝なことを言っておきながら、いざいくさとなると、いっこうにわしの意見を聞こうとせぬ。それどころか、蜂須賀小六《はちすかころく》や前野将右衛門《しようえもん》といった野伏《のぶし》上がりの連中ばかり重用しておる」

「神子田どのとて、いまでは百騎をひきいるご身分ではありませんか」

竹中半兵衛がとりなすように言った。

ふん、と半左衛門は小ばかにしたように鼻を鳴らした。

「わしは軍師としてのおのれの知謀を、思う存分生かしてみたいのよ。それだけの力は、わしにはあると思う」

「…………」

「ところで、竹中どの。貴公はいま、いかような軍学に興味をお持ちか」

「私ですか」

半兵衛はおだやかに微笑し、

「じつのところを申せば、軍学にあき申した」

「あきたと？」

「そうです。私がいま興味を抱いているのは」

と言って、半兵衛は部屋の外に目をやった。泉水《せんすい》をめぐらした庭に、新緑の樹々《きぎ》がまぶしい。

「私の心をとらえているのは、あれなる樹々の葉です。風に揺れる木の葉を見ていると、いつまでもあきることがない」

「木の葉に興味をお持ちとは、さても珍妙な」

「木の葉と言ってわかりにくければ、自然のあるがますべて、と言いかえてもよい」

「花鳥風月を友とされているということか」

「山中での侘《わ》び暮らしが長かったもので、しぜんその風が身についてしまいました」

半左衛門の目から見て、竹中半兵衛は欲のない男に見えた。

（むしろ、欲がなさすぎる……）

半左衛門の心には、相手に対するあなどりの気持ちさえ湧き起こった。

だが、あるじの木下藤吉郎は、その無欲な男を自分の軍師としてつねに身辺に置くようになった。姉川の合戦、横山城の戦いと、近江浅井《あざい》攻めで藤吉郎がめざましい働きをしたのも、竹中半兵衛の知略によるところが大きかった。

やがて、浅井氏が滅びると、藤吉郎は近江長浜十二万石の城持ち大名となった。そのとき、羽柴筑前守《はしばちくぜんのかみ》秀吉と名を変えた藤吉郎に、

「町づくりの第一歩は、まず民の暮らしを安んずることにあります。年貢《ねんぐ》を軽くし、商を起こし、城下に人が集まってくるようにする。さすれば、長浜は近江随一の町として

栄えまする」

と、助言したのは、ほかならぬ竹中半兵衛であった。半兵衛は千五十三石を与えられ、秀吉の軍師として重きをなした。

一方の神子田半左衛門も、けっして軽いあつかいを受けたわけではない。石高は竹中半兵衛よりも多い千四百石。秀吉の親族をのぞけば、家臣のなかで十番めにあたる。大出世と言ってもよい。

しかし、半左衛門は不満であった。

本来であれば、現在の竹中半兵衛のごとき立場に、半左衛門自身が立っているはずであった。

神子田半左衛門の軍学の知識は、竹中半兵衛におさおさ後れを取るものではない。しかるに、秀吉は半兵衛の意見ばかりを取り入れ、神子田半左衛門にはわずかな助言すらもとめない。

（なぜだ……）

半左衛門は腸《はらわた》が煮えくり返る思いだった。だが、その思いを誰に打ち明けることもできない。ただ、心のなかに沈々と澱《おり》のようなものがたまった。

半左衛門はしだいに、荒れるようになった。

酒を呑《の》んでは部下のささいな落ち度をあげつらい、情《なさけ》容赦なく打ちすえた。城下の無頼者に難癖をつけ、一刀のもとに斬《き》り殺したこともある。なまじ、おのれの才に自信があるだけに、世を呪《のろ》う気持ちが強くなった。

ちょうど、そのころのことである。神子田半左衛門が、染井殿《そめいどの》なる女人に出会ったのは――。

三

染井殿は、京都の公家《くげ》、四辻《よつつじ》家の出であった。四辻家は数ある公家のなかでも高貴な羽林《うりん》家の家格、代々の当主のなかから大納言《だいなごん》を出すほどの家柄である。

四辻家の妾腹《しょうふく》の姫として生まれた染井殿は、たぐいまれな美貌《びぼう》を見初《みそ》められて、十六のときに浅井氏の一門衆、浅井主水《もんど》のもとに嫁ぎ、若い後添いとして親子ほども歳《とし》の違う夫の愛を一身に集めていた。それが、浅井氏の滅亡とともに夫が戦死し、行き場を失った染井殿は、長浜から一里離れた虎御前《とらごぜん》山のふもとの竹林庵《ちくりんあん》という尼寺に、知り合いを頼って身を寄せていたのである。

後家になったとはいっても、染井殿はまだ二十代なかばの女ざかりであった。婚家滅亡の憂《う》き目にあってなお、天来の美貌はおとろえるところを知らず、その妖艶《ようえん》な美しさは長浜城下で評判にさえなっていた。

神子田半左衛門が染井殿とかかわりを持つようになったのは、まったくの偶然からだった。役儀で北近江の塩津《しおつ》へむかう途中、道ばたで足をくじいて難儀していた女を助けたのである。

「あのときのあなたさまの、頼もしかったこと。物も言わずにわたくしに背中をむけると、これにおぶされと……」

竹林庵の離れに男を迎えた染井殿は、白磁のような頬を半左衛門のたくましい胸に寄せてきた。

「あのときは、仕方がないから庵室まで送ってやったのだ。女くさい匂いが肌にしみついてかなわなかったぞ」

「冷たいことをおっしゃいます。でも、あなたさまのその男らしいところが、わたくしは好き」

女は、男の襟《えり》の合わせ目から黒々とのぞく胸毛に細い指をからめた。

(愛《う》いやつ……)

と、半左衛門は思う。いくさ一筋できた半左衛門にとって、生まれてはじめての恋であった。十年連れ添った妻はいるが、染井殿を知って、半左衛門は女とはこんなにいいものかと思い知らされた。

「そなた、尼寺に身を寄せながら、なぜ尼にならなかったのだ」

「尼になって、亡《な》き夫の菩提《ぼだい》を弔えと」

「武士の妻とは、そうしたものだろう」

「でも、わたくしは死んだ夫のことなど、毛筋ほども愛していなかったのでございますもの」

「おれのことは、どうだ」

「知っておいでのくせに……」

「言わぬか」

半左衛門は女を床に押し倒し、淡雪のような柔肌《やわはだ》をまさぐった。

染井殿は京育ちの女である。半左衛門を夢中にさせる妖《あや》しい色香を身につけていた。女といるときだけ、半左衛門は世の憂さを忘れることができた。

午《ひる》すぎにやって来た半左衛門は、その日、夕暮れ近くまで女と睦《むつ》みあった。

「灯りをおつけいたしましょう」

薄闇《うすやみ》のなかで女が身を起こした。

半左衛門は脂《あぶら》ののった女の顎のあたりを、見るともなしに見上げる。

「ほかに男はおらぬのか」

「え？」

「そなたほどの女だ。長浜城下の者で、ほかに懸想《けそう》する男はいないかと思ったのだ」

「妬《や》いておられるのですか」

女が目を細め、嫣るように笑う。

「いるのか、おれ以外の男が？」

「そんなことはございません。でも……」

「何だ」

「じつは、長浜城から使いの方がみえられて、わたくしに城主の羽柴さまのそばで仕えるようにと、しきりに勧めるのでございます」

「羽柴筑前守からの使いだと」

「はい。半年ほど前から、それはもう、しつこいほどに」

「そなたに側室になれというのか」

「そういうことでございましょう」

「猿めッ！」

半左衛門は床をたたき、思わず秀吉の渾名《あだな》を叫んでいた。

秀吉は、そもそもの出自《しゅつじ》が低いだけに、高貴な身分の女が好きだった。城持ち大名になるまでは押さえていたが、一国一城のあるじとなったいまは、おおっぴらに好みの女に触手を伸ばしていると聞く。染井殿に声をかけたのも、秀吉のその性癖ゆえであろう。

「それで、そなたどうするつもりだ」

半左衛門は気色《けしき》ばんできいた。

女は口もとに手の甲を当て、ほほと妖艶に笑い、

「どうもこうもございません。わたくしは、あのような猿面の小男は嫌いです。わたくしが好きなのは、あなたさまだけ……。一刻も早く城持ち大名におなりになって、わたくしを側室にお迎えくださいませ」

「よし、わかった。近い将来、かならず、おれの力をいくさで示し、猿のやつにほえづらをかかせてやるわ」

「ほんに、あなたさまは……。頼もしい」

染井殿の言葉が、半左衛門の耳に甘く響いた。

だが、おのが力を示すといっても、機会はなかなか訪れなかった。

この時期、秀吉の仕える織田信長の軍団は連戦連勝、領土を確実に拡大しつづけ、そ

の傘下《さんか》にある秀吉も、織田家中での地位を不動のものにしつつあった。しかし、秀吉が軍師として用いるのは、あいかわらず竹中半兵衛ただひとり、神子田半左衛門はどのいくさでも、そこそこの働きこそすれ、大功を上げることはできなかった。それどころか、このところの秀吉は、半左衛門のことを故意に遠ざけているような節さえある。

(女の恨みか……)

半左衛門と染井殿の仲は、とっくに秀吉の耳に届いているはずだった。その証拠に、女のもとにあれほど繁《しげ》くやって来ていた秀吉の使いが、近ごろはふっつり途絶えているという。

(思いをかけていた女を取られたもので、秀吉はおれのことを逆恨《さかうら》みしているのだ)

半左衛門は勝手に思い込んだ。

思えば、自分ほどの天才を軍師として使わないのは、秀吉が自分のすぐれた才を妬《ねた》んでいるからにちがいない——半左衛門はそう考えることで、おのれの矜持《きょうじ》をかろうじて支えた。

天正五年——。

播磨《はりま》攻略を成し遂げた秀吉は、その功に報いるため、家臣に領地を分け与えた。『続武家閑談』によれば、このとき、神子田半左衛門は播磨国内に五千石を与えられた。古参の功臣のなかでは、ほかに宮田喜八郎、戸田三郎四郎、尾藤甚右衛門《じんえもん》の三人にも、同じ五千石が与えられたが、彼らはいままでの粉骨砕身の働きにくらべ、これでは不足と喜ばなかった。

だが、半左衛門のみは、不満げなようすひとつ見せなかった。

「おぬし、これしきの知行でまことに満足なのか」

ほかの三人がきくと、半左衛門は口もとを皮肉たっぷりにゆがめ、

「わしは、五千石を与えられたことに満足しているわけではない。筑前守どのの仰《おお》せによれば、いまは余分の土地がないため、とりあえず小知を与えるとのことであった。しかし、播磨は大国。余分の土地がいくらでもあることは、雑兵、小者のたぐいでも知っている。しかるに、言葉を飾ってわかりきった言いわけをするのは、筑前守どのが、われら四人をよほどの知恵なしと見ているからにほかならない」

「言いすぎだぞ、半左衛門」

「まあ、聞け。その知恵なしに、五千石もの大封を下されると言うのだ。ここは、筑前守どののお情けだと思って、ありがたく受け取っておこうではないか」

半左衛門は人目もはばからず放言した。

人づてに話を聞いた秀吉は、苦々しい表情を浮かべたが、なぜか何の咎《とが》めも下すことはなかった。

あらたに五千石の知行を得た神子田半左衛門は、長浜城下に豪壮な屋敷を新築し、染井殿を側室に迎えた。

四

神子田半左衛門が、播磨三木城攻めの陣中で倒れた竹中半兵衛を見舞ったのは、天正

七年の梅雨《つゆ》の季節である。

「おやつれになられたな」

平井山の陣所の仮屋で病床に伏す竹中半兵衛を見て、半左衛門は顔色の悪さに驚いた。

「なに、疲れがたまっただけです。大事ござらぬ」

半兵衛は言ったが、病状が尋常でないことは、医術の心得のない半左衛門にもはっきりとわかった。

「城攻めでお忙しいところ、わざわざお出《い》でいただき、申しわけない」

「なにやら、それがしに話があるときいたが」

「はい」

半兵衛は寝床から身を起こすと、そばにいた若侍に声をかけ、しばらく人を近づけぬように命じた。

「ここだけの話ですが、ほんとうのところ、私の命はそう長くはない」

「いきなり何を言われるのだ、竹中どの」

「嘘《うそ》を言ってもはじまりません。私の肺腑はもう腐れきっていると、医者の施薬院全宗《やくいんぜんそう》が申しておりました」

「それはまことか」

半左衛門の問いに、痩身《そうしん》の軍師はしずかにうなずいた。

「死を前にして、竹中どのは何ゆえ、そのように落ち着いていることができるのだ」

「べつに、落ち着いてなどおりませぬ。織田家の天下取りは、まだ五分をすぎたところ。

わが筑前守さまも、まだまだ苦しい戦いをつづけねばならぬでしょう。それを知りながら、志なかばで倒れねばならぬとは、まさしく断腸の思い」

「貴殿の気持ち、よくわかる……」

「しかし、これも天命。人は天命に逆らうことはできませぬ」

半兵衛は淡々とした口調で言うと、薄暗い天井を見つめた。

「私が死んでも、いくさはつづけねばならない。そのとき、筑前守さまのお側《そば》にいて、私の代わりをする者が必要となる。その役には誰がふさわしいのか、病の床のなかでずっと考えていました」

「…………」

「神子田どの。私は、私亡きあとの筑前守さまの軍師に、あなたを推挙しようと思う」

「それは……」

半左衛門はさすがに驚いた。むろん、みずからの才には自信があったが、竹中半兵衛ほどの男がそこまで自分の実力を買ってくれていたとは、予想だにしていなかったのである。

「そうは言われるが、竹中どの。筑前守さまは、わしを嫌《きろ》うておられるようだ。げんに、わしは一手の将として使われることはあっても、軍師らしい扱いを受けたことは、これまで一度たりとてない」

いつも傲岸不遜《ごうがんふそん》なこの男にはめずらしく、半左衛門は気弱げな言葉を吐いてみせた。

「それは、筑前守さまのせいというより、あなた自身に罪がある」

竹中半兵衛が毅然《きぜん》とした口調で言った。

「わしに罪があると？」

「そうです」

「聞き捨てならぬ言葉だ。このわしの、いったいどこに罪があるというのだ」

「考えてもみられよ、神子田どの。あなたはたしかに、軍学の知識においては人並みすぐれておいでになる。戦場での陣の敷き方、軍の出し方、退《ひ》き方を論じさせれば、この私でさえ及ばぬかもしれない。しかし、あなたには軍師として、もっとも大事なものが欠けている」

「何だ、その大事なものとは」

「わが身を陰《かげ》と思いなす心です」

「…………」

「大将が光り輝く日輪《にちりん》であるとするならば、軍師とは陰です。陰は、いついかなる場合も、みずからの名利《みようり》をもとめてはならない。そうでなければ、日輪が美しい輝きを放つことはできぬのです。しかるに、神子田どのは、軍師であるにはいささか功名心に富みすぎておられる」

「功名心なくして、なんの武士かッ！」

神子田半左衛門は吠《ほ》えるように言い返した。

半左衛門のぎらついた視線を、病床の軍師は正面から受け止め、

「あなたとて、とうにわかっておられるはずだ。じっさいの戦場において、軍師にもっ

とも必要とされるのは、戦況を正しく判断する水のごとき平常心です」

「功名心があっては、冷静な判断がにぶるということか」

「軍書はいくさに勝つためのさまざまな方法を説いておりますが、その要諦《ようてい》はただ一点につきます。つねに冷静であること、すなわち、心の鏡をくもらせぬこと。この一点につきるのです」

「…………」

「神子田どのが、真の軍師たらんと欲するなら、どうかそのことをお心に留めておいていただきたい」

神子田半左衛門は、鉈《なた》で頭を真っ二つにたたき割られたような気がした。

いつもの半左衛門であれば、相手が病人であろうとなかろうと、斟酌《しんしゃく》せずにつかみかかり、殴り倒していたところだろう。だが、相手の言葉に真実の重みがあるだけに、どうしても反駁《はんばく》することができなかった。

自分の陣へ帰る道々、

(たしかに、竹中半兵衛の言うとおりかもしれぬ。わしは功名心が強すぎる。秀吉は、それを見抜いていたからこそ、わしを軍師として用いなかったのだ……)

神子田半左衛門は生まれてはじめて、おのれを知った。しかし、知ったからといって、いまさら生き方を変えられるものではない。

それから十日後――竹中半兵衛は三十六歳の若さで世を去った。

織田信長が本能寺の変で倒れ、信長の覇業を秀吉が継ぐと、神子田半左衛門は備中庭《びっちゅうにわ》瀬《せ》一万二千石の城主となる。半左衛門にとって、まさに得意絶頂の時期であった。

だが、その喜びも、ようやく手に入れた城主の地位とともに、わずか一年足らずで失うことになる。

秀吉が、宿敵徳川家康《いえやす》と一戦をまじえた小牧・長久手《ながくて》の戦い。

神子田半左衛門は手勢六百騎をひきい、黒田官兵衛、木村常陸介《ひたちのすけ》らとともに、秀吉軍の最前線である二重堀を守っていた。そこへ突然、徳川の旗本隊二千騎が夜討ちをかけてきたのである。

（どうせ敵はすぐに引き揚げていく）

たかをくくった神子田半左衛門は、突撃してきた敵兵の首ひとつ取るや、自隊に退却を命じた。

ところが、読みははずれ、敵は退却しなかった。

この半左衛門の判断のあやまりにより、秀吉軍は多大なる損害をこうむった。

翌朝、秀吉は半左衛門を呼び出し、

「そなたが不用意に退却したせいで、先鋒《せんぽう》の陣が総崩れになったわ」

諸将の面前でののしった。

しかし、神子田半左衛門は少しも悪びれなかった。

かえって、秀吉に食ってかかり、

「小勢で大勢に立ちむかっても、いたずらに兵を失うだけでござる。それがしに、もっと大軍をお与え下さっていたら、このようなぶざまないくさにはならなかったでしょう」

「この臆病者《おくびようもの》めッ！」

秀吉は烈火のごとく怒り、手に持っていた馬鞭《ばべん》を半左衛門の顔めがけ、はっしと投げつけた。

「そなた、はじめてわしのもとにやって来たとき、十騎もひきいておらなんだ。それが、いまでは六百騎をまかされておる。うぬが力以上に望むとは、増上慢なりッ！」

秀吉は即日、半左衛門の所領を没収し、追放に処した。

神子田半左衛門はこののち三年間、諸国を放浪する。放浪のすえに食いつめ、九州島津攻めの陣にあった秀吉のもとにあらわれたときには、さしも鼻っ柱の強かった半左衛門も、見るかげもないほど憔悴《しようすい》しきっていた。

「どうか、それがしをお許しくだされ……」

半左衛門はなりふりかまわず、額を地面にすりつけて哀願したが許されず、逆に不届き者として秀吉に切腹を命じられた。

最期《さいご》におよんで、半左衛門は腹を十文字にかっ切り、虚空《こくう》をにらみつけると、

「知名もなく勇功もなし」

孫子の一節を叫んで息絶えたという。

首は京都一条戻橋《いちじようもどりばし》に晒《さら》され、その横に、

——臆病者

と、高札が立った。

男たちの渇き

一

この男、めっぽう女にもてた。

鞭《むち》のごとくしなやかな長身瘦軀《そうく》、鼻すじきりりと通り、切れ長な目もとに涼やかな男の色気がただよっている。

道ですれ違えば、男女の別なく、思わず振り向かずにはいられぬような、水ぎわだった男ぶりである。

しかも、喧嘩《けんか》に強く、博奕《ばくち》も強い。

「たとえ一夜でよいから、前野の将右衛門《しょうえもん》さまに添《そ》い臥《ふ》してみたい」

尾張上郡《おわりかみごおり》近在の若い娘は、目引き袖《そで》引き噂《うわさ》し合った。

前野将右衛門長康《ながやす》――。

川並《かわなみ》衆の荒くれ男たちをしたがえる、蜂須賀《はちすか》党の副首領である。

川並衆は、尾張と美濃《みの》の国境を流れる木曽《きそ》川中流域一帯の荒れ野を縄張りとする川筋者だった。彼らは川を上り下りする荷舟をあやつって船稼ぎをし、馬借《ばしゃく》の手伝い、木曽谷から仕入れた馬を売りさばく博労《ばくろう》のような仕事まで手広くやっていた。

土地にしがみついて田畑を耕す百姓とちがい、川並衆は、働きに応じて日銭が入る。しぜん、金づかいも荒く、飯屋で大酒をかっ食らい、宮田や草井《くさい》の川湊《かわみなと》で女を買い、川岸につながれた船の上で真っ昼間から博奕に興じた。

その一筋縄ではいかぬ、いずれ劣らぬ荒々しい気性の川並衆を支配しているのが、蜂須賀党の首領、

——蜂須賀小六
および、小六とは義兄弟の契《ちぎ》りを結んだ前野将右衛門であった。

時は、戦国乱世。

合戦は日常茶飯事、尾張の織田信長と隣国美濃の斎藤龍興《たつおき》のあいだでも、争いは絶えることなく、性剽悍《ひょうかん》な川並衆のごとき存在は、有能な傭兵《ようへい》として双方から誘いの声がかかった。

ひとたび、いくさが起き、

「わが軍に味方せよ」

と、使者が来れば、首領の蜂須賀小六は織田方と斎藤方の礼金の多寡《たか》を天秤《てんびん》にかけ、少しでも利のあるほうに味方した。

木曾川流域の地理を知りつくしている川並衆の働きは神出鬼没、勇猛で命知らずの彼らのいくさぶりは、両軍の兵から鬼神のごとく恐れられた。

「あ、あんた……。もう、だめ」

将右衛門の下で、女があえいでいた。

浅黒く日焼けした、たくましい男の裸身である。体を動かすたびに、それ自体、一匹の生き物のように筋肉が息づき、男ざかりの精気を発散させている。

「ああッ……。あんたって、どうしてこんなに」

将右衛門に組み敷かれながら、女は無我夢中で男の背中に爪を立て、豊満な体をのけぞるように痙攣《けいれん》させた。

ことが終わったとき、女のほうは抜け殻のごとく放心したが、将右衛門ははじかれたように起き上がると、黒光りする革袴《かわばかま》をすばやく身につけだした。

男の横顔には、情事による疲れは微塵《みじん》も影を落としていない。

「もう、行っちまうの」

女が拗《す》ねたように首をもたげ、将右衛門のほうを見た。

汗をかいたせいで化粧が剝《は》げ、白粉《おしろい》焼けした肌が、格子窓から差し込む西陽にあらわになっている。

女は、犬山城下で、《輪違屋《わたがいや》》という舟宿をいとなむ若後家、おりく、だった。三年前に亭主を亡くし、舟宿に客として出入りしていた将右衛門と、いつとはなしに男女の契りを結ぶ仲になっている。

「一晩くらい、泊まっていっておくれな。あんた、来たと思うとすぐに行っちまうんだから」

「悪いが、そうもいかん。小六との約束がある」

「小六って、蜂須賀の……」

「ああ」

「もうじき日も暮れるじゃないの。これから宮後村《みやうしろ》の安井屋敷まで馬を飛ばそうなんて……。また、恵那《えな》あたりの川上の衆と喧嘩でもしようっていう算段なんだろう」

「よけいな口出しはするな」

「ねえ、危ないまねはよしとくれ。あんたにもしものことがあったら、あたし生きちゃいられないよ」

身を起こし、すがりつこうとする女の手を、将右衛門は振りほどくように払いのけた。板敷きのすみに落ちていた小袖を拾い上げると、おりくの肩にかけ、

「また来る」

底錆《さ》びた声で言い捨て、将右衛門は飄然《ひょうぜん》と舟宿をあとにした。

馬上の人となった将右衛門は、鴾毛駮《つきげぶち》の馬の尻《しり》に平手をくれ、埃《ほこり》っぽく乾いた道を西へ向かって走った。

永禄《えいろく》九年の夏が、終わろうとしている。

茜《あかね》色に焼けた夕暮れの空を埋めつくさんばかりに、アキアカネが群れをなして飛び、街道わきの木立からヒグラシの声が湧いている。

街道の右手を流れる木曾川は、大小の中洲や小島が無数にでき、流域はたびかさなる氾濫《はんらん》のために耕作もできない荒れ野になっていた。

ナラやカシの木が群生し、水辺に葦《あし》が生い茂ったそのさまは、

「雑木生い茂り、狐狸《こり》の住家と相成り、六町の間茫々《ぼうぼう》、古来より馬捨て河原と呼ぶなり」

と、前野家の子孫に伝わる『武功夜話』に書きしるされている。

寂しい荒野を眺めつつ、馬を駆けているうちに、将右衛門の胸にふと、みずみずしい詩想が湧き上がってきた。

もともと将右衛門は前野村の富裕な土豪の息子であった。若いうちに家を飛び出て無頼の暮らしを送ってきたが、将右衛門には漢詩の素養があり、折々、思いつくままに詩《うた》を詠んだ。

馬駆大河辺（馬を駆《か》る大河の辺《ほとり》）
常随去帆影（常に去帆《きよはん》の影に随う）
遠接月魄勢（遠く月魄《げっぱく》の勢いに接し）
豁達夜天開（豁達《かったつ》として夜天開く）

二里ばかり走った。

あたりが夜のとばりにつつまれるころ、月明かりのなかに茅葺《かやぶ》き屋根の安井屋敷が見えてきた。

安井屋敷は、蜂須賀小六の母方の実家である。屋敷には小六の息のかかった川並衆の若者が、さながら梁山泊《りょうざんぱく》のごとく、つねに二、三十人はたむろしていた。

屋敷の周囲は水濠と土塁でかこわれ、裏手に竹林が広がっている。

二

「遅かったな、前将《まえしよう》」

勝手知ったる母屋《おもや》の広間に入ると、囲炉裏端にあぐらをかいていた蜂須賀小六が、将右衛門をするどく一瞥《いちべつ》した。

こめかみから頑丈な顎《あご》にかけて、古い刀傷が走っている。頬《ほお》は濃い髭《ひげ》におおわれ、いかにも川並衆の頭《かしら》らしい、いかつい風貌《ふうぼう》の持ち主だった。

小六は、義兄弟の契りを結んだ舎弟分の将右衛門のことを、

——前将
と呼ぶ。

姓と名を縮めた呼び名だが、一方の将右衛門のほうも、男気があって親分肌の小六のことを、じつの兄のような親しみを込め、

——蜂小《はちしよう》
と、呼びならわしていた。

年は将右衛門が三十八歳、小六はそれより三つ上の四十一歳になる。

「てめえのことだ。どうせまた、女のとこへでもしけこんでいたんだろう」

「それより用件は何だ、蜂小」

「まあ、すわれや」

小六に言われ、将右衛門は囲炉裏端にあぐらをかいた。

板敷きの広間には小六のほかにもう一人、先客がいた。

（藤吉郎か……）

将右衛門は、巌《いわお》のごとく肩が張った大柄な小六のわきに、隠れるようにすわっている小男に目を留めた。

木下藤吉郎――つい十年ばかり前まで、蜂須賀党の使い走りのようなことをやっていた男である。

尾張中《なか》村の生まれで、一旗揚げるために遠江《とおとうみ》国へ行き、今川家臣の松下加兵衛に仕えたものの、前途に見切りをつけ、ふたたび故郷の尾張へ舞いもどって蜂須賀党の世話になった。

年は三十になったばかりだが、額が広く禿《は》げ上がり、顔に皺《しわ》多く、顎が小さく貧相で、年よりも十も二十も老けて見える。

しかし、見かけによらず小才がきき、しばらく顔を出さぬと思っていたら、清洲《きよす》城主の織田信長に草履《ぞうり》取りとして仕えるようになった。それから、あれよあれよと言う間に出世して、いまでは足軽鉄砲百人頭に取り立てられている。

「織田家の鉄砲百人頭ともあろう者が、こんなところで油を売っていていいのか」

将右衛門は、小六に酒の酌《しゃく》をしている藤吉郎を見て言った。

藤吉郎はにこにこ顔を笑み崩しながら、如才なく将右衛門にも杯を渡し、

「蜂須賀さまや、前野さまあっての、この藤吉郎。ご機嫌うかがいをいたさねば、罰《ばち》が

当たりまする」

相変わらず、世辞のうまい男だと将右衛門は思った。

生まれつきなのか、藤吉郎には独特の愛嬌《あいきょう》があり、

（調子のいいやつ……）

と、思いつつ、将右衛門も小六も、禿げねずみのような顔をしたこの男を不思議と憎めなかった。

「前野さまも、どうぞ一杯召されませ」

「うむ」

ちょうど、馬を飛ばしてきたところなので、喉が渇いていた。濁り酒は、ほんの少し酸《す》い味がした。

「ところで、前将。今日おめえに来てもらったわけだがな」

小六が酒をあおり、

「藤吉郎のやつが、おれたちに頼みがあるというのよ」

「頼み？」

将右衛門は杯を持つ手を止め、神妙な顔つきでかしこまる藤吉郎を見た。

とたん、藤吉郎は板の間にがばりと両手をつき、

「お願い申し上げまするッ」

絞《しぼ》り出すような声とともに、額を床にこすりつけた。

「ご両人さま、どうか、この藤吉郎めに力をお貸し下されまし」

「何をせよというのだ」

将右衛門は小六と目を見合わせ、聞き返した。

藤吉郎は顔を上げると、落ち窪《くぼ》んだ目を光らせ、

「信長さまのご命令により、砦《とりで》を築かねばならぬのでございます」

「砦だと……」

「はい」

「そんなもの、おのれで築けばよいではないか。どうせ、織田家から銭が下されるのであろう。銭を使って人足を雇い、濠をうがち、土塁を築き、まわりに柵《さく》をめぐらせればよいのだ」

「それが、そうは簡単にはゆかぬのです」

藤吉郎は、いまにも泣き出しそうな哀れっぽい表情をした。

「なにしろ、場所が場所でございまする」

「いったいどこに砦を築こうというのだ」

将右衛門の問いに、藤吉郎は声をひそめるようにして、

「墨俣《すのまた》」

と、言った。

(墨俣か……)

なるほど、厄介な場所にはちがいなかった。

墨俣があるのは、美濃国安八《あんぱち》郡。川の中洲の集落である。木曾川と長良《ながら》川の合流点に

あたり、古くから水陸交通の要衝としてひらけてきた。

　――打倒、美濃斎藤氏

に意欲を燃やす信長は、いまから四年前の永禄五年、美濃攻略の最前線として、この墨俣の地に砦を築くことを考えた。

　しかし、何といっても墨俣は、斎藤氏の領内である。砦造りを命じられた織田家家老の佐久間信盛は、五千の人夫を三千の兵で守らせ、築城をはじめたが、早くも三日めに斎藤勢の攻撃を受け、任務をまっとうすることができなかった。

　なおもあきらめぬ信長は、家中でも勇猛で知られた、〝鬼柴田〟こと、柴田勝家に役目を引き継がせた。が、柴田も斎藤勢の妨害に遭《あ》い、砦造りは失敗に終わった。

　墨俣とは、そういういわくつきのところである。

　話を聞いただけで、

（無理だな……）

　と、将右衛門は思った。

　蜂須賀小六も、まったく同じ考えであるらしい。

「よせ、よせ、藤吉郎。織田の重臣連中が揃《そろ》いもそろって失敗した砦だ。足軽百人頭ふぜいのてめえに、できるはずがあるめえよ」

　小六が、ばかばかしいといったように笑い出した。

「前野どのは、いかが思われまする」

　よく光る藤吉郎の目が、将右衛門のほうを見た。

（出世の糸口だと思って、背伸びして役目を引き受け、おれたちを頼ってきたのだろうが、こればかりは……）

将右衛門は、藤吉郎がやや哀れになった。が、誰がどう見ても結果ははっきりしている。

「やめたほうがいい」

「前野どのまで、そのような」

「同じ蜂須賀党の釜《かま》の飯を食った仲間だ。できることなら、おまえに力を貸してやりたい。だが、舟や馬で荷を運んだり、国境の小競《こぜ》り合いでいくさ働きをするのとは、ちっとばかり話がちがう」

「いや、同じことでございます」

藤吉郎は思いのほか、ふてぶてしい顔で言った。

「どういうことだ」

「それがしの話をお聞き下され」

藤吉郎は、将右衛門たちを前に、砦造りの算段をとうとうと語りだした。

藤吉郎が言うには、いままでの砦造りが失敗に終わった最大の原因は、作事に時間がかかりすぎたことにあるという。

作事に手間取っているあいだに、美濃勢が押し寄せ、いまだ防御態勢が十分にととのっていない砦は、なすすべもなく陥落してしまう。

佐久間信盛が失敗したときは、二十日をめどに作事をしたが、三日目に斎藤方の軍勢五千に襲われ、まだ砦の形もととのわぬうちに破壊されてしまった。

「そこで、でござる」

藤吉郎は目に生き生きとした光を浮かべ、

「美濃勢がやって来る前に、砦を完成させてしまえばよろしいのじゃ。あわてて敵が攻め寄せて来たときには、こちらは出来上がった砦に籠《こ》もって、これを撃退いたします」

「掘っ建て小屋を造るのとはわけがちがうぞ。てめえ、いったい何日で砦を築こうっていうんだ」

蜂須賀小六が鼻毛を抜きながら、気乗りせぬように言った。

「二日」

「何だと……」

小六が目を剝《む》いた。

「砦を築くといやァ、大ごとだ。天狗《てんぐ》や鬼でもねえかぎり、たった二日でできるものか」

「それが、できるのです」

藤吉郎はすずしい顔でこたえた。

「敵地の墨俣で、高塀《たかべい》や馬防柵《ばぼうさく》を一から造ろうとするから、時がかかる。あらかじめ、どこか別の安全な場所で塀や柵を造り、墨俣で組み上げるばかりにしておけばよいのではござらぬか。とにかく、塀や柵ができてしまえば、敵の来襲は防ぐことができまする。あとは、敵を寄せつけぬよう戦いながら、木戸、櫓《やぐら》、長屋と、順々に築いてゆくのです」

「なるほど……」

将右衛門はうなずいた。いつしか藤吉郎の話に引き込まれはじめている。

「しかも」

藤吉郎は言葉をつづけ、

「人夫の数は、いままでの倍以上にいたします。人数を増やしても、わずかな日数ですむのなら、かえって手間賃も安上がりというもの」

「しかし、藤吉郎。組み立てた塀や柵を墨俣へ運ぶには、たいへんな数の舟がいるぞ。それをどうする」

将右衛門は聞いた。

待ってましたとばかり、藤吉郎が半袴《はんばかま》から突き出た毛臑《けずね》をたたき、

「そのことを、蜂須賀党のお歴々にお願い申し上げるため、やって来たのでございます。木曾川を稼ぎ場とする川並衆ならば、いくらでも舟の都合はつきましょう。むろん、礼金のほうは、たんとはずませていただきまする」

将右衛門は、小六のほうを見た。小六も将右衛門を見返す。

(どうする、やってみるか)

口には出さず、ふたりの男はたがいの目と目で言葉をかわした。

藤吉郎の持ち込んだ話は、かならずしも成功するとは言えなかった。だが、そこには、不可能なことを可能にするという夢があった。難しければ難しいだけ、やりがいもある。

男として、心躍る夢だった。

しかし、さすがの将右衛門も、その夢の先が天下取りまでに通じているとは、このときは思いもしなかった。

「よし、引き受けてやろう」

小六が歯切れよく言った。

「前野どのは？」

「蜂小が引き受けると言ったのだ。おれに異存はない」

「あ、ありがとうございまする」

藤吉郎が額を床にこすりつけた。

三

いったん決めたとなると、蜂須賀党の動きは早かった。

川並衆一千人を動員するや、木曾川上流で檜《ひのき》を伐《き》り出し、筏《いかだ》に組んで流し、鹿子島《かのこ》、松倉島《まつくら》などの中洲で高塀や馬防柵に仕上げていった。

作業は川向こうの美濃衆に感づかれぬよう、真夜中を選んでひそかに、しかも迅速におこなわれた。

残暑も去り、茅原のススキが黄金《こがね》色の波となって秋風になびくころ、ようやく砦造りの下準備がととのった。

現地で組み上げるばかりになった塀や柵を荷舟に積み込み、敵地墨俣にすべて運び終えたのは、九月十二日、正午のことである。

「どこに砦を築くつもりだ」

墨俣に到着した将右衛門は、具足《ぐそく》の上に派手な猩猩緋《しょうじょうひ》の羽織を身につけた木下藤吉郎を振り返った。

将右衛門のほうは、六尺ゆたかな長身に紺糸縅《おどし》の小札《こざね》具足。二尺五寸の打刀を腰に差し、片穂の槍《やり》をかかえた堂々たる姿は、小男の藤吉郎と並ぶと、どちらが大将だかわからない。

「砦は、あれに築きまする」

藤吉郎が采配《さいはい》でしめす先には、こんもりとしたクヌギ林があった。

「佐久間さま、柴田さまらのお歴々は、いずれもあの林に砦を築こうとなさいました。完成こそしなかったものの、林のなかには、まだ濠のあとなども残っております」

「それを使おうというのか」

「たった二日ばかりで砦を築こうというのです。使えるものは、すべて使いまする」

にっこり笑うと、藤吉郎は岸辺で休息をとっている人夫たちに近づいていった。身ぶり手ぶりをまじえ、男たちに何ごとか喋《しゃべ》りかけ、腰の革袋から永楽銭《えいらくせん》をつかみ出して渡している。銭をくれてやり、寸暇の間も惜しまず砦の組み上げにかかってくれと励ましているらしい。

汗をぬぐって立ち上がった人夫たちは、藤吉郎の指図によって、荷を運ぶ者、槌《つち》を振るって杭《くい》を打ちつける者、鍬《くわ》、鋤《すき》で濠を掘り広げる者などに分かれ、それぞれ整然と作業に取りかかりはじめた。

（どうして、なかなかやるものだ……）

てきぱきと采配を振るう藤吉郎の姿に、将右衛門は自分や小六にはない何かを感じた。

（こちらは男気で、藤吉郎に力を貸しているつもりでいたが、案外、おれたちは藤吉郎にうまく使われているのかもしれぬ）

そんな気がした。

しかし、それは、将右衛門にとって、さほど不愉快なことではなかった。

ひとつには、藤吉郎の愛嬌のある性格もあろう。むかしから、藤吉郎には何を言っても憎めぬところがあり、小六も、将右衛門も、そんな藤吉郎の剽《ひょう》げた人間味を愛してきた。

（だが、それだけではあるまい……）

平素は利のためにしか動かない川並衆が、実現不可能とも思える砦造りのために、必死になって働いている。これは、ただごとではない。

自分たちを動かしているのは、秋風に猩猩緋の羽織をはためかせ、撥《は》ねるように采配を振るっている藤吉郎の智恵と、小さな身のうちにひそむ何かのなせるわざにちがいなかった。

（ともあれ……）

いまは、墨俣築城を成功させることだった。

将右衛門は最前線の馬防柵を受け持った。

馬防柵は、敵の騎馬隊の進撃をはばむため、砦の外側にめぐらす柵である。

あらかじめ、一間《けん》ずつの幅で組んであるため、それを大槌でつぎつぎ地面に打ち込んで藤ヅルを結わえ、あとはまわりに堀を掘ればよい。

造作《ぞうさ》もない作業と最初はたかをくくっていたが、川の中洲で地盤がゆるいため、打ち込んだ柵が安定しない。しかも、土を掘れば水が湧き、工事は難航した。

作業をはじめて間もなく、たたきつけるような雨が降りだしてきた。

（くそッ！）

天を仰ぎ、将右衛門は唇を嚙《か》んだ。

しかし、雨がやむまで作業を中断している暇はない。

「みな、休むなッ。励め、励めーッ！」

将右衛門は声を張り上げ、男たちを叱咤《しった》した。みずからも全身泥まみれとなり、大槌で杭を打ち込み、不眠不休で作業をつづけた。

馬防柵が出来上がったのは、翌日の夕刻のことだった。前後して、蜂須賀小六が受け持っていた内郭の土塁と高塀も完成する。

男たちは、それまでの疲れも吹き飛んだ顔で、肩をたたき合い、口々に歓声を上げた。

いつどこで用意してきたのか、藤吉郎が荷車で酒樽《さかだる》を持ち込み、一同に酒をふるまうと、川並衆の気勢はますます上がった。

（こいつ、人を動かすツボを心得てやがる……）

将右衛門は藤吉郎の意外な才能に目を見張った。

砦を築きはじめて三日目の早朝——。

墨俣築城の情報をつかんだ美濃の斎藤勢、三千余が攻め寄せてきた。

迎え撃つ味方は二千と、劣勢である。

しかし、すでに砦が完成しているため、川の浅瀬をわたって墨俣の中洲へ上陸しようとした斎藤勢は、馬防柵にはばまれ、容易に攻め入ることができない。

斎藤勢が攻めあぐねているうちに、

「いまぞ、撃てッ！」

藤吉郎の甲高《かんだか》い声が飛び、待ち構えていた足軽鉄砲隊が一斉射撃をはじめた。

ダンッ
ダンッ
ダンッ
銃声が鳴り響くたびに、敵の騎馬武者がのけぞり、川へ転落していく。

あわてふためいた斎藤勢は、態勢を立て直さんものと、川向こうへ引き返しはじめたが、将右衛門たちにとっては、それこそ、まさに思うツボだった。

敵の行動を予想し、蜂須賀党は、あらかじめ対岸の竹林のなかに七百余人の人数を伏せていた。

敵の退却を見すますや、

「ものども、行くぞーッ！」

将右衛門たちは、横合いから怒濤《どとう》のごとく襲いかかった。

川並衆の先頭に立った将右衛門は、片穂の槍を縦横に振るい、敵を突き伏せ、薙《な》ぎ倒した。

どれほど敵を地に這《は》わせたか、自分自身でも記憶がない。ふと横を見ると、義兄弟の蜂須賀小六が阿修羅《あしゅら》のごとき形相を浮かべながら、敵の将兵を斬《き》りまくっていた。

この日の戦闘で、斎藤方の死者八百五十人。

敵襲をよく防いだ織田方は、わずかの怪我人《けがにん》、死者を出したのみだった。

圧倒的な勝利である。

墨俣一夜城築城の成功は、それまで織田家中で、武将としてはほとんど相手にされていなかった木下藤吉郎の名を一挙に高からしめ、同時に、前野将右衛門や蜂須賀小六ら、川並衆の男たちの運命をも大きく変えることになった。

四

秋の月が晧《しろ》い。

澄みわたった月光が、とうとうと流れる木曾川の川面《かわも》を明るく照らしていた。

将右衛門は、木曾川に浮かぶ舟の上にいた。蜂須賀小六も、そして今度の手柄で、主君信長から墨俣砦の城番を仰せつかったばかりの木下藤吉郎の顔もあった。

「おぬし、たいした男じゃのう」

舟の上で濁り酒をあおり、一杯機嫌で顔を赤くした小六が、藤吉郎にふうっと酒臭い息を吐きかけた。

藤吉郎は迷惑そうな顔もせず、黙ってにこにこと酒をついでいる。

「われらの下でちょこまかと使い走りをしていたおまえが、まさかこれほどの将器の持ち主とは思わなかった。なあ、前将」

同意をもとめるようにこちらを見た小六の問いに、

「うむ」

将右衛門は深くうなずいた。

小六の言うとおり、墨俣築城の成功は、ひとえに藤吉郎の才覚によるものだった。

たしかに、川並衆も勇猛果敢に戦いはしたが、それも藤吉郎の知略あってのことで、将右衛門自身、これほど痛快で楽な戦いをしたことはなかった。

「おまえはいずれ、大きな男になる、藤吉郎」

朱塗りの杯を返しながら、将右衛門は言った。

「ともに戦ってみて、おまえは、おれたちとはちがった才《ざえ》を持った男だとつくづく思った」

「何を申されます、前野どの」

藤吉郎は照れたように首すじを掻《か》き、

「ちがうといっても、男ぶりがちがうだけでございますよ。それがしも、生涯一度でよいから、前野どののように女子《おなご》にもててみたい」

「なに、男の値打ちは顔かたちではない。おぬしはいまに、おのれの力で、いくらでも女にもてるようになるさ」

「世辞でも、嬉《うれ》しゅうござるな」

歯並びのいい歯をみせて愛想《あいそ》よく笑い、酒杯を干してから、藤吉郎はにわかに居住まいをあらためた。

「ところで、今宵、ご両人をお呼び立てしたのはほかでもありませぬ。わが殿が、こたびの川並衆の働きを格別のものと思《おぼ》し召し、蜂須賀どの、前野どのを織田家の家臣に取り立てたいと仰せになっておられます。むろん、お受けいただけましょうな」

「………」

将右衛門は返答しなかった。

小六のほうも、急に不機嫌な顔になり、むっつりと黙り込んでしまう。

「いかがなされた、ご両所。信長さまは、ご両人にそれぞれ二百石をお与えになり、馬廻りにお取り立てになるご所存。まさか、禄高に不足があるわけでは……」

「不足なんかねえよ」

小六がそっぽを向いて言った。

「不足はねえが、人の下で働くというのが嫌なんだ」

小六の横で、将右衛門は言葉を引き継ぎ、

「おまえも知っているだろうが、おれたち川並の者は、先祖代々、主取《しゅ》りをせず、木曾川筋で自由気ままに生きてきた。人から命令を受けるなど、真っ平ごめんだ。おれたちはこれからも、空を流れる雲のごとく勝手に生きていく」

「しかし、前野どの」

藤吉郎が膝頭をつかみ、

「つらつら世の中の動きを見まするに、尾張一国はすでに、信長さまが統一なされ、隣国美濃を掠《りょう》せんという勢いにあります。尾張のみならず、甲斐《かい》には武田、越後には上杉と、諸国で有力な大名が力をつけ、やがては天下統一をめざして動き出しましょう。そのようなおり、いずれかの大名についておらねば、世の流れに取り残されまするぞ」

「いつまでも、勝手気ままが許される世の中ではないということか」

「時はこの木曾川のごとく、流れてゆくものです。流れに応じて千変万化、生き方を変えてゆかねば、野垂《のた》れ死ぬだけでございましょう」

「おれたちが野垂れ死ぬだと」

蜂須賀小六が肩をいからせ、藤吉郎を睨《にら》んだ。

「いやいや、それがしは世のことわりを申したまで」

「こいつの言うとおりだ、蜂小。たしかに、諸国の大名の力が強大になればなるほど、どこにも与《くみ》せず生きていくっていうのは難しいかもしれない」

将右衛門は目を細め、川の流れを見つめて言った。

「それじゃあ、前将。おめえは、あの信長の家来になろうっていうのか。あいつは、てめえの血を分けた弟を平気で殺した冷酷な男だ。信長には、仁義《じんぎ》というものがねえ。あんな男の下で働けるものかよ」

「おれも考えは同じだ、蜂小」

将右衛門は目を上げ、

「信長に仕えるくらいだったら、いっそのこと、こいつに仕えちゃあどうだ」

「こいつって、藤吉郎か」

小六がキツネにつままれたような表情で、藤吉郎を見た。

藤吉郎も、泡をくった顔をしている。

「前野どの、戯《ざ》れごとを申されますな」

「何の戯れごとであるものか。墨俣での采配は、みごとだった。おまえの下で働いて、おれたちは久しぶりに心が躍った。どうせ誰かにつかねばならぬのだったら、おまえのような前途《さき》に夢のある男のもとで働きたい。なあ、そう思うだろう、蜂小」

「…………」

将右衛門の言葉に、小六が丸太のように太い腕を組み、押し黙った。

川をわたる風の音だけが聞こえる。

月が叢雲《むらくも》に隠れ、ふたたび姿をあらわしたとき、小六がようやく口を開き、

「わかった、藤吉郎。われら川並衆、こぞっておぬしの家臣となる」

「蜂須賀どの……」

「いまより、おぬしを木下さまと呼ぶ。おぬしはわれらを、遠慮なく呼び捨てにするがいい」

「まことでございますか」

「男に二言はねえ」

「あ、ありがたき幸せ……」

藤吉郎は顔をくしゃくしゃにし、涙と鼻水を流し、それを袖で押しぬぐった。三人は佩刀《はいとう》で親指を傷つけ、したたり落ちる鮮血を濁り酒に溶かした。月光が降りそそぐ舟の上で、杯をまわし飲みして、かたく血盟を誓った。

——藤吉郎はたいした男になる。

という将右衛門の読みは、みごとに当たった。

墨俣砦の城番になった木下藤吉郎は、主君の信長に能力を高く買われ、異例の出世をとげていく。

信長が美濃斎藤氏を滅ぼし、永禄十一年に上洛《じょうらく》を成し遂《と》げると、京都奉行に抜擢《ばってき》され、朝廷対策などにあたった。

翌々年の元亀元年には、藤吉郎は、織田家との同盟関係を破棄した近江浅井《あざい》氏攻めを命じられる。

将右衛門、小六は、あらたに藤吉郎の軍師として迎えられた竹中半兵衛《はんべえ》とともに、浅井攻めに心血をそそぎ、浅井長政《ながまさ》の本城小谷城を陥落させた。

浅井攻めの功がみとめられ、藤吉郎は近江長浜《ながはま》十二万石の城持ち大名となった。

名も、

——羽柴筑前守《はしばちくぜんのかみ》秀吉

とあらため、織田家重臣のひとりにのし上がった。

五

「なんて、すばらしいお屋敷」

ため息まじりに感嘆の声を上げたのは、尾張犬山の舟宿《輪違屋》の後家、おりくであった。

「あんたが大名家の家老だなんて、なんだか、いまでも信じられない……」

「信じられないのは、おれのほうだ。こうして自分の屋敷にいても、尻のあたりがむずむずしてくる」

将右衛門は落ち着かぬ顔で、真新しい木の香りのする屋敷を見わたした。

二人がいるのは、新築されたばかりの長浜城北ノ丸、その一角に与えられた家老屋敷である。

邸内には、書院の間、使者の間、居間、化粧の間、詰所、馬屋、足軽たちの長屋、台所と、あわせて五十を超える部屋があった。

大蘇鉄《そてつ》を植えた広い庭からは、あおあおと光る琵琶湖《びわこ》をのぞむことができる。

おりくの言ったとおり、将右衛門は長浜城主となった秀吉の次席家老に取り立てられた。

石高は三千百石。

筆頭家老は、三千二百石の蜂須賀小六である。

長浜に腰を落ち着けた藤吉郎の家来たちは、故郷の尾張から、おのおのの家族を呼び寄せた。将右衛門も親兄弟を呼び、犬山で女手ひとつで細々と舟宿をやっていたおりくにも、長浜へ出て来ぬかと使者を送ってやったのである。

「嬉しかったわ、あたし」

おりくが、夢見るような目で将右衛門を見た。

「どうしてだ」

将右衛門はおりくの豊かな膝を枕に、書院の間にながながと寝そべっている。

「だって、そうでしょう。あんたはもとから、女に騒がれる男だったもの。ましてや、いまでは三千百石取りの立派な次席家老さま。あたしなんかじゃなくて、ほかにもっと家柄のいい、若くて綺麗《きれい》なひとをお屋敷に置けるご身分なのに」

「そんなんじゃねえさ」

うすく目を閉じ、将右衛門はつぶやくように言った。

「おれは根っからの、川筋の無頼者だ。その無頼者が、どこまでやれるかためしたかっただけだ。性根はずっと変わっちゃいねえ」

「たしかに、あんた、何も変わっちゃいないよ。ますます、渋くていい男になってさ。惚《ほ》れ直しちまいそうさ」

おりくが、将右衛門の耳に唇を近づけ、耳たぶをかるく噛んだ。

「あんた、いまでも詩《うた》を作っているの」

「いや」

「どうしてさ。前は暇さえあれば、反故《ほご》紙に書きつけていたじゃないか」

「詩句が頭に浮かばなくなったんだ」

「えらくなって、忙しくなったせいかしら」

「さあな」

将右衛門は寝返りをうって、天井を見上げた。どうして詩が作れなくなったのか、自分でもわからない。

(たぶん、胸のうちにもやもやしたものがなくなったせいだろう)

と、将右衛門は思う。

いまは、戦場で命を賭《と》して戦っていることが、自分にとっての漢詩《おとこうた》だった。矢弾《やだま》の降りそそぐ戦場を駆けまわっていると、舌の根に唾《つば》が湧くような愉悦を感じることがある。

「あんた、いくさで死んだら承知しないよ。あたしには、あんたしか頼る男がいないんだから……」

「おれはいつ死んでも悔いはない」

言いながら、将右衛門の手がおりくの小袖の裾《すそ》を割り、さらにその奥の茂みをまさぐった。

「まだ真っ昼間じゃないの。ご家来衆の誰かに見られたら……」

「かまうものか」

「あんた……」

おりくが眉間《みけん》に皺《しわ》を寄せ、切なげな声を洩《も》らした。

長浜での安らぎの時もつかの間、秀吉とその家臣たちは、戦いの場にいやおうなく、駆り出された。

　畿内近国を平定したとはいえ、いまだ諸国に織田家の敵は多く、越後の上杉氏、甲斐の武田氏、中国の毛利氏など、天下布武への道をはばむ群雄との戦いに明け暮れていた。秀吉軍団も、東奔西走。上杉との北陸戦線、さらに毛利攻略のための中国戦線と、転戦をつづけた。

　ことに、秀吉が攻略作戦を命ぜられた毛利氏は、周防《すおう》、安芸《あき》をはじめ、中国地方十三カ国を支配する強大な敵である。これを打ち倒すことは、いかに合戦上手の秀吉といえども、至難のわざと言えた。

「長《なげ》えいくさになりそうだな」

　早春の山陽路に馬をすすめながら、蜂須賀小六が言った。

「ああ。しかも、苦しい戦いになるだろう」

　将右衛門は、行く手の明石《あかし》海峡に沈もうとしている夕陽に目を細めた。紅をしぼったように美しい夕陽だった。

「しかし、愉快だな、蜂小」

　夕映えの海に視線をすえたまま、将右衛門は言った。

「木曾川筋の無頼者だったおれたちが、天下を股《また》にかけて暴れまわっている。これほど愉快なことが、この世にあろうか。ときどき、おれは自分が夢のなかを生きているような気がする」

「その気持ち、おれにもわかる」

小六が笑った。

「わかるか」

「おお。墨俣築城からこのかた、おれたちはがむしゃらに突っ走ってきたからな」

「すべてが夢のなか。ある日ふと目を覚ますと、もとの木曾川べりの番小屋で、軒をたたく寂しい雨の音でも聞いているんじゃないかと思うことがある」

「おもしれえことを言うやつだ。だが、たとえ夢だったとしても、おれにはこれっぽっちの悔いも残りゃしねえよ」

「まったくだな」

二人の男は声を上げて笑い、さらに西へ、馬をすすめた。

秀吉軍は、軍師竹中半兵衛の献策で、毛利方の城将別所長治《べっしょながはる》の籠もる播州三木城を、兵糧《ひょうろう》攻めによって陥落させた。

いわゆる、

――三木の干《ひ》殺し
と呼ばれる攻城戦である。

つづいて、因幡《いなば》鳥取城を同じく兵糧攻めで陥落。

(不思議ないくさをする……)

秀吉のあざやかな戦いぶりに、将右衛門はあらためて、天がこの男に与えた虹《にじ》のごとき才を感じた。

秀吉のいくさは、敵をことごとく殺戮《さつりく》せずにはおかぬ信長のそれとは、明らかに異なっていた。

敵をむやみに殺さぬのである。兵糧攻めで相手を弱らせ、降伏させると、敵の大将の切腹と引き換えに城兵の命をゆるす。ゆるされた者たちは、秀吉の新たな戦力として、つぎなる合戦に投入された。

じつに効率のよい作戦である。それでいて、

——あの大将は情け深い。

との印象を天下に与え、敵味方の区別なく、秀吉の評判は高まった。

天正十年、秀吉は毛利方の備中《びっちゅう》高松城を包囲した。

高松城攻めでは、兵糧攻めではなく、まわりに土手を築き、川から水を引き込んで城を水没させる〝水攻め〟を用いた。

唐《から》の国ではいざ知らず、わが国では、古今未曾有《みぞう》の作戦である。

水攻めはうまくいっていた。

しかし——。

あと一歩で高松城が陥落というとき、とんでもない事件が起きた。

京の本能寺で、織田信長が重臣明智光秀に弑《しい》されたのである。

秀吉は急ぎ毛利との講和をまとめるや、中国大返しを演じ、山崎の合戦で明智光秀を撃破した。

さらに、織田家中のライバル柴田勝家を賤《しず》ヶ嶽《たけ》の合戦で倒し、信長の後継者となった秀吉は、大坂に巨城を築き、朝廷より関白職と豊臣の姓をたまわった。

六

（このおれが、従五位下但馬守《たじまのかみ》、出石《いずし》十万六千石の大名か……）

豊臣秀吉の天下取りとともに、なるほど将右衛門は、望むべくもない身の栄達を手に入れた。

長い夢のつづきとすれば、凄《すさ》まじい夢にはちがいない。

しかし、

（つまらぬ……）

と、将右衛門は思った。

胸のうちで、熱くたぎっていた壮気が、いつしか冷めはじめていた。

木曾川筋の無頼者が、いまではひとかどの大名になっている。兄貴分の蜂須賀小六も、阿波一国、十八万千石を秀吉からたまわったが、四国長宗我部《ちょうそかべ》攻めを終えてから、体調を崩し、代わって息子の家政《いえまさ》に家督を継がせていた。

「なあ、蜂小。秀吉を天下人に押し上げ、自分は大名になったっていうのに、どうしてこんなに心が渇いているのだろう。まるで、胸の底をひょうひょうと冷たい風が吹き抜けていくようじゃねえか」

病気見舞いに、大坂城下の蜂須賀邸をたずねた将右衛門は、病床の小六に思いを打ち明けた。

肝《かん》の臓をわずらっている小六は、ひどく痩《や》せ衰え、肌は黒ずみ、精気の失せた顔のなかで目ばかりが異様に大きく、ぎらぎらと光って見えた。

「愚痴を言うもんじゃねえよ、前将」

小六はなだめるように、

「賤ヶ嶽で柴田を破ってからこっち、おれたちにとっちゃあ、たしかにつまらねえいくさばかりになった。何て言うか、死ぬか生きるか、命の瀬戸ぎわで大博奕をうっているような心の張りがなくなったんだろうな」

「…………」

まさしく、そのとおりであった。

あの墨俣築城以来、将右衛門たちはつねに、勝てるかどうか定かでない、いや、四分六でこちらのほうが分の悪い相手とばかり戦ってきた。

——素足で白刃《はくじん》の上をわたるような。

そんな言葉が似つかわしい、幾多の合戦に勝利をおさめ、ようやくここまで辿《たど》り着いたのである。

死と隣り合わせの日々だったが、そこには、自分たちの力で道を切り開いているという喜びがあった。誇りがあった。

（だが、どうだ……）

賤ヶ嶽の合戦に勝利し、秀吉が諸大名の上に立つようになると、あきらかにいくさの形が変わってきた。

それまでは、小六や将右衛門といった生え抜きの武将が秀吉軍団の強さを支えていたが、秀吉の支配が全国規模におよんだことで、軍団の主体が前田利家や毛利輝元ら、大軍を有する外様《とざま》大名に移っていったのである。

しかも、天下人の座が近づくにつれ、石田三成、施薬院全宗《やくいんぜんそう》、千利休《せんのりきゅう》ら、碩学《せきがく》能才の士を、秀吉は側近として重んじるようになった。

秀吉と苦楽をともにし、戦塵のなかで寝起きした譜代の功臣は、秀吉と親しく話をする機会すらなくなっていた。

「ようするに、おれたちは使い捨てにされたってことだな」

将右衛門は、吐き捨てるようにつぶやいた。

「よせ、よせ。いまさら何を言ってもはじまらねえ。それより、おれたちは関白さまのお陰で、こうして大名にまでなることができたんだ。愚痴をこぼさず、素直に感謝したほうがいい。さもねえと、狡兎《こうと》死して、走狗《そうく》煮らるってことになりかねねえ」

狡兎死して、走狗煮らる——とは、すばしこい兎が死んでしまうと、それを追いかけていた猟犬も不要になり、煮て食われてしまうという意味のことわざである。小六は、〝走狗〟にならぬように身をつつしめと、長年の友に忠告をしたのだ。

それが、小六の遺言となった。

天正十四年五月二十二日、蜂須賀小六は六十一歳で帰らぬ人となった。

将右衛門は、肚《はら》の内まで打ち割って話せるただひとりの友を失った。

孤独だった。

将右衛門の孤独とはうらはらに、秀吉の快進撃はつづき、九州平定、関東の小田原北条氏攻めを成功させ、さらに奥州を平らげて、秀吉は名実ともに天下人となった。

（疲れた……）

秀吉の栄耀《えいよう》栄華を、将右衛門は遠く離れたところから、仰ぐように眺めた。

もはや、秀吉は、かつて木曾川に浮かべた舟の上で杯をかわし、血盟を誓った木下藤吉郎ではなかった。

あのころの秀吉にとって、小六や将右衛門は文字どおり君臣一体、なくてはならぬ存在だった。

しかし、いまとなっては、それも遠い昔の話である。

（必要とされなくなった以上、いさぎよく去るべきだ……）

と、将右衛門は思った。

「領地の但馬出石へ引きこもり、花鳥風月を友に、漢詩でも詠んで気楽に暮らしとうございます。なにとぞ、隠居のお許しを」

将右衛門は秀吉に願い出た。

しかし、秀吉は許さなかった。

「そなたは旗揚げ以来の功臣、まだまだ豊臣家のために力を貸してほしい」

と、いうのである。

（おれには、もはや自由気ままに生きることも許されぬというのか……）

文禄元年からはじまった朝鮮の役で、将右衛門は全軍を監督する四軍監のひとりに任じられた。

朝鮮から日本にもどるや、将右衛門は休む間もなく、関白職をゆずられた秀吉の甥、秀次《ひでつぐ》の筆頭後見人をまかされた。

その秀次が謀叛《むほん》の疑いをかけられて自刃すると、前野将右衛門もみずから責任をとって領地を返上、切腹して果てる。

腹を切る前日、将右衛門は一篇の漢詩を詠んだ。

千里生還して意《おもい》いよいよ薄し
征衣息《やす》まざるに聚《じゅ》の客たらしむ
内野《うちの》に停《とど》まって松籟《しょうらい》の含みを聞けば
東風香《か》を寄す旧事の梅
蓬州《ほうしゅう》（尾張国）馬を駈くる壮心の夢
忽《たちま》ち魂を消す双鬢《そうびん》の霜
浮世一期《いちご》、蘇川《そせん》（木曾川）の会
自ら笑って応ずるに孚佑《ふゆう》を断つべし

そのとき、将右衛門の眼前には、故郷尾張の木曾川べりの荒涼とした景色がありありと浮かんでいたにちがいない。

冥府の花

一

（美しい海だ……）

はじめて薩摩《さつま》坊津《ぼうのつ》の海を見たとき、木下半介吉隆《きのしたはんすけよしたか》は、おのれが流人の身であることも忘れ、目の前に広がる景色にみとれた。

「坊津は、薩摩国でも景勝の地として名高うござる」

吉隆を護送してきた島津家の若侍が、日焼けした丸顔をかすかにほころばせて言った。

峠の上から見下ろす入江は、緑濃い岬に抱かれ、初秋の陽射しに透きとおった宝玉のように美しくきらめいている。見つめていると、海の青さが痛いほど目に染み、思わず泪《なみだ》があふれそうになった。

この風光明媚《めいび》な南国の地が自分の終《つい》のすみかになるのかと思うと、嬉しいような哀しいような、複雑な思いが吉隆の胸に込み上げてきた。

「わが殿も毎年、夏になると、坊津の行館《こうかん》に御成りあそばされます」

「ほう、島津どのが……」

吉隆は薩摩のあるじ、島津義弘《よしひろ》の顔を思い出した。

島津義弘は粗削りで武骨な薩人にはめずらしく、色白で物静かな印象の老人であった。礼儀正しく、澄んだ穏やかなまなざしをしているが、ひとたび合戦となるや、義弘が悪《あっ》鬼羅刹《きらせつ》のごとき猛将に変ずることを吉隆は知っている。

一年前の朝鮮の役のとき、木下吉隆は太閤《たいこう》秀吉の意を伝える奏者《そうしゃ》として、島津義弘に命令を下していた。

だが、いまとなっては、それも遠い昔の話である。

（いまのわしは、島津家お預けの一介の流人だ……）

吉隆は逃れようのない現実を思い、ふと重いため息をついた。

太閤秀吉の奏者、ならびに奉行をつとめ、豊後《ぶんご》国に三万五千余石を領していた木下吉隆が、関白秀次《かんぱくひでつぐ》事件に連座して薩摩国へ配流を命ぜられたのは、この年文禄四年、八月のことである。

大坂から船に乗せられた吉隆は、ひどい船酔いのすえ、半月かかって薩摩の山川湊《やまがわみなと》へ上陸すると、即座に配流地の坊津へ向かうよう申し渡されたのだった。

山川湊からの陸路、さすがに罪人をのせる唐丸籠《とうまるかご》に押し込められることはなかったが、吉隆のまわりは島津家の屈強な侍十数人によってかためられた。

「鹿児島のご城下のほうは、夏のはじめになると桜島の灰が降ってまいります。それは、一寸先も定かに見えぬほど、ひどいものでございましてな。わが殿は、その灰を厭《いと》うて坊津へお出ましになるのでござる」

吉隆に向かって親しげに口をきく丸顔の若侍は、島津義弘の近習で、名を森弥九郎といった。半年前まで大坂に在番していたとかで、言葉に薩摩なまりがない。

独特の薩摩なまりは、吉隆の耳には鳥が鳴くようにしか聞こえず、坊津までの道中、畿内の事情にもくわしい森弥九郎が唯一の話相手だったと言ってよかった。

「されば、島津どのはいまも坊津に……」

肩を並べて峠道を歩きながら、吉隆がたずねると、

「いえ、わが殿はすでに鹿児島へおもどりになっておられます。しかし、木下どのとはまんざら知らぬ仲でもない、ゆめゆめ粗略に扱うことのないようにと、お言葉をたまわっておりまする」

「そうか……」

海の青さがいっそう目に染みた。

四十五歳になる今日まで、吉隆は秀吉のもとでいくさや政務に明け暮れ、風景の美しさになど心を動かしたことがない。

吉隆は秀吉の妻、ねねの遠縁にあたる木下家に生まれ、人生のすべてを秀吉の天下取りのために費やしてきた。

（それが、豊臣家の跡目争いに巻き込まれて、このざまだ。わしの人生とは、いったい何であったのだろうか……）

吉隆が物想いに沈んでいると、

「木下どの、あれを」

森弥九郎がかなたの海を指さした。

濃い群青の海を、坊津の入江に向かって船が近づいてくる。三本の帆柱に白帆をかかげた朱塗りの巨船であった。

「あの船は……」

「唐船《からぶね》でござる」

「そういえば、坊津はいにしえよりひらけた古い湊であったな。たしか、筑前博多津、伊勢安濃津《あのつ》と並び、日本三津《さんしん》のひとつであったと聞き及んでいるが」

「ようご存じです」

若い森弥九郎は、吉隆にまばゆげな目を向けた。

「唐《とう》の名僧、鑑真和上《がんじんわじよう》は坊津の地に上陸の第一歩をしるしたと申します。また、曹洞禅《そうとうぜん》の開祖、道元《どうげん》が宋《そう》の国へ留学するときも、ここから船出したそうでござる。坊津には、いまもこのように、明《みん》国からやってきた唐船が出入りし、町には多くの唐人《とうじん》が住み着いております」

「変わった町だな」

吉隆は言った。坊津がどのようなところであろうが、流人の境涯の自分にはかかわりのないことである。いまはただ、心静かに時を過ごしたいと思った。

一行は峠道を下り、坊津の町に入った。

通りには赤みを帯びた石畳が敷かれ、道の両側の家々の塀もまた、錆《さ》びたような赤茶色の石塀であった。石塀ごしに見える民家の庭には、棕櫚《しゅろ》の木や蘇鉄《そてつ》が茂り、名も知らぬ南国の花が色あざやかに咲き乱れている。

　残暑のきつい日盛りのせいか、道を行き交う人影は少なく、蟬《せみ》の声ばかりが石畳に降りしきっていた。

　木下吉隆の身柄は、倉浜《くらはま》の海岸にほど近い、郷士の宮田家へ預けられることになった。宮田家は、海外貿易で財をなした坊津の名家で、あるじの宮田但馬《たじま》は土地の年寄《としより》をつとめている。吉隆を護送してきた森弥九郎は、その宮田但馬の年の離れた弟にあたるとのことであった。

　坊津へ腰を落ち着けたその日、吉隆は蒸し暑い南国の温気《うんき》に、眠れぬ夜を過ごした。

二

　吉隆が、関白秀次の後見役を仰せつけられたのは、いまから一年半あまり前――文禄三年の正月のことである。

　秀吉の甥《おい》、秀次が豊臣家の後継者に指名されたいきさつについては、少々、複雑な事情があった。

　織田信長の草履《ぞうり》取りから身を起こして天下人となった秀吉には、長いあいだ子がなかった。

　五十三歳にしてようやく、側室の淀《よど》殿が鶴松《つるまつ》という男児を出産したが、その鶴松はわずか三歳にして早世。秀吉の落胆ぶりは目も当てられぬほどで、嘆きのあまり、もはや二度と自分には子ができぬであろうと、甥の秀次を養子に迎えて関白職をゆずったのである。

秀次は、秀吉から京の聚落第《じゅらくてい》もゆずり受け、押しも押されもせぬ豊臣政権の後継者となった。

ところが――。

それからほどなく、秀吉にとっても、秀次にとっても、まったく思いがけぬ事態が起こった。

淀殿が、ふたたび懐妊したのである。大坂城二ノ丸で生まれたのは男児。幼名をお拾《ひろい》と名付けられたこの赤子こそ、のちの豊臣秀頼《ひでより》にほかならない。

（しまった……）

秀吉は、内心ほぞを嚙《か》んだ。もはや子ができぬと思って、後継者に秀次を指名したが、実子が生まれてみれば、ようやく手に入れた天下を血を分けたわが子にゆずりたいと思うのは、親として当然の情である。

しかし、一度秀次を跡目として披露してしまったものを、いまさら撤回するわけにはいかない。

（なんとか、角の立たぬ形で、秀頼に跡目を継がせる手立てはないものか……）

秀吉は甥の秀次に対し、それとなく禅譲をほのめかした。が、秀次のほうには、いったん手に入れた地位を手放す気配はまったくない。

そんな折りも折りである。木下半介吉隆が、秀吉から関白秀次の後見役を命ぜられたのは――。

「わしを助けると思うて引き受けてくれ、半介。このような役目を頼めるのは、身内のそちしかおらぬのじゃ」

新造になったばかりの伏見城の山里廓《やまざとぐるわ》の対面所で、秀吉は吉隆の手を取らんばかりにして、かき口説いた。

「秀次はまだ若い。ゆえに、人のなさけというものをわかっておらぬ。そなたには、秀次にそのへんのところをよくよく言い聞かせ、秀次がみずから豊臣家の跡目をお拾（秀頼）にゆずるよう仕向けてもらいたい」

「そのような重いお役目、それがしにつとまりますかどうか……」

ことの重大さを思い、吉隆はさすがに躊躇《ちゅうちょ》した。

「重い役目なればこそ、そなたに頼み入るのだ。そなたは、わが豊臣家の内情を誰よりもよう存じておる。わしがまだ織田家の足軽百人頭に過ぎなかったころから、ともに手に手を取り合ってここまでやって来たではないか」

秀吉は膝をすすめ、皺《しわ》の多い痩せた手で吉隆の手を握った。

秀吉の言葉は事実である。

吉隆がはじめて秀吉に仕えたのは、わずか十六歳のとき。美濃斎藤氏攻略の拠点として、秀吉が墨俣《すのまた》一夜城を築いた永禄九年のことであった。

吉隆は、蜂須賀小六《はちすかころく》、前野将右衛門《まえのしょうえもん》ら、木曾川筋の川並《かわなみ》衆の荒くれ男たちにまじって泥まみれになって働き、墨俣に城を築いたのだった。

（たしかに、一緒にやってきた……）

吉隆は思う。

墨俣《しず》一夜城以来、吉隆は蜂須賀小六らとともに、美濃斎藤攻め、近江浅井攻め、そして賤ヶ嶽《たけ》の合戦と、無我夢中になって幾多の戦場を駆けめぐってきた。秀吉の出世に引きずられるように、吉隆の地位もまた、信じられぬほど上がった。

吉隆が豊後四郡三万五千余石の大名、従五位下大膳大夫の地位にまでのぼりつめたのは、ひとえに秀吉のお陰であったと言ってよい。

その秀吉に、

「頼む」

と、頭を下げられれば、いかな無理難題であっても断るわけにはいかなかった。

「微力ながら、殿下のお心に添いまするよう、務めさせていただきます」

「おお、やってくれるか」

喜々として笑み崩れた秀吉の顔には、吉隆が思わず目をそむけたくなるほどの老残の影が見えた。

それからのことは、思い出したくもない。

いざ仕えてみると、関白秀次はじつに扱いにくいあるじであった。秀吉の姉ともと、その夫三好吉房《みよしよしふさ》の長男として生まれた秀次は、豊臣家の数少ない一門衆として、少年のころから大名同然の待遇を受け、すこぶる我がままな若者となっていた。

秀吉から関白職をゆずられた当初は、天下人の後継者としての自覚を持ち、身を厳しく律していたようだが、吉隆が仕えはじめたころの秀次は、大酒を飲み、女色に溺《おぼ》れ、政道をないがしろにするという、目をおおうばかりの荒淫《こういん》しきった生活を送っていた。

「秀次さまがあのようになられたのは、太閤殿下に若君が誕生してからよ」

吉隆と同じ時期に、秀吉の意を受けて秀次の後見役筆頭となった前野将右衛門長康《ながやす》が、そう言って秀次の行状を嘆いた。

「思えば、秀次さまも可哀想なお方じゃ。関白になったはいいが、実権は太閤殿下の側にある。しかも、若君の誕生でその地位も危ういとあっては、憂心、奕々快々《えきえきおうおう》となさって当然ではないか」

前野将右衛門の言葉に、もっともなりと吉隆もうなずいた。

（しかし……）

秀次の苦衷《くちゆう》はわからぬでもないが、いまのように酒色に溺れていては、いたずらに身の破滅を早めるだけだった。

吉隆は、前野将右衛門とともに、しばしば秀次に膝詰めで諫言《かんげん》した。

「少しは、御身をお慎みになされませ。太閤殿下は関白さまが毎夜のごとく、容貌美しき女人を枕席《ちんせき》にはべらせていることに、はなはだご不快のよしと聞いておりまする」

「黙れいッ」

秀次は額に青筋を立て、口から唾を飛ばして激怒した。

「わしは一《いち》ノ人《ひと》、関白じゃ。天下の美女を夜ごと閨《ねや》にはべらせてどこが悪い。側室を幾人も抱えるのがいかぬと申すなら、太閤殿下はどうじゃ。十指にあまる女をはべらせ、そのうえ、父娘ほども年の離れた淀殿にうつつを抜かしておるではないか。わしに向かって諫言する前に、太閤殿下に物申せ」

「太閤殿下と関白さまとでは、お立場が違いまする」

必死に食い下がる吉隆を、秀次は青光りのする目で睨《にら》みすえ、

「そのほう、一ノ人に向かって楯《たて》突くか」

「めっそうもござりませぬ……」

「黙れッ。そのほうは太閤の廻し者であろうが。これ以上いらぬ口をきけば、うぬのしゃっ面《つら》をたたき斬ってくれようぞ」

激しく言い争い、秀次が佩刀《はいとう》を抜きかけたことが二たび、三たびと重なった。ばかりでなく、いきり立った秀次に、いきなり扇で額をたたかれたこともある。

（とても、わしの手にはおえぬ……）

吉隆はしだいに、秀次の御前に出仕することが物憂くなった。

いかな秀吉の命令でも、自分の力には限りがある。秀吉の望むとおり、秀次に豊臣家の跡目をみずから放棄させることなど、とてもできそうにはなかった。

吉隆らが手をこまねいている間に、関白秀次と秀吉の仲は、ますます険悪の度を増していった。

そして――。

ついに破局がおとずれた。関白秀次は謀叛《むほん》の疑いをかけられ、官職剝奪《はくだつ》のうえ、高野山に追放。まもなく、切腹を命じられた。同時に、秀次の妻妾《さいしょう》、子女三十余名も、京都三条河原でことごとく斬首《ざんしゅ》の刑に処せられている。

秀次の後見人筆頭の前野将右衛門は切腹して果て、吉隆もまた、罪を受けて薩南の地へ配流されたのである。

三

「何か、ご不自由はございませぬか」

翌朝、宮田但馬の末弟の森弥九郎が、吉隆の居所にあてられた宮田家の離れへ顔を出した。

小庭に面した、陽あたりのよい離れである。部屋は床の間のある八畳と、六畳の控えの間がつづきになっており、開け放った縁側から潮の匂《にお》いのする海風がよく通る。庭の石灯籠《いしどうろう》の向こうに、背の高い棕櫚の木が緑の葉を茂らせていた。

「不自由どころか、わしのような流人には過ぎた住まいじゃ。床柱が黒檀《こくたん》なら、床の間の花入も唐渡りの胡銅《こどう》、察するに、この宮田の家はよほどの分限者のようじゃな」

「さすがにお目が高うございます」

二十歳《はたち》をふたつすぎたばかりの森弥九郎が、少年の面影を残す丸い童顔をほころばせた。

「宮田の家は、島津家に仕える郷士にはございますが、一方で、琉球《りゅうきゅう》や遠く明にまで船を出し、あきないをおこなっております。わが兄の宮田但馬は、武士にして海商。あきないのほうでたくわえた巨富を、軍資金として島津公にご用立てすることもございます」

「ほう、それはたいしたものだ」

「坊津には、宮田家のような海商がほかにいくらでもございます。それがし、兄より木下どのの世話役を申しつかっておりますゆえ、入り用のものがあらば、何なりとお申し付け下さりませ」

「お気遣いあるな。ゆるゆると土地の暮らしにも慣れてまいろうほどに」

吉隆は、風にそよぐ庭の月桃《げっとう》の葉に視線を向け、ふっと目を細めた。

(京大坂では、そろそろ秋風も立ちはじめているころであろうに……)

今日も朝から暑くなりそうである。流されてきた地の遠さが、あらためて身に染みた。

「こう申しては何でございますが、それがしも兄も、木下どののお立場には、深く同情いたしております」

森弥九郎が声をひそめて言った。

「わしに同情……」

「はい」

弥九郎が真顔でうなずき、

「いかに木下どのが関白秀次さまの後見役であったとは申せ、こたびのことは、豊臣家の内輪の跡目争いでございましょう。関白さまが謀叛をくわだてたとは申しますが、それはたんなる口実。ようは太閤殿下がわが子かわいさのあまり、関白さまに濡《ぬ》れ衣《ぎぬ》をきせただけであろうと、島津家の家中でも噂《うわさ》しております」

「不穏なることは口にせぬほうがよい」

「なんの、ここは大坂より遠く離れた薩摩でござる。正直申して、先年、太閤殿下のおこなった無謀なる朝鮮出兵にも、不満を洩《も》らす者少なからず」

「…………」

目もとに若々しい怒りを立ちのぼらせる森弥九郎に、吉隆はただ、しずかな微笑でこたえるしかなかった。

ついこのあいだまで、吉隆は秀吉の奏者として、諸大名に出兵を命じる役を果たしていたのである。

(それも……)

遠い昔の夢のようであった。

ともあれ、配所の宮田家の者が同情的であるのは、吉隆にとって歓迎すべきことかもしれない。

「ときに、弥九郎どのは、宮田但馬どのの弟御と聞いたが」

「はい」

「しかし、苗字がちがうようだ」

「それがしは十七の年に、島津家の馬廻り役、森惣右衛門《そうえもん》方へ養子に入りました。宮田の兄からは、海あきないのほうを手伝わぬかと言われていたのですが、どうにも、海の荒くれ者どもを相手にあきないをするのが嫌で……」

「なるほど」

吉隆は目を細めた。

「それがし、幼きころより薩摩の尚武の気風になじまず、京へ出て学問や歌をおさめることばかりを思い描いておりました。それゆえ、大坂在番を仰せつかったときは、天にものぼるばかりに嬉《うれ》しゅうございました」

「ほう」

「しかし、一年の在番はたちまちのうちに果て、薩摩へ帰っておもしろからぬ日々を送っていたところへ、やってまいられたのが木下どのでございます。聞くところによりますれば、木下どのは、歌人としても名高き細川幽斎《ゆうさい》どののもとで、歌学を学ばれたことがおありになるとか」

「うむ……」

たしかに、吉隆は都の公卿《くぎょう》衆との付き合いのため、一時期、大名歌人の細川幽斎から和歌を学んだことがあった。さほど深く和歌の道をおさめたわけでもないが、都ぶりの教養に飢えている森弥九郎には、それが目にもまばゆい経歴に思えてならないらしく、

「お願いでございます。どうか、それがしに和歌をお教え下さりませ。暇をみつけ、非番の日ごとに坊津へ通ってまいります」

浅黒い顔の若者は、膝《ひざ》を乗り出して言った。

その言葉どおり、森弥九郎は半月に一度は、鹿児島城下から馬を飛ばして吉隆のもとへ通ってきた。吉隆も退屈であったから、弥九郎は寂しさを癒《いや》す話相手にちょうどよかった。

秋が深まり、その年も暮れた。

翌、慶長元年、豊臣家の正式な跡継ぎとなった秀頼が、秀吉とともに、牛車《ぎっしゃ》に乗って宮中へ参内したと風のたよりに聞いた。わずか四歳の幼児ながら、秀頼は朝廷から従五位上の位をたまわり、老いた父親の秀吉は天皇、公卿衆を前にして、みずから扇をとって舞を披露したという。

（太閤の親馬鹿ぶりが、目に見えるようだ……）

吉隆は噂を冷めた気持ちで聞いた。

やがて、春の桜も散りはて、蓬々《ほうほう》と山に青葉が茂り、吉隆が坊津へ流されて、はじめての夏がおとずれようとしていた。

近ごろでは吉隆も、坊津の町なかであれば、自由に配所の外を出歩くことを許され、久志《くし》浦の唐人《とうじん》町、倉浜の倉屋敷街、漁師町の路地裏まで、手に取るようによくわかるようになっていた。

そんなころである。吉隆が、ひとりの女人に出会ったのは――。

四

その日、吉隆はいつもの町歩きのついでに、坊津の東はずれにある一乗院《いちじょういん》へ立ち寄った。

一乗院は、古く敏達《びだつ》天皇の時代に、百済《くだら》の高僧日羅《にちら》がひらいた寺で、西海一の古刹《こさつ》とされている。

鳥羽上皇の世に、

——如意珠山一乗院

の勅号を受け、代々、島津家の尊崇も厚い。

木々の茂る丘の上に、金堂、講堂、鐘楼など、黒瓦《くろがわら》の大屋根をのせた荘厳な堂宇《どうう》が点在し、港町坊津の繁栄とともに、おおいに栄えていた。

寺の境内からは、眼下に町家と藍《あい》色の海を見下ろすことができる。

一乗院の庫裏《くり》をたずね、この地に流されてから知り合いになった寺の執行《しゅぎょう》の成尋《じょうじん》と碁をうった吉隆は、夕暮れ近くになってようやく暇《いとま》を告げた。

「提灯《ちょうちん》をお持ちになりますかな」

わざわざ玄関まで見送りに出てきた執行に、

「いや、まだ足もとは明るい。裏門から出て近道を通ってゆけば、すっかり陽が暮れ落ちるまでには宮田家にたどり着けましょう」

吉隆は笑って答え、紅を絞ったような夕焼けのなかを寺の裏門のほうへ向かって歩きだした。

暮色の立ち込めはじめた境内に、人の姿はない。

講堂の脇をまわり込み、柿葺《こけらぶ》きの裏門をくぐると、アコウの巨樹のあいだを、丘のふもとへ向かって細い石段がまっすぐに延びていた。

一乗院と配所の宮田家との行き帰りに、もう何度か通ったことのある道である。石段は急だが、町までは近い。

町家の黒屋根を見下ろしながら石段を下りだした吉隆は、途中で、

（おや……）

と、足をとめた。

甘い香りが鼻をつく。みずみずしく、芳醇《ほうじゅん》な香りである。

（何であろう）

吉隆はあたりを見まわした。

道のかたわらに丈《たけ》の低い草が生い茂った空き地が広がっている。もと、一乗院の坊舎があった跡らしく、草のなかに点々と柱の礎石《そせき》が残っていた。

その草地の奥、崩れかけた石垣のきわに、一本の灌木《かんぼく》が生えていた。高さは、人の背丈の二倍はあろう。

あおあおと葉を茂らせた灌木には、漏斗《じょうご》のような形をした大きな白い花が、無数に垂れ下がっていた。

（匂いのみなもとは、あの花か……）

吉隆が、いままで見たこともない花であった。濃密な芳香をただよわせ、薄暮のなかに咲きこぼれる純白の花は、さながら夢幻のような美しさである。

花の匂いに誘われるように、吉隆は坊舎のあとの空き地に足を踏み入れた。

近づいていくと、花の匂いはいっそう強くなった。最初はみずみずしい香りだと思ったが、胸いっぱいに吸い込むと、脳髄がくらくらと痺《しび》れてきそうである。

「何という名の花であろうか」

吉隆が誰に言うともなくつぶやき、花に触れようとしたときだった。

「ダチュラと申します」

花のかげから声がした。

はっと手をとめた吉隆の目の前に、涼しげな芭蕉布《ばしょうふ》の着物を身にまとった女が、草履の音も忍びやかにあらわれた。

年は、二十四、五だろう。

大きな濡れたような瞳が印象的な顔立のはっきりした美女である。手首や足首が細く引き締まり、若々しい肢体に清らかな女らしさがただよっていた。

「またの名を、朝鮮朝顔《ちようせんあさがお》と呼ぶ人もございます」

女がこちらへ歩み寄りながら言った。

「ダチュラか……」

「はい」

吉隆はおのれがいま、どこにいるのかさえも忘れ、南国の花のごとき女の美貌に心を奪われた。

一目惚《ぼ》れというものがこの世にあるとすれば、まさしく、このような夕闇に後光が差したような瞬間を呼ぶのかもしれない。

「そなたは、この近くに住む者か」

内心の狼狽《ろうばい》を気どられぬように、吉隆は聞いた。

「久志浦の唐人町に住まいしております」

「…………」

久志浦の唐人町というと、明国から渡ってきた華僑《かきょう》たちが集団で住み、いっぷう変わった異国風の町並みを形造っているところである。

しかし、見たところ、女はまぎれもない倭人《わじん》で、言葉もごく普通だった。

吉隆が不思議そうな顔をしていると、女はいたずらっぽい目つきで笑い、

「この国の女なのに、なにゆえ唐人町に住んでいるのかとお思いでしょう」

「いや……」

「お隠しにならずともよろしゅうございます。そのように、お顔に書いてありまする」

「さようか」

思わず、おのが顔に手をやった吉隆を見て、女がまた笑った。

「わたくしは、泊浦《とまりうら》の海商の家から、唐人町の富裕な華僑のもとに嫁いだのですが、嫁いでまもなく夫が海で死に、それからずっと唐人町に一人で暮らしておるのです」

「そなたの名は」

吉隆はたずねずにはいられなかった。

四十もなかばを過ぎ、京には妻も子も残してきたが、女人を見てこれほど胸が高ぶったのは生まれてはじめてのことである。妖《あや》しい花の匂いが、吉隆の心を酒に酔ったように痺れさせたのかもしれない。

「伽羅《きゃら》と申します」

女は低い声で答えた。

「伽羅とはまた、変わった名だな」

「さようでしょうか」

女は小さく首をかしげると、つと細い手を伸ばし、頭上の枝からダチュラの花を一輪摘《つ》み取った。

「これを」

「わしに持って帰れというのか」

「ダチュラの花を枕もとに置いて寝ると、痛んだ心の傷をやさしく洗い流してくれると申します」

「まことか」

「はい」

と、うなずいた女の微笑が、孤独の淵に沈んでいた吉隆の胸にぽつりと鬼灯《ほおずき》のような明かりをともした。

吉隆は女と別れ、ダチュラの花を襟もとに挿して、薄闇につつまれた道を配所へ急いだ。

その夜は、床の間の胡銅の花入に女からもらった花を活けて眠った。ダチュラの匂いは部屋に芬々《ふんぷん》と満ち、吉隆は坊津に流されて以来、はじめて深い眠りをむさぼった。

五

吉隆は恋におちた。

若者のような、切ない恋である。伽羅という女の面影を思い浮かべると、胸がさざ波立った。

（もう一度、会いたい……）

吉隆は思った。

だが、相手は花を縁にして出会っただけの、行きずりの女である。唐人町へたずねて行けば、ふたたびめぐり会えるのかもしれないが、流人の身では行動をつつしまなければならない。

女と出会ってから三日目に、森弥九郎がやって来た。

ひとしきり、古今集《こきんしゅう》の解釈などをし、あとは弥九郎が詠んできた歌の添削をした。

「これは……」

弥九郎が、吉隆の句帳のはしに書き留められた一首の和歌に気づいたのは、そろそろ歌の講義を終えようとしたときだった。

ひとり伏す花の宿りの床《とこ》の上に
あはれ幾夜の寝覚めしつらむ

「恋の歌でございますな」

「いや」

吉隆はあわてて句帳を閉じた。

「このあたりに、吉隆どののお目にかなうおなごがおりましたか」

弥九郎が意外そうな顔をした。

「そういうことではない」

吉隆は否定したが、じつのところ、歌は伽羅を思って詠んだものだった。

「よろしいではありませぬか。しょせん、われらはいつ果てるとも知れぬ命。恋でもせねば、この世は味気なさすぎまする」

「わかったようなことを言う」

吉隆はかるく笑った。

「これは失礼を。しかし、花といえば、ふつう和歌の道では桜の花をあらわすものですが、いまは桜の季節ではございませぬ。さきほどの歌に詠み込まれた花は、何の花でございますか」

「ダチュラだ」

「ダチュラでございますか」

森弥九郎が妙な表情をした。

「その花がどうかしたのか」

「いえ。花がダチュラだとすれば、いっぷう変わった恋の歌だと思いましたもので」

「どういうことだ」

「ダチュラのことを、何もご存じないのでございますか」

弥九郎の問いに、

「いや、花を見たことはある。幻のように美しい花であった」

吉隆は女の白い顔と、純白の花を脳裏に思い浮かべて言った。

「なるほど、ダチュラは美しゅうございます」

弥九郎はかすかに眉《まゆ》をひそめ、

「されど、あれは毒の花にござります」

「毒の花だと」

「はい。ダチュラは、むかし坊津の船乗りが、遠い南の島より種を運んできたものだと申します。夏のはじめになると、美しい花をつけ、甘い香りをただよわせますが、根と葉に毒があり、服用すると恐ろしい幻覚を見、死ぬこともあると聞いております。ために、このあたりでは冥府《めいふ》の花と呼びならわしているのです」

「あの花が、冥府の花とは……」

吉隆は信じられぬ気持ちであった。

冥府の花というより、

（恋の花ではないか……）

吉隆にはそのように感じられる。毒があると聞いても、花の美しさに変わりはなく、記憶のなかにある女の清雅なおもかげもまた、いささの翳《かげ》りを帯びることはなかった。

女にふたたび会いたいという吉隆の思いは、さらにつのった。

（いったい、どんな暮らしをしているのだろう……）

一乗院の石段で女に出会ってから半月後、吉隆は思い切って久志浦の唐人町をたずねてみることにした。

久志浦へは、配所の宮田家から北へ一里。

白雲と強い陽差しにつつまれた峠を越えて、砂浜のつづく久志浦の入江に出た。

唐人町は、入江の岬近くにあり、浜ぞいに二百軒近い家々が建ち並んでいる。和風の家と違い、門はあざやかな朱塗りで、石塀にかこわれた母屋は漆喰《しっくい》の白壁に赤茶色の瓦屋根をのせている。

通りかかった唐人にたずねると、伽羅の住まいはすぐにわかった。

女の家は、唐人町のほかの家と同じように、石塀でかこわれていた。

吉隆が見上げると、塀の上から真白な花が咲きこぼれている。

ダチュラの花である。噎《む》せ返るような匂いが道にまであふれ、吉隆の胸を甘く満たした。

吉隆は朱塗りの門をくぐった。

ふと見ると、庭の木陰に伽羅がいた。何が哀しいのか、女は肩を小刻みにふるわせ、ひとりむせび泣いていた。

しばし、ためらったのち、

「伽羅どの」

と、吉隆は声をかけた。

「あなたさまは、いつぞやの……」

振り向いた女の頰《ほお》は、泪《なみだ》に濡れている。

「覚えていてくれたか」

ただそれだけのことが、吉隆にはむしょうに嬉しかった。

「何か、辛《つら》いことでもあったのか」

「いえ」

女は泪を袖でそっとぬぐい、首を横に振った。

「花が、あまりにも美しいものですから」

「そういえば、そなたはこのあいだもダチュラの花のそばにいたな」

「わたくしは、この花が好きなのです。花を見つめていると、なぜか泪があふれてきて止まらなくなるのです」

「わしも、好きだ。そなたに会ってから、この花が忘れられなくなった」

奉公一途《いちず》に生きてきた、おのれの言葉とも思えなかった。この女と向き合っていると、吉隆は自分が自分でなくなってゆくような気がする。

「ダチュラは、冥府の花でございますのに」

「そう言うそなたも変わっている」

「そうでございますね」

ふと微笑《ほほえ》むと、女は花を見上げた。

寂しげな横顔だった。女がなにゆえ唐人の夫の死後も、この町にひとりで暮らしているのかは知らない。しかし、女が抱えているであろう孤独の深さは、聞かずともわかった。

「わしは、都からこの地へ流されてきた流人じゃ」

「存じております。木下半介さま」

「どうしてわしの名を」

「はじめてお目にかかったあの日、一乗院の執行さまからうかがいました。一乗院には、わたくしの親兄弟の墓がございます」

「そうか……」

「せっかくお出で下さったのです。どうぞ、家へお上がり下さいませ。何もございませぬが、裏山から冷たい清水を汲《く》んでまいりましょう」

庭を歩きだした女の後ろ姿を見て、吉隆は、

（この女とは深くなりそうだ……）

そんな予感がした。

六

予感どおり、その日、吉隆は伽羅と男女の関係になった。

伽羅の体は、細い首すじや手脚の線とはうらはらに、胸や尻が肉づきよく実り、放胆とも思える痴戯痴態《ちぎちたい》で吉隆をしたたかに酔わせた。

女の部屋の花入にも、ダチュラの花が香っていた。

「流人のわしと、このようなことになって悔いはせぬか」

寝物語に吉隆が問うと、伽羅は喉《のど》の奥で低く忍び笑い、

「はじめて花の下で出会ったときから、わたくしはこうなるような気がしておりまし

た」

「わしに惚れたか」

「さあ」

喉の奥で笑い、伽羅は伸びやかな長い脚を吉隆の毛臑《けずね》にからめた。

伽羅は寝床のなかで、海商だった自分の父親と男兄弟が船で沈んで死んだこと、唐人の夫も同じ船に乗っていて難に遭ったことなどを、とめどもなく話した。

伽羅は、夫を少しも愛してはいなかったらしい。しかし、父の死で家運の傾いた実家に出戻ることもならないまま、唐人町でむなしい日々を過ごしているのだという。

「あの花が好きだから、ここでこのまま、朽ちても惜しくはないと思っていたのです。けれど、花の縁で、こうしてあなたさまにお会いすることができた……」

女の視線の先に、白いダチュラの花があった。

思いは、吉隆も同じであった。

流人として遠い異郷に骨を埋める覚悟はしていたが、伽羅と出会い、命の最後の花を咲かせ得たことに、暗く冷たい湖水に足をひたすような深い悦《よろこ》びを覚えずにはいられなかったのである。

吉隆はその日から、人目を盗むように女のもとへ通うようになった。目付役の宮田家の監視はゆるやかではあったが、女との情交を、他人に知られたくはなかった。あからさまな陽のもとにさらされたとき、二人のはかない関係は、にわかに色褪《あ》せてしまうような気が吉隆にはした。

吉隆は伽羅に耽溺《たんでき》した。

昼間から女の家の戸を締め切り、うだるような暑さのなか、目も眩《くら》むばかりの激しい交わりを繰り返した。なぜ、これほど女の体に夢中になるのか、吉隆自身にもわからない。

（わしは伽羅に溺れることで、何かから逃れようとしているのではないか……）

吉隆が気づきはじめたのは、夏も闌《た》け、その年のダチュラの花の季節がそろそろ終わりに近づこうとするころだった。

近ごろでは、吉隆と伽羅はダチュラの葉を噛み、かるい幻覚に酔いながら交わりを持つようになっていた。ダチュラの毒のもたらす奇妙な痺れのなかで女を抱くと、愉悦はますます深まった。

伽羅との交わりは、世間一般にいう恋とはおもむきを異にしている。つねに、破滅への予感と不安が、悦びと背中合わせに顔をのぞかせていた。

それゆえにこそ、自分はものに憑《つ》かれたように女をもとめているのだと、吉隆はいつしか知るようになった。

（あるいは、関白秀次さまも……）

吉隆はふっと、おのれを敗残の人生へと巻き込んで果てた、かつてのあるじのことを思った。

（秀次さまも、いまのわしと同じく、如何《いかん》ともしがたい現実から逃れんがため、女たちとの淫事に溺れ、無謀なふるまいを繰り返していたのではあるまいか）

思えば自分の人生も、秀次の人生も、太閤秀吉という強烈な個性の持ち主によって作られ、秀吉によって壊されたようなものであった。秀吉の意のままに動かされ、みずからの意志のはたらく余地は、どこにも残されていなかった。

（わしの生きているあかしは、いまここにのみある……）

女をしとねの上に仰臥《ぎょうが》させ、体を押し開くと、そこは命のたくましさを誇るがごとく、谷地《やち》のように濡れ、熱く息づいていた。

ダチュラの花の季節は終わったが、吉隆と女との関係はその後もつづいた。

「木下どの、いっしょに相撲《すもう》見物にでもまいりませぬか」

しばらく音沙汰《おとさた》のなかった森弥九郎がやってきたのは、坊津へ流されてから三年が過ぎた、慶長三年九月のことだった。

「相撲？」

「はい」

「坊津で、そのようなものがあるのか」

「いえ。坊津より北へ五里ばかり行ったところに、加世田《かせだ》という村がございます。その加世田村の山王権現で、奉納の野相撲がおこなわれるのです。野相撲と申しても、薩摩、大隅《おおすみ》、遠くは肥後からよりすぐりの力自慢が集まりますゆえ、なかなかの見物《みもの》でございまするる」

弥九郎の誘いを断る理由はなかった。

このところ、伽羅と会うことにも、少しばかり倦《う》みはじめていた。気分を変え、坊津の外へ出てみるのもよかろうと、吉隆は申し出を承知した。

　さっそく弥九郎が支度をととのえ、翌日、二人は連れだって加世田の相撲見物に出かけた。

　澄み渡った秋空に、アキアカネが飛んでいる。

　相撲は昼すぎから、神社の境内で三十六番おこなわれた。なるほど、力士はいずれも筋骨たくましく、京大坂の相撲取りとくらべても、いささかも見劣りしなかった。

「いかがでござりました」

　すべての取組みが終わると、森弥九郎が横から声をかけてきた。神社の境内を夕闇がつつんでいた。

「よい気晴らしになった。礼をいう」

「いや、木下どのに喜んでいただけてようござった。このところ、城づとめが忙しく、めったにお伺いもできなかったもので、ご様子を案じておったのです」

「さもあろう。兄上の宮田但馬どのから聞いたところでは、そなたは数ある近習のなかでも、島津どののたいそうなお気に入りであるそうな」

「お恥ずかしゅうござる」

　弥九郎は目を伏せ、おもはゆそうな顔をした。

　吉隆と森弥九郎は、村の人々にまじって席を立つと、坊津へもどる薄闇のなかの道を肩を並べて歩きだした。

「虫の音がいたしますな」

弥九郎が言った。

「おお」

吉隆が耳を澄ますと、周囲の草むらから、ほそぼそと秋の虫がすだいている。

(寂しい音色だ……)

どういうわけか、ふいに伽羅のことが思い出された。思い出すと矢もたてもたまらず、むしょうに女に会いたくなった。

(途中で弥九郎と別れ、伽羅に会いにゆくか)

吉隆がそんなことを考えながら、トウガラシの花のようにきらめきはじめた星を見上げたときだった。

不意に、虫の音がやんだ。

(おかしい……)

吉隆が足を止めるより早く、まわりの木立で黒い人影が動いた。人影は、白刃をかざしながら道に躍り出てきた。

人数は五人。

全身に殺気をみなぎらせている。

男たちは、吉隆の行く手をふさぐように囲繞《いにょう》し、じりじりと迫ってくる。

「何者ぞッ!」

吉隆は腰の脇差を抜きつつ、声を放った。

流人には、大刀の佩用《はいよう》はゆるされていない。身を守るものといえば、一尺二寸の脇差一振りしかなかった。

そのとき、吉隆のかたわらで刀を抜き放つ気配がした。

振り返ると、大刀を抜いた森弥九郎が吉隆に切っ先を向けている。

「いかがした、弥九郎。血迷ったかッ！」

「血迷ってなどおりませぬ。ご上意にござります」

「なに……」

吉隆は、耳を疑った。

弥九郎は刀を突き出したまま、頬を引きつらせ、

「先日、大坂表より、木下半介吉隆に切腹を申しつけるとの命が下りました」

「太閤殿下が、わしに死を与えよと言ってよこしたか」

「命を下したのは、太閤殿下ではござらぬ。太閤さまは御病のため、去る八月十八日、伏見城でお亡くなりになったとのよし。急使を送ってまいったのは、石田治部少輔《じぶのしょう》三成ら、豊臣家の五奉行にござる」

「死んだ……。太閤さまが……」

吉隆は、足もとで何かが音を立てて崩れてゆくような気がした。

石田三成ら奉行衆は、太閤死後の政治的混乱を避けるため、豊臣家に少しでも仇《あだ》をなす可能性のある者を、一掃しておこうという肚《はら》づもりなのであろう。いまさら、流人の吉隆に死を命じてくるとは、のちのちの禍根を恐れたとしか考えられない。

（ばかな……）

怒りを通り越し、吉隆の胸には哀しみが込み上げてきた。

「なぜだ」

吉隆は闇の向こうにいる森弥九郎を見すえた。

「切腹を命じてきたものを、なにゆえ、わざわざ相撲見物に誘い出し、闇討ちなどしようとした」

「このようなことを申し上げるのは心苦しいが、万が一、木下どのが配所より逃亡するのを恐れてのことでござる」

弥九郎の剣先が小刻みに震えていた。

「逃げる？　このわしが……」

「木下どのは、唐人町に隠し女がござろう。女に執着を残し、どこぞへお逃げになるのではないかと、卑怯《ひきょう》とは知りつつ、はかりごとを仕掛け申した」

「たわけッ！」

吉隆は吠《ほ》えた。

「わしは、逃げぬ。もはや、どこへも逃げるところはない」

カッと目をいからせるや、吉隆は手にした脇差をひらめかせ、おのが腹にふかぶかと突き立てた。真一文字に横へ刃を動かし、どっと地面に膝をつく。

その凄まじい気迫に押され、森弥九郎と侍たちがあとじさった。

「介錯《かいしゃく》を……。森弥九郎、早く介錯をせぬか」

吉隆は絞り出すように叫んだ。

薄れゆく意識のなかで、森弥九郎が背後にまわる気配を吉隆は感じた。

弥九郎の剣が夕闇のなかに高々と振り上げられたとき、

「ダチュラが……」

吉隆の唇から低いうめきに似た声が洩れた。その言葉も、やがて、野に満ちはじめた虫の音にかき消された。

木下半介吉隆の墓は、坊津一乗院の裏山と、自刃をとげた加世田の地蔵迫《じぞうさこ》の二カ所に、いまも人知れず残されている。

武装商人

一

戦国の世に、

――茶頭《さどう》

と呼ばれる者たちがいた。茶頭とは、読んで字のごとく茶の湯をつかさどる頭《かしら》、すなわち宗匠のことである。

戦国の覇者、織田信長には三人の茶頭がいた。

今井《いまい》宗久《そうきゅう》
千利休《せんのりきゅう》
津田宗及《そうぎゅう》

いずれ劣らぬ、錚々《そうそう》たる面々である。

彼らは信長の茶頭をつとめる一方、商都堺の名だたる商人たちでもあった。いや、彼らの本業は、茶の宗匠よりも、時の権力者と結んで富を得んとする〝政商〟そのものだったと言っていい。

今井宗久の屋号は納屋《なや》、千利休が魚屋《ととや》、津田宗及は天王寺屋《てんのうじや》と称し、堺の三十六人会《え》合衆《ごうしゅう》に名をつらねていた。

よく似た立場の三人だが、彼らの茶には明らかな違いがあった。

三宗匠のうち、天王寺屋こと津田宗及は、台子《だいす》飾りの仰々しい〝東山流〟の古風な茶をよくし、千利休は茶の湯の革命児として閑雅な侘《わ》び茶を完成させた。

いまひとりの宗匠、今井宗久の茶には、これといった個性がない。むしろ、個性がないのが個性といったほうがよいくらいで、同時代の人は、宗久のことを、

——思ヒ入レタルコトナキ茶人

と、評している。

宗久にとって、そのような世人の評価は、けっして蔑《さげす》みの言葉とはならなかった。むしろ、

（わしという男を、よう見ておる……）

冷たくととのった端正な面貌《かお》に、ふてぶてしい笑いを刻んだであろう。

宗久の茶は、利休のごとき一時代を築く〝芸術〟でもなければ、宗及のように古い伝統を重んじる〝文化〟でもなかった。

（茶の湯は、野望を成し遂げるための手段にすぎぬ。おのれが力を手に入れるためなら、わしはどのようなことでもする。人殺しさえいとわぬ……）

天文《てんぶん》十八年、正月——。

この年、三十歳になったばかりの今井宗久は、茶の湯の師匠、武野紹鷗《じょうおう》の堺屋敷の庭

にある茶室にいた。

——大黒庵

と名付けられた茶室は、屋根は柿葺《こけらぶ》き、葭簾《よしすだれ》のかけられた連子《れんじ》窓が三つあり、青畳のしかれた座敷のすみに炉が切ってあった。

炉にかけられた姥口《うばぐち》の霰釜《あられがま》からは、うっすらと湯気が立ちのぼっている。

「あッ。なりませぬ、宗久さま……」

もろ肌脱ぎになり、たくましい両の肩をあらわにした宗久の下で女があえいでいた。

女は放恣《ほうし》とも思える大胆さで脚を開き、若くみずみずしい喉《のど》をのけぞらせる。

女は、武野紹鷗の娘のお松である。

「い、いや……。そのように見つめないで下さいませ」

「動くな、景色が変わる」

宗久は低く、冷めた声で言うと、女のそこをじっとのぞき込んだ。

窓から射し込む薄ら陽が、思い切り押し広げられた脚の奥を、あわあわと照らし、湿った谷地《やち》を浮かび上がらせている。

女の股間《こかん》の茂みは、うすいほうだった。茶色いうぶ毛がまばらに生えているだけで、ほとんど無毛に近い。

上方には、陰毛のうすい女が多いとされる。古く、日本にわたってきた渡来人の血が入っているためといわれ、その意味では、お松も典型的な上方女と言えた。

「匂《にお》いを嗅《か》がせてもらうぞ」

「えッ……」

「そなたの匂いを嗅ぐと言ったのだ。目でたしかめ、匂いを嗅いでこそ、女人のまことの姿がわかる」

「外から見ただけでは、わたくしというおなごが、おわかりにはなりませぬのか」

「女人はすべからく、虚飾に満ちている。わしは、茶の湯の師匠の娘御でもない、堺でも指折りの富家の娘御でもない、生身の女の、裸のお松どののだけが欲しいのだ」

「あッ、ああ、あ……」

そのときすでに、宗久の指は女の秘め処《どころ》に伸び、奥深くもぐり込んでいた。

お松のそこは、すでに濡《ぬ》れていた。

指を、おのが鼻先に近づけると、雨上がりの苔《こけ》の匂いがした。

「これが、そなたの匂いか」

「恥ずかしゅうございます。もう……、お許し下さりませ」

「恥じることはない。お松どのの匂いは、このわしにはかぐわしい水仙の芳香、須弥山《しゅみせん》のいただきに茂る香木の薫香にひとしい」

ささやきながら、宗久は夢見ごこちで半開きになった朱の唇を吸い、耳たぶを嚙《か》み、淫水《いんすい》に濡れた指先で乳房をもてあそんだ。

女の息づかいが荒くなった。

眉間《みけん》に縦皺《たてじわ》を寄せ、苦悶《くもん》と快楽に身をふるわせている。

（そろそろ、よかろう）

お松の体が、男をもとめて蕩《とろ》けきっているのを見定めた宗久は、袴《はかま》の紐《ひも》をとき、女に体を重ねた。

女は無意識に伸ばした指で茶室の青畳を掻《か》き、宗久に抱かれながら魂極《たまきわ》るような嬌声《きようせい》を上げる。

（人に聞かれてはまずい……）

声が母屋に届くのを嫌い、宗久はお松の唇を指でふさいだが、津波のごとく押し寄せる女の歓喜を押しとどめることはできない。

「好き、宗久さま……」

ことが終わったあと、乱れた小袖《こそで》を直そうともせず、お松が宗久の胸にほてった頰《ほお》を寄せてきた。

「わしもお松どのをいとしく思う」

「まことに？」

「神仏に誓って、嘘《うそ》は言わぬ」

「ならば、わたくしと夫婦《めおと》になれるよう、父に許しを乞うてくださいませ。うすうすとではございますが、父はわたくしたちのことを感づいておるようです」

「なに、紹鷗どのが……」

「はい」

「紹鷗どのは、お怒りにはならなんだか」

連子窓にうつるサザンカの花影に目をやりながら、宗久は探りを入れるように聞いた。

「怒るはずもございませぬでしょう」

　お松は喉の奥でくつくつと笑い、

「宗久さまは、父の門弟衆のなかでも、魚屋の宗易《そうえき》（のちの利休）さま、天王寺屋の宗及さまと並び、行くすえを頼もしゅう思われておいでのお方。のみならず、世に名高き木曾義仲の四天王、今井四郎兼平《かねひら》さまの末孫《ばっそん》とあれば、あなたさまを武野家の婿として迎えることに、父は何の否《いな》やがありましょう」

「そうか」

「それゆえ、一日も早く父に言って……」

　甘えるようにせがむお松を、片腕で強く抱き、

（どうやら、わしのもくろみは、まんまと図に当たったようじゃ……）

　宗久はむくむくと膨れ上がる野心に、若い胸をおどらせた。

二

　今井宗久は、永正十七年、東近江《おうみ》の朝妻《あさづま》の地に生まれた。

　父は、伊吹山で採れる銀を畿内に売り歩く、白銀《しろがね》売り。

　子だくさんであったため、暮らし向きは楽ではなく、八男の宗久は早くから家を出て、生きる糧《かて》をみずから稼ぎ出さねばならなかった。

　針売り
　金《かな》掘《ほ》り

船稼《かせ》ぎ
と、できることは何でもやった。

おりしも、ときは戦国。家臣が主君を殺し、子が親を追い出して家をのっとる下剋上《げこくじょう》の時代である。

麻のごとく乱れた世を見るにつけ、

(自分のような門地のない者でも、才覚しだいで、ひとかどの男にのし上がれるのではないか)

宗久はだいそれた大望を胸にふとらせるようになった。

その宗久が、大和《やまと》今井町に身を置くようになったのは、彼が十代の終わりにさしかかったころのことである。

今井町は、当時、最強最大の宗教集団であった石山本願寺末寺の称念寺《しょうねんじ》を中心にひらけた寺内《じない》町だった。

町の周囲には、外敵の侵入をはばむように水濠がぐるりとめぐらされ、その環濠《かんごう》のなかに千軒をこえる商家がひしめきあい、

――大和の金は今井に七分
とうたわれるほど、おおいに富み栄えていた。

(いまの世で、天下を動かすほどの力を持っているのは、京の足利将軍家ではない。まして や、朝廷でもない。諸国に百万人の門徒をかかえる石山本願寺じゃ。本願寺を相手にうまい商売を考えれば、一財産築き上げるのも夢ではない)

若いながら、宗久には世の中の動きを見る目があった。

宗久は、今井町の豪商今西家で下働きをするかたわら、あきないの仕方をじっくり学び取ることにした。

今西家は、大和国中《くんなか》産の米を石山本願寺に運ぶなど、米問屋として財をなした家である。当時の今井町には、この今西家のように、米の流通にかかわる商人が多かった。

（いまさら米あきないをはじめても、旧来の座に食い込むことはできぬ。もっと別の商売をはじめねば……）

今西家で使い走りをしながら、宗久はそのことばかりを考えるようになっていた。

宗久が新しい商売の手がかりをつかんだのは、石山本願寺に米をおさめるために、荷《に》駄《だ》隊の供をして大和国から河内国へ向かう道すがらだった。

国境の竹内《たけのうち》峠の手前まで来たとき、街道わきの草むらにふと目をやった宗久は、

（おや……）

と、首をかしげた。

道ばたに生い茂ったクマザサの茂みのなかに、一振りの刀が落ちていた。刀は切っ先が折れ、すでに赤茶色く錆《さ》びかかっている。

よくよく見ると、草むらに落ちているのは刀ばかりではない。柄《え》の折れた長槍《ながやり》、小札《こざね》の引き千切られた胴丸もあった。

かつて、このあたりで、土豪か野臥《のぶせり》の小ぜり合いがあったのであろう。野に打ち捨てられた刀槍や甲冑《かっちゅう》のたぐいは、この時代にはさしてめずらしくもない、凄惨《せいさん》な戦いの名

残りと思われる。

（できるぞ。これを使って、何かできることがある……）

宗久の頭に、一瞬、天啓のごときひらめきが走った。

今井町へもどった宗久は、米問屋の下働きをやめ、手当を貯《たくわ》えたわずかばかりの金で、命知らずの屈強な若者をひとり雇った。

どこそこでいくさがあった――と聞けば、若者と二人で荷車を押して駆けつけ、戦場に散らばり落ちている刀や槍、戦死者が身につけていた甲冑を引っ剝《ば》がしてかき集めた。金儲《もう》けのためとはいえ、血臭ただよう戦場で、まだ生あたたかい死体から武具を奪うのは気持ちのよいものではない。

ときには、死んだと思っていた血だるまの武者が身を起こし、いきなり刀で斬《き》りつけてきたため、手近にあった大石を打ちつけ、死にいたらしめたこともあった。

（あきないは、武士の合戦と同じ。命がけのいくさじゃ）

宗久の生涯にわたっての商売哲学は、まさにこのとき、体の芯《しん》にしっかりたたき込まれたと言ってよい。

戦場で武具を拾い集めた宗久は、刃こぼれした刀を研《と》ぎ師に出し、血の沁《し》みついた胴丸は川の水で繰り返し何度も洗い、鎧《よろい》師に頼んでほころびを縫い直してもらった。

この時代、刀、槍、甲冑の需要はいくらでもあった。宗教集団でありながら、各地で大名とのいくさを繰り返していた石山本願寺も例外ではない。

宗久は今井町の称念寺を通じて、石山本願寺へ格安の値段で武具をおさめる商談を取りまとめることに成功した。

宗久の商売は儲かった。

なにしろ、元手がほとんどかからない。しかも、銭のタネとなる合戦は、年がら年じゅう諸国で絶えることがないのである。

大和国に流れ着いてからわずか四年のうちに、宗久は今井町で十本の指に入るほどの商人に成り上がり、今西家などと並ぶ本町《ほんまち》筋に立派な白壁の店を構える身となった。

二十代半ばの若さで、宗久は一生食うに困らぬほどの財を手に入れた。

だが、おのれの地位が安定してくるにつれ、

（まだ足りぬ……。おれの野心は、まだまだ、こんなものではないぞ）

宗久は、いまのあきないのやり方に飽きたりぬものを感じるようになった。

なるほど、本願寺を相手に商売をしていれば、食いっぱぐれるようなことはない。しかし、本願寺の御用商人という小さな権益にすがりついているかぎり、商人として、さらなる巨富をつかみ取ることはのぞむべくもなかった。

（どうせなら、おのれの力によって、天下を動かすほどの大商人になりたいものだ。そのためには、このまま今井町にとどまっていてはだめだ）

先の知れているあきないに見切りをつけ、次の一手を打つ機を逃さぬのも、商人の才覚のひとつであろう。

宗久は同業者があらわれ、店の売り上げが落ちたのをしおに、今井町を離れることにした。

新天地で身を立てるべく、諸国を放浪した。

（いまの世、天下の富がもっとも多く集まるのはどこか……）

徒手空拳《としゅくうけん》で今井町へ乗り込んだころよりも、商人としての宗久の視野は格段に広がっていた。

その宗久が、天下の大商人への足掛かりの地に選んだのが、このころ商都として上り坂の勢いにある、

——泉州堺
であった。

大坂湾に面した湊町堺は、日明《にちみん》貿易で栄えて以来、上方の物資の集積地となっていた。堺では貿易で富をたくわえた豪商が絶大な力を握り、領主の支配を排除して、〝三十六人会合衆〟と呼ばれる有力商人たちの合議制によって町の運営がなされていた。

すなわち、堺は日本史上まれな、商人による商人のための、

——自治都市
となっていたのである。

あきないでの天下取りをめざす宗久にとって、堺はこのうえなく魅力的な町であった。

はじめて堺の土を踏んだとき、宗久は二十七歳になっていた。

町は潮の匂いがした。

大和の今井町と同じく、周囲にぐるりと水濠がめぐらされてはいるが、西側が海に面した湊であるせいか、町は開放的で人の気質もすこぶる明るい。人々の髪形や小袖もあ

か抜けており、山にかこまれた大和国から出てきたばかりの宗久は、おのれがとんだ田舎者であるような肩身のせまい思いがした。

堺の町で宗久が身を寄せたのは、かねてより商売を通じて懇意になっていた、大小路筋の、

《納屋《なや》宗次《そうじ》》

の屋敷である。

納屋宗次は、屋号のとおり納屋業をいとなむ一方、海産物などの交易にかかわり、堺でも屈指の豪商として、堺の町衆たちのあいだに顔が広かった。

「この堺で、身を立てたいと言われるか」

五十をいくつか過ぎた、温厚な風貌の納屋宗次は、野心をあらわにした宗久の顔をじっと見て、おだやかな口調で言った。

「ならば、まずは茶の湯を学ばれるがよろしかろう」

「茶の湯でございますか」

「さよう」

宗久も、武将や豪商のあいだに、近ごろ茶の湯という遊びがはやっているのを知らぬわけではない。しかし、宗久が堺へ来たのは、愚にもつかぬ遊びをおぼえるためなどではなかった。

そのことを宗久が口にすると、納屋宗次は目尻《めじり》に皺を寄せて笑い、

「この堺で、一流の商人とみとめられるためには、公卿《くぎよう》や大名と伍《ご》しても恥ずかしゅう

ない、一流の素養を身につけることじゃ。金儲けだけでは、人からさげすまれる。教養という鎧《よろい》を身につけてはじめて、公卿、大名相手に大きなあきないができようというもの。さしあたって、今の世では、茶の湯や連歌を学ぶことが有力者に近づく早道じゃ」

「茶の湯を学ぶに、誰かよい師匠はおりましょうか」

大あきないへの早道と聞いて、宗久はにわかに茶の湯に興味を持った。

「舳松町《へのまつ》に、武野紹鷗と申す、堺でも評判の茶の宗匠がおる。弟子入りしたくば、わしが武野どのに口をきいて進ぜよう」

三

武野紹鷗に弟子入りした宗久は、たちまち頭角をあらわした。

もともと何をやらせても器用なうえに、宗久には茶の湯を踏み台にして、天下の大商人にのし上がりたいという大望がある。

三年のうちに、宗久は紹鷗門下でも千利休、津田宗及と並ぶ三高弟のひとりに列するようになった。

しかし、茶の湯は身につけたものの、宗久本来の目的である商売のほうは、さっぱりうまくいかない。

（おれの力が足りないのか。いや、そうではない。食い込む隙《すき》がないのだ……）

天下の富が集まる堺には、目から鼻へ抜けるような、それこそ一筋縄ではいかぬやり手の商人たちがひしめき合っていた。

彼らは、諸国に網の目のごとく張りめぐらした情報網をにぎっている。その情報網を利用し、世の中の動きをいち早くつかんで、次の一手を打つのである。おのが能力にまんまんたる自信を抱いているとはいえ、新参者の宗久がかなうわけがない。

淀川の荷舟の差配で失敗、琉球《りゆうきゆう》産のべっ甲の売り買いでも大損し、堺に来るとき持って来た二千貫の金は、たちまち底をついた。

(このままでは、天下の大商人になるどころか、尻尾《しつぽ》を巻いて堺から逃げ出すしかなくなる……)

そんなとき、宗久が目をつけたのが、師の武野紹鷗の一人娘のお松である。

紹鷗は、今年十七歳になる美貌のお松をことのほかかわいがり、つねづね、

「お松には、三国一のよき婿をむかえてやりたい」

と、口にしていた。

(お松どのの婿になれば、堺でのあきんどとしての地位と財産、そのいずれもが約束されよう)

宗久は狙《ねら》いを定めた。

お松は気位が高く、言い寄る男も多くあった。

籠絡《ろうらく》するのは容易なことではない。

(あきないの基本は、相手をよく知ること。つぎに、人のやらぬことを進んでおこのうことじゃ。男と女の道も、また同じ)

商売の度重なる失敗でさまざまな智恵を身につけた宗久は、慎重に策を弄《ろう》し、お松に

近づいた。

まずは、お松に仕える侍女から話を聞き出し、お松が〝貴種好み〟の女であると知った。堺の商人の小せがれや近在の土豪の息子を袖にするのは、そのためであるという。

それもそのはず、武野家はいまは鎧の皮をあつかう商人になっているが、もともとは若狭守護《わかさ》武田家の血を引いており、名門の裔《すえ》という誇りを持っていた。

（ならば……）

智謀にたけた宗久は、武野家の奥に仕えている侍女たちのあいだに、それとなく、

——宗久どのは、源平の世の朝日将軍木曾義仲が四天王、今井四郎兼平の末孫だそうじゃ。

と、噂《うわさ》を流しておいた。

大和今井町からやって来たということで、宗久はそれまで便宜上、今井の姓を名乗っていたから、噂はまことしやかにお松の耳にも伝えられた。

「今井四郎兼平さまの……」

お松も、その名は知っていた。

当時、平家読みというものが世間ではやり、琵琶《びわ》法師が語る〝平家物語〟に、人々は哀切の涙を流した。なかでも女たちの紅涙を振りしぼったのが、主君木曾義仲を逃すため、近江粟津《あわづ》で非業の死を遂げた今井四郎兼平の段であった。

そう言われてみれば、父の弟子の宗久には、お松の目から見ても、どこか雅《みやび》な貴公子のおもかげがあるような気がした。

（どんなお方かしら……）

お松は、今井宗久という男に興味を抱くようになった。

「先祖の墓参りに、近江粟津へ行ってまいりました。これは、お松さまへのささやかな手土産にござります」

宗久が、先の焦げた一本の薄《すすき》を手に、お松のもとをたずねてきたのは、春のおぼろ月夜のことだった。

お松は堺の豪商の娘である。月並みな贈り物では、心を動かされるようなことはない。しかし、穂の焼け焦げた薄には、さすがに度肝《どぎも》をぬかれた。

「これはいったい、何のまねごとでござります」

お松は、庭先の宗久に不審のまなざしを向けた。

「お松さまはご存じありませぬか。『拾玉集《しゅうぎょくしゅう》』に、霧こめてそこともみえず粟津野のすぐろの薄いづくなるらむ、という歌がございます。いにしえより、春の野焼きで焼け残った粟津野のすぐろの薄は、風流を愛《め》でる者に尊ばれてまいりました」

あっと、お松は涼しい水が背中を流れるような気がした。

（なんと、ゆかしい……）

聡明《そうめい》で勝気なお松が、男に負けたと感じたのは、これがはじめてであった。

「では」

宗久が一礼し、立ち去ろうとするのを、

「お待ちください……」

はしたないと思いつつも、お松は必死に引きとめていた。

それからしばらく後――。

宗久とお松は男女の関係になった。一度、体の契りを結んでしまうと、夢中になったのは宗久よりも、むしろお松のほうだった。

「父に言って、わたくしと夫婦になって下さいませ」

お松にせがまれる形で、師の武野紹鷗に許しを得、舳松町の武野家の屋敷で盛大な祝言をあげたのは、天文十九年、宗久三十一歳のときであった。

同じ年、紹鷗に跡取りの一人息子が生まれたため、宗久とお松は堺宿院《しゅくいん》町の別邸をゆずり受け、世話になった納屋宗次の店から暖簾《のれん》分けしてもらい、

《納屋宗久》

と、名乗った。

四

「また、金田寺内《かなたじない》へまいられるのでございますか」

あでやかな縫箔《ぬいはく》の小袖を身にまとったお松が、旅支度をする宗久を見て、美しい眉《まゆ》をかるくひそめた。

「二、三日でもどる。留守はそなたにまかせた」

「留守をまかされるのはよろしゅうございますが、おまえさまは近ごろ、いったい何をしておられます。鋳物師《いもじ》をたずね歩いて、金物屋でもはじめるおつもりでございます

か」

　このところ、お松は機嫌が悪い。

　と言うのも、夫の宗久は新妻の自分をそっちのけで家を留守にし、堺近郊の金田の寺内町に住む鋳物師たちの家をたずね歩いているからである。

「わしが為《な》さんとしていることは、時がくれば、いずれお松にもわかる」

「そのようなこと……」

　お松は、なおも疑いが晴れぬといった目で宗久を見つめ、

「鋳物師のもとへ行くなどとは、ただの口実。まことは、金田寺内におなごでも囲っているのではございませぬか。父上さまも、このごろあなたさまが、さっぱり茶の湯に身が入らぬようじゃと、心配しておられました」

「あらぬ疑いをかけられてはたまらぬ」

　宗久は、どっかと円座にすわり直した。

「ならば、まことのことを打ち明けよう。ただし、わしのやっていることは、たとえ相手が義父上《ちちうえ》でも、言ってはならんぞ」

「はい」

　お松が小袖の裾《すそ》をはらって、宗久の前にすわった。

「じつは、わしは金田寺内の鋳物師を使い、火縄銃を造らせようと思うておる」

「火縄銃を……」

「そうじゃ」

「火縄銃と申せば、南蛮渡来の高価な火器でございましょう。そのようなものが、金田寺内あたりの鋳物師に造れるものですか」

開明的な堺の町衆の娘だけに、お松は日本へ渡来してまだ十年にも満たぬ火縄銃のことをよく心得ている。

「造る。いや、造れば、巨万の富が転がり込んでくる。いままで、合戦といえば刀か槍、弓矢で戦うものと決まっていた。しかし、これからは火縄銃の世がくる。火縄銃が、いくさを変えるはずだ」

「それは、そうかもしれませぬが……」

「火縄銃は、南蛮の商人から買わねばならぬので、一挺《ちょう》が百貫もする。いくさで使うと言うよりも、いまは大名の飾り物にしかなっていない。だが、それが一挺十貫ばかりの値になれば、どうだ。大名は競って火縄銃を買いつけ、いくさに用いるようになるだろう。値を下げるためには、高価な渡来品ではなく、自前で火縄銃を造ることじゃ」

「おまえさまの申されることは、一々もっともにござります。されど、うまくまいりますでしょうか」

「うまくいかせずにおくものか」

女房の心配を、宗久は狼《おおかみ》のように傲慢《ごうまん》に笑い飛ばした。

「さいわい、金田寺内町には腕のいい鋳物師が多い。わしは、鋳物師どもをひとりひとり説き伏せて、南蛮の火縄銃を手本に、舶来品にまさるとも劣らぬ国産の火縄銃を造らせるつもりじゃ。十挺二十挺と数をそろえ、天下に野心を持つ大名に売り込めば、目の色を変えて飛びついてこようぞ」

「元手はいかがなさいます？」

「武野の義父上が、そなたにつけてよこされた持参金があろう。このさい、それを使わせてもらう」

「おまえさまという方は……」

お松は、あきれたという顔をした。

宗久が金田寺内の鋳物師たちに造らせた火縄銃が完成したのは、翌年の春のことだった。

これより少し早く、同じ堺の商人 橘屋《たちばなや》又三郎が、堺ではじめての火縄銃を造り上げていたので、宗久はその後塵《こうじん》を拝したことになる。

しかしながら、橘屋又三郎の火縄銃は粗製乱造と評価が低く、一方、宗久の造った十挺のほうは、ためしに買い上げた大名のあいだの評判も上々で、追加注文が殺到するありさまとなった。

数ある大名、武将のなかで、宗久の火縄銃にもっとも強い興味をしめしたのは、三好長慶《ながよし》の執事をつとめる、

――松永弾正久秀《だんじょうひさひで》
であった。

松永弾正は、三好家の被官ながら、切れ者として天下に名の知られた男だった。茶の湯の心得もあり、紹鷗の茶会にたびたび顔を出していたため、宗久とも早くから面識が

あった。

その弾正が、大黒庵で催された茶会のあとに、

「急ぎ、三十挺おさめてくれ」

人目をはばかるように、宗久の耳にささやいた。

三好家の執事にすぎぬ弾正が、同時期の大名の誰ひとりとして持っていない三十挺もの火縄銃を一度に注文するとは、それだけで異様な話である。

だが、宗久は深く聞かず、

「承知つかまつりました」

と、うなずいた。

暗く目の奥を光らせる弾正のふてぶてしい面だましいに、宗久は戦国の梟雄《きょうゆう》そのものを見た気がした。

（この男、自分と似ている……）

宗久は思った。

松永弾正という上得意を得たこともあり、宗久の商売は軌道に乗った。

それから四年後、茶の湯の師、武野紹鷗が世を去った。

跡目を継ぐべき、紹鷗の一人息子の新五郎は、わずか六歳の幼児にすぎなかった。

宗久は新五郎の後見人と称し、紹鷗が集めた天下の名物茶器類を勝手に持ち出し、松永弾正らに献上するなどして、ますます大名との結びつきを深めた。

ために、堺の町では、

「納屋宗久は、新五郎どのが幼いのをいいことに、武野の家をうまいこと乗っ取ってしまったわ」

と、陰口がたたかれた。

しかし、実力ある者がみとめられるのは、世のつねである。

火縄銃の量産をおこなう一方、火薬のもととなる硝石《しょうせき》を輸入し、ほとんど独占的に販売したため、身代は十年あまりのうちに莫大なものに脹《ふく》れ上がり、ついには堺町衆の顔役である、〝三十六人会合衆〟のひとりに名をつらねるようになった。

ちょうど、そのころのことである。

「織田信長が近江の六角《ろっかく》氏を破り、足利義昭さまを奉じて上洛《じょうらく》せんとしている」

との情報が、堺の宗久のもとにもたらされたのは──。

五

「織田信長とはどのような男か、そなたは存じておるか」

ずいと膝を乗り出し、低いがよく響く声で言ったのは、大和多聞《たもん》城主の松永弾正久秀だった。

かつて、三好家の被官にすぎなかったこの男は、前年の永禄十年、三好三人衆を大和に破り、東大寺大仏殿を焼いて、諸国に悪名をとどろかせるようになっていた。

その松永弾正の居城、多聞城の茶室で亭主の弾正と対座した宗久は、

「はい」

と、しずかにうなずいた。

炉にかけられた茶釜は、名物平蜘蛛《ひらぐも》の茶釜。床の間の四方盆には、同じく名物の九十九髪茄子《つくもなす》の肩衝《かたつき》が置かれている。

「ほほう、取引をしたことがあるのか」

弾正が天目茶碗に点《た》てた茶を、宗久の膝もとにすすめた。

「いえ」

宗久は茶碗を手のうちに取り、味わうように喫してから、

「しかしながら、型破りのかぶき者と聞いております」

「かぶき者のう」

「ただのかぶき者ではございませぬ。合戦はさほど得手《えて》でもないようですが、金の使い方が上手《うも》うございます。領内で楽市、楽座を開き、商業を盛んにし、それによって富をたくわえて兵力を増しまする」

「金の力でいくさに勝っておるのか」

「さようです」

「わしと同じじゃな」

弾正は目の底を暗く光らせた。

「されば、こたびの上洛は、田舎大名の無謀な賭《か》けにあらずと申すか」

「おそらく、成算あってのことでございましょう。勢いから見て、このまま信長が天下の覇者におさまることは、十分に考えられます」

「よく調べたものじゃ」

「いつ何どきでも役に立つようにと、つねに伊賀者をやとって諸国の情勢を探らせておりますれば」

宗久は、男ざかりを迎えてやや脂ぎってきた顔に、かすかな笑みを刻んだ。

じつは、宗久は伊賀者のもたらした知らせによって信長の上洛が近いことを知るや、店の者を岐阜城へやって、少なからぬ金品を献上していた。

次代の天下の覇者に取り入ることは、武器商人である宗久にとって、必要欠くべからざる行動である。

ここ十年来、宗久は目の前にいる松永弾正と組んであきないを拡張させてきたが、信長が上洛した場合、必要とあれば盟友の弾正を見かぎってでも、信長と手を結ばねばならぬと肚《はら》の底で思っている。

宗久の胸のうちを知ってか知らずか、

「人物はどう見る。わしより上か」

二杯目の茶を点てながら、弾正が問いかけてきた。

「おそれながら、織田どののほうが器が大きゅうございましょうな」

「言いにくいことを、はっきり申すやつじゃ」

「弾正さまとわたくしの仲に、いつわりは通用いたしますまい」

「たしかに」

弾正は顔をゆがめ、苦笑いした。

「そなたはどう思う。わしは信長にもろ手を挙げて降参すべきか、それとも戦って天下の覇権を争うべきか」

「その答えは、弾正さまがいちばんよくご存じでございましょう。おのれを知る者、おのれに及《し》くはなしと申しますれば」

「そなた、信長が上洛したれば、真っ先に機嫌伺《うかが》いに駆けつけるつもりじゃな」

「…………」

「ふん……、隠さずともよい。力のある者に尻尾を振るのが商人というものじゃ。さすれば、わしもまた、商人のそなたにならうとするか」

「結構な茶にござりました」

永禄十一年、九月二十六日——。

信長は六万の兵を従えて入京した。京に入るや、いまだ勢力を残していた三好三人衆を逐《お》い、またたくまに畿内近国を平定してしまった。

今井宗久は、松永弾正とともに、信長が陣をしく摂津芥川《あくたがわ》に駆けつけ、武野紹鷗の遺品のなかから、

《松島の茶釜》

《紹鷗茄子《なす》》

なる、二つの名物茶器を選んで献上した。

弾正のほうも、これも秘蔵の《九十九髪茄子《つくもなす》》の肩衝を差し出し、信長に対して忠誠を誓った。

信長は名物茶器の献上をおおいに喜び、宗久のもとで製造される堺鉄砲にも少なからぬ関心を寄せた。

（なるほど、茶の湯とは役に立つものだ……）

芥川の陣からの帰り、宗久はその思いを深くした。

ところが――。

信長と堺の町衆のあいだに、思いもかけぬ大きな亀裂が入った。

堺の町衆が、三好三人衆をかげで援助していたのを口実に、信長が堺に対し、

「矢銭《やせん》二万貫を差し出せ」

と、強硬な要求をしてきたのである。

長らく、領主の支配をはねのけてきた堺の町衆たちは、信長の要求に烈火のごとく怒った。

「臙脂《べに》屋さまや能登屋さま、ほかの会合衆の方々が、おまえさまをただではおかぬと息巻いているそうにございますよ」

堺の町衆の異様な空気を宗久に伝えたのは、女房のお松だった。

「ただではおかぬとは、どういうことだ」

宗久は、すずしい顔で伸びすぎた足の爪を剪《き》った。

「おまえさまは、堺の怨敵《おんてき》である織田どのに、以前からしきりによしみを通じておいででしょう。納屋は堺の裏切り者じゃ、身ぐるみ剝《は》いで町からたたき出すべしと、みな血相を変えておられるそうな」

「烏滸《おこ》な」

宗久は平然と笑った。

「長いこと太平のぬるま湯に浸かりすぎて、さしも処世のわざにたけた古老がたも、身のほどを忘れられたようじゃ」

「身のほどを忘れたとは……」

「考えてもみよ。堺の町衆がいままで領主の力をはねのけてこれたのは、畿内にそれだけ大きな力を持つ大名がおらなんだからじゃ。三十六人会合衆が手を組んできた三好三人衆にしても、堺の町衆のやり方に口をはさむようなことはなかった」

「ほんに」

「だが、信長はちがう。おのれ以外の者が力を持ち、勝手気ままにのさばるのを許してはおかぬ。いかに力があるといっても、しょせん商人は商人よ。えらそうなことを言ったところで、いくさ屋の武士に勝てるものか」

「それでは、おまえさまは、織田どのの前にやすやすと膝を屈しますのか」

「屈するわけではない」

宗久はほころびはじめた庭の紅梅に目をやり、

「むしろ、屈すると見せかけ、逆に銭の力で信長をあやつってやろうと思うておるのよ。わしの力で信長に天下を取らせ、諸国の富をこの納屋宗久が一手に握る。それこそ、あきんどの天下取りというものではないか」

おのれに言いきかせるようにつぶやいた。

堺の町衆と信長の緊張関係は、半年近くつづいた。

その間、堺の町衆は環濠を掘り直し、櫓《やぐら》を築き、金にものをいわせて牢人《ろうにん》を多数雇い入れ、防戦の準備につとめた。

宗久は何も言わず、黙ってようすを眺めていた。

いっときの怒りに熱くなっている者たちに何を説いても、無駄というものである。

やがて、畿内の治世に忙殺されていた信長が、堺討伐に本腰を入れるとの噂が流れるや、風向きは一挙に変わった。

主戦論をとなえていた商人たちが、いくさを前にして腰くだけになり、にわかに弱気の虫に取りつかれるようになった。

（それ見たことか）

宗久はここぞとばかり、信長につくことの利を説いてまわった。降伏のきっかけを待っていた商人たちは首をたてに振り、堺の無血開城は成功した。

堺は織田家の直轄領となった。

信長は宗久の功を高く評価し、

「淀魚市の塩合物座《しおあいもの》の税徴集権」

「堺五ヶ庄二千二百石の代官職」

「淀川通行船の関税免除」

といった、破格の特権を与えたのみならず、火縄銃の大量買い入れを宗久に約束した。

信長の意を受けた宗久は、堺郊外の我孫子《あびこ》村に鋳物師たちを集め、火縄銃の一大工場を築き上げた。
また、但馬《たじま》の生野《いくの》銀山に傭兵《ようへい》をひきつれて乗り込み、鉱山を支配した。
信長と結びついた宗久は、ついに念願の、
――天下一の政商
にのし上がった。

六

山を風が吹きわたっている。晩秋の冷たい風だった。

(冷えるな……)

月明かりをたよりに、夜の山をのぼっていた宗久は、朽葉色の胴服を着た背筋をかすかにふるわせた。

天正五年、宗久五十八歳。

すでに老境と言ってよい年齢に達していた。しかし、肌のつやはますますよく、闇を見すえる目は刃物のごときするどい光を帯びている。

宗久がのぼっているのは、堺より四里あまり東の、大和、河内の国境に横たわる信貴《しぎ》山《さん》だった。信貴山のいただきには、松永弾正の詰めの山城があり、信長に対して謀叛《むほん》を起こした弾正がこの夏から立て籠《こ》もっていた。

(わからぬ……)

露にしめった秋草を踏みしめつつ、宗久はここへ来る道すがら、幾度となく浮かんだ同じ問いかけを胸のうちで繰り返した。

（弾正どのは、なにゆえいまごろになって、信長さまに叛旗《はんき》をひるがえしたのか）

商人の宗久の目には、どう見ても帳尻の合わぬ無謀な謀叛としかうつらなかった。

信長はすでに、近江浅井、越前朝倉の両氏を屠《ほふ》り、戦国最強の軍団といわれた甲斐の武田騎馬隊を長篠《ながしの》の地に鉄砲で撃破、琵琶湖をのぞむ近江安土《あづち》の地に、天下布武の巨城、安土城を築いていた。

天下統一へ向け、信長が着々と地固めをしているこの時期に謀叛を起こすなどとは、宗久ならずとも、

「さしも切れ者の弾正どのも、ついに老耄《ろうもう》したか」

と、思わず首をひねりたくなる。

（このいくさ、弾正どのの負けは火をみるよりあきらか。どこでどう、思い違いされたものか）

宗久は信貴山城に立て籠もった弾正にしきりに使者を送り、思い直して信長に下るようすすめた。しかし、弾正からの返事はなかった。

やがて、信長は息子の信忠に命を下し、二千の兵をもって信貴山城を包囲させるにいたった。

もはや宗久には手のほどこしようのない事態となったが、弾正とは長年の交誼《こうぎ》を結んできただけに、さすがにこのまま見殺しにするにはしのびなかった。

（それに、弾正どのの手もとには、名物平蜘蛛《ひらぐも》の茶釜が残っておる……）

弾正が所持する平蜘蛛の茶釜を、信長が喉から手が出るほど欲していることを、宗久は百も承知していた。

宗久が身の危険をおかしてまで信貴山城をめざすのは、半分は盟友弾正の命を救うためであり、残りの半分は名物平蜘蛛の茶釜を戦火から救うためであった。

見上げると、山を包囲する織田軍の篝火《かがりび》が、暗闇のなかにぽつりぽつりと、鬼火のように浮かんで見えた。

「よう殺されずに、ここまで来おったものだな」

織田方の包囲網をくぐり抜け、信貴山城に姿をあらわした宗久を見て、広間の上段にすわった弾正が、つねと変わらぬ低く通る声で言った。

二月におよぶ籠城戦を戦っているはずだが、弾正の顔に疲労の影は見えなかった。むしろ喜々として、楽しげにさえ見える。

「我孫子の鋳物師に造らせた短筒をふところに忍ばせてまいりました。邪魔《じゃま》だてする者があれば、それにて撃ち殺す所存でござりました」

「あいも変わらず、あきんどとも思えぬ豪胆な申しざまよのう。茶でも喫《の》んでゆくか、宗久」

「いえ。今宵《こよい》は弾正さまに、ぜひともお考えをあらためていただくべく、参上つかまつりましたれば」

「降参して、信長に命乞いをせよと申すか」

「以前より信長さまが所望なされていた、平蜘蛛の茶釜を差し出したれば、引きかえに命ばかりはお助け下さるでしょう」

「ふふん」

と、弾正は小ばかにしたように鼻を鳴らした。

「茶釜を差し出すくらいなら、誰がはじめから謀叛など起こすか」

「と、申されますと？」

「わしがなぜ信長に刃向かったか、そのわけがわかるか」

「かいもく、見当がつきませぬ。弾正さまの存念をお聞きしたいと、それぱかりを思うておりました」

「わしはな、宗久」

「は……」

「信長の下で、やつの顔色をうかがうのがつくづく厭《いや》になったのよ。わしはもともと、人の下風《かふう》に立つのが嫌いな男じゃ。そのわしが、生き延びるために、おのれを殺し、耐えに耐えつづけてきた」

「…………」

「わしの老い先は、もはや短い。最後に男の意地を立て、したり顔の信長めに、吠《ほ》えづらかかせてやろうと思うたのよ」

「命あってこその物種でございます。男の意地など、一文にもなりませぬぞ」

宗久は必死に説いたが、弾正は笑って取り合わない。

「商人の考えは、そうかもしれぬ。だが、わしはそちらのやり方を手本に生き抜いてきたとはいえ、心は武士《もののふ》じゃ。武士の損得勘定は、意地をつらぬいてこそ、帳尻が合うものよ」

「わかりませぬな」

宗久は首をしずかに横に振った。

取り残されたような孤独感を胸に、宗久は信貴山城をあとにした。

同日夜半――。

松永弾正は火薬を詰めた平蜘蛛の茶釜を抱きかかえ、天主にのぼって凄絶な爆死を遂げた。

信貴山の西ふもと、恩地の里に下りた宗久は、燃えさかる地獄の業火が天主を呑み込み、夜空をあかあかと焦がすのを、その目で見た。

(わしは商客の徒だ。たとえ他人の草履の裏をなめつづけても、生き抜いてみせるぞ……)

まだ世に出ぬころ、戦場で刀や槍を狩り集めていたころの腥《なまぐさ》い血の匂いが、なぜか鼻の奥をツンとかすめた。

宗久は二度と振り返らず、闇の満ちた野を歩きつづけた。

・

信貴山落城から三年あまりのち、長年連れ添った女房のお松が死んだ。実家の武野家を宗久が乗っ取り、跡取りの新五郎と訴訟ごとを起こしても、愚痴《ぐち》ひとつ言わなかった女であった。

お松の胸にいかなる思いが流れていたのか、いまとなっては、宗久に知るすべはない。ただ、お松の死を境にして、宗久の運は傾きだした。

天正十年、京都本能寺で、最大の後援者であった織田信長が横死した。宗久は、信長の覇業をついで天下人となった秀吉によしみを通じたものの、秀吉は神屋《かみや》宗湛《そうたん》をはじめとする博多商人のほうを重用したため、宗久の政商としての力は無残なまでにおとろえた。

一方、茶の湯の道でも、信長在世中は〝天下一の宗匠〟と重んじられた宗久に代わって、天才千利休が秀吉のひいきを受け、両者の地位は逆転した。

宗久は失意の晩年を送り、文禄二年に七十四歳で世を去った。子孫は、徳川家康に仕えて幕府の旗本になっている。

盗っ人宗湛

ない。

暗い海峡のような雨曇りの夜空を、重苦しいばかりの温気《うんき》がつつんでいた。天に星は

―

天正十年、梅雨の季節――。

「敵勢の来襲じゃーッ！」

暁闇《ぎょうあん》の静寂《せいじゃく》を切り裂き、突如、障子の向こうでするどい声が湧いた。

（なに、敵襲だと……）

京都本能寺、枯山水の庭に面した客殿で浅い眠りについていた神屋《かみや》宗湛《そうたん》は、騒然とした外の物音に目を覚ました。

武者たちの怒号にまじって、草摺《くさずり》のすれ合う音、つづけざまに矢の放たれる音もする。

（これは、ただごとではないッ）

宗湛は夜具をはねのけて身を起こすや、障子をあけ、縁側に這《は》い出て外を見た。

血相を変えた織田家の近習《きんじゅう》たちが、裸足のまま、槍を引っさげ、白砂の庭を駆け出し

てゆく。

パン
パン
と乾いた鉄砲の音がはじけ、闇《やみ》に火花が散った。

硝煙の匂いが鼻をつく。

「どうやら、謀叛《むほん》のようじゃな」

眼前で繰り広げられる光景に、われとわが目を疑った宗湛のうしろから、低く野太い声が響いてきた。

「宗室《そうしつ》どの、起きておられたのですか」

「この騒ぎじゃ。いやでも目が覚めてしまうわい」

薄べりの上に大あぐらをかいた男は、皓《しろ》い歯をみせて傲岸《ごうがん》に笑い、落ちくぼんだ目の奥を光らせた。

島井宗室――。

宗湛と同じく、九州博多の商人である。

年は、宗湛より十二歳年上の四十四。低い身分から、一代で博多屈指の豪商にのし上がっただけあって、機鋒鋭利、気骨稜々《りようりよう》、顎《あご》の張ったアクの強い野臥《のぶせり》のごとき面構えをしている。

同じ商人とはいっても、博多で五代つづく海商の家に生まれ、労せずして父祖代々の巨富を受け継いだ宗湛とは、性格も、あきないに対するものの考え方もまるでちがう。

宗湛は、その島井宗室とともに、堺商人の天王寺屋《てんのうじや》津田宗及《そうぎゅう》をたずねて上洛。今夕、本能寺で催された織田信長の茶会に招かれ、上機嫌の信長に引きとめられるまま、寺の客殿に泊まることになったのだった。

「あれを見よ。寺のまわりに、水色桔梗《みずいろぎきょう》の旗がひるがえっておるわ」

立ち上がった島井宗室が、しきりに銃声の響くほうを顎でしゃくってみせた。

「水色桔梗……」

言われてはじめて、塀の外が桔梗紋の旗で埋めつくされていることに気づき、宗湛は、

——あっ
と息を呑んだ。

「水色桔梗は、丹波亀山城主、明智光秀どのが旗じるしではございませぬか。織田家重臣の明智どのが、なにゆえ主君の信長さまに謀叛を……」

「謀叛人の意中など、われら商人《あきゅうど》にわかるものか。わかっているのは、早く逃げ出さねば、われらも命の大損をするということだけよ」

宗室がうそぶいたとき、飛来した尾白《おじろ》の矢が二人のすぐわきをかすめ、柱に刺さって尾をふるわせた。

見ると、信長の宿所となっていた本殿の方角に、火の手が上がりはじめている。何者かが、火を放ったものと思われる。

「逃げましょう、宗室どの」

「いや、待て。せっかく上洛したのだ。手土産《てみやげ》をもらって帰ろう」

「何をばかなことを仰せになります。いましも、明智の勢が踏み込んで来ようというこのときに」

「だからこそ、じゃ。いくさの混乱にまぎれて、茶会の開かれた書院へ忍び入り、信長秘蔵の名物茶器を、ごっそりいただいていこうではないか」

「宗室どの」

島井宗室の言葉に、宗湛はさすがに度肝《どぎも》を抜かれ、蒼《あお》くなった。

「なんと恐ろしいことを申される。とても正気の沙汰《さた》とは思えませぬ」

「どうせ、信長は今夜死ぬ」

宗室は冷たく言い放った。

「本能寺に詰めている信長の手勢は、百人にも満たぬ。対する明智の勢は、ゆうに万を超えるであろう。百に万では、どう勘定しても勝敗の帰趨《きすう》は見えておる。信長が死に、本能寺が燃え落ちれば、今宵《こよい》の茶会で使われた天下の名物茶器は、あたら灰燼《かいじん》に帰してしまう。みすみす天下の宝を灰にするのは、あまりに罪深いこととは思わぬか」

「しかし、それでは盗っ人もおなじ……」

「えいッ、押し問答している暇はない。こうしているあいだにも、世にまたとない大名物が失われてしまうかもしれぬのじゃぞ」

叫ぶなり、宗室が縁側をダッと駆けだした。

「あッ、宗室どの」

相手の凄《すさ》まじい勢いに引きずられるように、宗湛もあわててあとを追いかけた。

すでに、明智の軍勢が門のうちへ侵入しはじめ、寺のあちこちで小競《こぜ》り合いがはじまっていた。髪を振り乱した信長の小姓や近習が、槍を振りまわし、あるいは白刃を振るい、必死の応戦をこころみている。

だが、何といっても多勢に無勢。あとからあとから押し寄せてくる明智の大軍の前に、斬り伏せられ、無念の形相を浮かべながら倒れてゆく。

(南無阿弥陀仏《なむあみだぶつ》……)

神屋宗湛は口のなかで念仏を唱えつつ、無残な闘諍《とうそう》からつとめて目をそむけるようにして、ひたすら廊下を走った。

降りそそぐ矢弾をかいくぐり、二人は茶会のおこなわれた書院までどうにか無事にたどり着くことができた。

本能寺の書院は、おもての喧噪《けんそう》の渦から取り残されたかのように静かだった。

「もっけの幸いじゃな。見張りの連中は、みな外へ出払って、書院はもぬけの殻じゃ」

してやったりとばかりに笑い、書院の床《とこ》の間《ま》につかつかと歩み寄ったのは、この期《ご》におよんでも野太い表情をまったく変えぬ島井宗室である。

宗室は床の間に置かれていた茶道具の箱に手をかけると、つぎつぎに蓋《ふた》を開け、中身をすばやくあらため、やがて一幅の掛け軸を取り上げた。

「わしはこれにするぞ」

「や、それは弘法大師真筆の千字文《せんじもん》ではございませぬか」

宗湛はおどろきの声を上げた。

「いかにも、千字文。こっちは命がけで、戦火から救い出してやるのじゃ。弘法大師も草葉の陰で、さぞかしお喜びになることじゃろうて」

「…………」

「宗湛どのはどれにする。早くせぬと、間もなく明智の兵がここまで踏み込んで来ようぞ」

「盗っ人のまねなど、わたしにはとてもできませぬ」

「盗っ人のどこが悪いッ！」

なおもためらいをみせる宗湛を、島井宗室が一喝した。

「よいか、われら商客の徒は、しょせんは盗っ人と同じじゃ。そなたが先祖は、はるばる明《みん》の国へ押しかけて掠奪《りゃくだつ》をはたらいた倭寇《わこう》だったというではないか。倭寇の血を引くそなたがたわけたことを申すな」

「わが神屋家が倭寇であったのは、はるか昔のこと。何をいまさら……」

宗湛の声が急に弱くなった。

神屋家の先祖が、八幡《ばはん》船《せん》に乗って大陸を荒しまわる倭寇であったことは、たしかである。しかし、六代目の宗湛ともなると、倭寇の気風はすっかりうすれ、凶賊のおもかげはまったくなかった。

一代でのし上がった年上の梟商《きょうしょう》は、宗湛の耳もとに口を寄せ、今度は低く、そそのかすように、

「いや、そなたには倭寇の血がたしかに流れておる。目の前に山と積まれた名物が、欲

しくて欲しくてたまらぬはずじゃ」

「…………」

「さ、どれにする。早く決めよ」

「わたしは、わたしは……」

「早くせいッ！」

そのとき、廊下に重い足音が鳴り響いた。明智の兵が、書院のすぐ近くまで入り込んで来たらしい。

さすがに顔色を変えた宗室が、

「これにしろッ！」

手近にあった掛け軸の桐箱《きりばこ》を引っつかみ、宗湛の手に握らせた。

「どうだ、これでそなたもわしと同罪じゃ」

「宗室どの……」

「逃げるぞッ」

早くも背中を向け、書院の外へ駆けだした島井宗室のあとを、桐箱をかかえた宗湛は無我夢中で追いかけた。

二

（また、同じ夢を見てしまった……）

大坂城下、京橋屋敷の離れで、宗湛は長い夢から醒《さ》めた。

寝巻の首すじに汗をかいていた。濡《ぬ》れた襟が、素肌に冷たい。

夜明けが近かった。

庭に面した火灯窓《かとう》の障子が、ほのかに薄青く明るんでいる。早春の冷たい風が、障子にうつる蘇鉄《そてつ》の影を揺らしていた。

(あれからはや、五年がたつか)

宗湛は、床の間の掛け軸に目をやった。

薄闇のなかでも、宗湛には掛け軸の絵柄が手に取るようによくわかった。

手前に入江がある。入江のまわりに松林が広がり、その右手に漁師の苫屋《とまや》と、寺の大塔が描かれていた。

夕暮れの景色であろう。波はおだやかに凪《な》ぎ、落日に照り映《は》える波間を、海士《あま》の漕《こ》ぐ小舟が一艘《いっそう》、いましも入江へ帰らんとしている情景であった。

——遠浦帰帆《えんぽきはん》
と世に呼ばれる、唐の国の画家玉澗《ぎょっかん》の手になる水墨画である。

室町時代、勘合船によってわが国に伝えられ、足利将軍家に代々伝領されてきた。のち、信長が手に入れ、いたく気に入って、安土《あづち》城天守の茶室につねに飾っていたという、いわく付きの大名物である。

炎につつまれた本能寺で、宗湛が島井宗室から押し付けられたのは、ほかならぬ、この、〝遠浦帰帆〟の掛け軸であった。

(あのときは、死ぬ思いであった……)

本能寺からの脱出行を思い出すたび、宗湛はいまも腋《わき》の下に冷えびえとした汗が湧いてくる。

燃えさかる炎のなか、怪我《けが》もなく無事に本能寺を抜け出すことができたのは、まさしく天が与えてくれた僥倖《ぎょうこう》だったと言えよう。

「とんだ儲《もう》け物をしたものよのう。こんなことなら、いま少し欲を出して、茶入《ちゃいれ》のひとつふたつ持ち出してくるのであった」

ともに九州へ帰郷した島井宗室は、そんなことをぬけぬけと言って豪胆に笑い飛ばしたが、若い宗湛の胸には、何とも後味の悪いザラザラした思いだけが刻まれた。

自分のしたことは、火事場泥棒のようなものである。人の災いに付け込んで盗っ人をはたらいた。それは、動かしがたい事実だ。

どのような言いわけをしても、おのれのおこないが正当化されるわけではない。

島井宗室のほうは、掛け軸を盗んだことなど意にも介さないようだったが、もともと生まれも育ちもよく、温和な性格の宗湛は、おのれの人生に一点の染みがついたことをいつまでも気に病んだ。

（いっそ破り捨ててしまおうか……）

と、思ったこともある。

しかし、ひとたび遠浦帰帆の掛け軸を広げると、絵の持つ高雅な美しさ、気品の高さに心うたれ、とても破り捨てることなどできなくなってしまう。

そんな誰にも言えぬ悩みを胸に抱えつつ、本能寺の変から五年の月日が流れた。

本能寺の変後――。

信長を倒した明智光秀を、同じ織田家の重臣だった羽柴秀吉《はしばひでよし》が、〝山崎の合戦〟で破り、勢いに乗った秀吉が信長の後継者となった。

博多商人の宗湛は、大坂城を築いた秀吉と結び、いまでは御用商人のひとりとなっている。

立場から言っても、自分が本能寺で火事場泥棒をはたらいたとは、

（もはや、死んでも言えぬ……）

のである。

大坂城の秀吉から呼び出しがあったのは、その日の昼すぎのことであった。

――宗湛どのの日ごろの労をねぎらいたい。ついては今夕、夜噺《よばなし》の茶事をひらくゆえ、城へ参られるように。

秀吉の使者は、そう告げた。

宗湛は取り急ぎ支度をし、夕闇が迫るころ、大坂城の大手門をくぐった。

大坂城は、巨城である。

もと石山本願寺のあった上野台地の最先端に築かれている。丘陵の北端を天満《てんま》川が洗い、東は平野川、河内《かわち》川、巨摩《こま》川が流れる低湿地、城下町の西はやがて海につづくという、まさに天造堅固の要害であった。

茶室は、五層の天守を見上げる山里曲輪《やまざとくるわ》の庭にあった。

――残月亭《ざんげってい》

と名付けられた、三畳台目の茶室である。

豪壮華麗な大坂城とはおよそ不釣り合いな、東側に小さく切られた下地窓《したじ》があり、屋根は茅葺《かやぶ》き、侘《わ》びた閑雅な風情をただよわせていた。

秀吉の大のお気に入りで、天性ともいうべき審美眼や高い芸術性においてもっとも優れた茶人であった。

（千宗易《そうえき》どのの趣味であろう……）

秀吉に仕える茶頭《さどう》は何人もいたが、なかでも千宗易（利休）は、秀吉の大のお気に入りで、天性ともいうべき審美眼や高い芸術性においてもっとも優れた茶人であった。

むろん、宗湛もひととおり茶はたしなむ。だが、その道に命をかけるほど茶の湯にのめり込んでいるわけではない。

茶の湯にかぎらず、宗湛は何ごとも器用にこなした。能楽、連歌、幸若舞《こうわかまい》など、その趣味はじつに多彩だった。

——数代博多に住して最富有《ふゆう》なりしかば……。

といわれた豪商、神屋家で育ち、さまざまな風流がしぜんに身についたのだった。

「おお、筑紫の坊主。まいったか」

茶室の潜《くぐ》り戸を入ると、すでに秀吉が待っていた。

秀吉、このとき五十一歳。二年前の天正十三年に関白となり、豊臣の姓を名乗るようになっていた。

短檠《たんけい》に火がともされた茶室には、ほかに、秀吉の側近、石田治部少輔《じぶのしょうゆう》三成《みつなり》の姿があった。

「本日はお招きいただき、恐悦に存じまする」

宗湛がかしこまったように頭を下げると、秀吉は日焼けした皺《しわ》の多い顔を、親しげに笑みほころばせた。

「かたくるしい挨拶《あいさつ》は抜きじゃ。筑紫の坊主とわしの仲ではないか。もそっと、近う、近う」

秀吉は宗湛を手招きした。

〝筑紫の坊主〟とは、秀吉が宗湛につけたあだ名である。博多商人の宗湛は、昨年の暮れ、大坂へ呼び出され、秀吉にはじめて謁見をゆるされた。

拝謁にあたり、宗湛は京都大徳寺の總見院《そうけんいん》で髪を剃《そ》り、法体《ほったい》となった。

小柄で童顔の宗湛のあおあおと頭を剃った姿は、初々《ういうい》しい寺の小坊主といった印象で、秀吉は一目見るなり、

「やあ、これは筑紫の坊主じゃ」

と、宗湛のことをおおいに気に入ったようだった。

以来、秀吉は〝筑紫の坊主〟こと神屋宗湛に、破格とも言えるほどの厚遇を与え、正月早々にもよおされた大坂城の大茶会では、みずから宗湛を座敷に案内し、秘蔵の茶道具を、

「あれは何」

「これは何」

と、いちいち説明してみせた。

天下人のしめした異例の気づかいに、宗湛が感激せぬはずがない。

（何という気さくなお方じゃ……）

博多一の豪商のこととて、宗湛も周防《すおう》の毛利輝元、豊後の大友宗麟《そうりん》など、数多くの大名に会ったことがあるが、秀吉ほど親しみやすく、また人の心をつかんで離さぬ男はほかにいなかった。

そのさい、宗湛に付き添い、膳の給仕をつとめたのが、いまこの席にいる石田三成である。年が近いこともあって、宗湛と三成はうまが合った。

三

「そなた近ごろ、京橋に屋敷を買うたそうじゃの」

霰釜《あられがま》から柄杓《ひしやく》で湯をすくいながら、秀吉が聞いた。

「大坂逗留《とうりゆう》も長うなりますゆえ、天王寺屋津田宗及どのの紹介で、手ごろな屋敷を買い受けましてございます」

宗湛は、釜から立ちのぼる白い湯気を見つめた。

「屋敷が欲しくば、わしが世話をしてやったものを。して、住み心地はどうじゃ」

「庭に清らかな泉が湧き、木々のあいだをせせらぎとなって流れ、座敷から見える池にそそいでおりまする。なかなかに、市中の山居といった風情にござります」

「はい」

「女房どのは、九州に残してきたのであろう」

「寂しゅうはないか」

秀吉が、思わせぶりな目でちらりと宗湛の顔をのぞき込んだ。

「いえ……」

秀吉自身は、正室ねねのほかに側室を幾人も置いているが、宗湛はさほど女に興味のあるほうではない。あきないの障《さわ》りになるから、女道楽はつつしむようにと、亡き父の紹策《しょうさく》からも堅く申し渡されている。

「筑紫の坊主は律義者よのう」

秀吉は笑い、かろやかな茶筅《ちゃせん》さばきで茶を点《た》てた。

「ときに、今宵はもうひとり客がいる」

最初の一服を味わうように呑み干した宗湛に向かい、秀吉が言った。

「どなたでござりましょうか」

「ふふ……」

「堺の津田宗及どの、それとも千宗易どの……」

「いやいや、男ではない」

「と、申されますと」

「妙齢の、それもとびきり美しい女人じゃ。そなたをもてなす夜噺の茶事の花にと、とくに呼んでおいた。おお、噂《うわさ》をすれば、花が来たようじゃの」

秀吉の言葉が終わらぬうちに、水屋のほうで衣《きぬ》ずれの音がし、茶道口の襖《ふすま》がひそと開いた。

茶室に入って来た女人を見て、宗湛は身のうちの深いところにふるえがくるのをおぼえた。

「飛田《とびた》の里の太夫《たゆう》、花桐《はなぎり》じゃ」

秀吉の声が、宗湛の耳に潮騒《しおさい》のように遠く聞こえた。

それほど、その女は美しかった。

年のころは、十七、八であろう。黒髪をはやりの唐輪髷《からわまげ》に結い、摺箔《すりはく》の豪奢《ごうしゃ》な小袖《こそで》に金襴《きんらん》の帯をしめている。肌の色が、うちから微光を放つように白く、首も、手も、痛々しいまでにほそかった。

二重まぶたの黒目がちの大きな目が、まばたきもせず、薄闇のなかで強い輝きを持って光っていた。

「花桐太夫の噂は、そちも耳にしたことがあろう」

「はい……」

宗湛は、女の瞳に吸い寄せられたまま、ほとんどうわの空でこたえた。

(そういえば……)

大坂の遊里として名高い飛田の里に、三国一の太夫がいると聞いたことはある。

(それが、この花桐か)

女が宗湛のほうを見た。

一瞬、視線が合い、狼狽《ろうばい》した宗湛は思わず顔を赤らめた。

「どうじゃ、宗湛。太夫の手前で、もう一服、茶を飲むか」

「あ、いや……」

「筑紫の坊主は、どうやら柄にもなく照れておるようじゃ。太夫、そなたの茶の手並みを見せてやってくれ」

秀吉の言葉に、花桐太夫は心得たようにうなずくと、秀吉からゆずられた炉の前の席にすわり、宗湛のために濃茶《こいちゃ》を点てた。

茶は苦いが、ほのかに甘い香りがした。

その人の移り香が茶に染み込んでいるようで、宗湛はますます陶然と、酔ったような気分になった。

それから——。

秀吉と何を語り、いつ暇乞《いとまご》いをしたものか、宗湛はまったくおぼえていない。気がつくと、我が身は京橋の屋敷にあり、今宵はじめて会ったばかりの佳人のことを、気も狂わんばかりに思っていた。

（恋をしたか……）

宗湛は三十七にして、おのれがうぶな若者のごとく、胸をときめかせていることにおどろいた。

（いま一度、あの女に会いたい）

宗湛の思いは、いつしか部屋の障子の向こうへ飛び、花桐太夫のいる飛田の里に舞い下りていた。

茶筅を持つ花桐の白い繊手《せんしゅ》、あえかな物の言いよう、そして見る者に何かを訴えかけずにおかぬ黒い瞳を思い出すだけで、いてもたってもいられなくなる。

（廓《くるわ》に会いに行こうか……）

と思ったが、いざ行こうとすると、遊び慣れぬ者の悲しさで、妙に気後れがしてしまい、どうしても飛田の里へ足を運ぶことができぬのである。

思い悩みながら、七日が過ぎた。

神屋家の京橋屋敷に石田三成がたずねてきたのは、鉛色にくもった空に、みぞれまじりの小雪がちらほらと舞う日のことである。

四

「これは、石田さま」

宗湛は三成を、来客用の小座敷に迎えた。

部屋は、柱にも、長押《なげし》にも、分厚く黒漆が塗られ、窓には色とりどりのギヤマンがはめ込まれている。外から差し込む雪明かりに青海波《せいがいは》の模様をかたどったギヤマンの窓がほの明るく光っていた。

「さすがは博多一の豪商、豪奢なものだな」

感心したように、三成は窓を見上げた。

三成がすすめられた黒檀《こくたん》の椅子には、白蝶貝《しろちょうがい》の螺鈿《らでん》細工がほどこしてある。

「なに、長崎の南蛮寺をまねたのでござります。それより、島津攻めの宰領でお忙しゅうござりましょうに、本日はまた、どのような御用でございましょうか」

と、宗湛が言ったのは、まもなく秀吉が九州に軍勢を発し、薩摩《さつま》の島津氏を攻め滅ぼさんとしていることである。石田三成はその島津攻めの総奉行を秀吉から命じられ、ほとんど寝る暇もないほど多忙をきわめているはずだった。

「島津攻めの準備は、おおさお怠りなくすすんでいる。それより今日は、そちのようすを見てまいれと、関白殿下じきじきに申しわたされてまいった」

「関白さまが、わたくしめのようすを……」

「さよう」

三成はこの男の癖で、感情をおもてにあらわさず、きわめて事務的にうなずいた。

若くして秀吉の懐刀となった三成を、頭が切れすぎる、怜悧《れいり》すぎて人間味がないと陰口をたたく者もいるが、宗湛は、三成の我執にとらわれず、ひたすら合理的、かつ冷静に物ごとをすすめるところを気に入っていた。

古参の武将のなかには、古くさい考えかたにとらわれ、感情的にものを言う者が多い。刀、槍を振りかざし、敵陣へ突進する戦場ではそれもよかろうが、天下経営のためには民政を能率よく執《と》り仕切ることのできる有為の人材が必要なのである。

その点、若い三成には民政の才があり、経済にも通じていた。

しかも、妙な先入観や旧勢力とのしがらみをいっさい持たなかったから、新たに秀吉政権と結びつつある博多商人の宗湛には、きわめて付き合いやすい相手と言える。

「それはまた、どのような子細にございます。関白さまはなにゆえ、手前ごときのことを気にかけて下さるのでしょうか」

宗湛は首をひねった。

三成は卵形のととのった顔の表情を変えず、

「殿下はああ見えて、人の心の動きにさといお方だ。夜噺の茶事の晩、そなたが花桐太夫に心奪われていたこと、殿下は先刻ご承知であったぞ」

「あ、いや、それは……」

「筑紫の坊主はいい年をして、色恋の道にうといようじゃ。宗湛が悶々《もんもん》と悩んでおるようなら、ひとつ花桐太夫との仲立ちをしてやれと、殿下がそれがしに内々に仰せになられてな」

「弱りましたな……」

あまりのことに、宗湛は額からどっと汗を噴き出す思いだった。

「どうだ、宗湛。殿下の申されたことは真実《まこと》なのか。もしそうならば、正直に言ってもらいたい」

つねと変わらぬ、三成の率直な物言いであった。

「…………」

商売の話なら、三成の率直さに、これまた率直に応じる宗湛であったが、ことがことだけに、自分の気持ちをあからさまに打ち明けるのがさすがにためらわれた。

宗湛の沈黙をどう受け取ったものか、三成は眉《まゆ》をかるくひそめ、

「どうやら、今度ばかりは殿下の思い違いであったようだな。これは、まことに相すまぬことをした」

「いや、お待ち下され」

早くも三成が腰を浮かしかけるのを、宗湛は喉の奥から声を振りしぼり、必死の思いで押しとどめた。

「じつは、わたくし、関白さまの仰せのとおり、花桐に……」

「懸想《けそう》いたしたか」

「お恥ずかしい」

宗湛の頬《ほお》が朱に染まり、いまにも消え入りそうに声がふるえた。

「何を恥じ入ることやある」

三成はあくまで冷静な顔で、

「男がみめよき女子《おなご》を好むのは、世の理《ことわり》ではないか。おのれの気持ちを隠したり、ごまかしたりするほうがどうかしている」

「は……」

「そうとわかれば、即刻、花桐太夫を飛田の里から身請《みう》けし、宗湛どのの屋敷に連れてまいろう。それで、よいな」

「さりながら、太夫の気持ちが……」

「案ずることはない。すでに殿下が飛田の里に使いを送り、花桐太夫の存念をたしかめてある。太夫のほうも、あの茶事以来、そなたのことを憎からず思うておるそうじゃ。関白殿下のお心づかい、ありがたくお受けするように」

「ははッ」

三成にあらためて言われずとも、宗湛の心には秀吉に対する感謝の念が、洪水のごとくあふれ満ちていた。

(関白さまは、一介の商人にすぎぬわしのことを、そこまで気にかけて下さるのか……。関白さまの御ためなら、わしはどのようなことも厭《いと》うまい。いや、身命を賭《と》しても、あの方にお尽くし申そう)

もともと根が素直な宗湛は、人の心の襞《ひだ》のすみずみまで知りつくしたような秀吉の気づかいに、ひたすら感激し、心底まいってしまった。

「ご多忙の御身にもかかわらず、手前ごときの私事にお骨折りをいただき、石田さまにも何とお礼を申し上げてよいやら」

「礼を言う必要などない。殿下のご下命により、役職をはたしたまでのこと」

「いえ、それでは手前の気持ちが……」

「すまぬと申すか」

「はい」

「されば、礼のかわりに、そなたにひとつだけ頼みがある」

と言って、三成が一重《ひとえ》瞼《まぶた》のほそい目の奥をかすかに光らせた。

五

「ははあ、おぬし、秀吉にまんまと嵌《は》められおったな」

南蛮渡来の葡萄酒《ぶどうしゅ》をあおりながら豪放に笑い飛ばしたのは、宗湛より少し遅れて上洛してきた島井宗室であった。

「嵌められたなどとは、人聞きの悪い。関白さまは、この宗湛を二なき者とお思いになっておられるのです」

島井宗室と宗湛は、つい三日前、石田三成を迎えたばかりの、神屋家の京橋屋敷にいた。

卓の上には、血の色をした葡萄酒の瓶と、この時代にはまだめずらしい、パンの皿がのっている。

宗室は染付《そめつけ》皿の上のパンをちぎり、瑠璃《るり》の杯についだ葡萄酒を口のなかに流し込み、

「いや、嵌められた」

と、決めつけるように言った。

「いかに宗室どのでも、口が過ぎましょうぞ。関白さまは、人を罠《わな》におとしいれるような邪《よこし》まなお心の持ち主ではない。飛田の里の太夫に惚《ほ》れた宗湛を哀れとおぼしめし、恋の橋渡しをして下さったのです。天下に号令を発するご身分にもかかわらず、何と優《ゆう》なる御はからいであることか」

「ふん」

と、宗室が顔をゆがめた。

「それで、飛田の里の太夫とやらは、屋敷へ来たのか」

「すでに、離れにおりまする」

宗湛はちらりと、ギヤマンのはめ込まれた窓の向こうへ目をやった。

「秀吉め、なかなかやりおるわ。女を使って、博多一の豪商を蕩《た》らし込みおった」

「蕩らし込まれたのではありませぬ。手前は関白さまの、けっして偉ぶらず、飾らぬ、気さくなお人柄に惚れたのです」

「惚れ抜いたすえに、おぬしは何をした。いままで長い付き合いのあった薩摩の島津家を裏切り、秀吉の九州攻めの手助けをしようとしておるではないか」

「…………」

宗室の言うとおりであった。

石田三成の頼みは、博多一の財力をほこる神屋宗湛に、九州遠征軍の兵糧、物資の調達に協力をしてもらえぬかというものであった。

兵力の差からいって、秀吉軍の勝利はまず動かぬところである。

しかし、いくさは何が起こるかわからない。島津攻めが長期戦になれば、兵站《へいたん》の不足が遠征軍の首をしめかねない。

そうした事態を避けるため、三成は宗湛をはじめとする九州博多の商人衆に助力をあおぎたいと言うのだった。

すでに秀吉の信奉者となっていた宗湛に、否やはなかった。

むろん島津氏を裏切ることになるのは寝覚めが悪いが、先のことを見すえると、島津方に義理立てするより、豊臣方に協力するほうが、はるかに得策と言えた。

(わしも商人。商人であるかぎり、利をもとめるのは飯を食うのと同じじゃ……)

宗湛にも、計算はあった。

「豊臣家が九州を平らげるは、必定。となれば、それと結びつくことは、われら博多商人にとっても、けっして損にはなりませぬ。よい商いができましょう」

　宗湛は、島井宗室にむかって言い返した。

「ふん。おぬしもなかなか、肝《きも》がすわってきたようじゃの。しかし、相手のほうが数段上手じゃぞ。うかつに気をゆるして、尻子玉《しりこだま》まで抜かれぬよう、せいぜい用心するがよかろう」

「されば、宗室どのは豊臣方にはつかぬおつもりか」

　宗湛は聞いた。

「そのようなこと、誰も言っておらぬ。わしも商人じゃで、勝つほうにつかせてもらうわ」

　室室が、苦い顔で葡萄酒を呑んだ。

　天正十五年三月一日。

　秀吉は九州遠征のため、兵八万をひきいて大坂城を発った。

　めざす敵は九州の南半分を支配する薩摩の島津氏。島津攻めが成功すれば、秀吉の天下統一は大きく前進したことになる。

　秀吉が九州へ遠征しているあいだ、宗湛は身請けした花桐を連れ、有馬《ありま》の湯へ湯治に行って過ごした。惚れた花桐と二人きり、まさしく夢のような日々である。

　むろん、九州にある秀吉軍の援助のことは、先代から店を切り盛りしてきたやり手の番頭をつかわし、万事、手配をまかせてあった。

　宗湛が花桐との別れを惜しみつつ、大坂をあとにしたのは、三月二十八日、秀吉軍が九州に上陸したその日のことである。

怒濤《どとう》のごとく押し寄せる豊臣勢の前に、島津勢は敗退を繰り返し、やがて本拠地の薩摩へ逃げ込んだ。

宗湛は、薩摩出水《いずみ》の陣中において、秀吉との久方ぶりの再会を果たした。

「お味方、破竹のご進撃のよし、まことに祝着至極に存じまする」

「われらがいくさに専念できるのも、そちの助けがあったればこそじゃ。あらためて礼を言うぞ」

金色《こんじき》に光る南蛮胴の具足をつけ、戦場焼けした顔をほころばせた秀吉は、いたって上機嫌のようすだった。

「このぶんでは、日をへずして島津めは降参してこよう。九州平定のあかつきには、まずは、戦禍で荒れ果てた博多の再興を考えねばならぬな」

「そッ、それは……。ありがたき幸せに存じます」

口をついて出た秀吉の言葉に、宗湛は感激のおももちで頭を下げた。

秀吉の言うとおり――。

いまから十八年前に起きた、大友と毛利の合戦のために、西国一の繁栄をほこった博多の町は焦土と化していた。その後、町は復興されることなく、宗湛や島井宗室をはじめとする博多商人は、やむなく博多近辺の、
今津
唐津《からつ》

といった湊町に店を移し、不自由なあきないを余儀なくされていたのである。

秀吉はさらにつづけて、

「博多復興のことは、そなたと島井宗室にまかせよう。石田治部少輔を奉行に据えるゆえ、やつと相談しながら、新しい町造りに取りかかるがよい」

と、言った。

（やはり、秀吉さまはわれら博多衆の救いの神であった……）

もともと秀吉びいきの宗湛が、いままで以上に、豊臣家に肩入れするようになったことは言うまでもない。

五月八日、追い詰められた島津義久は、秀吉軍の前に無条件降伏した。軍門に降《くだ》った島津氏は、薩摩、大隅《おおすみ》二カ国の領有のみをゆるされ、ここに豊臣秀吉の九州平定は完成した。

博多へ帰った宗湛は、かねての秀吉の提案どおり、島井宗室とともに博多の町の復興にあたった。

みずから間杖《けんじよう》（町割りの基準となる物差し）を持って歩きまわり、七流《しちながれ》の町割りを定め、また、瓦礫《がれき》を土塀に埋め込む独特の、

――博多塀
を考案し、町並みを整備していった。

豊臣政権と結んだ宗湛の力で、商都博多はふたたび、往時の繁栄と賑《にぎ》わいをとりもどした。

六

秋の空はどこまでも高く蒼く澄みわたり、絹雲がうっすらと流れている。勁《つよ》い日射しを受けてきらめく玄界灘《げんかいなだ》に、白い波頭が動いていた。

びょうびょうと風が吹きつける紺碧《こんぺき》の荒海を、神屋家の二形船《ふたなりぶね》が白帆をかかげて走っている。

「いまからでも、北野の茶会に間に合うかのう」

矢倉《やぐら》に立った宗湛は、蒼穹《そうきゆう》に溶け込む水平線を見つめて言った。

「旦那《だんな》さまのご命令じゃ。必ず間に合わせましょうて」

唐人《とうじん》の血のまじった船頭が、唇をゆがめ、ニヤッと笑った。

——急ぎ、上洛せよ。

との秀吉の書状が、博多の宗湛のもとに届いたのは、島津攻めが終わったその年の秋のことであった。京都北野の森で九州平定の祝いの大茶会を開くゆえ、〝筑紫の坊主〟も出てまいれ、というのである。

「武士といわず、町人といわず、老若男女、身分にかかわらず、釜ひとつ、茶碗ひとつ持って茶会に参ぜよ」

秀吉は天下に大号令を発した。

茶会の期日は、十月一日からの十日間。ちょうど博多の復興作業に忙殺されていた宗湛は、出立に手間取り、ようやく九月の二十二日に畿内へ向かう廻船《かいせん》に乗ることができた。

神屋家の廻船をあやつるのは、いずれも熟達した水夫たちである。うまく風をつかみ、最短の沖乗り航路を選んで瀬戸内海を進み、博多を出てから十二日後の十月四日に大坂に到着した。

（やれ、間に合《お》うた……）

胸を撫《な》で下ろしたのもつかの間、石田三成からの知らせで、北野の大茶会は、たった一日きりで終わってしまっていたことがわかった。

秀吉自身の気まぐれで予定が変わったとはいえ、茶会に間に合わなかった宗湛は臍《ほぞ》を嚙《か》んだ。

（秀吉さまはお怒りであろうか）

おそるおそる、京の聚楽第《じゅらくてい》へご機嫌伺《うかが》いに参上してみると、秀吉はいつにも増して機嫌よく、宗湛を迎えた。

宗湛自筆の『宗湛日記』によれば、このとき秀吉は、

――カワイヤ、遅ク上リタルヨナ。

と、言ったという。

ばかりか、北野の大茶会に参加できなかった宗湛ひとりのために、聚楽第の庭に三日がかりで数寄屋《すきや》をつくり、わざわざ茶会を開いてくれた。

（なんと、ありがたや……）

秀吉の過分なまでのはからいに、宗湛は感激にふるえ、思わず涙をこぼした。

宗湛は、早くに父を亡くしている。つねに自分のことを気にかけ、こまかい心くばりをしてくれる秀吉は、宗湛にはまるでじつの父親のように思えた。

秀吉のほうも秀吉で、宗湛がかわいくてならぬらしい。子供のころから苦労に苦労をかさね、天下人にのし上がっただけに、老いの季節を迎えつつあるいまは、宗湛のような、ひねこびたところのない素直な男が好ましいのであろう。

島井宗室の言うように、たんに博多商人の宗湛を利用しようという以上の好意が、秀吉の側にあるように思えた。

宗湛は上洛したついでに、大坂の京橋屋敷にいる花桐を呼び寄せ、ともに京洛の寺社見物を楽しんだ。

花桐はますますあでやかに美しく、宗湛は商人としても、男としても、いままさに至福の時期《とき》を迎えようとしていた。

「まるで、手が紅に染まりそうだな」

洛西小倉山《おぐらやま》の茶屋に逗留していた宗湛のもとをたずねてきた石田三成が、縁側の向こうの大カエデを振り仰ぎ、つぶやくように言った。

「博多もようございますが、やはり京の紅葉《もみじ》の美しさは格別にござりますなあ。関白さまのお招きのおかげで思わぬ骨休みができ、つくづくようござりました」

三成と向かい合ってすわった宗湛の視線の先、なだらかな稜線《りょうせん》をみせる小倉山の山肌は、庭の大カエデよりなお色あざやかな錦繡《きんしゅう》で埋めつくされている。

——小倉山峰のもみぢ葉心あらば……

と古歌にもうたわれた紅葉が、晩秋の澄みきった西陽を受けて輝き、黄に紅に、さながら燃え立つようだった。

「九州を平らげ、つぎには関東でございますか」

宗湛は聞いた。

秀吉の天下統一は、箱根以東の関東、奥州の切り取りを残すのみである。せっかく上洛したついでのことに、宗湛は関東攻めの物資を請け負うことも、抜け目なく売り込むつもりでいた。

「さよう、つぎには関東の雄、小田原北条氏とのいくさがひかえておる」

「しかし、いまの豊臣家の勢いをもってすれば、お味方のご勝利は疑いございませぬ。関東、さらには奥州を平らげれば、天下は泰平に治まりまするな」

「うむ……」

いつも歯切れよく物を言うこの男にも似ず、三成はあいまいに返事をした。

「のう、宗湛」

「はッ」

「そなた、唐《から》入りの噂を知っておるか」

「存じております」

宗湛はうなずき、

「関白さまが、大軍をひきいて海をお渡りになり、朝鮮、明《みん》へ攻め込む。そのような噂は流れておりますが、あまりに荒唐無稽《こうとうむけい》な話と、誰もまともに取り合う者はおりませぬ」

「そなた、どう思う」

三成がかさねて聞いた。

「手前でございますか」

「そうだ」

「いかにも大法螺《おおぼら》のお好きな秀吉さまらしい話と、愉快に思うておりまする」

「法螺にはあらず」

「は……」

「たんなる荒唐無稽な噂ではないのじゃ。殿下は本気で、朝鮮、明を攻め取ろうとお考えになっておられる」

七

(まさか……)

宗湛は、わが耳を疑った。

たしかに、九州攻めの以前から、秀吉に唐入りの野心ありとの噂は聞いていたが、ほかの商人たち同様、一度として本気にしたことはなかった。

(話がまこととすれば、無謀すぎる。関白さまは、何を考えておられるのか)

先祖代々、海を股《また》にかけて交易をおこなってきただけに、宗湛は朝鮮、明の事情を誰よりもよく心得ているつもりだった。

(国内の大名を切り従えるのとは、わけがちがう。大陸は、あまりに広大だ。それに兵站はどうする、海の向こうでは援軍もたやすくは送れぬ……)

宗湛が頭のなかで忙しく計算をはたらかせている気配も察したのだろう、三成が、

「そなた、唐入りは無謀と思っておるな」

「あ、いや……」

「隠さずともよい。この三成も、同じ考えだ」

「されば、石田さまから関白さまにご諫言《かんげん》なさいませ。唐入りは、無用の血を流すだけにございます」

「重々承知している。しかし、わしは殿下のご意志に逆らうことはできぬ」

三成は自嘲《じちよう》気味に笑った。

「断を下すのは関白殿下、わしではない。わしはただ、殿下のご意志に添うよう、物事をすすめるまで」

「たとえ、それが間違っていても、でございますか」

「やむを得まい」

「…………」

「ついては、来るべき唐入りにさいし、島津攻めのときと同様、そなたら博多商人にぜひとも助力をあおぎたいのだ」

「それは……。無理でございます。石田さま」

宗湛は蒼ざめ、額に汗を浮かべながら、あわてて言い返した。

「ご承知と存じますが、われら博多の商人は、長年、朝鮮、明との交易により、飯を食うてまいりました。万が一いくさとなれば、われらは大事なあきないの相手を失い、飯が食えなくなってしまいます」

「わかっている」

三成の声が低くなった。

「われらの立場、おわかり下さいますか」

宗湛はふところから懐紙を取り出し、額の冷たい汗をぬぐった。

「ときに、宗湛。近ごろ、わしの耳にこんな噂が届いた」

「噂《さ》、でございますか……」

「去んぬる天正十年、本能寺の変のおりのことじゃ。明智の勢に囲まれ、いましも火がかからんとしていた本能寺の書院から、弘法大師の千字文《せんじもん》、および玉澗の遠浦帰帆《えんぽきはん》の掛け軸が消えた。ある者の話では、寺が燃え落ちる直前、桐箱を抱えて逃げ去る二人の男の姿があったという」

「…………」

「たしか、そなたと島井宗室は、変の起きた当夜、信長さまの茶会に招かれて本能寺に泊まっておったのだったな」

「は、はい」

宗湛の喉の奥に、苦いものが込み上げてきた。胃の腑《ふ》がキリキリと痛み、吐き気すら感じる。

「ある者、と申すは、じつは明智の旧臣にて、いまはわしの家臣になった者でな。その者の言うには、箱を持ち去ったのはそなたと島井宗室で、両名が信長さま秘蔵の掛け軸を盗み出したにちがいないというのだ。よもや、博多で一、二を争う豪商が盗っ人をするはずがあるまいと一笑に付したが、このこと、関白殿下のお耳に達すれば、殿下はどのようにお思いになるかな」

「………」

当然、秀吉は烈火のごとく怒り、旧主の死に付け込んで不正をはたらいた者を許さぬであろう。ましてや、宗湛のことは、人に抜きん出てかわいがっているだけに、怒りも倍加するにちがいない。

(あのときの気の迷いが、いまになって祟《たた》ってくるとは……)

宗湛は、おのれの弱みを完全に、三成に握られたのを知った。

「わかりました……。唐入りには、わが神屋家の身代をかたむけてもご助力つかまつりまする」

血を吐く思いで、宗湛は言った。

「身代をかたむける必要などない。いくさの武具、兵糧の調達を一手におこなえば、そなたら博多商人はますます富み栄えよう。関白殿下のご意志に逆らうより、そのほうがずっと賢かろう」

「………」

「それにしても、紅《あこ》う染まる」

石田三成は、自分の手を紅葉にかざし、目を細めて眺めた。

宗湛の胸に、

――尻子玉まで抜かれぬようにせよ。

と言った島井宗室の言葉が、錆《さび》ついた碇《いかり》のように重くよみがえってきた。

それから五年後の文禄元年――。

朝鮮、明への出兵がはじまった。

宗湛が再建にあたった博多の町は、秀吉軍の兵站基地として、未曾有《みぞう》の繁栄ぶりをみせ、宗湛は莫大な富を手に入れた。

しかし、宗湛の絶頂期は長くはつづかなかった。

慶長三年に秀吉が病死。秀吉の遺児秀頼を奉じた石田三成と徳川家康とのあいだに関ヶ原合戦が起き、盟友の三成が敗れると、政商としての神屋宗湛はそれきり歴史の表舞台から姿を消した。

宗湛が愛した飛田の里の花桐太夫について、こんな話がある。

花桐太夫と離れがたく思った宗湛は、故郷の博多の町へ女を連れて帰ろうとした。しかし、花桐は旅の途中、備後《びんご》鞆《とも》ノ浦《うら》まで来たとき、病《やまい》にたおれて帰らぬ人となった。

宗湛は、鞆ノ浦でも名の通った大寺の僧侶に供養を頼んだが、僧侶は遊女の後生《ごしょう》など弔うことはできぬ、供養して欲しいなら回向料《えこうりょう》として銭三十貫を払え、と難癖をつけた。

腹を立てた宗湛は、鞆ノ浦の沖に浮かぶ小島を大枚百貫で買い求め、女の亡きがらを島に手厚く葬り、立派な墓を立てた。

この島を、

——宗湛島

と、土地の者はいまも呼んでいる。

石鹸
シャボン

―

という言葉は、葡萄牙《ポルトガル》語のサボン（sabão）に由来している。

紀元後まもなく、石鹼はガリア人によって獣脂と灰から造られたというが、それがヨーロッパ全土に広まったのは八世紀に入ってからだった。十三世紀になって、地中海沿岸の特産であるオリーブ油と海藻から、さらに上質の石鹼が生み出されるようになった。

その石鹼がはじめて日本に渡来したのは、南蛮貿易がさかんになった桃山時代のことである。博多の豪商神屋宗湛《かみやそうたん》が石田三成へ石鹼を贈り、それに対する三成の礼状が『神屋文書』に残っている。

為見舞、書状並志やぼん二被贈候、遠路懇志之至満足に候、今度之地震故、爰許《ここもと》普請半《なかば》に候、委細期後音候。

八月二十日　　石治少　三成

――石鹼《シャボン》

博多津　宗旦返事

シャボンなる言葉が日本の古記録にみえるのは、この慶長元年の三成の書状が、史上はじめてであろう。

（よい物をもらった……）

と、石田三成は思った。

三成は生まれついての潔癖性で、不潔な物、清浄ならざるものが何よりも嫌いである。聞けば、南蛮渡りの石鹸《シャボン》は、水につけて手をこするだけで、いかなる汚れも立ちどころに洗い流すという。

三成は、主君の秀吉のように、珍奇な南蛮渡りの品ならば何でも諸手《もろて》を上げて喜ぶというわけではなかったが、この神屋宗湛が贈ってくれた石鹸だけは好みに合った。

さっそく、木箱におさめられた二個の石鹸のうちのひとつで手を清め、使ったあとのさっぱりとした清潔感に満足した。

きれいになった手を木綿《もめん》の布でぬぐい、

（あの、むさい加藤や福島も、石鹸で磨けば、少しはすっきりした顔になろうものを……）

よけいなお世話だとは知りながら、三成は豊臣政権内で武断派といわれている彼らのことを思った。

加藤主計頭清正《かずえのかみきよまさ》、福島左衛門大夫正則《さえもんのだゆうまさのり》、ともに同じ秀吉子飼いの将でありながら、三成とは不仲の男たちである。加藤、福島が戦場で槍《やり》を振りまわして武功をあげてきたのに対し、三成はもっぱら裏方の物資の調達や兵站《へいたん》で能力を発揮してきた。

戦場での槍ばたらきをしない三成を、加藤らは見下し、

「あの背の低い、わんさん者が」

と、あざけり笑っていた。わんさん者とは〝和讒者《わざんもの》〟すなわち陰で告げ口をする者という意味である。

しかしながら、秀吉の天下統一とともに合戦がなくなり、政治の季節を迎えると、文官である三成のほうが、かえって秀吉に重く用いられるようになった。それが、加藤らはおもしろくない。

一方、三成のほうも三成で、みずから恃《たの》むところが強く、人を小馬鹿にし、痛烈な皮肉を言い、他人と妥協することができないという性格から、加藤や福島のみならず多くの武将たちの反感をかい、鬼子《おにご》のように憎まれてきた。

もっとも、三成自身、豊臣家臣団のなかでの不評は、まったくと言っていいほど気にしていない。

三成にとって、みずからの行為は私利私欲によるものではなく、すべては豊臣家のため、秀吉のためであった。豊臣政権にとって無駄なもの、無益なものがあれば、情け容赦なく切り捨てる。

（正義をおこなって、どこが悪い……）

世に誇りたいような気持ちであった。

ともかく――。

秀吉の近習《きんじゅう》から身を起こした石田治部少輔《じぶのしょう》三成は、いまや豊臣家の筆頭奉行として人事や財政、政務全般に辣腕《らつわん》をふるい、

「その勢威、比肩《ひけん》の人無し」

と、いわれるほどの権力を握るようになっていた。

神屋宗湛がくれた南蛮渡りの石鹸を、三成はおおいに気に入った。ふつうの者ならば、物惜しみしながら珍奇な二個の石鹸を大事に使うところだろうが、三成はもともと物欲が少ない。

（このよき物を、摩梨花《まりか》にも使わせてやろう……）

三成の脳裡《のうり》を、堺の宿院《しゅくいん》町にひそかに住まわせている女のことが翳《かげ》りのごとくよぎった。

摩梨花のことを思うと、三成の胸はかすかに甘く痛む。女の冷ややかな顔容《かんばせ》を溶かすためなら、いかなる手立てをつくしても惜しくはないと思うほどである。

摩梨花はめったに笑わぬ女であった。そんな女に、なぜ魅《ひ》かれるのか、三成は自分でもわからない。

残ったひとつの石鹸を袱紗《ふくさ》につつんでふところに入れると、

「馬を用意せよ」

三成は外出の支度を小者の弥助に命じた。

半刻《はんとき》後、三成は弥助ひとりを供に、大坂城三ノ丸の屋敷を出た。

道に、濡《ぬ》れるような夕闇が満ちはじめている。

先ごろの伏見大地震で、軒の傾いた家が目立つ大坂の町なかを抜け、四天王寺《してんのうじ》あたりまでくると、しだいに人家もまばらになってきた。

茅原《かやはら》のむこうに、赤みがかった丸い月が見える。吹く風はすでに秋のものである。

（わしに隠し女がいることを知れば、島左近は何と思うであろうかな……）

三成は馬上で目を細めた。

摩梨花のことは、家老である島左近にも打ち明けてはいない。

豪放磊落《ごうほうらいらく》、戦国乱世の気風を色濃くとどめる島左近は、

「愛妾《あいしょう》の一人や二人持てば、殿も少しは尻《しり》の穴が広がるじゃろう」

などと、おもしろがって冷やかすだろう。が、三成は、おのが唯一の弱みである女のことを誰にも知られたくはなかった。

阿倍野《あべの》まで来たとき、月が雲にかげった。

と——。

道端の地蔵堂のわきで人影が動いた。

瞬間、ダンと腹の底に響くような轟音《ごうおん》が炸裂《さくれつ》し、松明《たいまつ》を持って馬の横を歩いていた小者が前のめりにつんのめる。

「弥助ッ！」

三成が見下ろすと、小者の弥助は頭を撃たれ、額から鼻にかけて血まみれになっていた。ほとんど即死であろう。

（火縄銃か……）

何者かが、地蔵堂のかげから三成を狙《ねら》って狙撃《そげき》したようである。

誰が——と思うより早く、三成は馬の尻にするどく鞭《むち》をくれていた。ダッと走りだした馬の背後から、つづいて銃声がとどろいた。

三成は左肩に焼け火箸《ひばし》を当てたような痛みを感じた。

（撃たれたな）

この期《ご》におよんでも、三成は冷静だった。

右手で手綱《たづな》をしっかり握り、馬のたてがみに顔をすりつけるように身を低くし、

（とにかく、堺の町へ飛び込んでしまうことだ。町なかまでは追っては来まい……）

頭のすみで計算しながら、馬を矢のように走らせた。

少しおいて、また後ろで銃声がしたが、三成は振り返らず、夜の闇のなかを走りつづけた。

二

女の住む宿院町は、堺の南庄《みなみのしょう》にある。町の西に住吉社のお旅所《たびしょ》があったため、宿院町の名で呼ばれるようになった。

あたりには、神社が多い。

家々の屋根の向こうに、くろぐろとした神社の森が森閑としずまっていた。

三成は馬の背から転げ落ちるようにして、宿院町の女の屋敷に飛び込んだ。騒ぎに気

づいて庭先に出てきた小女《こおんな》が、血に染まった三成の肩を見て、甕《かめ》が割れたような悲鳴を上げる。

「騒ぐな」

三成は小女を制して裏庭へまわった。

井戸端で片肌ぬぎになり、傷をあらためてみると、弾丸は左肩の浅いところをかすめただけで、骨に食い込んではいなかった。ただし、出血がおびただしい。

（ばかなまねをする……）

井戸から汲《く》んだ水で傷を洗いながら、三成は自分に狙撃者を差し向けた者の心当たりを考えた。

真っ先に頭に浮かんだのは、加藤清正である。平素から犬猿の仲の清正だが、近ごろではとくに、朝鮮の役で謹慎処分になったのを三成の讒言《ざんげん》のせいだと深く恨んでいると聞いている。

（あの男ならやりかねぬだろう）

傷に沁《し》みる水の冷たさに、三成が顔をしかめたとき、背後で人の気配がした。

三成が振り返ると、白萩《しらはぎ》の茂みのかげに女が立っていた。

背の高い女である。

細おもてで目尻がするどく切れ上がり、美人と言っていい顔立ちだが、表情の硬さが女の容貌《ようぼう》を氷のように冷たいものにしている。

「摩梨花か」

三成は目を細めた。

「何でもない。部屋にもどっていよ」

「何でもないということがありましょうか。見れば、お怪我をなされておるような」

「ほんのかすり傷だ。ここへ来る途中、どこかの愚か者が、鉄砲でわしを狙い撃ちにした。おかげで小者は倒れたが、このとおり、わしは無事よ」

「まあ……」

女は眉をひそめたが、さほど案ずるような顔をしていない。むしろ、形のいい唇に、皮肉な微笑すら浮かべているほどである。

「あなたさまは、業の深いお方だから……」

摩梨花が土を踏みしめ、三成のそばに歩み寄ってきた。

「世に、あなたさまをお恨みする者は多うございましょう。あなたさまの策謀で切腹させられた千利休どののご遺族しかり、関白豊臣秀次さまの旧臣もまたしかり」

「わしは、何ら天に恥じるおこないはしておらぬ」

「さようでしょうか」

そっと肩に置かれた女の手が冷たかった。

「あなたさまは、私の父も罪なくして死に追いやったのです」

「それはちがう。前野どのは……」

言いかけて、三成は傷でうずく左肩を押さえた。

「痛みますか」

「………」

「その痛みは、あなたさまに殺された者どもの恨みと思いなされませ」

きらきらと光る目でにらみつけながら摩梨花が言った。

「まさか、人を使ってわしを撃たせたわけではあるまいな」

三成は女の目を見つめた。

摩梨花は冷たく笑い、

「そんなまわりくどいことをするくらいなら、とうの昔に、この手であなたさまの寝首をかいております。仇《かたき》とはいえ、恋しいお方をどうして殺すことができましょう。それができぬからこそ、こうして苦しんでいるのです」

「摩梨花……」

三成は井戸端から立ち上がり、女の細い肩を強く抱き寄せた。

三成が摩梨花と出会ったのは、いまから半年前のことであった。堺町奉行をつとめる三成は、堺の商人津田宗凡《そうぼん》（宗及の息子）の茶会に出て、大坂へもどる途中、住之江《すみのえ》の近くで俄雨《にわかあめ》に降られた。

茶会帰りのこととて、供はごくわずかである。三成は近くの農家へ供を連れて駆け込んだ。

そこにいたのが、摩梨花だった。

一目見て、ただの田舎《いなか》娘ではないとわかった。ひかえめな立ち居ふるまいに隠しようのない気品があり、どこか人目を避けているふうがあった。

女は下働きの老女と二人暮らしのようで、突然あらわれた三成主従に、あきらかに迷惑そうなそぶりをみせたが、それでも一行を囲炉裏端に上げ、熱いクマザサ茶をふるまってくれた。

春先の花散らしの雨で冷えきった体を茶でぬくめながら、

（どういう素性《すじよう》の者なのだろうか……）

横顔に憂いを含んだ翳《かげ》りをたたえる女に、三成はむくむくと頭をもたげる好奇心を押さえることができなかった。思えば、そのときすでに、三成の心は妖《あや》しい恋の糸にからめとられていたのかもしれない。

やがて、雨は止み、三成は相手の名も聞かず、おのが名もなのらず、その家をあとにした。相手が素性を隠しているようすであったため、あえて無理に聞き出すのをはばかったのである。三成はいついかなる場合でも、節度をわきまえた男だった。

しかし——。

女との出会いは、三成の胸に、薄闇に咲く夕顔の花のような陰を残した。

あの雨の日から時が過ぎれば過ぎるほど、女の面影が忘れられなくなり、

（もう一度、会いたい……）

と、思うようになった。

政務においては何事にも怜悧《れいり》で辛辣《しんらつ》な三成だが、身のうちから湧き上がる恋の心だけは、如何《いかん》ともしがたかった。

（我ながら、ばかな……）

おのれに唾《つば》を吐きたいような思いを抱きつつ、半月後、女のもとをたずねた。女のほうも、口数は少ないながらも、三成に対して悪い感情は持っていなかったようで、三成はその日、女の家に泊まった。

そもそも、三成の女性関係は清廉すぎるほど清廉である。

主君の秀吉などは、豊臣家の世継ぎの秀頼《ひでより》を生んだ淀《よど》殿をはじめとして、二十人あまりの側女《そばめ》がおり、三成はその姿をつねに間近で見てきたが、主君の行為を真似《まね》ようと思ったことは一度たりとてない。

三成は、近江《おうみ》源氏の末裔《まつえい》である宇多《うだ》頼忠《よりただ》の娘を妻とし、二男四女をもうけている。ほかに愛妾はひとりもいなかった。正妻のほか何人もの側女を持つのが当たり前の戦国武将としては、ごく珍しいことである。

べつに、正妻を熱愛しているわけではない。

ただ単に、

——女は無駄だ。

と、思うのである。

近江出身で、万事に合理的なものの考え方をする三成は、女に費《つい》やす時間も金も、すべてが無益に思われたのだ。

妻は、おのが子孫を残すためにいればよい。

それ以外の女に耽溺《たんでき》することは、男としての仕事に支障をきたすと、三成は昔から思ってきた。いや、その考えはいまでも変わってはいない。

だが、人の心はつねに計算どおりに働くものではないということを、摩梨花と出会ってはじめて、三成は肌に荒塩をすり込まれるように強く思い知らされた。

（これが恋か……）

女のどこに、これほど魅《ひ》かれるのか、自分にもわからない。おそらく、わからぬのが恋というものであろう。

摩梨花のもとに通うようになってほどなく、三成は堺の宿院町に、もと金剛《こんごう》流ツレ方の能役者が住んでいた小さな屋敷を女のために買い求めた。

三

「もっと早く、あなたさまの名を聞いておけばよかった」

閨《ねや》の床で黒髪を乱しながら、摩梨花があえぐように言った。

「出会った最初から、あなたさまが父上を殺した石田治部少輔三成だと知っておれば、間違ってもこのような仕儀《しぎ》にならずにすんだものを……」

「前野どのは、わしが手を下して殺したわけではない」

三成の指が、女の肌をまさぐった。

闇のなかで摩梨花の白く隆起した胸がふるえる。

「じかに手を下さずとも、わたくしの父、前野将右衛門長康《しょうえもんながやす》はあなたさまに激しく糾弾され、腹を切らねばならなくなった……。違いますか」

「…………」

女の語気の激しさに、一瞬、三成は愛撫《あいぶ》の手を止めた。

「わしを恨んでおるのか」

「……お恨みいたしております」

「ならばなにゆえ、憎い男に体を開くのだ。そなたが嫌と言えば、わしは無理じいはせぬ」

「人の心が理のままに動くのなら、どれほどよいものを……」

女の頰《ほお》を、ツッと一筋の糸のような泪《なみだ》が流れた。

三成は指を近づけ、頰をつたわる泪をなぞった。指をそっと嘗《な》めると、女の涙はほのかに塩辛い味がした。

摩梨花の父の前野将右衛門長康は、秀吉の尾張時代からの功臣である。

もとは、木曾川の水運を支配する川並《かわなみ》衆の頭であったが、兄貴分の蜂須賀《はちすか》小六《ころく》とともに、まだ織田家の一家臣にすぎなかった秀吉に仕えるようになり、その天下取りを陰で支えつづけ、但馬出石《たじまいずし》十万五千石の大名にまで出世した。

いわば、秀吉と苦楽のすべてをともにしてきた同志のようなものである。本来であれば、豊臣家草創期以来の功臣として、安楽な余生を迎えられるはずであった。

ところが、朝鮮の役から帰還し、そろそろ隠居したいと考えていた前野将右衛門に、秀吉から関白豊臣秀次の後見役をせよとの命が下された。

秀次は秀吉の甥《おい》で、豊臣家の後継者である。子のなかった秀吉が自分の養子とし、関白の位をゆずっていた。

しかし、秀吉の側室淀殿にお拾《ひろい》（のちの秀頼）が生まれ、関白秀次の地位は危ういものになっていった。

秀次は太閤《たいこう》秀吉を追い落とすための陰謀をはかり、それが五大老のひとりの毛利輝元《てるもと》の密告によって発覚。激怒した秀吉は、秀次を高野山へ追放し、切腹を命じた。同時に、秀次の妻妾子女三十余名を京の三条河原で斬首《ざんしゅ》に処した。

関白秀次の筆頭後見人となっていた前野将右衛門の糾問にあたったのは、ほかならぬ三成であった。

三成は伏見城内の評 定 所《ひょうじょうしょ》に将右衛門を呼び出し、尋問した。

「そのほうは太閤殿下より、関白秀次さまの後見という重い役儀を仰せつけられていた。にもかかわらず、謀叛《むほん》のたくらみを止めることができなかった。あまつさえ、謀叛の連判状には、そのほうの子息、出雲守景定《いずものかみかげさだ》の名も見えておる。これは、いかに。知らぬ存ぜぬですむことではござらぬぞッ！」

かつて、三成と前野将右衛門は、同じ秀吉の天下取りに力を尽くした同僚であった。しかも三成は、すでに齢《よわい》六十五を数える前野将右衛門より、二十九歳も若い。

だが、だからと言って、糾問に恩情を差しはさみ、追及の手をゆるめるような三成ではなかった。

前野将右衛門は、いっさい言いわけをしなかった。彼自身は秀次事件には無関係であったが、筆頭後見人という立場上、責任は免れぬとわかっていたのであろう。

「息子の不忠は、それがしの不徳のいたすところ。すでに覚悟は決めてござる」

その言葉のとおり、将右衛門は領地をみずから返上し、さきに切腹した息子の景定の後を追うように、腹をかっ切って果てた。

（まさか、摩梨花が、あの前野将右衛門の忘れがたみだったとは……）

そのことを知ったのは、三度目の逢瀬《おうせ》のときであった。

摩梨花が前野将右衛門の娘だと知って、三成は少なからず動揺した。しかし、三成より、もっと深く傷ついたのは、摩梨花のほうであったにちがいない。

摩梨花は父が自害したあと、乳母《めのと》の里を頼って、摂津住之江に隠れ住むようになったという。それが、相手が三成であると知らずに深い仲になった。

関白秀次事件のあと、世間には、あれは前野将右衛門ら古参の家臣の一掃をはかる三成の陰謀であったとする流説がささやかれており、摩梨花もそれを頑《かたく》なに信じ込んでいた。

しかし、三成は秀次事件に関して、何ら後ろめたいところはなかった。陰謀を企てたのは、むしろ関白秀次のほうで、三成はただ、それを法にのっとって処断したにすぎない。

三成は、おのれの正しさを何度も摩梨花に説いた。だが、摩梨花は三成の言葉を受けつけず、冷たく心を閉ざしつづけている。

三成には、わからない。

摩梨花はなぜ、理の通った自分の話を信じないのか。それ以上に理解できないのは、激しく憎みながらも、相変わらず自分という男を受け入れている摩梨花の心根だった。

「来て……」

摩梨花が低くささやいた。

三成は女の体に、おのが体を重ねようとした。とたん、左肩がツンと痛み、思わず顔をしかめた。

「痛うございましょう」

摩梨花の細い手が伸び、晒《さらし》を巻いた三成の肩を撫でた。

「もっと、もっと、お苦しみになればよい。あなたさまは、人の心の痛みを知らない。ご自身が痛みを知れば、人の心もおわかりになるはず……」

「摩梨花……」

三成は痛みをこらえ、女に深々と体を埋めた。女が強く足をからめてくる。

痛みと快感が、ねじれた二彩の糸のように背筋を駆け上がった。

(逃れられぬ……)

翌朝、摩梨花に石鹸《シャボン》を渡して三成は大坂へ帰った。

四

慶長三年八月十八日、伏見城において豊臣秀吉が死んだ。

密葬をすませた三成は、大坂の自邸へもどり、石鹸で手を洗った。縁先のつくばいの水を柄杓《ひしゃく》で汲み、何度も繰り返し洗う。

草色の石鹸が、手のなかで溶けて泡立った。

（豊臣家のゆくすえは、わしの肩にかかっている……）

石鹼で手を洗いながら、三成はかすかに胴震《さんぜん》いをおぼえた。

思えば、豊臣家の天下は、秀吉という燦然《さんぜん》と輝く太陽あってこその天下であった。秀吉亡きあと、その政権を受け継ぐべき秀頼は、いまだ六歳の幼児にすぎない。徳川家康、前田利家《としいえ》、毛利輝元ら、戦国乱世を図太く生き抜いてきた諸大名を統《す》べる力など、あろうはずもない。

秀頼を無事に、

——天下人
たらしめるためには、秀吉のもとで政務を取り仕切ってきた三成が、補佐役を果たさねばならなかった。

（警戒すべきは家康だ……）

五大老筆頭にして関八州二百四十二万石の太守、徳川家康が天下取りにひそかな野心を燃やしていることは、三成のみならず、衆目の一致するところであった。

生前の秀吉も、家康を恐れ、秀頼への忠誠を誓うむねの起請文《きしようもん》を一度ならず提出させている。家康は、表面上、律義者《りちぎ》をよそおい、秀頼に従うそぶりをしていたが、それが見えすいた演技であることは、炯眼《けいがん》な三成にはわかりすぎるほどわかっていた。

（いずれ、家康は動く）

三成は、石鹼を強くこすった。

三成にとって、秀吉が遺した豊臣家の天下をおびやかす者は、何者によらず悪であり、三成自身はその悪を懲《こ》らすことに、おのれの存在意義を賭《か》けていた。

秀吉の密葬がすんで間もなく、三成は朝鮮出兵の軍をすみやかに撤収すべく、九州博多へ下った。

博多の奉行所へ入った三成は、徳永寿昌《ひさまさ》、宮木豊盛《とよもり》らを代官として朝鮮へ渡海させ、秀吉の喪をかたく秘して軍勢を引き揚げるよう、諸将に伝えた。

朝鮮で長い合戦をしいられていた加藤清正、黒田長政らは、勢いづいた朝鮮、明《みん》の連合軍に追われるように総撤退した。

柿《かき》の実が朱色に染まり、やがて、木枯らしが博多の町を吹き抜けた。

重い役目をひとつ果たし終えた三成は、博多の豪商神屋《かみや》宗湛《そうたん》から、一客一亭《いっきゃくいってい》の茶会に招かれた。

「石鹸《シャボン》の匂《にお》いがいたしますな」

屋敷内にある〝竜華庵《りゅうげあん》〟と名づけられた三畳台目の茶室で三成と対座した宗湛は、そう言ってかすかに目をほそめた。

神屋宗湛は四十七歳。

三成より九つ年上の、柔和な顔をした僧形の男である。

「いつぞや、宗湛どのより南蛮渡来の石鹸をいただいてから、すっかりあれが癖になってしまった。近ごろでは、堺の薬種商のもとからしばしば取り寄せている」

「申して下されば、手前が博多より急ぎお送りいたしましたものを」

宗湛は目尻に皺《しわ》を寄せてうっすらと笑い、白い湯気を上げる平釜《ひらがま》から湯柄杓で湯をすくった。

茶碗は、唐渡りの油滴天目《ゆてきてんもく》である。

床の間に掛けられた掛け軸は、瀟湘夜雨《しょうしょうやう》。花入は天竜寺手の青磁。茶入は天下の名物、博多文琳《ぶんりん》であった。

いずれも、ひとつで数千貫の値がつく高価な茶道具ばかりである。博多一の豪商といわれる宗湛の財力のほどが知れよう。

「まずは一服」

亭主の宗湛があざやかな手さばきで茶を点《た》て、三成の膝もとに油滴天目の茶碗をすすめた。

「馳走《ちそう》になろう」

三成は作法どおりに茶を飲んだ。

「動いておりまするな、雲が」

竹連子《たけれんじ》窓のほうに、宗湛がちらりと目をやった。

三成が見ると、窓の向こうの澄みわたった空に、白く光る綿雲が風にあおられて流れていく。

「あの雲のごとく、天下も風雲急を告げそうな勢いでござりますな」

「天下に波乱を起こそうとしている者がおる。わしは、それを未然に食い止めねばならぬ」

「徳川どのでございますな」

「うむ」

三成は茶碗をもどした。

「合戦は何としても避けたいと思っているが、万が一、いくさとなったとき、そのほうら博多の商人衆はいずれにつく」

「申すまでもございませぬ。われら博多衆は、故太閤殿下に格別の御恩をたまわりました。豊臣家安泰のためには、いかなる助力も惜しむものではありませぬ」

「武将よりも、お前たち商人たちのほうがよほど忠義じゃな」

三成は笑った。

人から冷酷で情のない男と思われているが、三成自身は案外、情にもろいところがある。もろいからこそ、それをおもてに出さぬようにつとめている。

「そのときは頼むぞ、宗湛」

「心得ておりますとも。矢銭《やせん》の御用から武器の調達まで、この宗湛に何でもお任せくださりませ」

「博多で、五大老の毛利輝元どのや宇喜多《うきた》秀家どのにも会った。朝鮮から引き揚げてきたばかりで、まだ事態の急変にとまどっているようすだったが、徳川がことを起こしたときには、ともに秀頼さまをお守りするであろうと約束してくれた」

「さすがは石田さま、早くも諸将のあいだに手を打っておられましたか」

「相手は古つわものの徳川家康よ。向こうもさっそく、諸将の抱き込みをはじめておるわ」

「太閤殿下がお亡くなりになって、まだ三月もたたぬと申すに、世のうつろいは激しいものでございますなあ」

しみじみと、宗湛が言った。

思いは三成とて同じである。太閤秀吉が死んだことで、世の流れは、秀吉在世中とは一変している。みな、生き残りのために、必死になっているのである。

なかには、秀吉に恩顧を受けた大名でありながら、家康の切り崩し工作にやすやすと乗っている者もあると聞く。

(だが、わしは変わらぬ。ほかの誰が変節しようとも、わしだけは死ぬまでおのが節を曲げぬぞ……)

三成が黙っていると、宗湛が、

「徳川さまと申せば」

あたりをはばかるように声を低めた。

「伏見の出店の者から聞き及んだのですが、徳川さまはだいぶ以前より、紀州根来《ねごろ》の鉄砲の名手をひそかに雇い入れているとのよし。万が一ということもございますれば、くれぐれもお身の回りにはお気をつけなされませ」

「徳川が鉄砲の名手を集めているか……」

三成はふと、堺の摩梨花に会いに行く途中、何者かに狙撃されたことがあったのを思い出した。二年前の秋のことである。

まさか、そのころから家康が自分を狙っていたとは思いたくないが、家康の野心の前に、三成という存在が目の上の瘤《こぶ》であることは間違いない。

「もう一服、茶をいかがでございますか」

「いや、もうよい。茶も過ぎれば、胃の腑《ふ》に悪いという」

三成はきまじめな顔で言った。

五

三成が上方へ帰還すると、予想どおり、早くも家康が不穏な動きを見せはじめた。

――諸大名の縁組の儀は、御意《ぎょい》をもって相定むべし。

という故秀吉の禁制を公然と破り、伊達政宗《だてまさむね》、福島正則、蜂須賀家政《はちすかいえまさ》（小六正勝の子）との縁組を、つぎつぎと進めたのである。

諸大名との仲立ちをしたのは、家康に近かった堺の茶人、今井宗薫《そうくん》（宗久の子）。

大名家同士が縁組することは、取りもなおさず、強固な同盟関係を結ぶことを意味する。ゆえにこそ、秀吉は大名の勝手な婚姻を禁じたのだが、家康はそれをぬけぬけと反故《ほご》にしてみせた。

（厚顔無恥《こうがんむち》な……）

秀吉の奉行として諸大名の理非をただしてきた三成の目に、それは豊臣政権への反逆の狼煙《のろし》に映った。

慶長四年一月十九日、三成をはじめとする五奉行、並びに五大老の前田利家は、使者を立てて家康を問詰した。

むろん、素直に罪をみとめるような家康ではなく、

「そのことなら、仲人の今井宗薫が届けを出し、とうに許しが下りているものとばかり思っておった」

と、そらっとぼけてみせた。

一方の宗薫は、

「手前は一介の町人にござりますれば、そのようなご法度《はっと》があるのを、つゆ存じませなんだ」

巧みに非難の矛先《ほこさき》をかわそうとする。

(のらりくらりと言いわけして、既成の事実を作ってしまおうというわけか……)

三成はあらためて、徳川家康という敵のしたたかさ、手ごわさを痛感した。

(しかし、好き勝手にさせてはおかぬぞ)

相手が強硬な姿勢をつらぬくなら、こちらもまた、手段を講じねばならない。三成は、考えぬいたすえ、

——家康暗殺
という、秘策を用いることにした。

「家康の首を取りますか」

備中《びっちゅう》島の大坂屋敷で、家老の島左近が目の奥を輝かせた。三成に一万五千石の大禄をもって召し抱えられた島左近は、いくさが三度の飯より好きな老将である。

「左近、声が高い」

「これは失礼を」

島左近は悪びれるふうもなく三成の目を見た。

「聞け、左近」

「は……」

「できることなら、わしも家康に正面からいくさを挑みたいと思っている。しかし、敵は関八州二百四十二万石の太守、近江佐和山二十万余石のわしがまともにぶつかっても、とうてい勝てる相手ではない」

「力をもって倒せぬなら、智恵で倒そうというわけでございますな」

「すべては秀頼さまをお守りするためだ。家康の皺首を墓前に供《そな》えれば、草葉の陰で、太閤殿下もさぞや安堵《あんど》されることだろう」

三成は島左近とともに、家康襲撃の策謀をひそかにめぐらし、機会をうかがった。

やがて——。

ときはおとずれた。

三月十一日、病に倒れた前田利家を見舞うために、家康が伏見の屋敷から大坂へおもむき、藤堂高虎《とうどうたかとら》の大坂屋敷に宿を借りたのである。

勢をもって藤堂邸を押しつつみ、家康を亡きものとする、またとない好機であった。

「動くなら今でございます」

島左近は迅速な行動をすすめたが、三成は首を縦に振らなかった。

「勝手に動いては、小西行長、長束正家《なつかまさいえ》ら、志を同じくする者たちに対して礼を失する。

彼らにも相談のうえ、ことを起こそう」

「ぐずぐずしていては、時機《とき》を逸しますぞ」

「しかし、筋は通すべきだ」

三成が、小西行長邸に同志を集めているうちに、この動きが家康側にもれ、加藤清正、福島正則、池田輝政《てるまさ》ら、徳川に心を寄せる武断派の武将たちが兵を引き連れて藤堂高虎の屋敷に詰めかけた。

事ここに至っては、家康襲撃どころではない。三成の計画は失敗に終わった。

その後、天下に重きをなしていた五大老の長老前田利家が病死すると、加藤、福島、池田ら武断派の武将らによって、逆に三成は襲撃を受けることになった。

事前に身の危険を察知した三成は、伏見の家康邸へ逃げ込んだ。事実上の敗北宣言である。

家康は命を助けてやるかわりに、

――隠居せよ。

と、三成に迫った。

(無念だが、ここはやむなし……)

三成は息子の重家《しげいえ》に家督をゆずり、佐和山城へ身を引いた。

佐和山退隠後も、伏見、大坂の情勢は、京畿に放ってある忍びから、刻《こく》一刻と伝えられてきた。

三成を追い払った家康は、伏見城に入り、さながら天下人のごとく、号令を下しているという。さらに九月には、大坂城西ノ丸へ入って、諸大名の加増転封を勝手におこないだした。

(許せぬ)

とは思ったが、いまのところ、三成は黙って見ているしかない。

(いずれ……)

と、三成は佐和山城の天守から、漣《さざなみ》の広がる琵琶湖《びわこ》を見下ろした。

いずれ、大坂へもどって、天下の政道をただす——それが、天から与えられたおのれの役目だと、三成は信じている。自分には一点の曇りもない。そのことが、どうしてほかの武将たちにはわからぬのか——。

三成は口惜《くや》しかった。

ふと目をやると、白帆を立てた小舟が一艘《そう》、あおあおとした湖面を近づいてくるのが見えた。

六

佐和山城の御殿に、三成は思いもかけぬ客を迎えていた。

摩梨花である。

昨年の太閤秀吉の死去以来、三成は多忙をきわめ、摩梨花に会っていなかった。とはいえ、細かなことに気のまわる三成は、堺宿院町への金子《きんす》の仕送りだけは欠かしていない。

「来るなら来るで、なぜ、使いをよこさなんだ……」

「不意に思い立ってやって来たのです。大津の湊《みなと》から柴を運ぶ丸子舟《まるこぶね》に乗ってまいりましたが、ずいぶんと風光のうつくしいところでござりますな」

摩梨花は、少し太ったようだった。そのぶん、かつての険《けん》のある冷たさが影をひそめ、柔和な女らしさが匂い立つようになっている。

三成がそのことを口にすると、

「そう言うあなたさまは、お痩《や》せになられました」

摩梨花は三成を見返した。

「いい気味と思うているだろう、摩梨花」

「なぜです」

「そなたの恨んでいた男が大坂を追われ、退隠の身となったのだ。そなたばかりでなく、わしを恨む多くの者どもも、それ見たことかと嘲笑《あざわら》っておる」

「もはや、あなたさまに対する恨みはありませぬ」

「なに」

女の意外な言葉に、三成は目をみはった。

「わしを恨んでおらぬと……」

「はい」

摩梨花は楚々《そそ》たる微笑を浮かべ、

「もしかしたら、ずっと以前から、父が死んだのはあなたさまのせいではないと、わかっていたのかもしれませぬ。されど、誰かを恨まねば、石榴《ざくろ》のように引き裂かれた心を癒《いや》すことができなかったのです」

「摩梨花……」

「あなたさまの仰せになることは、いつでも正しい。理にかなっております。それでも、人は筋道の通らぬ思いにとらわれることがあるのです」

「何を言っておるのか、わしにはよくわからぬ」

三成は摩梨花の手を握り、そばへ抱き寄せた。肌理《きめ》のこまかいうなじが、目の前にあった。

「そう、あなたさまには、おわかりにならないでしょう。だから、人に憎まれる」

「わしが嫌いか」

「嫌いだったら、こうしてたずねてまいりませぬ」

摩梨花は木洩《こも》れ日の落ちる障子に目をやった。

「私欲のない、ひたすらに真っすぐな三成さまをお慕《した》い申し上げております」

「佐和山で暮らせ、摩梨花。そなたのため、部屋を用意させよう。佐和山には、そなたの義理の兄の舞兵庫《まいひょうご》もおる」

摩梨花の姉婿の舞兵庫は、かつての名を前野兵庫といい、関白秀次事件に連座して浪人暮らしを送っていた。それを、一年前に三成が拾い上げ、五千石の侍大将に取り立てていた。

「それはできませぬ」

摩梨花が小さくかぶりを振った。

「いやか」

「申しわけござりませぬ」

「やはり、わしを恨んでいるのだな」

「いえ」

「では、なにゆえ……」

「あなたさまは遠からず、いくさをなさるおつもりでございましょう」

「………」

三成は返答しなかった。

しかし、摩梨花の言葉は当たっていた。じつは、三成は会津百二十万石の上杉景勝の宰相、直江兼続《なおえかねつぐ》と結び、東西で呼応して兵を挙げる企てを押しすすめていた。

（このいくさは勝てる。負けるはずがない）

三成の計算では、豊臣家に恩顧のある諸国の大名は、なだれをうって三成の軍に加わり、味方の勝利は間違いなかった。げんに、五大老の毛利輝元、宇喜多秀家らは、三成と密書を取りかわし、すでに助力を約束している。

「おなごには、いくさのことはわかりませぬ」

摩梨花が三成の襟もとに指先を這《は》わせた。

「しかし、いまのあなたさまの胸のうちには、徳川を倒すことしかない。わたくしの棲《す》む場所など、どこにもないでしょう」

「そなたの申すとおりだ」

女の肩を抱きながら、三成の目は遠くを見ていた。

「しばし、待っていてくれ。わしは徳川に勝ち、そなたを迎えに行く」

三成との別れを惜しみながら、女は堺へ帰っていった。

天下分け目の関ヶ原合戦がおこなわれたのは、翌慶長五年、秋のことである。

会津の上杉景勝征伐のため、家康が遠征軍をひきいて江戸へ下ったすきに、三成は佐和山から大坂へもどり、挙兵した。

徳川家康を総大将とする東軍、八万九千。対する三成の西軍は、八万二千。文字どおり、天下を二分する両軍は、九月十五日早暁、霧の立ち込める美濃《みの》国関ヶ原の地でぶつかり合った。

当初、戦況は一進一退を繰り返した。

両軍は死力をつくして戦い、戦端がひらかれてから二刻（四時間）以上たっても、勝敗は決しなかった。いや、むしろ西軍のほうが、やや押し気味に戦いを展開していたと言っていい。

その西軍有利の流れをがらりと変えたのが、関ヶ原を見下ろす松尾山に陣をしいていた小早川秀秋《こばやかわひであき》であった。

秀吉の正室、北政所《きたのまんどころ》ねねの甥にあたる秀秋は、西軍方に属して関ヶ原に参戦していたが、かねてより東軍への内応の気配があり、動きが疑問視されていた。

その小早川秀秋が、最後に裏切った。さきの朝鮮の役での行動を三成にとがめられ、左遷されたことを秀秋は深く恨んでいたのである。

小早川隊の寝返りにより、西軍は一挙に崩れた。

大谷吉継《よしつぐ》隊、全滅。小西行長、宇喜多秀家隊敗走。三成の本隊も激闘のすえ、島左近、舞兵庫らがつぎつぎと戦死した。

戦いは決した。

三成は、生き残った家臣たちと別れ、ひとりで伊吹《いぶき》山中を逃げた。

(負けるいくさではなかった……)

胸に、無念の思いがある。逃げ延びて、いずれ再起を期すつもりだった。

しかし、徳川方の落人狩りの手は、伊吹山中の洞窟《どうくつ》にかくれていた三成にも及んだ。

捕らえられた石田三成は、敵将徳川家康の吟味を受け、大坂と堺の辻々《つじつじ》を引きまわされたすえ、京の六条河原の刑場へ送られた。

『明良洪範』によれば、刑場へ向かう途中、三成は警固の役人に、

「喉が渇いたゆえ、白湯《さゆ》がほしい」

と、訴えたという。

役人は三成の望みを聞き入れ、近くの民家へ走ったが、あいにく湯を沸かしている家がない。やむなく、柿を手に入れてもどってきた。これでも食べよと役人がすすめると、三成は生まじめな顔で、

「柿は痰《たん》の毒だ」

と、断った。これから首を刎《は》ねられる者が何を言うと、役人はせせら笑ったが、

「大義を思う者は、死のまぎわまで一命を惜しむ。生きているかぎり、最期《さいご》の一瞬まで本望を遂げようと願うからである」

三成は毅然《きぜん》として言い放った。

また、異本には、こんな話もある。

柿を拒否して刑場へ着いた三成の面前に、群衆のなかから、妙齢の女が進み出た。女は、警固の侍たちに押し止められながらも、必死の形相で近づき、

「これで手をお清め下さい」

と言って、ふところに納めてきた石鹸《シャボン》を三成に差し出した。

三成は役人に願って縄を解いてもらうと、水桶《みずおけ》を用いて石鹸を泡立て、指の股《また》のあいだまで一本、一本、ていねいに洗い清め、従容《しょうよう》として斬首された。

石鹸を渡した妙齢の女は、摩梨花であったにちがいない。

おさかべ姫

一

「播州姫路の城には、美しき女妖《めよう》が棲《す》んでおる」

太閤豊臣秀吉が冗談とも本気ともつかぬ顔で言いだしたのは、文禄《ぶんろく》三年、庚申《こうしん》待ちの夜のことであった。

新造なったばかりの伏見城、本丸御殿西湖《せいこ》ノ間には、秀吉とともに庚申待ちの夜明かしをする宿直《とのい》の三大名が詰めていた。

宇喜多《うきた》秀家、池田輝政《てるまさ》、石田三成《みつなり》という豊臣家に仕える少壮の大名たちである。

庚申の夜には、身中にいる三尸《さんし》という虫が、天にのぼって人の罪悪を天帝に告げるといわれ、その夜寝ると早死にするというので、青面金剛《しょうめんこんごう》、もしくは猿田彦《さるだひこ》をまつって徹夜するという風習が古くからあった。

その庚申待ちの退屈しのぎに、秀吉が姫路城の女妖の話をはじめたのである。

「殿下は、その妖魅《ようみ》をご覧になったことがございますのか」

備前岡山城主の宇喜多秀家が興味をそそられたように聞いた。

秀家は血色のいい、桃を思わすような頰《ほお》をした若者で、秀吉から血を分けた我が子のようにかわいがられている。

「おう、見たぞ」

秀吉は皺《しわ》深い目尻《めじり》を下げて、意味ありげに笑い、

「あれは、いまから十二年ばかり前、わしが信長公の命を受け、播磨《はりま》一国を平らげたときであった。わしは、黒田官兵衛が明け渡した姫路城を、毛利攻めの足がかりとして相応《ふさわ》しいように大改築した」

「姫路城の改築には、銭二万貫かかりました」

さかしらげに言ったのは、豊臣家の筆頭奉行として敏腕をふるう石田三成である。

「さよう、あの城の縄張りにはわしも手間をかけた。古い物見櫓《やぐら》や塀を壊し、姫山の頂上に新しく三層の天守を築いた。わしが女妖を見たのは、その新築したばかりの天守の最上層で、夏の夕刻、冷たい板敷に寝そべってうとうと居眠りをしていたときじゃ。何やら胸が息苦しくなって目を覚ますと、わしのすぐ横に、きらびやかな打ち掛け姿の美しき上﨟《じょうろう》がたたずんでおる」

「それが女妖……」

声をひそめるようにした秀家の言葉に、秀吉は瘦せた顎《あご》を引いてうなずいた。

「そのとき、殿下はいかがなされました」

黙って話を聞いていた残りの一人、三河吉田城主の池田輝政がはじめて口をひらいた。

池田輝政、三十歳。宇喜多秀家より八つ年上で、三成よりも四歳の年少である。

輝政は織田信長の家臣だった池田恒興《つねおき》の二男として生まれ、秀吉が天下人となったのちは秀吉に愛されて羽柴の姓を与えられ、ゆくゆくは養子となることが約束されていた。しかし、小牧長久手のいくさで父と兄を同時に失ったため、秀吉との養子縁組は実現せず、池田家の家督を継いでいた。

「そちがわしの立場であったら、どのようにする」

秀吉がいたずらっぽく目の奥を輝かせ、輝政を見た。

輝政は、唇を引きしめ、

「妖怪などは、見る者の気の迷いでござります。それがしならば、すかさず刀を抜き放ち、女妖を斬《き》り捨てにいたしたでありましょう」

「さすがは輝政、剛毅《ごうき》なものよ」

秀吉が微笑した。

「して、殿下は」

「わしか。わしは何もせず、ただ女妖のこの世ならぬ美しい顔をじっと見ておった。そのうち女妖は何を思ったか、わしの唇におのが唇を重ねてきての、ぼうっと頭がかすんで気を失うてしもうたわ」

「それはただ、殿下のご愛妾のひとりが天守へ忍んでまいられただけではございませぬか」

石田三成がにこりともせずに言った。

「いや、違う。あれはたしかに人外の者であった」

「なにゆえ、おわかりになられます」

「次の日も出たのよ。重ねた唇の冷たさを、わしはいまでもはっきりと覚えておる」

そのときのことを思い出したのか、秀吉は黒みがかった乾いた唇を舌の先でしめらせた。

「姫路城での怪異は、ほかにもあった。わしが御殿で寝ておると、夜更けすぎ、廊下をさやさやと歩く衣《きぬ》ずれの音がする。いまごろ誰かと思うて襖《ふすま》を開けると、廊下に人影はなく、点々と血がしたたっておるのじゃ」

「奇ッ怪な話でござりますなあ」

宇喜多秀家がごくりと喉《のど》を鳴らして唾《つば》を飲んだ。素直に秀吉の話を信じたようである。

だが、現実的な性格の石田三成は、妖怪話などにはまったく興味がないといった顔をしている。池田輝政もまた、秀吉のいつもの法螺《ほら》話であろうと、なかばあきれて聞いていた。

「あとになって、城のもとの持ち主であった黒田官兵衛に聞き、女妖の正体がようやくわかった」

秀吉は言葉をつづけ、

「わしの前にあらわれた女妖は、おさかべ姫というてな、天守を築いた姫山に祀《まつ》られた地主神《じぬしのかみ》であったのよ」

「土地の神でございますか」

秀家が聞き返した。

「そうじゃ。姫山はいにしえより、おさかべ姫の棲みたもうたところで、山のてっぺんには刑部《おさかべ》大明神の祠《ほこら》が祀られておった。築城にあたり、わしはその祠をふもとに下ろし、天守を築いた。おさかべ姫がわしのもとにあらわれたのは、おのがすみかを荒らしたわしに、恨みごとを申すためだったのであろう。城の怪異はその後もやまず、大台所で侍女のひとりが天狗《てんぐ》を見て腰を抜かしたとか、宿直《とのい》の侍が天井から伸びてきた大足の化物に踏みつけられたとか、おかしなことどもが打ちつづいた」

「おさかべ姫とやらは、自分の住まいを返せと訴えておったのでございましょう」

「そちの申すとおりじゃ、秀家。しかし、わしも備中高松城をめぐる毛利との決戦を控えておっての、おいそれと城を女妖に明け渡すわけにはいかなんだ」

酒がまわってきたのか、秀吉は目のふちを赤くし、

「そこでわしは、城のふもとに下ろしていた刑部大明神の祠を播磨総社の境内に移し、鎮魂祭を盛大に執りおこなった。祈りが通じたのか、それきり怪異はぱったりと止んだ。わしは安堵《あんど》して備中高松城攻めに専念できたというわけよ」

「さしもの妖怪も、殿下のご威勢を恐れればばかったのでございましょう。いやひょっとして、守り神として殿下の天下取りを守護しておったやもしれませぬな」

「秀家はうまいことを申す。そう言われてみれば、姫路城で女妖に出会ってから、わしの運もにわかに上向いてきたような気がいたすぞ」

「女運もでございましょう」

「そのとおりじゃ」

若い三人の大名を前にして、秀吉は上機嫌に笑った。

二

庚申待ちの日から四年後の慶長三年八月、秀吉は伏見城で死んだ。
(この先、天下はどうなる……)
池田輝政は、行くすえに茫漠《ぼうばく》とした不安を感じていた。
不安なのは、輝政ばかりではない。豊臣家に仕えていた大名たちは、ことごとく動揺していた。
というのも、秀吉の後継者の秀頼《ひでより》は、まだわずか六歳の幼児。天下人として諸大名に号令を下すなど、できるはずもない。
豊臣政権は、秀吉から後事を託された五大老、すなわち、
徳川家康
前田利家
上杉景勝
毛利輝元
宇喜多秀家
の合議制となったが、五大老筆頭の徳川家康が天下に野心を抱いているというのは衆目の一致するところであり、世は、いつ戦乱が起きてもおかしくない危うさをはらんでいた。

「殿、折り入ってお話がございます」

秀吉の葬儀から伏見城下の屋敷にもどった輝政を、妻の督《とく》姫が、いつにも増してきつい顔で迎えた。

輝政は、この妻が苦手である。

顔立ちは人形のごとく小造りにととのい、目は一重の切れ長で、唇も小さく、まことに絵に描いたような美人だが、気位が高くて夫を夫とも思わぬようなところがある。

それもそのはず、督姫は五大老筆頭の徳川家康の二女で、いったんは小田原の北条氏《うじ》直《なお》に嫁いだものの、北条氏は滅亡。その後、天下人秀吉の仲立ちで輝政のもとへ再嫁してきた。

当然、家康の娘だという意識が強く、かつては関東一円を支配した小田原北条氏の御《み》台《だい》さまであったという誇りがある。

督姫を妻に迎えるにあたり、輝政はもとからいた糸子《いとこ》という前妻を離縁し、わざわざ正室の座を空けた。それもこれも、輝政自身が、家康という実力者との結びつきを深めたかったがためである。

そんないきさつもあって、剛毅をもって知られる輝政も督姫には頭が上がらない。

「あとにいたせ。わしは疲れている」

「まだお若いと申すに、何を年寄りくさいことを仰せになられます。実家《さと》の父上などは、六十に近いと申されるに、いよいよご壮健、天下万民のためにお智恵をしぼっておられます」

「…………」

督姫は、何かと言えば、実家の父家康のことを引き合いに出す。

関八州二百五十万石の主たる家康に対して、三河吉田城主の輝政は、石高わずか十五万石。いかに輝政が太閤秀吉の股肱《ここう》の臣の一人であったとはいえ、督姫の実父と比較されれば、みすぼらしく見えてしまうのは仕方がない。

「大事な話です。ぜひとも、いますぐに聞いていただかねば」

美しい眉間《みけん》のあたりに皺を寄せた妻の見幕に、

「わかった。されば、申してみるがよい」

輝政はやむなく折れ、鷹《たか》の図の掛け軸のかかった床《とこ》の間を背にして腰を下ろした。

「あなたさまは、さらにご出世なさりたいとはお思いになりませぬか」

「出世したいと思わぬ男など、この世にはおるまい」

「まことに」

督姫は、当然のことといったようにうなずいた。

「男子として生まれた以上、立身出世を望まぬ者はおりませぬ。そして、あなたさまの前には、そのご出世への道が大きく開けておるのです」

「どういうことだ」

輝政が問い返すと、督姫はあたりをはばかるように声を低め、

「万が一、江戸と大坂でいくさとなったとき、あなたさまは我が父家康にお味方なされまするように」

「やはり徳川どのは、天下を奪おうと考えておいでなのか」

「奪うのではございませぬ。父上が申されるには、秀頼さまのお側には、主君の幼少をよいことに、天下のまつりごとを私《わたくし》しようとしている者がいる。その不心得な輩《やから》を、いずれ征伐せねばならぬと仰せなのです」

「不心得な輩とは、石田治部少輔《じぶのしょう》三成がことか」

輝政にはすぐにわかった。

輝政と同じく、太閤秀吉から格別に目をかけられていた石田三成は、秀吉亡きあと、急速に力を拡大する徳川家康に反発し、豊臣政権を死守しようとしていた。いわば、反家康の急先鋒《きゅうせんぽう》といえる。

輝政は、まだ三成が佐吉《さきち》と呼ばれていた若年のころから知っているが、妻の言うように、三成が天下を私するような男でないことはよくわかっている。

三成は天下が欲しいのではなく、たんに豊臣家の存続を策しているにすぎないのである。

(しかし、三成めが図に乗っておるのもたしかだ……)

輝政は、吏僚《りりょう》派の代表として力を振るう三成に、以前から反感を抱いていた。秀吉死してのち、もとから尊大だった三成の態度はますます鼻につくようになり、おもしろからぬ気持ちになっていたところだった。

「父上が、石田を征伐するとき、あなたさまは真っ先にお力を貸して下さればよろしいのです。父上は、私たちを悪いようにはなさらぬでしょう」

「それでは、故太閤殿下のご遺志にそむくことになる」

輝政は長く濃い眉《まゆ》をしかめた。

「あなたさまは亡き太閤殿下と、我が父家康と、どちらを大事に思っておられるのです。太閤殿下はあなたさまに、わずか十五万石しかお与え下さいませんでした。しかるに、我が父上は、ゆくゆく五十万石をあなたに任せようとお考えです」

「五十万石……。それは、まことか」

「娘の私が申すのです、ゆめゆめ、お疑いなされますな」

督姫はきっぱりと言い、輝政を強く光る目で見つめた。

（わしが五十万石か……）

そのことを思っただけで、輝政はかるい胴震いをおぼえた。五十万石といえば、五大老に匹敵するほどの大禄ではないか。

「秀頼さまにそむくのではなく、石田を成敗するのじゃな」

「むろんでござります」

督姫は白い頰をゆるませ、婉然《えんぜん》とほほ笑んだ。

それから――。

池田輝政は、反石田三成の急先鋒となり、豊臣家臣団のなかで武功派と呼ばれる者たち、
加藤清正
黒田長政

浅野幸長《よしなが》
福島正則
細川忠興《よしあき》
加藤嘉明
らの面々を、さかんに煽《あお》ってまわった。
「このまま放っておけば、天下は石田治部少輔めの思いのままとなる。ともに立ち、君《くん》側《そく》の奸《かん》を除こうではないか」
「よくぞ言うた、輝政。わしもおぬしと同じ思いじゃ」
我が意を得たりとばかりに喜んだのは、朝鮮から引き揚げてきたばかりの加藤清正と、三成とは犬猿の仲の福島正則である。
ほかの諸将も二人と似たり寄ったりで、自分たちとは肌合いのちがう文官の三成を憎み、わざわざ輝政が説いてまわらずとも、三成追い落としの姿勢をあらわにした。
翌年、閏《うるう》三月三日、五大老のひとりとして天下に睨《にら》みをきかせていた前田利家が世を去った。
それまで利家に遠慮して行動を控えていた輝政らの武功派は、ただちに動きを開始し、大坂城下で三成を襲撃しようと企てた。
三成は辛くも大坂を脱出。仇敵《きゅうてき》である徳川家康の伏見邸に逃げ込んだものの、これを機に失脚して、居城の近江《おうみ》佐和山《さわやま》城に引きこもった。
（これで、徳川どのの天下じゃ……）

表向き、秀頼のそばから奸臣石田三成を除くという建前を言ったものの、輝政には、三成の追い落としが天下にどのような意味をなすか、心の底ではわかっていた。いまや、天下の政道は家康の思うがままである。大坂城の豊臣秀頼の存在は、あってなきに等しい。

だが、輝政は、

——わしは石田の追い落としに手を貸しただけだ。

と思うことで、幼君秀頼を裏切ったという事実を、心のなかで正当化しようとした。

天下分け目の関ヶ原合戦が起きたのは、翌年の九月十五日のことである。

輝政は、舅《しゆうと》の徳川家康ひきいる東軍方に加わり、石田三成の西軍と戦った。西軍方には、かつての庚申待ちの夜、ともに秀吉の夜語りを聞いた宇喜多秀家も加わっていた。

合戦は、東軍方の勝利に終わった。

西軍を指揮した石田三成は、京の六条河原で斬首。宇喜多秀家は薩摩へ逃げ込んだもののの、のちに捕らえられて八丈島へ流された。

三

江戸に徳川幕府ができると、池田輝政はかねての約束どおり、五十二万石の大封を与えられた。

領地は、播州一国。

居城は、姫路城。

さらに、督姫とのあいだに生まれた二男忠継に備前二十八万石、三男忠雄に淡路六万石が与えられ、池田家はあわせて八十六万石の西国一の大名となった。

池田輝政は、

――西国将軍

と称され、妻の督姫は、

――播磨御前

と、世に呼ばれた。

「いかがでござります。私の申したことに、嘘《うそ》いつわりはなかったでございましょう」

姫路城本丸の月見御殿で、督姫が勝ちほこったように頬を紅潮させて言った。

月見御殿からは、瀬戸内の海が遠く見える。

おりからの澄んだ秋の陽ざしに、真っ青な海がおだやかにきらめき、大小の島々が宝玉を散らしたように点々と浮かんでいる。

「たしかに、そなたの言うとおりにしてよかった。しかし、わしはよいが、大坂の秀頼さまが摂河泉《せっかせん》六十五万石の一大名に格下げされてしまった」

海を見つめる輝政の目には、かすかな憂いがにじんでいる。

おのれの栄達が嬉《うれ》しくないはずはないが、やはり主家の没落には、心のどこかで気が咎《とが》めている。

「剛毅な殿に似合わず、気の弱いことを申されますな」

督姫が見下すような目で笑った。

「そのようなことより、いまはなすべきことが山ほどおありでしょう。父上は、あなたさまを西国の押さえとなすべく、姫路の城にお入れになったのです。お立場にふさわしいように、この城を改築なさらなくては」

「むろん、そのつもりじゃ」

妻に言われずとも、輝政はおのれの城を西国一の名城に造り変えるつもりでいた。

秀吉の改築で、姫路城は三重の天守をそなえた堅固な城になってはいたが、息子たちの石高をあわせて八十六万石、実質百万石とも言われる池田家の本城としては、いささか物足りない。秀吉が手を加えた時代から比べると、築城技術も格段に進んでいた。

最新の技術で、西国将軍の名に恥じぬ天下無双の大城郭を築きたい——とは、望むものをすべて手に入れた輝政の、次なる野心であった。

輝政は、ただちに姫路城の大改築に取りかかった。

まず手をつけたのは、城のある姫山周辺の集落や寺社を強制的に立ち退かせ、山のふもとを流れる市川の水路締め切り工事をおこない、広大な城地をととのえることであった。

普請奉行には、伊木忠繁、大工棟梁《とうりよう》に桜井源兵衛、石寄せ指揮に榎村長之《えのきむらながゆき》、金物鋳造に芥田五郎右衛門充商《あくたごろうえもんみつあき》を任じ、本格的な城造りがはじまった。

むろん、築城には莫大な費用がかかる。

輝政は領民に対してきびしい年貢を課し、強制的に徴用して土木工事にあたらせた。

年貢は肥壺《こえつぼ》の運上《うんじよう》（租税）にまでおよび、京では、

——池田輝政は、播磨の民から絞り取るものがなくなって、肥壺からも年貢を取るようになった。

と、悪口がささやかれた。

だが、輝政は世評などいささかも気に留めず、天下一の城を築くことに、すべての情熱をそそぎ込んだ。

築城開始から七年後の慶長十三年、秋——。

最後の仕上げとも言うべき天守閣の工事がはじまった。

かつての主君、秀吉が築いた三重の天守を取り壊し、五層七重の大天守と、さらに三つの小天守を持つ、天下に類を見ない連立式天守閣を築いていった。

翌年、完成した姫路城は、播州の野を睥睨《へいげい》するようにそびえ立った。

(美しい……)

我が城を仰いで、輝政は陶然とした。

純白の天守閣が翼を広げ、いまにも大空に舞い立とうとしている。姫路城そのものが、波のしぶきをあびながら大海原を渡ってきた、一羽の鳳凰《ほうおう》のように見えた。

草も木も萌《も》え立つ夏の青い焔《ほのお》のなかで、白磁のごとき城は全体にどこか冷たく、透明な光沢を放っていた。

「みごとな城でございます」

督姫が、備前丸の御殿から大天守を見上げ、満足そうな笑みを浮かべた。

「この城ならば、二十万の兵に囲まれても落ちませぬ。太閤殿下が築いた大坂城をもしのぐ、要害堅固な名城です」

「大坂城をしのぐとは、ちと言葉が過ぎるのではないか」

天下一の名城を築いたという自負は持っているが、輝政はいまだ、かつての主君の遺児たる秀頼に心のどこかで遠慮する気持ちが残っている。

「あなたさまは、まだ豊臣家に未練がおありなのですか」

「ない」

と、言ってはみたものの、秀頼に対する負い目は少なからずあった。

「この姫路城は、徳川幕府の西国の大事な押さえとなりましょう。あなたさまも徳川家の家臣として、幕府に忠節をつくしていただかねば」

「わしは、徳川の臣か」

輝政は意外な気がした。

たしかに、徳川家康の天下取りに協力し、その代償として百万石近い大封を与えられた。しかし、それはおのが実力で勝ち取ったものである。家康に仕えているという気持ちはまったくなかった。

(姫路城は、わしの城ぞ。徳川の出城あつかいされてはたまらぬわ)

輝政にも、戦国乱世を切り抜けてきた武将としての誇りがあった。

——わしのすることに、いちいち口出しするな。

と、妻を一喝したかった。

だが、喉まで出かかった言葉を、輝政は途中で飲み込んだ。

へたなことを口走って、督姫の口から徳川家康に伝われば、おのが立場が悪くなる。じっさい、輝政の破格の出世の裏には、家康の娘婿であるという事実が、有利に働いたことは間違いない。

督姫を怒らせることは、絶対にできないのである。

少し考えたのち、

「江戸のお義父上《ちちうえ》にも、この姫路の城を御覧に入れたいものじゃのう」

輝政の口をついて出たのは、胸のうちとはまったく正反対の言葉であった。

それから数日後――。

城に、最初の怪異が起きた。

四

「あの噂《うわさ》、殿はお聞きおよびでございましょうか」

輝政に告げたのは、小姓《こしよう》の後藤犬千代《いぬちよ》であった。

前髪姿の初々しい、利発な若者である。輝政は、この犬千代を寵愛《ちようあい》して、つねに身近に置いている。

この日も、重陽《ちようよう》の酒宴がすんだのち、犬千代を居室に呼び、高麗縁《こうらいべり》の畳に寝そべって腰を揉《も》ませていた。

「噂とは何じゃ」

桃源郷に遊ぶような心地よさのなかで、輝政は眠そうに聞き返した。

「お城の大天守に夜な夜なともる、不気味な鬼火《おにび》の噂にございます」

「鬼火とな？」

「はい」

若者は、青ずんだ目で輝政を見つめてうなずいた。

「大天守に鬼火が出ると申すか」

「あくまで、城中の噂でございます。城の不寝番《ふしんばん》が夜回りをしておりますとき、《は》の御門の坂からふと見上げますと、大天守の最上階の窓に、ちらちらと怪しげな青白い炎が浮かんで見えたとのよし」

「見回りの者の目の迷いではないのか。おおかた眠気がさして、ありもしない幻を見たのであろう」

「鬼火を見た者は、一人ではないのでございます」

犬千代は秀麗な眉をひそめ、かすかに声を震わせた。

「ここ数日、夜ごと不寝番が怪しの鬼火を目にしております。鬼火のことは、城内でひそかな噂になっております」

「ばかばかしい」

輝政は吐き捨てた。

「できたばかりの城に、なにゆえ鬼火が出ねばならぬのじゃ。わしは、昨日も老臣たちとともに大天守にのぼったが、最上階には猫の子一匹おらなんだわ」

「これも、人から聞いた話でございますが」

と、犬千代は前置きし、

「大天守に鬼火が出るのは、かつて姫山に祀られていた、おさかべ姫の祟《たた》りと申す者があるとか」

「おさかべ姫……」

どこかで聞いたことのある名であった。

輝政は寝そべりながら、眉間に皺を寄せ、記憶の糸をたぐり寄せた。

(おさかべ……)

口のなかでつぶやいた輝政は、

——あッ
と、声を上げそうになった。

おさかべ姫とは、いつぞやの庚申待ちの夜、太閤秀吉が姫路城に出ると言っていた、女妖のことではないか。

もともと妖怪や化け物のたぐいを信じない輝政は、秀吉の話を肚《はら》の底で冷笑しながら聞き流し、ろくに記憶にも留めなかった。したがって、姫路城のあるじとなることが決まったときも、城にまつわる妖異の話を思い出すことはなかった。

それが、長い年月をへて、ふたたび小姓の口からおさかべ姫の名を聞かされるとは、夢にも思っていなかった。

「おさかべ姫とは、姫山に古くから棲むという地主神のことじゃな」

輝政は言った。

「殿は、おさかべ姫のことをご存じでございましたか」

　犬千代がおどろいて、腰を揉む手をとめた。

「むかし聞いたことがある。故太閤が姫山に天守を築いたおり、邪魔《じゃま》になったおさかべ姫の祠を城下へ移したところ、たびたび怪異が起きるようになったというのであろう」

「そのとおりでございます」

「しかし、太閤が播磨総社の境内へ祠をまつり直し、盛大に鎮魂祭をおこなったことで、怪異の沙汰《さた》はやんだと聞いておる、いまさら、祟りだなどとは笑止千万」

　輝政は眠気もさめ、本気で腹を立てた。

「よいか、犬千代」

「はい」

「祟りがあるなどと、つまらぬ噂を流し、城内の人心不安をあおる者がおれば、ただではおかぬ」

「は……」

「今後一切、妖異の噂をしてはならぬ。城中にも、そのように触れを出せ」

「承知つかまつりましてございます」

　前髪の若者は後ろへ身を引き、ふかぶかと平伏した。

　翌早朝、輝政は供も連れず、ただひとり姫路城の大天守へのぼってみた。

　鬼火の話を真に受けたわけではないが、夜中に目が覚めると妙に気になって眠ることができず、夜明けとともに噂のみなもとの大天守へ足を向けたのである。

姫路城の大天守は、姫山のもっとも高いところにそびえている。輝政夫妻が暮らす御殿は、天守下の備前丸にあり、天守そのものは平素、使われることがない。

御殿を出て、長い木の梯子段《はしご》をのぼると、すぐに総鉄板張りの鉄門《くろがねもん》があらわれる。ふだんは締め切っている門を、輝政は天守番の足軽組頭に命じてあけさせた。

「お供つかまつりましょうか」

組頭にすれば気を利かせて言ったつもりであろうが、輝政は、

「よい。わしのほかは誰も天守へ上げてはならぬ」

と、厳しい顔で命じ、門をくぐった。

鉄門のなかは暗い。

それもそのはず、門を入ったところは大天守の地階にあたる。地階へ入り、黒光りする階段をのぼりつめたところが天守の一階であった。

一階は、四つに間仕切りされた御殿ふうの板敷の広間を、ぐるりと廊下が取り囲んでいる。小さく切られた明かり取りの窓から差し込む澄んだ朝の陽差しが、廊下の壁にずらりと掛けられた長槍《ながやり》、火縄銃を薄闇《うすやみ》のなかに浮かび上がらせている。

輝政は、二階、三階と天守をのぼった。

白い漆喰《しっくい》で塗り込められた窓の縦格子《たてごうし》のあいだから、城の縄張りを手に取るように見下ろすことができる。櫓《やぐら》の数二十七、門の数十五、石垣と白塀で築き上げられた大城塞《だいじょうさい》は、圧倒的な迫力で輝政の目に映った。

城の向こうに武家屋敷、そして町人の住む町家が広がっている。五階までのぼると、にわかに視界が狭く、暗くなった。この階は窓が少なく、真昼でもあまり陽が差さない。

しんと、冷たい静寂が張りつめている。

一気に急な階段をのぼったため、さすがに息が切れた。手すりにもたれて、しばらく息をととのえ、最上階の六階への急な階段をのぼりだした輝政は、はたと足をとめた。

上を見上げる。

――タ、タ、タタ
小さな足音が聞こえた。

(誰かおるのか……)

一瞬、輝政の顔がこわばった。

大天守の最上階といえば、城主の輝政以外、みだりに立ち入ることが禁じられている場所である。それを、勝手に入り込むとは、許されてよいことではない。

音は、上の階の床をきしませ、毬《まり》がころがるように走りまわっている。

(不埒《ふらち》なやつじゃ)

くせ者の正体をたしかめようと、輝政はふたたび階段をのぼりだした。

と――。

音が不意にやんだ。それきり、何も聞こえてこない。

（わしの気配に気づいたのじゃな）

輝政は勢い込んで、

「誰じゃ、そこにおるのはッ！」

腰の刀に手をかけつつ、戦場で鍛えた大音声《だいおんじょう》を発し、階段を駆け上がった。見つけしだい、くせ者をたたき斬るつもりでいる。

輝政の足が、ダッと最上階の床を踏んだ。

階上へ出ると同時に、すばやくあたりを見まわす。

（これは……）

輝政はおのが目を疑った。

広さ三十五坪ほどの、がらんどうの広間には、何者の姿もなかった。大天守の最上階には、人が身を隠せるような場所はどこにもない。

「ばかな」

ついいましがた、輝政はおのが耳で、たしかに何者かの足音を聞いた。空耳《そらみみ》ではなかったと自信がある。

輝政はつかつかと大股に広間を横切るや、四方にある格子窓を調べてまわった。もしや、忍びの者が窓づたいに入り込んだのではないかと疑ったのである。

しかし、窓の格子はもとのままで、誰も入り込んだ形跡はない。

——おさかべ姫の祟りではございませぬか……。

昨夜の小姓の言葉を、輝政は思い出した。

——わしは、姫路城の天守で、美しき女妖に会うた……。

遠い昔に聞いた太閤秀吉の夜語りが、胸によみがえってくる。かすかに頰が引きつった。

（わしとしたことが……）

何を怖《お》じけづいているのだと輝政が思ったとき、背後でかすかな物音がした。

「くせ者めッ！」

振り向きざま、輝政は腰の刀を抜き放ち、ザッと斬り下ろしていた。

手ごたえがあった。

人の肉を断つときの、重い手ごたえである。

が——。

目の前には、何者もいない。格子窓から低く差し込む陽差しに、板床が光っているだけである。

輝政は、慄然《りつぜん》とした。濡れた冷たい手で撫《な》でられたような薄気味悪い悪寒が、背筋を下から上へ、ぞろりと這《は》いのぼった。

（妖魅《ようみ》か……）

足元に何か落ちていた。

輝政は腰をかがめて、それを拾い上げた。

女物の櫛《くし》である。櫛は、黒漆塗りに高蒔絵《たかまきえ》をほどこした優美なものであった。

「おさかべ姫の噂は、まことであったのか……」

輝政は蒼《あお》ざめた。

櫛をふところへ入れると、輝政は刀を鞘《さや》におさめ、足早に天守を下りた。

五

「まさかあなたさままで、妖異の噂をお信じになるわけではございますまいね」

姫路城下に、その年はじめての木枯らしが吹き抜けた夕暮れ、督姫がまなじりを吊《つ》り上げて夫に詰め寄った。

「新築の城に、さような噂は不吉です。根も葉もないことと、殿ご自身の口から城の者どもに申し渡して下さいませ」

督姫は苛立《いらだ》っていた。

城が完成してこの方、すこぶる上機嫌の日々がつづいていたのだが、城中でさまざまにささやかれる妖魅の噂が耳に届くにおよび、怒りを輝政にぶつけたのである。

「しかし、わしは誰もおらぬはずの天守で人の足音を聞き、怪しの気配をこの手で斬った。わしが拾った櫛は、おさかべ姫の残していったものかもしれぬ」

「ばかなことを」

督姫は鼻の先で笑った。

「足音は、風が吹き込んで戸を鳴らし、落ちていた櫛は天守へのぼった誰かが落としていったものでしょう。すべては、お気の迷いです」

「気の迷いか」

輝政も、そう思いたかった。

勇猛果敢で鳴らしてきた池田輝政ともあろう者が、妖魅に惑わされるとは不名誉きわまりない。

だが、輝政のほかにも、怪異を経験した者は多くいた。

刻を知らせる番太鼓役の熊太夫《くまだゆう》なる男が、夜更け過ぎ、太鼓櫓にのぼったときのことである。突如、天から長さ一丈ばかりの剛毛のはえた腕が伸びてきて、熊太夫の襟首をつかみ、櫓の下の地面へ投げつけた。

熊太夫は、翌朝、登城してきた同役の者に発見されたが、

「腕が、腕が……」

と、うわごとを言い、高熱を発して三日後に息絶えた。

また、御殿女中のお紺という者が、真夜中、何者かにさらわれて行方知れずになった。お紺が寝《やす》んでいた箱枕には、どす黒い血糊《ちのり》がついていたという。

輝政夫妻が噂を打ち消そうとすればするほど、姫路城に起きる怪異の話は、人から人へと広まっていった。

「いったんは鎮《しず》まっていた祟りが、新しい城が完成して、ふたたびはじまるとは不吉なことじゃ」

城下の者は噂した。

もともと、築城のときに苛酷《かこく》な年貢と夫役を課したために、輝政の評判はかんばしくない。

なかには、

「民の怨念《おんねん》が積もり積もって、城に怪異を引き起こしているのであろう」

と、したり顔に言う者もいた。

輝政も、異変に無関係でいることはできなかった。何とか騒ぎをおさめねば、領主の威厳を保つことができない。

輝政は、土地の口碑《こうひ》にくわしい町人頭の国府寺《こうでら》源兵衛を呼び寄せ、おさかべ姫のことをたずねてみた。

「そも、おさかべ姫とは何者じゃ」

輝政の問いに、源兵衛がかしこまってこたえるに、

「いまをさかのぼること八百年あまり前、宝亀年間のことにございます。光仁《こうにん》天皇の皇后、井上《いのえ》内親王とその子で皇太子の他戸《おさべ》親王のお二人が、罪を受けて大和国宇智郡《うちのごおり》に幽閉せしめられました。そのおり、他戸親王は土地の娘と通じて、富《とみ》姫なる女子をもうけられたそうにございます。長じてのち、姫は播磨国司の角野明国にあずけられ、姫山の地に幽居なさいました。父君の他戸親王は謀叛の濡れ衣《ぎぬ》をきせられて非業の死を遂《と》げ、富姫もまた、父を失った哀しみに、姫山で短い生涯を終えたと申します」

「姫山に祀られていたおさかべ姫とは、その富姫がことか」

「はい。姫は、この地の地主神となり、長らくまつられてまいりました」

「なるほど……」

町人頭から話を聞いて、はじめておさかべ姫の由来がわかった。が、それを知ったか

らといって、城に起きている怪異が鎮まるわけではない。

「その方の考えを申せ。いかにすれば、姫の祟りが鎮まると思う」

「手前は商人《あきんど》でございますゆえ、神仏のことはよう存じませぬ。さりながら」

と、国府寺源兵衛はおそるおそる顔を上げ、

「さだめし、おさかべ姫は自分の住まいである姫山に、新しい城が築かれたことをお怒りなのでございましょう。いっそ、姫の祠を、もとの姫山のいただきにもどされてはいかがでございましょうか」

「おさかべ姫の祠を姫山からふもとに下ろしたのは、わしが姫路城の改築に手をつける以前の話じゃ。こたびの騒ぎとは、かかわりがなかろう。それに、山のいただきには、城の天守閣が建っておる。いまさら取り壊し、祠をもとへもどすことができるかッ！」

輝政は色をなして席を立った。

とはいうものの、輝政も何らかの手を打たずにはいられない。かつての秀吉の例にならって、播磨総社境内に祀られた刑部大明神の祠の前で鎮魂祭をおこない、祟りを鎮めようとした。

鎮魂祭のあと、一時、怪異は鎮まったかのように見えた。

（やれやれ……）

と、輝政は胸を撫で下ろしたが、異変はそれでおさまったわけではなかった。

それは――。

嵐の夜であった。

雲が千切れるように飛び、雷鳴がとどろき、城の赤松の枝が折れんばかりに鳴り騒ぐ深更、輝政は風の音に目覚めた。

首筋にぐっしょりと寝汗をかいている。胸の動悸《どうき》が激しくなっていた。

（いやな夢を見た）

輝政は天井の闇を見つめながら、冷たく昏《くら》い夢のなかに体を半分浸していた。

太閤秀吉が、自分を叱責《しっせき》する夢であった。

ふだん陽気な秀吉が、別人のごとく形相を険しくし、目をすえ、輝政を睨んだ。

《そなた、わしを裏切り、徳川に身を売ったな……》

さようなことはござりませぬ。それがしはつねに、秀頼さまのことを気にかけておりまするると、夢のなかの輝政は額に汗をかきながら必死に弁明した。

《おのれは、我が子秀頼を滅ぼすつもりであろう。しかし、そうなったら、わしがただではおかぬ……》

滅ぼすつもりなどござりませぬ。徳川どのは、秀頼さまの身は安泰だと約束いたしております る。

《もし、家康が大坂城を攻めたときは、いかがする》

そのときは、この輝政、一命にかけても大坂へ馳せ参じ……。

《できるか、貴様にそのようなことが》

と言ったのは、髪を乱し、唇に血を滲《にじ》ませた石田三成であった。

三成はそれきり何も言わず、怨念《おんねん》のこもった目で輝政を見つめている。

（おのれに何がわかる。石田治部少輔ッ！）

思わず叫んだとき、夢が醒《さ》めたのである。

ひどく咽《のど》がかわいた。寝汗をかいたせいであろう。

（水が欲しい……）

思った輝政は、控えの間で宿直している小姓に、

「犬千代」

と、声をかけた。

だが、いつもならすぐに返ってくるはずの返事がない。輝政の耳に聞こえるのは、御殿の軒を吹き過ぎる寂しい風の音のみである。

「犬千代ッ、おらぬのか」

声を張り上げたが、やはり返答はなかった。

厠《かわや》にでも立っておるのかと、輝政が苛立って身を起こそうとしたとき、すっと襖《ふすま》があいた。

（犬千代か……）

水を持て、と命じようとして、輝政は途中で、

――あッ
と、言葉を飲み込んだ。

細めにあいた襖の向こうに立っていたのは、小姓ではなく、妙齢の美女だった。

「おまえは……」

輝政が言ったとき、美女の白いつま先が部屋の冷たい板敷を踏んだ。

六

その日を境に、輝政は病の床につくようになった。御典医が診立《みた》てをしたが、原因は不明だった。

時々、寝言で、

「赦《ゆる》してくれ、姫……」

「冷たい……」

などと、あらぬことを口走り、全身を瘧《おこり》のように震わせる。

——ご城主が、刑部《おさかべ》大明神に取り憑《つ》かれたそうじゃ。

との噂は、城中はもとより、城下の町人たちのあいだにまで広まった。

城主夫人の督姫は、小田原から連れて来た山伏の日能《にちのう》という者に祈禱《きとう》をさせ、播磨国中の神社仏閣に銭を寄進して病の平癒を祈らせた。

しかし、輝政の具合ははかばかしくない。

ようやく床から起き上がれるようになったのは、年が明け、梅の花が御殿の庭に咲きほころびはじめたころだった。

「おさかべ姫の祠を総社境内から、もとの姫山の地へもどそう」

輝政はさえない表情で督姫にそう告げた。

「祟りのために、せっかく築いた天守を取り壊すと申されるのですか」

「そうではない。城の一角に祠を移し、丁重にまつろうというのよ」

「それで祟りがおさまるのなら、異存はございませぬが……」

近ごろでは督姫も、夫の奇怪な病を目の当たりにし、みずからも大天守にともる鬼火を目にし、あるいは夜中、御殿の廊下を徘徊《はいかい》する足音を聞き、ものに脅えるようになっている。

「では、城の搦手口《からめて》、《と》の二門の内側に祠を移すといたそう」

輝政は言った。

おさかべ姫の祠は、ただちに姫路城内へ移された。

さらに、輝政は鬼の侵入口とされる鬼門をふさぐため、本丸の艮《うしとら》（北東）の方角に、八大龍王および八天狗を祀る、

――八天塔《はつてんとう》
なる唐様《からよう》の塔を建立した。

（これで、城内の怪異もやむであろう）

八天塔が完成した夜、輝政はひさびさに安眠できた。

それから、二年――。

姫路城には何ごとも起きなかった。

池田輝政の身に災難が降りかかったのは、家臣の若原右京亮良長《うきようのすけよしなが》の屋敷へおもむき、駕籠《かご》に乗って城へ戻る途中のことであった。

ちょうど夏のさかりで、駕籠のなかは蒸し風呂のように暑く、輝政は風を入れるため

に物見の小窓をあけた。

と、青く晴れ渡った夏空に、一群の黒雲が渦巻き、駕籠へ向かって近づいてくるのが見えた。

(なんであろう……)

怪訝《けげん》に思って見守っていると、雲と見えたのはそれではなく、黒いカラスの大群であった。カラスの大軍は輝政の駕籠めがけて、矢のように舞い降りてくる。

——あッ
と思ったとき、先頭を飛んできたカラスが、物見窓の桟《さん》を破って飛び込んできた。カラスはするどい嘴《くちばし》で輝政の体をつつき、眼球をついばもうとする。

「やめよッ!」

輝政はカラスを手で払いのけた。が、つづいて飛び込んできた一羽の嘴が、輝政の眉間をふかぶかと突き刺した。

なまぬるい血が、鼻から唇に流れた。

黒雲のごときカラスの群れは輝政の駕籠を取り巻き、家臣が刀で斬り払っても、斬り払ってもなお、容易に飛び去ろうとはしなかった。

池田輝政が原因不明の病で死んだのは、翌慶長十八年、正月二十五日のことである。

姫路城の女妖、おさかべ姫に取り殺されたのであろうとも、また、豊臣家と徳川家のはざまで懊悩《おうのう》した果ての死であろうとも、巷《ちまた》ではさまざまにささやかれた。

輝政の跡を継いだのは、長男の利隆《としたか》であったが、利隆は姫路城主となって三年後の元和二年、父と同じく謎《なぞ》の死を遂げている。

かわって当主となった光政《みつまさ》は、わずか七歳。そのような幼君では西国の押さえの大役は果たせまいとの理由で、池田家は播州姫路城から、因州鳥取城へ国替えとなった。

なお、おさかべ姫については、のちに肥前唐津《からつ》城主の松浦《まつら》静山《せいざん》が、『甲子夜話《かっしやわ》』のなかで次のように書き留めている。

「姫路の城中にヲサカべと云《い》ふ妖魅《ようみ》あり。城中に年久しく住めりと云ふ。或《ある》は云《いわ》く、天守櫓の上層に居て、常に人の入ることを嫌ふ。年に一度、その城主のみこれに対面す。そのほかは人怯《おそ》れて登らず」

と――。

天神の裔《すえ》

北の空に舵《かじ》星が輝き、冷たく冴《さ》えた星明かりが、闇《やみ》に沈む淡路島洲本《すもと》の海原を繻子《しゅす》のように静かに照らし出していた。

一

天正十二年三月二十日の深更——。

「菅平右衛門《かんへいえもん》は、まだ来ぬのかッ！」

洲本湊《みなと》に集結した関船《せきぶね》のひとつ、天辰丸《てんしんまる》に乗船した野崎内蔵介《のざきくらのすけ》は、松脂《まつやに》を塗った船の櫓床《やぐらどこ》を行ったり来たりしながら苛立《いらだ》ったように声を張り上げた。

「出陣の刻限はとっくに過ぎておるぞ。やつが来ぬでは、船を出せぬではないかッ！」

関船に焚《た》かれた篝火《かがりび》が、赤黒く日焼けした内蔵介の海賊らしい面構えを、よりいっそう猛々《たけだけ》しく剛気なものにみせた。

この日——。

洲本の湊に集まったのは、淡路島一帯の水軍——すなわち海賊の兵船、二百艘《そう》あまりである。

瀬戸内海に浮かぶ淡路島の海賊衆は、四国統一を果たした土佐の雄・長宗我部元親《ちようそかべもとちか》の傘下に属し、大坂城の羽柴秀吉と敵対していた。おりしも、秀吉は遠江《とおとうみ》浜松城の徳川家康と雌雄を決するために尾張小牧の陣にあり、家康と同盟を結んでいる長宗我部元親は、秀吉不在の留守をついて泉南沿岸をおびやかすべく淡路島の海賊衆に出陣を命じたのである。

六尺近い体軀《たいく》に伊予札《いよざね》の当世具足を着込み、船上を苛々と歩きまわる野崎内蔵介も、長宗我部配下の海賊衆の頭のひとりであった。

「菅平右衛門はいかなるつもりじゃ。まさか、臆病風《おくびようかぜ》を吹かせて洲本の城に引きこもってしまったわけではあるまいな」

内蔵介は手にした鉄扇《てつせん》で船端をビシリと打ち、そばにいた若い手下を鷹《たか》のようなするどい目で睨《にら》んだ。

「天神《てんじん》の儀《ぎ》をすませたら、すぐにご乗船あると、さきほど使いが参ったところでござる。おっつけ、お出でになられましょう」

「天神の儀じゃと」

「はッ」

「何じゃ、それは？」

「先祖累代の出陣の儀式とか聞きましたが、くわしいことは……」

手下が困惑したように口を濁すと、

「けッ」

内蔵介は皮肉な顔をした。

「たかが淡路の海賊いっぴきが、先祖累代の儀式とは笑わせてくれるわ。そもそも、やつは平素から、北野天神の裔《すえ》というのを鼻にかけすぎておる」

「北野天神とは、学問の神様菅原道真《すがわらみちざね》公のことにございますな」

「そうじゃ。菅平右衛門は、菅原道真十九代の子孫に当たると吹聴しておる」

「それはまた、たいしたお血筋でござりますなあ」

「ふふん。やつがみずから称しているだけで、嘘《うそ》だかまことだかわかるものか。とにかく、そんな悠長な儀式のために、出陣を待っていることはできぬ。ぐずぐずしておれば、夜が明けてしまうわ」

「城へ行って、ようすを見て参りましょうか」

「いや、よい」

内蔵介は不機嫌そうに太い首を横に振り、

「わしが自分で行って、やつを引きずり出して参ろう」

草摺《くさずり》の音を荒々しく響かせながら、野崎内蔵介は関船を下りた。

城とはいうものの、洲本城は砦《とりで》にほんの毛が生えた程度の小城である。船着き場のある大浜から城のある山の上へ向けて、椿《つばき》の多い木立のなかを九十九折《つづら》りの道がうねうねと上っている。

昼であれば、紀伊水道に浮かぶ友ヶ島が指呼の間に見えたであろう。さらにその向こうの薄緑色にかすむ泉州、紀州の山並みも、はるか彼方に望むことができる。

だが、夜の闇につつまれたいまは、海に散った漁火《いさりび》がぽつりぽつりと見えるだけで、島影も青海原も、目にすることはできなかった。

（世話を焼かせる男じゃ）

小笹《こざさ》の茂みをかき分け、山道を駆けのぼりながら、野崎内蔵介は洲本の城主、菅平右衛門道長《みちなが》のことを思った。

同じ淡路島の水軍をひきいる土豪だが、長宗我部氏の命を受けて海いくさに出陣するとき以外、内蔵介と菅平右衛門が顔を合わせることはない。

両人とも、年はまだ三十前。

筋金《すじがね》打ったる六尺棒を振りまわし、全軍の先頭に立っていくさをする内蔵介に対し、菅平右衛門は船団を小さく分け、みずからは本船の櫓の上で軍配を振るって自由自在に船を動かし、知略にまさったいくさをした。

一度だけ、二人は戦ったことがある。

志筑《しづき》湊の津料をめぐる争いでいくさとなり、そのときは内蔵介が洲本の城下に攻め入って百ばかりの民家を焼いたが、退路をふさがれ、さんざんな目に遭ってようやく所領の岩屋《いわや》湊《みなと》へ逃げ帰った記憶がある。

内蔵介は、むかしから菅平右衛門が苦手であった。

（海賊のくせに、武勇よりも小ざかしい知恵でいくさをしておる……）

同じ長宗我部配下に入っても、内蔵介はつねに菅平右衛門のことを、小面《こづら》憎いやつと思っていた。どうにかして菅平右衛門をやり込めてやりたいものだと、心の底で考えつづけていたのである――。

菅氏の居館は、山の三合目にあった。

泥を塗り上げた粗末な木《こ》っ端葺《ばぶ》きの主殿《おもや》のまわりに、厩《うまや》、台所、矢蔵、米蔵、味噌《みそ》蔵が並び、外側をぐるりと空濠《からぼり》と丸木の柵《さく》が取り巻いている。

門をくぐった野崎内蔵介は主殿に上がり込み、留守居役の家来にあるじの居室を聞き出して、ずかずかと廊下を奥へ進んだ。

「菅平右衛門、おるかッ！」

部屋の前で、内蔵介は大声で呼ばわった。

返答を待たず、ガラッと板戸を開ける。

六畳ほどの狭い板敷の部屋に灯明がともされ、文机を前にして小具足《こぐそく》姿の男がすわっていた。

洲本城主、菅平右衛門道長である。

「何をしておった、平右衛門。みな、船の上で待ちくたびれておるぞ。わしと一緒に、すぐに来い――」

内蔵介は大股《おおまた》に平右衛門に近づき、相手の肩に手をかけようとした。

と――。

「待てッ」

平右衛門が振り返った。

内蔵介は思わず、手をとめた。

菅平右衛門は色白で、一見、やさしげな風貌《ふうぼう》の男である。なかば目が眠ったように細く見えるが、よくよく見れば、その眠ったような双眸《そうぼう》の奥に胆力をそなえた、したたかな光があるのがわかった。

（わしが苦手なのは、こやつの人の心のうちを見透かしきったような目じゃ……）

「何をしておった」

内蔵介は、菅平右衛門をジロリと見下ろした。

平右衛門は、にこりともせず、

「漢詩を作っておった」

「漢詩じゃと？」

「さよう」

菅平右衛門は内蔵介から視線をそらし、硯《すずり》の墨で筆をしめらせた。

平右衛門が向かい合った床の間の壁には、北野天神——すなわち、菅原道真の画像が吊《つ》るされている。

「わが菅家には、出陣の前に漢詩を作り、北野天神にささげるしきたりがある。その詩句が、なかなか思い浮かばぬものでな」

「それで、全軍の出陣を遅らせているというのか」

「しきたりはしきたりじゃ。漢詩ができねば、船を出すことはできぬ」

（あきれたやつだ……）

内蔵介は、まっさらなままの文机の上の紙を見つめた。

いかに先祖代々のしきたりとはいえ、漢詩ができぬくらいで出陣を遅らせる武将がどこにあろうか――。

「菅家のしきたりか何か知らぬが、ほかの者が迷惑しておる。早く船へ乗らぬか」

「待て。ようやくできた」

菅平右衛門が顔を明るくし、さらさらと紙に筆を走らせた。

舟影渾連水（舟影渾《す》べて水に連なり）

人影総映空（人影《じんえい》総《す》べて空に映ず）

孤雲去古城（孤雲古《こ》城を去り）

此生随潮流（此の生《せい》潮流に随《したご》う）

二

その夜の奇襲は、結局失敗に終わった。

泉南の岸和田《きしわだ》城を守っていた秀吉の家臣、もと甲賀者の中村一氏《かずうじ》が、得意の諜報力《ちようほうりよく》を駆使して事前に淡路海賊衆の動きをつかみ、真鍋《まなべ》島の海賊真鍋次郎の水軍に湊を固めさせていたのである。

（あいつのせいじゃ……）

淡路へ逃げ帰った内蔵介は、出陣を遅らせた菅平右衛門の行為をののしった。

しかし、世の流れは、もはや淡路の小土豪の力ではどうすることもできないほどの早い渦を巻きはじめていた。

翌天正十三年六月、徳川家康と講和を結んだ秀吉軍が、四国の覇者たる長宗我部元親を討伐すべく、海を越えて攻め込んできた。

野崎内蔵介や菅平右衛門ら淡路の海賊衆は長宗我部軍の先鋒《せんぽう》として奮戦したが、利あらず、島の城はつぎつぎと攻め落とされていった。

野崎内蔵介の根城である北淡路の岩屋城も、むろん例外ではなかった。羽柴秀吉の甥《おい》、秀次の軍勢にさんざんに蹴散《けち》らされ、内蔵介は生き残りの家来百人あまりをつれ、船に乗って命からがら海上へ逃れ出た。

「もはや、天下は秀吉のものか」

流転の激しい瀬戸内の海で、父祖代々戦ってきた野崎内蔵介には、世の中の流れが肌でわかった。

「くそッ！　このようなことなら、早く長宗我部元親を見かぎり、羽柴方についておけばよかったわい」

破れた軍旗や小早船の残骸《ざんがい》がただよう海を見つめて唇を嚙《か》んだが、もはや取り返しはつかない。

内蔵介は郎党たちとともに、いったん讃岐《さぬき》の沙弥《しやみ》島に逃げ込み、そこで再起を期してふたたび世に出る機会をうかがうことにした。

沙弥島は無人の小島ではあるが、楠《くすのき》の生い茂る山には冷たい泉がこんこんと湧き、船を隠すのにちょうどいい入江がある。瀬戸内の海を知りつくした海賊しか知り得ない秘

密のかくれがであった。沙弥島に隠れ住んでほどなく、漁師に身をやつして四国本土へようすを探りに行っていた手下が、

——長宗我部氏敗る。

の報を聞きつけてきた。

長宗我部元親は秀吉に全面降伏して、わずかに土佐一国の安堵《あんど》をゆるされたのである。

長宗我部氏の降伏で、野崎内蔵介をはじめとする淡路島の海賊衆は後ろだてを失った。

(どうすれば、生き延びることができる……)

内蔵介らは、もともと長宗我部氏累代の家臣だったわけではない。情勢しだいで強い大名につき、淡路島の所領を守ってきた。

(うまく秀吉に取り入り、淡路島の領地を取り返す手立てはないものだろうか)

沙弥島の洞窟《どうくつ》で、内蔵介が悶々《もんもん》とした暮らしを送っていた矢先、

「お頭ッ、小早船が入江に近づいてまいります」

岬の物見台で見張りをしていた手下が、血相を変えて洞窟に飛び込んできた。

「秀吉軍の落人狩りかッ!」

内蔵介は黒鞘《くろざや》の太刀を引っつかみ、思わず腰を浮かせた。

「わかりませぬ。船は全部で三艘、剣梅鉢《けんうめばち》の紋の入った浅葱《あさぎ》色の旗を先頭に押し立てておりますが」

「剣梅鉢の紋だと」

内蔵介は、あっと思った。

剣梅鉢の紋は、菅水軍の旗じるしにちがいない。

（菅平右衛門も洲本の城を追われ、瀬戸内の小島へ逃げ込んできたのか……）

かつては小面《こづら》憎いと思い、融通のきかぬやつじゃと腹の立ったこともあった菅平右衛門であったが、おのれと同じ流浪の境遇に落ちたと思えば、しぜんに仲間意識が湧いてくるから不思議である。

「とにかく、浜へ下りてみよう」

内蔵介は手下を引き連れて白浜のつづく沙弥島の浜に下りた。

やってきたのは、やはり菅平右衛門の小早船であった。

波打ちぎわに近づいてきた船の一艘から小具足姿の男が飛び下り、波をザブザブと蹴《け》立《た》てて浜に上がってくる。

「おお、平右衛門」

野崎内蔵介は思わず両手を広げてかつての同僚を迎えた。

見るだけで虫酸《むしず》が走るほど嫌だった平右衛門の学者面が、いまは泪《なみだ》がにじむほど懐かしく見える。

相手の肩を抱き、

「おぬしも、さぞかし苦労したであろう」

内蔵介はいたわりの言葉をかけた。

だが、菅平右衛門のほうはたいして懐かしそうな表情もみせず、

「やはり、野崎一党が沙弥島にいるという噂《うわさ》はまことであったか」

目を細めて、あたりを見まわした。

「平右衛門、おぬしも行き場がなくなって、この島へ逃げ込んでまいったのであろう。だったら、置いてやらぬものでもないぞ」

「話はあとでゆるりとすることにしよう」

その夜――。

内蔵介は、洞窟の隠れ家で菅平右衛門と酒を酌《く》み交わした。

とはいっても、謹厳な平右衛門は酒盃《しゅはい》にほとんど口をつけず、ひとり内蔵介がしたたかに呑み、我知らず多弁になった。

「のう、平右衛門。淡路島が懐かしいとは思わぬか」

やや酸っぱくなった濁り酒を喉《のど》に流し込みながら、内蔵介はからみつくような粘《ねば》い口調で言った。

「むろん、懐かしい」

「で、あろう」

内蔵介は相手に無理やり酒をすすめ、

「聞けばおぬしも洲本の城を羽柴軍に奪われ、備前犬島の海賊衆のもとに身を寄せていたというではないか」

「うむ」

「お互い、惨《みじ》めな境遇じゃ」

「…………」

「なんとしても、いま一度淡路島にもどりたい。おぬしとて、思いは同じであろう」

「申すまでもない」

菅平右衛門はいつもの眠ったような半眼をしずかに伏せ、手にした酒盃を膝元《ひざもと》に置いた。

「じつはな、野崎どの。わしは淡路へもどれる見込みがついたのじゃ。ついては、昔なじみの貴殿にも一言挨拶《あいさつ》しておこうと思い、この島へ立ち寄った」

「なにッ、おぬしが淡路島へもどるだと……」

内蔵介は耳を疑った。

「どういうことだ」

内蔵介の問いにこたえ、菅平右衛門が語るところによれば、四国平定を果たした羽柴秀吉は、天下取りへの次なる標的を九州の島津氏と定め、船いくさに長じた者どもを集めて自前の水軍を編成しようと考えているという。

そのため、四国攻めで敵対した瀬戸内海の海賊衆に対しても寛大な処置をもってのぞみ、多くを新たに家臣として召し抱えようというのである。

「そのような話、誰から聞いた」

内蔵介は菅平右衛門にくってかかった。

「京の我が本家じゃ」

「本家とな？」

「公卿《くぎよう》の東坊城《ひがしぼうじよう》家は、我が菅一族の本家筋にあたる。菅原道真公十六代の後裔、正二位参議《さんぎ》東坊城長遠《ながとお》の一子元長《もとなが》が淡路島へ下って武士となり、菅家を興した。その東坊城家のいまの当主権中納言盛長《ごんちゆうなごんもりなが》どのが、羽柴どのと親交があり、何かの話のついでにわしのことが出たらしい」

「それで、おぬしが秀吉に召し抱えられることになったのか」

「くわしいことは大坂へ行ってみぬとわからぬが、どうやら淡路の所領は安堵してもらえそうじゃ」

「…………」

何とも言えぬ複雑な思いが、内蔵介の胸をかすめて過ぎた。

（こやつ、おのれの幸運をひけらかすために、わざわざおれのところへ立ち寄ったのか……）

内蔵介は一瞬思ったが、菅平右衛門の表情には驕《おご》り高ぶったところは微塵《みじん》も見えない。言葉どおり、几帳面《きちようめん》に挨拶に寄っただけなのだろう。

（やはり、気に食わぬ。この男の真面目くさった学者面が……）

しかし――。

と、内蔵介は思う。

（ここで喧嘩《けんか》をしては、わしが世に出る機会がなくなる。たとえ、土下座《どげざ》をしてでも、こいつに秀吉への仲介を頼み込まねば……）

「のう、わしもともに連れて行ってくれッ」

内蔵介の口から、唾《つば》とともに言葉がほとばしり出た。

「連れて行くとは、どこへ？」

「決まっておる、大坂じゃ。わしもおぬしと一緒に、秀吉の家臣になる」

三

野崎内蔵介は、秀吉の水軍に入った。

ただし、身分は秀吉の直臣《じきしん》ではない。秀吉の船手頭《ふなてがしら》のひとりとなった菅平右衛門の家老として仕えることになった。

（癪《しゃく》にさわることじゃ）

むろん、内蔵介はおもしろくない。

そのうえ菅平右衛門は一万石の大名となり、ほかならぬ内蔵介自身の居城だった北淡路の岩屋城をまかされることになった。

岩屋城は明石海峡に面し、瀬戸内海を行き交う船の動きを掌握する枢要《すうよう》の地に位置している。秀吉が岩屋城を平右衛門にまかせたのは、それだけ平右衛門の実力を見込んでのことであろう。

（なぜ、あいつばかりが……）

内蔵介は秀吉の評価を不服に思い、はらわたが煮えくり返った。だが、落人のまま瀬戸内の小島に隠れ住んでいることを思えば文句は言えない。

岩屋城主の菅平右衛門は秀吉のいる大坂城に詰め、国元の差配は家老の内蔵介にゆだねられた。それゆえ、国元では勝手気ままにいばり散らすことができるのだが、いままでの城主であったころとは、すべてにおいて勝手が違う。
何かというと、菅家累代の家臣が、
「それは当家のしきたりにあらず」
「当家では、何々の儀式を欠かすことはでき申さぬ」
などと口を出し、うるさいことこのうえなかった。
（いまに見ておれ。いくさが起こったら、みなが眼を剝《む》くような大功をあげ、平右衛門のやつを見返してくれる……）
内蔵介は、ひたすら戦乱を心に念じた。
その内蔵介の望みは、意外に早く果たされる日がやってきた。
羽柴あらため豊臣と姓を変えた秀吉が、九州の島津氏攻略に着手したのである。内蔵介も菅水軍の旗のもと、秀吉の大遠征軍に加わった。
このころ、瀬戸内海の支配権を完全に手中におさめた秀吉の船手は、天下一の規模をほこるようになっていた。
菅平右衛門
石井与次兵衛
梶原弥助
来島通総《くるしまみちふさ》
村上武吉《たけよし》
ら、瀬戸内の諸海賊をはじめ、織田信長から引き継いだ九鬼嘉隆《くきよしたか》らの志摩《しま》水軍、さらに瀬戸内海沿岸に領地を持つ小西行長《こにしゆきなが》、脇坂安治《わきさかやすはる》、加藤嘉明《よしあき》といった秀吉子飼いの諸大名が、それぞれ百艘から数百艘の船を保有し、水軍を組織していた。

天正十四年秋、豊臣水軍は九州の豊後《ぶんご》府内に到着した。安宅《あたけ》船、関船、小早船、合わせて千艘におよぶ大船団である。

菅平右衛門の水軍二百艘は、島津方の動きを探るため、本隊と分かれて南下し、日向《ひゅうが》との国境に近い蒲江《かまえ》の湊に入った。

島津方の日向松尾の城主、土持親信《つちもちちかのぶ》はこのことを知り、蒲江湊に海上から夜襲をかけてきた。

「すわ、敵勢の来襲じゃ。者ども、わしにつづけーッ！」

矢弾の飛び交う音で跳ね起きた内蔵介は、十文字槍《やり》を引っつかんで浜辺に出ると、上陸してきた敵勢のなかへ飛び込んだ。

十文字槍の切っ先で敵の胴丸と草摺のあいだを貫き、槍の横穂で首を薙《な》ぐ。血が飛び、内蔵介の顔にかかった。塩辛い味が唇に染みる。

五人、六人と薙ぎ伏せるうちに、槍の柄《え》は血でぬるぬるし、穂先に脂《あぶら》がまいてきた。穂先を砂に突き入れて刃を研《と》ぎ直し、内蔵介はふたたび阿修羅のごとく戦場を駆けめぐった。

「どうじゃッ！」

内蔵介の叫びが夜空に突き刺さった。

「禄《ろく》は戦場の槍ばたらきで稼ぐものぞ。賢《さか》しらぶった天神の裔《すえ》に、何ができようぞ」

十人は斬った。敵は内蔵介の凄《すさ》まじい見幕に恐れをなし、まわりを遠巻きにして容易に斬《き》りかかってこない。

「どうしたッ。首を斬られたい者から、かかってこい」

内蔵介が槍を突き出して吠《ほ》えたときである。突如、敵の囲みの輪が割れ、後ろから十人ほどの軽装の足軽が進み出てきた。

男たちの手に、鋭く黒光りするものがある。

「いかん、鉄砲隊じゃ」

と思ったときには、
ガン
ガ、ガン
轟音《ごうおん》が響き、右肩に焼け火箸《ひばし》で貫かれたような激痛が走った。

内蔵介の手から槍がこぼれた。

見ると、肩から生ぬるい血潮が噴き出している。

(ばかな……)

内蔵介のまわりで、銃弾にやられた味方の兵が、血に伏し、苦痛にうめき、のたうちまわっていた。

と、みるまに敵の鉄砲隊は火縄に火をつけた新手と入れ替わり、こちらに銃口を向けてくる。反射的に身を伏せた。

狂ったような銃声とともに発射された弾が、内蔵介の頭上をかすめ、一度に十人近い仲間を倒した。

　味方は完全に浮足立った。そこへどっと敵勢が斬り込んでくる。

　内蔵介は立ち上がり、槍を振りまわしたが、傷ついた肩に力が入らず、斬りかかる敵の刃《やいば》をよけるのが精一杯だった。

（大将の菅平右衛門は、いったい何をしておる……）

　肝心なときになると、平右衛門はいつもいない。

（くそッ！）

　内蔵介が唇を噛んだとき、入江に一艘の関船が入ってきた。

「敵の援軍かッ」

　敵の船であれば、万事休すだった。

　絶望的な思いに打ちのめされていると、その関船から数条の火矢が放たれた。火矢は入江に浮かぶ敵船に突き刺さり、赤い炎が闇を焦がして燃え上がる。

「おおッ、あれは我らが御大将の関船じゃ！」

「夜襲にそなえ、隣の入江に隠していた船で、敵の背後を衝《つ》かれたのじゃ」

　味方の兵のなかから、歓喜に満ちた声が上がった。

（平右衛門のやつめ、いつの間に……）

　隣の入江に関船を伏せてあることは知っていたが、敵襲の混乱をかいくぐって関船にたどりついた菅平右衛門の行動のすばやさに、内蔵介はおどろいた。

　平右衛門の関船から放たれた火矢で、土持勢の船の多くは炎上し、わずかに残った十数艘の船に分乗して敵はあわてて退散していった。

結局、九州攻めで菅水軍がおこなった戦いらしい戦いはそれだけであった。

豊臣秀吉が本隊八万をひきいて豊前小倉《ぶぜんこくら》に上陸し、南へ攻め下ると、島津勢は敗退に敗退を重ね、降伏した。

戦いすんだ菅水軍は、頭領菅平右衛門の先祖、菅原道真をまつる太宰府《だざいふ》天満宮に詣《もう》でたあと、大坂へ帰還した。

四

菅水軍はその後、小田原攻め、朝鮮の役と、豊臣水軍の一翼をになって活躍した。ことに、小田原攻めでは北条氏の伊豆水軍と下田沖で戦火をまじえ、敵船二十艘を沈めて名を高からしめた。

野崎内蔵介は、相変わらず菅家の家中にある。鬱々《うつうつ》とした気持ちも変わっていない。ただひとつだけ変わったのは、菅平右衛門に対するものの見方だった。

(こやつは、ただの賢《さか》しらぶった学者武将ではない)

いくさの前に漢詩を作るもったいぶった儀式はつづけているが、こと合戦になると、平右衛門の知謀は冴《さ》えわたる。いくさというものが、ただの槍ばたらきだけでは勝てないことが、近ごろようやく内蔵介にもわかりかけてきた。

(太閤《たいこう》はそのへんを見抜いて、やつを船手頭に取り立てたのだ……)

平右衛門の能力はみとめたものの、内蔵介とて槍ばたらきひとつでのし上がってきた矜持《きょうじ》がある。

「いまにみておれ。平右衛門と肩を並べてやるぞ」

ひとりになると、内蔵介は口癖のようにそのことばかりをつぶやいた。

内蔵介が平右衛門のもとを離れ、自立するまたとない好機がおとずれたのは、秀吉が死んで二年後の慶長五年――。

秀吉の遺児秀頼《ひでより》を奉ずる石田三成と、政権簒奪《さんだつ》を狙《ねら》う徳川家康のあいだで、天下分け目の関ヶ原合戦がおこなわれたときである。

豊臣水軍に属する菅平右衛門は、

「わしは秀頼さまをお守りする」

と、石田三成の西軍方につくことを表明した。

平右衛門にすれば、当然の決断であったろう。平右衛門の菅家は、故太閤秀吉の引き立てのおかげで今日の一万石の大名の地位を手に入れた。

が、菅家の重臣たる野崎内蔵介の考えはまったく違っていた。

(世の趨勢《すうせい》は、江戸の徳川どのにある。その証拠に、太閤子飼いの武将だった福島正則《まさのり》も、加藤清正《きよまさ》も、みな徳川方についているではないか)

内蔵介は、豊臣家には何の恩顧も義理もない。冷静に状況を判断して、必ず勝つ側につく――それが、かつて長宗我部元親に味方して城も所領も何もかも失った、内蔵介の得た苦い教訓であった。

「豊臣方は負けるぞ、平右衛門」

軍議の席で、内蔵介は平右衛門に進言した。

「あとあとのことを考えれば、徳川どのについたほうがよい。志摩水軍の九鬼嘉隆《くきよしたか》どのも、おのれは豊臣方につきながら、家の存続のために息子を徳川方につけたというではないか」

「いや」

内蔵介の反駁《はんばく》に対し、平右衛門の表情は春の海のようにおだやかだった。

「わしは豊臣方につく。受けた恩は返すのが、筋目《すじめ》というものだ。これを儒学《じゆがく》では、仁《じん》義《ぎ》と呼んで尊き生き方とする」

「仁義もよいが、死んでしもうては元も子もないではないか」

「死ぬもまたよし。わが先祖、右大臣菅原道真公は、藤原氏の専横にひとり立ち向かい、九州の太宰府へ流されて死んだ。世の人は、筋目を通した道真公を北野天神としてまつり、徳をたたえた。そのような生き方こそ、まことの男であろう」

「…………」

「菅公以来、わが一族では代々、筋目を通すことを大切にせよと教えられてきた。道真公の孫で詩人として名高かった菅原文時《ふみとき》は、ときの帝、村上天皇に自分の作った漢詩とそなたの作った漢詩とどちらがすぐれているかと問いつめられ、おのれのほうがすぐれていると正直に答えて逐電《ちくでん》したと伝えられている。正しきことは正しきこと、間違うたことは間違うたことと何者に対しても臆《おく》せず直言するのが、学問の家たる菅原一門の伝統だ」

「窮屈じゃのう」

内蔵介は顔をしかめた。

「この世は筋の通らぬことだらけじゃ。いちいちそれに目くじらを立てていては、生きていくことができぬ」

「さればこそ、たとえ散り急ぐとも、汚辱した乱世に咲く一輪の白梅のような生き方をつらぬきたいのだ」

（ばからしい……）

と、内蔵介は思った。

平右衛門の考えは理想論である。高潔といえば聞こえはいいが、菅原一族のような生き方は、ただ頑固で融通がきかぬだけではないのか。付き合っていては、命がいくつあっても足りない。

「もはや、これまでじゃ。おぬしとやっていくことはできぬ。わしは、徳川につく。わしと志を同じうする者はついてこいッ！」

内蔵介は席を蹴って立ち上がった。

「内蔵介……」

「さらばじゃ、平右衛門」

野崎内蔵介は、兵船三百艘にふくらんでいた菅水軍を割り、百艘をひきいて徳川方に馳《は》せ参じた。

（これでせいせいしたわ……）

菅平右衛門と袂《たもと》を分かった内蔵介の胸に後悔やうしろめたさはまったくなかった。

関ヶ原合戦は、徳川家康ひきいる東軍の大勝利に終わった。

西軍を指揮していた石田三成は斬首、豊臣秀頼は摂津、河内《かわち》、和泉《いずみ》、六十五万七千石の一大名に格下げされた。西軍に味方した大名は、ことごとく所領を大幅に没収されるか、廃絶の憂き目にあった。

そうしたなか、いち早く水軍をひきいて徳川方に加わった野崎内蔵介は、功を高くみとめられ、家康の側近のひとりで伊予国板島《いたじま》の城主、藤堂高虎《とうどうたかとら》の船手頭として五千石で召し抱えられることとなった。

内蔵介は、石田方に加わった菅平右衛門が浪々の身となり、播州明石《あかし》あたりに閑居《かんきょ》しているとの噂を耳にした。

(哀れなやつよ。あたら、筋目などを言い立てたばかりに……)

生まれてはじめてと言ってもいい優越感に、内蔵介は酔いしれた。

(世間は間違いだらけだ。むしろ、その間違いに乗じ、うまく世間を渡っていくのが生き上手《じょうず》というものじゃ)

関ヶ原合戦の三年後、徳川家康は江戸に幕府を開いた。大坂に豊臣家は存続しているが、もはや揺るぎようのない徳川の世である。

ところが——。

江戸虎ノ門外にある藤堂家の下屋敷で、野崎内蔵介は長年の好敵手《ライバル》である菅平右衛門に関して、またしても意外な知らせを聞いた。

「平右衛門のやつが藤堂家に召し抱えられただと」

「何でも、わが殿が船手としての菅平右衛門の力量を惜しみ、仕官をすすめる使者を何度となく送られたとか。家禄は、五千石が与えられると聞き及んでおる」

「五千石……」

噂話をする同僚の話を聞きながら、内蔵介はわれながら顔がこわばってくるのがわかった。

五千石といえば、関ヶ原で東軍につき、命がけで戦った内蔵介自身の禄高と同じである。

（西軍方につき、徳川に弓を引いた平右衛門が、なにゆえ五千石も与えられるのか。それでは、関ヶ原でのおれの働きはいったい何であったのか……）

いかなる因縁か、内蔵介と菅平右衛門は同じ藤堂家に仕えるめぐり合わせとなった。

だが、藩邸で顔を合わせても、内蔵介はつとめて平右衛門を避けるようにした。

（乱世に咲く一輪の白梅とは、笑わせてくれるわ。やはりおぬしも、ごたいそうな筋目とやらを曲げて、徳川に仕えたかったのであろうが）

喉まで出かかった蔑《さげす》みの言葉を、内蔵介は皮肉な薄笑いに変えた。

五

慶長十九年十月――。
大坂冬の陣が勃発した。

目の上の瘤《こぶ》ともいうべき秀吉の遺児秀頼を滅ぼすべく、徳川勢二十万は難攻不落の大坂城を取り囲んだ。

野崎内蔵介は菅平右衛門とともに、藤堂軍の兵船三百余艘をひきいて大坂湾へ進発した。淡路島で海賊をしていたころは若かった内蔵介も、すでに五十代の後半に差しかかっている。

堺の町へ入ると、夕陽をせおって薄紫色にかすむ淡路島が海のかなたに見えた。

(おお、淡路の島じゃ)

十数年ぶりに見る生まれ故郷の島は、内蔵介の目に染み入るように懐かしく映じた。

徳川方の大砲が火を噴いたのをきっかけに、戦いの火ぶたは切って落とされた。

徳川軍は城へ向かってしきりに砲撃を仕掛けるが、せいぜい城壁に穴をあける程度で、大きな被害を与えることはできない。外堀に近づこうとすると、城方から精鋭部隊が出撃し、攻撃をはばまれた。故太閤秀吉が叡知《えいち》と財力をかたむけて築いただけあって、大坂城はまさに鉄壁の要塞《ようさい》である。

いっこうに城攻めがはかどらぬことに業を煮やした家康は、一方で和平工作をすすめ、開戦から二カ月後、両軍のあいだで講和が結ばれた。

講和の条件は、徳川軍にとって有利なものであった。

一、大坂城の惣構《そうがま》え、および二ノ丸・三ノ丸の外堀を埋め立てること。ただし、惣構えの埋め立ては徳川方がおこない、外堀については城方がおこなう。

一、秀頼、淀殿の身上は、従前と変わりなきこと。
一、籠城の侍たちは、何の咎《とが》めもなきこと。

以上の三点が、取り決められたのである。

講和成立後、徳川家康は包囲の輪をといて江戸へ引き揚げた。

野崎内蔵介や菅平右衛門が仕える藤堂高虎は、大坂城の惣構えの堀埋め立てを家康から仰せつかり、講和ののちも大坂に残った。

藤堂家の家来たちは、諸大名の人数とともに、昼夜兼行で作業に取りかかった。わずか三日で惣構えの土塁を崩し、堀を土で埋めた。

「やれやれ、ようやくつまらぬ仕事が終わったか」

と、胸を撫《な》で下ろした野崎内蔵介に、次なる命令が主君の高虎から下された。

惣構えを埋めただけにとどまらず、つづいて城の外堀をも埋め立てよ——というのである。

（えッ）

内蔵介は一瞬耳を疑った。

講和のときの取り決めで、徳川方が埋め立てるのは、大坂城の惣構えのみと定められていた。二ノ丸・三ノ丸の外堀の埋め立ては、豊臣方がおこなうという約束がなされていた。

そのことは、堀の埋め立て工事をしている誰もが知っている。

（なぜだ……）

内蔵介が、主君の藤堂高虎に直接たしかめに行くと、

「大御所さまのご内意じゃ。つべこべ言わずに、命令に従え」

高虎は冷たい声で、内蔵介をはねつけた。

（これは……）

内蔵介は、はたと思い当たった。

（大御所は、最初から約定《やくじょう》など守る気はなかったのだ）

外堀を埋め立てられた大坂城は、もはや裸城も同然で、使いものにならなくなるであろう。

翌朝から外堀の埋め立てがはじめられた。

二ノ丸、三ノ丸の櫓《やぐら》や建物がつぎつぎ取り壊され、大量の土砂とともに堀にぶち込まれた。

むろん、大坂城の豊臣方はあわてて抗議したが、徳川方は聞く耳を持たず、工事は構わず続行された。

徳川方の武将たちも、内心、卑怯《ひきょう》なやり方だとはわかっていたが、徳川家康の命令には逆らえなかった。

だが――。

この大坂城の外堀埋め立てに、真っ向から異を唱えた男が、徳川軍のなかでたったひとりだけいた。

菅平右衛門道長である。

津藩藤堂家につたわる古記録、『公室年譜略』によれば、

――菅平右衛門遅参たり。ことに彼の丁場後《おく》れ怠れり。公（藤堂高虎）怒らせらる。平右衛門却《かえ》つて悪言を吐きて罵《ののし》り、剰《あまつさ》へ既《すで》に公に切り掛らんとの風情なり。野崎内蔵介傍《かたわ》らに有りて是《これ》を見て後ろより抱き留め、菅を動かせず。


と、しるされている。

菅平右衛門はおのが持ち場の埋め立てを故意に遅らせ、そのことで藤堂高虎の怒りをかうと、逆に激しく食ってかかり、あろうことか主君の高虎に切り付けようとしたというのである。

そばに居合わせた野崎内蔵介に羽交《はが》い締めにされた平右衛門は、乱心のかどで作事小屋に押し込められた。

しかし、家臣に暴言を吐かれた藤堂高虎の怒りは、なおもおさまらず、

「あやつを成敗してくれる」

と、みずから刀をたずさえ、平右衛門の小屋へおもむこうとしたが、見かねた重臣たちが必死にこれを押しとどめた。

「おぬし、何というまねを……」

作事小屋で菅平右衛門と二人きりになった内蔵介は、茫然《ぼうぜん》と相手の姿を見つめた。

大立ち回りを演じた平右衛門の頭髪は乱れ、さすがに横顔に疲労の色が濃い。だが、その眠ったような半眼は変わらず、さきほどの狂態が嘘のような落ち着きをみせていた。

「迷惑をかけたな」

うっすらと、平右衛門が微笑した。

「なぜじゃ」

内蔵介は平右衛門の前にどっかとあぐらをかいてすわった。

「おぬし、いまだに豊臣家に心を寄せておったのか。秘めたる本心をあらわにして雑言《ぞうごん》を吐き、主君に刃を向けんとするとは、愚かな……」

「ちがう」

「ちがうとは、何が？」

「わしは、関ヶ原合戦で西軍について戦い、故太閤殿下への仁義は果たしたと思うておる。それゆえ、豊臣家への未練や同情は、もはやない」

「それではなぜ、堀の埋め立てにあれほどむきになって反対した。豊臣家に忠義立てしたからではないのか」

「…………」

平右衛門は部屋の高窓から洩《も》れる茜《あかね》色の残照を見上げ、ふっと目を細めた。

「許せなかったのよ」

「許せぬと……」

「そうじゃ」

と、しずかにうなずき、

「和議の約定では、徳川方にまかされたのは大坂城の惣構えの埋め立てだけであった。外堀の仕置きは、豊臣方にゆだねられていたはず」

「それが、どうかしたのか」

「約定違反じゃ。徳川方は道理に反したことをいたしておる。道理にそむくは、たとえ相手が主君であれ将軍であれ、この菅平右衛門、断じて許すまじ」

「おぬし……」

野崎内蔵介の胸に、不意に名状しがたい思いが込み上げてきた。

（ああ、平右衛門は昔からこういう奇妙な男であった……。おれは平右衛門を嫌いながらも、肚《はら》の底ではこの男の一徹なところに魅《ひ》かれていたのかもしれぬ）

長い年月にわたるさまざまな思いが、頭のなかで交錯した。

「あやまれ、平右衛門」

思わず、内蔵介は平右衛門の膝に手を置いていた。

「今からでも遅くはない。高虎さまにあやまって、命乞いをせい。自分とはかかわりのない約定のために命を落とすとは、愚の骨頂だぞ」

「できぬ」

「どうしてだ」

「わしは間違ったことはしておらぬ。人に頭を下げることはない」

「たしかにそうじゃが……」

内蔵介は歯がゆくなった。

「おぬしの言うことは正しいが、世の中というものは理屈だけでは動かぬ。そういうものじゃ」

「それくらい、わしにもわかる。だが、天神が許さぬでな」

「また天神か」

「そう、天神」

菅平右衛門はおだやかに笑った。

「菅公《かんこう》こと、菅原道真公の血を引く者、皆ことごとく高潔であらねばならぬ。間違っていることは間違っていると、はっきり言わねばならぬのだ」

「ばかめが」

吐き捨てつつ、内蔵介は熱い泪《なみだ》が頬を伝うのを感じた。もう、友の顔を見ていることができなかった。

菅平右衛門道長は、その夜のうちに作事小屋で切腹して果てた。と同時に、徳川方の違法な堀埋め立てに対し、断固として異を唱えた唯一の人物として、歴史の片隅に名を留めることになった。

老将

一

少年は老人の顔を見ていた。

深い皺《しわ》が刻まれた老人の肌は、長年の戦場灼《や》けのために褐色のシミが浮き出ている。白髪《しらが》まじりの太い眉毛《まゆげ》、ややたるんだ頰《ほお》の肉、何か物言いたげに半開きになった唇。唇のまわりには、使い古した箒《ほうき》のようにまばらな髭《ひげ》が垂れ下がっている。

（この老人が槍《やり》を持って馬に乗り、戦場を駆けめぐったことなど、ほんとうにあったのだろうか……）

少年は、老いの醜《みにく》さをさらす男の顔をみて思う。

老人の灰色がかった瞳は、ときとして猛禽《もうきん》めいたするどい光を放つことがあるが、そのようなことはごく稀《まれ》で、つねは山上の湖のごとき深い静謐《せいひつ》が目もとに物憂くただよっている。

「じきに冬じゃ」

草庵《そうあん》の縁側に腰をおろした老人が、渓谷を見下ろしてつぶやいた。

一筋の白い渓流が奔湍《ほんたん》となって流れ落ちる谷は、ナナカマド、山モミジ、ミズナラなどがしたたるように美しく色づいている。

「みちのくは、冬が早いであろうな」

「はい。あと十日もすれば、山に初雪が降りましょう」

「まだ山は、あざやかな錦繍《きんしゅう》につつまれておると申すに、はや雪が降るのか」

「みちのくでは、紅葉のうちから雪が降りまする」

「雪がふれば、さぞかし寒さが身にこたえようのう」

と言うと、老人は痩《や》せた肩をふるわせ、咳込《せき》んだ。

「背中をおさすりいたしましょう」

「うむ」

老人の骨の浮いた背中をさすりながら、少年は、

(戦場ではなばなしく死んでこそ、まことの武者輩《むしゃばら》というものだ。生きながらえて老いをさらすのは醜い……)

胸の底に、かるい侮《あなど》りの気持ちが湧き上がるのを押さえることができなかった。

老人は、名を和久宗是《わくそうぜ》といった。

齢《とし》はすでに八十に近い。

宗是が奥州伊達政宗《だてまさむね》の領内へやって来たのは、いまから半年前、慶長十七年の春三月のことである。

仙台の城下にあらわれたとき、宗是の姿は誰の目にも、尾羽《おは》打ち枯らしたみじめな老

武者としてうつった。

またがっている河原毛《かわらげ》の馬も、これまた主人に負けず劣らずの老いぼれだった。宗是が吹けば飛ぶような痩身《そうしん》だから、どうにか持ちこたえているようなものの、乗っているのが大兵肥満の若武者だったら、いっぺんで潰《つぶ》れてしまいそうな古馬である。

老武者の宗是と古馬の組み合わせは、古さの塊《かたまり》以外の何物でもなく、そのみじめな姿は仙台城下の人々の嘲笑《ちようしよう》をさそった。

——どうせ、関ヶ原くずれの食い詰め牢人《ろうにん》だろう。

城下の者たちは噂《うわさ》した。

去る慶長五年、徳川家康ひきいる東軍と、石田三成ひきいる西軍のあいだで戦われた天下分け目の関ヶ原合戦は、東軍の勝利におわり、敗れた西軍方の武者の多くは、禄を失って牢人となった。

食い詰めた牢人は、あらたな仕官先をもとめて諸国へ散った。奥州で六十万石の大封をほこる伊達家へも、自薦他薦を問わず、おのれの売り込みをする牢人者がたびたびやってきた。

河原毛の古馬にまたがって、仙台城下にあらわれた和久宗是なる老武者も、また、仕官口をもとめる関ヶ原くずれの牢人にちがいないと人々は思った。

たしかに、和久宗是は関ヶ原合戦で西軍に属して戦った武将であった。

「あのような老いぼれ、仕官したくとも、伊達の殿さまが相手になさるはずがない」

「門前払いを食わされ、しょげかえって川に身投げでもせねばよいが……」

人々の無責任な噂に反し、和久宗是は二千石の高禄をもって客分として召し抱えられた。

領地は、黒川郡の大谷邑《おおやむら》（現、宮城県大郷町）、仙台の城下より北へ四里離れたのどかな幽寂境である。多島美で知られる名勝の松島《まつしま》へも、丘陵をこえてわずか一里あまりの距離だった。

伊達家の客分となった和久宗是は、仙台城下に屋敷を持たず、中間、小者のほかは、これといった家臣も雇わなかった。

所領の大谷邑のはずれ、

――みなり沢
という閑《しず》かな谷あいに、侘《わ》びた草葺《くさぶ》きの庵《いおり》を結び、晴耕雨読の暮らしをはじめた。

少年――今年十三歳になる桑折《こおり》小十郎が、みなり沢の宗是老人の身のまわりの世話をするようになったのは、みずからの意志ではない。藩主、伊達政宗じきじきのお声がかりだった。

「老いたりとはいえ、和久宗是は天下に隠れなき武者じゃ。そなたも人生の大先達《だいせんだつ》に教えを乞い、武者たる者の心構えを学んでまいるがよい」

小姓として近侍していた小十郎に、政宗は命じた。

（殿さまのもとを離れ、なにゆえ、見ず知らずの老人の世話をせねばならぬのか……）

少年は、おおいに不満だった。

小十郎の生家の桑折家は、小禄なりとはいえど、伊達家に累代仕える大番組の家柄である。目鼻立ちすずしく、利発な生まれつきの小十郎は、主君政宗にかわいがられ、大のお気に入りとなっていた。

城を去って、得体《えたい》の知れぬ老人の世話を仰せつけられたのも不満だが、もっとわからぬのは、

（このような隠居同然の老人に、殿はなぜ二千石もの高禄をお与えになるのだろう）

ということだった。

小十郎の見たところ、和久宗是は何の役にも立たぬ年寄だった。

しかも、関ヶ原の牢人である。

関ヶ原合戦から十二年、徳川幕府による牢人追及の手はゆるんだとはいえ、かつて徳川家に弓を引いた者を厚く遇するのは、幕府への聞こえも良くはあるまいと思われた。

主君の政宗は和久宗是のことを、天下にきこえた武者だという。だが、老人には少しも大剛の武者らしいところがなかった。

（朽《く》ち葉のような老人から、いったい何を学べというのだ……）

少年は憂鬱《ゆううつ》になった。

二

みちのくに冬が来た。

みなり沢も、宗是の草庵も、真っ白な雪に埋もれた。

小十郎は外へ出ることもままならず、軒を吹きすぎる寂しい風の音を聞きながら日々

を過ごした。

　和久宗是は、冬のはじめにかるい風邪をひいた以外はいたって壮健で、雪に降りこめられた穴蔵のような境涯をむしろ楽しむように、書見《しょけん》に明け暮れている。

　小十郎は、ありあまる若さを持てあました。

（城におれば、小姓仲間と相撲を取り、退屈などせぬものを……）

　活気にあふれた城の暮らしが、むしょうに懐かしかった。

　みなり沢の草庵では、年の近い話相手もいない。宗是は、必要なこと以外はめったに話さぬ寡黙《かもく》な老人だった。

　小十郎がようやく外へ出る機会を得たのは、年が明けた慶長十八年の正月だった。

「せっかくの正月じゃ。実家《さと》へ帰り、母者に甘えてくるがよい」

　宗是は言った。

（わしはもはや、母に甘える年ではない）

　小十郎は頬をふくらませて不服な顔をしたが、そこは明けて十四になったばかりの少年である。ひさびさに親兄弟のいる家へ帰れることが、嬉《うれ》しくてならない。

「されば、三日ほどお暇をいただきまする」

　老人への挨拶《あいさつ》もそこそこに、雪道を飛ぶような足取りで仙台城下の塩蔵丁《しぐらちょう》の実家へもどった。

　伊達家では、古来、衣装や武具に金をかけ、きらびやかに飾り立てるならいがある。見栄をはって、華美な装いをする者のことを、

——伊達者《だてもの》

と呼ぶのはそのためだが、反面、食事はきわめて質素だった。もっとも、それは平素のことで、晴れの正月料理ともなれば、伊達者らしく金をかけ、山海の珍味をふんだんに使った豪華な雑煮《ぞうに》を食べる。諸国に知られた〝仙台雑煮〟である。

久しぶりのわが家で母の手作りの雑煮に舌鼓をうち、小十郎は思わず涙をこぼしそうになった。

そのとき、うしろから肩をたたく者があった。

「小十郎、正月から何をしめっぽい顔をしておる」

振り返ると、すぐ近くの東一番丁に屋敷をかまえる、母の弟の茂庭助右衛門《もにわすけえもん》が立っていた。

六尺を超える堂々たる体軀《たいく》の助右衛門は、藩内でも指折りの管槍《くだやり》の名手としてきこえている。

「しばらく見ぬ間に、ずいぶんと背丈《せたけ》が伸びたようじゃの」

酒豪の助右衛門は蒔絵《まきえ》の銚子《ちょうし》と朱塗りの盃《さかずき》を手に、小十郎の横へあぐらをかいた。

「大谷邑での暮らしはどうだ、小十郎」

「つまりませぬ」

「何、つまらぬと」

「はい」

小十郎は叔父の酒くさい息に、かすかに顔をしかめた。

助右衛門は憮然《ぶぜん》とした表情になり、

「近ごろの若い者は、贅沢《ぜいたく》をぬかしおる。そなたが仕える和久宗是どのは、天下に隠れもなき武者ぞ。それを、つまらぬなどとは……」

「殿も、宗是どのを立派な武者と申されておりました」

「さもあろう」

「わかりませぬ、叔父上。あの宗是どののいったいどこが、立派な武者なのです。わたくしには、ただの退屈なご老人としか見えませぬが」

「そなた、宗是どののことを何も知らぬのか」

助右衛門が、おどろいたように目を見はった。

「存じませぬ。殿からは何もうかがっておりませぬし、宗是どのも、ご自分のことは何ひとつ語ろうとなさいませぬゆえ」

「そうか」

助右衛門はにわかに酔いのさめた顔つきで、朱盃《しゆはい》を置いた。

「あのご老人はな、小十郎。わが伊達家の救いの神なのだぞ」

「救いの神……」

「そうじゃ」

助右衛門はうなずいた。

叔父が語った和久宗是の経歴は、それまで小十郎が老人に対して抱いていた印象とは、およそかけ離れたきらびやかなものだった。

和久宗是は、戦国乱世ただなかの天文四年、上方《かみがた》に生まれた。

和久家は、室町幕府に代々仕えてきた侍の家柄である。若いころ、宗是は室町幕府の実力者の三好《みよし》三人衆に従っていたが、三好一族が織田信長に滅ぼされると、織田家に属し、のち本能寺の変で信長が斃《たお》れたあとは、豊臣秀吉の昵懇衆《じっこんしゅう》のひとりに列するようになった。

天下取りをめざす秀吉が、奥州伊達政宗の攻略に乗り出すと、宗是は秀吉から命じられて、伊達家との交渉役をつとめた。

そのころ――。

伊達政宗は微妙な立場にあった。

奥州の南半分を力で切り取ったものの、すでに天下の趨勢《すうせい》は秀吉に傾いていた。秀吉に逆らうことは、滅亡を意味した。しかし、〝独眼竜《どくがんりゅう》〟の異名で呼ばれた伊達家の当主の政宗は、野心を捨て去るにはまだ若く、壮気に満ちあふれていた。

そうした政治状況にあって、和久宗是は、奥州にいて天下の形勢にうとい政宗に、

「秀吉さまに逆らうことは、貴殿のためにならぬ。身の処し方をあやまれば、伊達家は滅びますぞ」

と説き、ひそかに上方の情報を与えて、秀吉に従うことをすすめた。

宗是の説得を受けた政宗は、おのれの立場を思い知り、小田原北条攻めをおこなっている秀吉の陣にみずから出向いて、恭順の意をしめした。

このときの政宗の賢明な判断によって、伊達家は戦国を生き残ることができたのであ

る。

　また、奥州の葛西、大崎一揆で、騒動の背後に伊達の策謀があるのではないかと疑いをかけられ、政宗が秀吉の審問を受けるはめになったとき、

「関白さまは、しかじかのことをお尋ねになる」

　と、審問の内容を事前に知らせてくれたのも、ほかならぬ和久宗是であった。これにより、政宗はあやういところで嫌疑をまぬがれることができた。

「重ねがさね、宗是どのには世話になった。それにしても、なにゆえ、わしにそれほど好意をお示し下さる」

　政宗は、宗是に聞いた。

　宗是はかるく笑い、

「なに、わしは貴殿のような、戦国の荒武者の気風を残した男が好きなのよ。おそく生まれてきたゆえに、関白さまの後塵《こうじん》を拝したが、十年早く生まれておれば、天下は伊達どののものだったかもしれぬ」

　と、答えた。

　秀吉の死後、世の流れが徳川家康に傾いてゆくなか、和久宗是は最後まで豊臣家に対する忠義心を捨てなかった。関ヶ原合戦では、西軍方の一将として死力をつくして戦った。

「そういう俠気《おとこぎ》にあふれた御仁《ごじん》じゃ」

　語り終えた助右衛門が朱盃をあおった。

「わが殿は、宗是どのに対し、幾重もの恩義を感じておられる。このたび、宗是どのを奥州へ呼び寄せ、禄をお与えになったのも、あの御仁の高い人徳あったればこそのことじゃ」

「…………」

小十郎は、老人の褐色のシミと皺に埋もれた面貌《かお》を思い出した。少し眠そうな老人の顔には、どこか憂愁の翳《かげ》りがあった。

（あれは、信長、秀吉の世と、戦国乱世そのものを生き抜いてきた漢《おとこ》の、戦い疲れた姿だったのか……）

人生の奥深さの一端を、小十郎は生まれてはじめて垣間見たような気がした。

正月三カ日が終わり、小十郎はみなり沢の草庵へ帰った。老人に対する認識は、ややあらたまったものの、日々の退屈な暮らしは相変わらずである。

小十郎は、宗是を見ならい、書物を読むようになった。

「『六韜《りくとう》』を読んでおるのか」

書見台の軍書にしかつめらしい顔で向き合っている小十郎を見て、宗是が声をかけてきた。

「そなたの年で、まだ『六韜』は難しかろう」

「難しゅうございますが、わかるところだけ拾い読みしていると、何となく意味がわかったような気になってまいります」

「ふむ」

老人はうなずき、

「武者にとって、槍術《そうじゅつ》、刀術を学ぶことは、むろん大事なことだ。しかし、それだけでは猪《いのしし》武者になってしまう。書物を読み、知識を広げるのも武者の心得のひとつじゃ」

白く冷えびえとした障子の明かりに目を細めるように言った。

小十郎は、少しだけ老人が好きになった。

三

やがて、草庵の裏山に真っ白なこぶしの花が咲いた。

まだ雪の残る山に、こぶしの花が咲くと、春はもうそこまで来ている。沢の水が雪代《ゆきしろ》で濁り、それが玻璃《はり》のごとく清冽《せいれつ》に澄みわたると、里にほんとうの春がやってくる。

奥州の遅い春は、梅、桜、桃の花がいっぺんに咲きそろい、息もつまるほどの賑《にぎ》やかさである。

「たまには、遠駆けにでも出るか」

春のいぶきの立ち込める谷を眺めて、宗是が言った。

「遠駆けでございますか」

「うむ」

「では、さっそく馬を用意いたしてまいります」

小十郎は、古来より名高い馬産地として知られるみちのくの生まれである。馬に乗るのは、三度の飯より好きだった。

（しかし、あのご老体に遠駆けをする力が残っているかな……）

小十郎は心配したが、それは杞憂《きゆう》であった。

宗是は、小十郎が、

（これが、あの老人か）

と、目を見はるほどのあざやかな手綱《たづな》さばきで、河原毛の馬を駆って、春の野を疾駆していく。

小十郎のほうは、栗毛《くりげ》の若駒だった。

頬にあたる風が、心地よい。まだ刺すような冷たさを底に含んでいるものの、山から吹きおろす風には甘やかなブナの若芽の匂《にお》いがまじっている。

半里ほど駆け、カタクリの咲く野で老人は馬をとめた。

「さすがは、みちのくの男の子《おのこ》じゃ。馬のあつかいに馴《な》れておるな」

小十郎を振り返り、宗是が目をほそめた。

「好きです、馬が」

「好きこそ、ものの上手《じょうず》なれという。そなたの馬も、よき馬じゃ。口浅く、上首が長く、耳が狭く短い。しかも、愛相《あいそう》がある」

「愛相とは、何でございますか」

「見よ。そなたの馬は、鼻づらの上に旋毛《つむじ》が巻いておる。鼻の上の旋毛は愛相と申してな、古来より馬の吉相とされておる」

「存じませなんだ」

「その馬は、父御よりゆずられたか」

「はい」

「千頭に一頭の名馬じゃ。大事にあつかってやれば、十五、六年は役に立ってくれようぞ」

「宗是さまの馬は、幾歳になるのでございますか」

小十郎は、宗是のまたがった河原毛の老馬を見た。

「こやつは小田原北条攻めのころより、わしとともに戦ってきた馬じゃ。かれこれ、二十六、七歳になるかのう。老いぼれているが、まだまだ気力は満ちている」

かすかに笑うと、宗是は馬の尻《しり》に鞭《むち》をくれ、ふたたび野を走りだした。

(馬も古馬だが、宗是どのも仙人のようなお方だ……)

老人の背中を追いかけながら、小十郎は思った。

その日、小十郎は宗是から、手綱の水付きを取って輪乗りをかける〝水車《みずぐるま》の技〟、勇み立つ馬を御する〝野笹《のささ》の法〟、悍馬《かんば》の気をしずめる〝嵐の鞭〟など、馬術の秘技の数々を授けられた。

全身に気持ちのいい汗をかき、みなり沢に帰ってきたときには、あたりに薄い夕闇《ゆうやみ》が満ちていた。

厩《うまや》に馬をつなぎ、草庵にもどってみると、縁側に小十郎の見知らぬ男が腰を下ろしている。髭の濃い、壮年の男であった。

深編笠《ふかあみがさ》を小わきに置き、褐色《かちん》の袖《そで》無し羽織に、埃《ほこり》にまみれた裁《た》っ着《つ》け袴《ばかま》をはいている。一目で旅姿とわかる身なりだった。

男は、宗是の姿を見て縁側から立ち上がると、かるく目礼をした。

宗是のほうも、会釈を返す。

どうやら、ふたりは知り合いのようだった。

「今日は疲れたであろう。そなたは部屋にもどり、ゆるりと休むがよい」

「宗是さま、あの方は……」

「わしの古い知り合いじゃ。昔語りをしに、たずねてきたのであろう」

老人の目もとに、かつてない険しい表情が刻まれているのを小十郎は見た。

（あの客人は、何者であろう……）

男は、夜おそくまで宗是と話し込み、翌朝、まだ陽ののぼらぬうちに姿を消した。

老人が変わったのは、その日からだった。

口数が少ないのはあいかわらずだが、ときおり、庭に笹穂《あかがし》の槍を持ち出しては、するどい気合とともに槍をしごいた。もろ肌ぬぎになり、赤樫の木刀で素振《すぶ》りを繰り返すこともある。

そうしたときの老人は、近寄りがたい鬼気《きき》と殺気に満ちていた。

またあるときは、馬の遠駆けに行くと言って出かけたきり、一晩帰ってこないこともある。そのようなことが二度、三度と、たび重なった。

（いったい、どうしたのだろう……）

小十郎は胸騒ぎをおぼえた。

自分の知っている、物静かでおだやかな老人が、日々、壮者の精気をよみがえらせつつあるように思われる。なぜか、理由はわからなかった。

謎《なぞ》が解けたのは、小十郎がようやく草庵の暮らしになれ、老人にじつの肉親のような情愛をおぼえはじめた、翌年の初秋のことだった。

「仙台のお城へ行ってくる」

紋付の麻裃《あさかみしも》に身をつつんだ宗是が、腰に大小の刀をたばさみながら言った。

「殿にお会いになるのでございますか」

「うむ。政宗どのに会って、暇乞《いとまご》いをしてまいらねばならぬ」

「暇乞い……」

小十郎は、突然の話に肝《きも》をつぶさんばかりにおどろいた。

「伊達家を去るのでございますか」

「その覚悟じゃ」

「なにゆえでございます。せっかく、土地にも馴染《なじ》まれたというのに。何か、わたくしに不都合でもございましたか」

「いや、そなたはわしのわがままに、よく付き合《お》うてくれた。今日までのこと、礼を言わねばならぬ」

老人は、湖のようなおだやかな瞳を少年に向けた。

「わしが伊達家を去るのは、この土地に飽いたからではない。みなり沢は、よいところだ。わしははじめて奥州にたどり着いた日から、ここに骨を埋めるつもりでいた」

「ならば、なぜ……」

「このような老人でも、まだ必要としてくれている者がいる。武者たる者は、おのれを乞《こ》うてくれる者のために働くものじゃ」

「どこぞの大名家から、わが伊達家よりも高禄で召し抱えようと言われたのですか」

かつて、庵に老人をたずねてきた武士のことが、いまさらながら、小十郎の脳裏《のうり》によみがえった。

「いや、ちがう」

宗是は首を横に振った。

「江戸の徳川家のもとに、幕藩体制が固まりつつあるいまの世では、わしのような老骨の働き場は、もはやただひとつしかない」

「…………」

「わしはな、小十郎。大坂を、わが死に場所と定めたのじゃ」

語尾に哀愁をただよわせた老人のひとことに、

――あッ
と、少年は息を呑んだ。

(大坂……)

といえば、宗是がかつて仕えた太閤秀吉の遺児、豊臣秀頼《ひでより》がいる大坂城のことにちがいない。

関ヶ原合戦の敗北で、徳川家康に天下の覇権を奪われた秀頼は、摂河泉《せっかせん》六十五万七千石の一大名として、豊臣家の命脈を保ちつづけていた。

しかし、秀頼の存在は、幕府の安泰をめざす家康にとって目の上の瘤《こぶ》である。遅かれ早かれ、両者のあいだで合戦が起きるであろうと、遠く離れたみちのくにも不穏な噂が届いていた。

「秀頼さまは、江戸幕府の挑発を受けて立つおつもりじゃ。諸国の豊臣旧臣が、すでに大坂城へ集まりはじめているという」

「いつぞや、庵をたずねてきたのは、宗是さまに大坂入城をうながす使者でございましたか」

「さよう」

宗是はうなずき、

「わしは、わしを欲してくれた大坂に、命の残り火を燃やしに行く。いまさら挙兵したとて、豊臣が勝つことは難しかろう。だが、いくさとは、たんに勝ち負けの問題ではないのだ」

胸をそらせて言ったときの、老人の双眸《そうぼう》は夏の夜の月光のごとく輝き、頬に若々しい薔薇《ばら》色の血の気が立ちのぼった。

「政宗どのに挨拶したのち、庵を引き払い、さっそく大坂へ行く。そなたのことは、政宗どのに、よしなに頼んでおく。また城へもどり、もとのように御奉公に励むがよい」

老人の言葉に、

「わたくしも、ともに大坂へ連れて行って下さいませ」

小十郎は口から言葉をほとばしらせ、頭を下げていた。

「宗是さまとともに、戦いとうございます。戦いのなかで、まことの武者の道というものをお教え下さいませ」

「何を申す……」

ちらりと見上げた宗是の顔には、困惑の色が広がっていた。

「そなたは政宗どのに仕える桑折家の子じゃ。わしのような者について来て何とする」

「わたくしの家には、跡取りの兄がおります。お屋形さまへのご奉公は、兄者が立派に果たしてくれましょう」

「…………」

「お願い申し上げます。つき従わせて下さいませ。まだまだ、宗是さまから学び足りのうございます」

「困ったやつじゃ」

老人は眉をひそめたが、目もとはかすかに笑い、少しばかり嬉《うれ》しそうでもあった。

四

九月初旬、和久宗是は大坂へ向けて旅立った。

河原毛の古馬にまたがった老将のあとには、故郷《そ》に別れを告げた少年、桑折小十郎が従っていた。小十郎の愛馬は、首を勇むように反らせた栗毛の愛馬である。

秋風の吹く奥州街道から、東海道をつなぎ、黄瀬川《きせ》のあたりで、少年は生まれてはじめて富士山というものを間近に見た。

「美しい山でござりますな」

思わず嘆声を洩《も》らす小十郎に、老人は、

「世の中には、そなたの知らぬことがまだまだ、山のようにある。それをしっかりと、眼《まなこ》に刻みつけておくがよい」

冬の薄ら陽のように、ほのかに微笑して言った。

二人が大坂へ着いたのは、奥州を発ってちょうど二十日目、摂津の山々が紅葉《もみじ》に染まりはじめる季節のことである。

「見るがよい。あれが、太閤殿下がお築きになった天下一の名城じゃ」

宗是は馬鞭《ばべん》の先で天にそびえる巨城をしめし、誇らしげな顔で言った。

大坂城を見たときの驚愕《きょうがく》と感動を、小十郎は生涯忘れることができないであろう。

（まことに、人の築いた城か……）

それほど大坂城は豪奢《ごうしゃ》、かつ壮麗であった。

高石垣の本丸の上に築かれた大天守は、壁が青く塗られ、破風《はふ》をかざる黄金の蒔絵《まきえ》、金具が陽に輝いて目にまばゆい。絢爛《けんらん》たる大天守をはじめ、表御殿、奥御殿、千畳敷御殿のある本丸。そのまわりを二ノ丸、三ノ丸、山里廓《くるわ》が取り巻き、外側に武家屋敷、さらに町家が広がっている。

東は大和川をはじめとする大小の河川、北は淀川、西は海と、三方を天然の要害に囲まれ、さらに南を惣構えの外堀で守られた広大な城は、鉄壁の防御を誇りながら、なお優雅にして華麗であった。

そのさまは、

——地の太陽が天の太陽に光り勝った。

と、切支丹《キリシタン》宣教師にたたえられたほどである。

いままで、仙台城ほど美しく気宇壮大な城はあるまいと信じ込んでいた小十郎は、天下人の城の圧倒的な迫力の前に打ちのめされた。

(自分は井の中の蛙《かわず》だった……)

小十郎は、このような巨城に入ることが急にそら恐ろしくなり、尻込みしたくなった。

「行くぞ、小十郎」

少年の臆《おく》した心を鼓舞するように、老将が城へ向かって馬を進めた。

大坂城にはすでに、真田幸村をはじめ、明石掃部《かもん》、長宗我部《ちようそかべ》盛親、後藤又兵衛など、天下に名の通った、錚々《そうそう》たる武将たちが入っていた。

小十郎がおどろいたのは、それら二百騎、三百騎をひきいる一流の武将たちが、宗是の姿を見かけるたびに、

「これは、宗是どの。お懐かしゅうござる」

わざわざ馬を下り、辞を低くして挨拶にやって来たことである。

相手のまなざしには、老人に対する侮《あなど》りはみじんもなく、むしろ万軍の将に対するような畏敬《いけい》と尊崇の念がこもっていた。

（殿や叔父上が申されていたとおり、やはり宗是さまは天下に隠れもなき武者だったのだ）


つき従っている小十郎まで晴れがましく、誇らしい気持ちになった。

戦端がひらかれるまでには、まだ間があった。

いくさを前にして、大坂城には大量の兵糧が運び込まれ、豊臣秀吉が遺した莫大な黄金で雇われた牢人たちがぞくぞくと入城した。

いくさを前にして、小十郎は宗是の肝煎《きもい》りで元服をはたした。烏帽子《えぼし》親は、宗是と親しい真田幸村がつとめた。

「元服したからには、そなたも立派な武者じゃ。これよりは、桑折小十郎幸盛と名乗るがよいぞ」

宗是は、小十郎がまるで我が孫であるかのように、相好《そうごう》をほころばせて言った。

慶長十九年、十月十九日――。

大坂城を包囲した徳川方の先鋒が、木津川口の出城に攻めかかったのをきっかけに、戦いの火ぶたは切って落とされた。

徳川軍は城南の台地つづきに主力を展開したが、敵の攻め口をあらかじめ予想していた真田幸村が、惣構えの外に真田丸を築いて防御したため、徳川方の兵は城に近づくことさえできなかった。

攻め手を失った徳川家康は、

「大砲を撃《う》てッ！」

最新の兵器に膠着《こうちゃく》状態を打開する突破口をもとめた。

もっとも、最新の兵器とはいっても、当時の大砲は鉄の弾丸が轟音《ごうおん》とともに放たれるだけで、飛距離も短く、命中精度も低い。鉄壁を誇る大坂城の前には、ほとんどこけおどしに近かった。

徳川方は、いたずらに無益な砲撃を繰り返すのみで、あいかわらず惣構えに近づくことすらできない。

これに対し、天下無双の要塞に守られた豊臣方は、砲撃の合間を縫っては出撃し、攻城軍に少なからぬ損害を与えた。

和久宗是は、真田幸村隊に客分として属していた。むろん、小十郎もいっしょである。

惣構えの外に突き出た真田丸にも、徳川軍の砲撃の音は地鳴りのように響いた。

「恐ろしいか、小十郎」

砲撃の音が鳴り響くたびに、両手で耳をふさぐ少年を見て、宗是が目尻に皺を寄せて微笑した。

「恐ろしゅうなどありませぬ」

むきになって言い返したが、じつは肝が縮み上がるほど恐ろしい。

それもそのはずである。小十郎はいくさを体験するのもはじめてなら、大砲の音を聞くのも生まれてはじめてだった。

「我慢《がまん》することはないぞ。いくさは誰でも怖い」

「宗是さまも、怖いのでございますか」

「おうさ。わしも、十五のときに初陣《ういじん》を飾ってより、数え切れぬほど場数を踏んでいるが、いまだに明日は合戦というその夜は、目が冴《さ》えて眠れぬわ」

「信じられませぬ」

小十郎は、大坂城に入ってからの宗是が、齢《よわい》八十という老齢からはおよそ考えられぬ、水ぎわ立った武者ぶりを発揮していることを知っていた。

篠山近くに陣取る徳川軍の前線に夜襲をかけたときは、河原毛の古馬とともに味方の先頭を切って突っ込み、敵の首ふたつを取って城へもどった。

日ごとに老人は潑剌《はつらつ》とし、若返っていくように見える。はじめて奥州へやって来たときの枯れ木のごとき老人とは、まるで別人であった。

「宗是さま」

「うん？」

「どうすれば、わたくしも宗是さまのような、猛《たけ》き武者になれるのでございますか。わたくしは、戦場へ出ると足がすくみ、思うように働くことができませぬ」

「戦場で一流の働きをするためには、まずおのれの力を知ることとじゃ」

「おのれの力でございますか」

小十郎は聞き返した。

「さよう。そして、第二に敵の力を知ること。おのれと敵の力を知れば、戦いの仕方もおのずと見えてこよう。戦い方がわかれば、臆《おく》する心も消える」

「戦う敵が、こちらが及びもつかぬほど強壮であった場合は、いかにすればよいのでございます」

「そのようなときには、あえて戦いを挑まず、いち早く逃げ去ることじゃ。それもまた、彼我《ひが》の力を知っているからできること」

苛酷な戦国の世を生き抜いてきた宗是の言葉には、重い実感が籠《こ》もっていた。

大坂冬の陣は、二カ月にわたってつづいた。

和議を提案したのは、城攻めをおこなっている徳川家康のほうであった。このままいたずらに包囲戦をつづけても、大坂城は容易に落ちぬとみた家康は、和議による政治的な決着をはかったのだった。

一方の豊臣方にとっても、和議の申し入れは渡りに舟だった。籠城《ろうじょう》が長引くにつれ、秀頼の母の淀殿らに厭戦《えんせん》気分が高まり、そろそろ和睦《わぼく》をしたいと願っていた矢先であった。

「和議を結び、時間かせぎをしていれば、遠からず老齢の家康が死に、天下の覇権はふたたび豊臣家のもとにもどってくるかもしれない」

淀殿ら、大坂城の首脳部は、先行きにそんな甘い幻想を抱いていた。

その年の暮れ——。

利害の一致した両者のあいだに、和議が結ばれた。

停戦の条件は、大坂城の惣構え、および二ノ丸、三ノ丸の外堀を埋めることであった。

鉄壁の守りを誇った大坂城はわずかに本丸を残すのみとなり、丸裸同然の姿をさらすことになった。

五

「これはもはや、太閤殿下の大坂城ではない」

櫓《やぐら》が壊され、堀が埋め立てられた城を見て、和久宗是がため息をついた。

「羽を毟《むし》られた鷹《たか》も同じじゃな」

「はい……」

小十郎も、宗是と同じ思いだった。

はじめて大坂城を目の当たりにした日、城は陽光に燦然《さんぜん》と輝き、地上のすべてを圧するがごとく君臨していた。

（しかし……）

いま眼前にある大坂城は、本来持っていた力強さ、美しさを失い、いかにも脆《もろ》く頼りなげな姿に見える。

「無残じゃ」

老人は悄然《しょうぜん》とつぶやいた。

「宗是さま。城方はなぜ、かほど一方的に身の不利になる和議の条件を呑んだのでございましょうか。城がこの姿になっては、もはや籠城戦は難しゅうございましょうに」

「敵が老獪《ろうかい》だったのだ」

「…………」

「家康は、わしと同じく、戦国乱世を野太く生き抜いてきた武将じゃ。駆け引きを知り尽くし、いくさというものを知り尽くした家康にとっては、大坂城の淀殿やその取り巻きを籠絡するなど、赤子の手をひねるも同然。城方は、家康の仕掛けた老獪な罠《わな》にはまったのじゃ」

「この先、どうなるのでございましょうか」

「家康がこのまま、大坂城を放っておくはずがない。いずれまた、いくさが起きるであろう」

「しかし、お城は……」

宗是はそれ以上、何も答えようとはしなかった。

和久宗是と小十郎は、城にとどまった。真田幸村をはじめとする多くの武将たちも、またしかりである。和議による平和がつかの間のものに過ぎぬことは、城内にいる誰もがわかっていた。

やがて――。

兵を引き揚げて駿府《すんぷ》にもどった家康は、豊臣秀頼に対し、

「大坂城を明け渡し、伊勢か大和へ引き移るがよい。それが嫌なら、城内にいる牢人どもを、すべて追放せよ」

と、無理難題を吹っかけてきた。

丸裸になった大坂城相手に、飲めぬ要求を突きつけ、ふたたびいくさを仕掛けようという意図は歴然としていた。

家康の要求を聞いた淀殿は激怒した。

「和議を結んだ舌の根も乾かぬうちに、ぬけぬけと約束を破るとは許せぬ」

家康の術中にはまり、豊臣方は再度、挙兵の意志をかためた。

あわただしく、いくさの準備がはじまった。

大坂城では埋め立てられた水濠《みずぼり》や空堀《からぼり》の掘り返しがおこなわれたが、遅々として作業は進まない。櫓、塀まで取り壊された大坂城が、往時の姿を取りもどすのは無理な話であった。

「籠城戦は、もはやできぬ」

宗是が乾いた声でつぶやいた。

「いくさは家康の得意な野戦となろう。勝利の目は、十中八九あるまい」

「大坂城が落ちるのでございますか」

小十郎の問いに、老人は答えず、

「馬のしたくをせい。ひさびさに遠出をいたそう」

城中の重苦しい雰囲気とは正反対の、どこか突き抜けたような明るい顔で言った。

宗是と小十郎は天満《てんま》口の大手門から城外へ出て、淀川岸を走った。

水がぬるみだした淀川を、荷を積んだ三十石船が上り下りしている。のどかな春の景色だった。

「どちらへ参られるのでございます」

小十郎が問いかけても、宗是は行く先を告げない。

河原毛の古馬は、主人と同様、若さを取りもどしたかのような軽やかな走りをみせ、川べりを一刻《とき》あまりさかのぼった。

やがて、宗是の馬は川岸を離れると、水田のなかの一本道を進み、竹林につつまれた閑寂な里へ入っていく。

もう、京の近くまで来ているはずだった。

「ここはどこでございますか」

畿内の地理にうとい小十郎は、あたりを見まわしながら聞いた。

宗是は馬の手綱をゆるめつつ、

「深草《ふかくさ》の里という」

「深草……」

「そなた、知らぬか。このあたりには、むかし、深草ノ少将なる貴公子がいた。京一の美女、小野小町に思いをかけた少将は、百夜《ももよ》のあいだお通い下されればなびきましょうという小町の言葉を信じ、女のもとへ通った。しかし、百夜を目前にした九十九夜目、少将は小町の家へ通う途中に力尽き、命絶えてしまった」

「哀しい話でございますなあ」

「いや。恋に死ねる男は、それはそれで幸せというものだろう」

深草は、里ぜんたいが竹林のなかにあると言ってよい。翠《みどり》すずやかな竹林の奥に埋れるようにして、小さな古寺や庵がたたずんでいる。

老人が馬をとめたのは、小柴垣《こしばがき》にかこわれた草葺きの庵の前だった。

「たしか、ここだったはずだが」

馬から下りた宗是は、垣根の柴折戸《しおりど》をあけ、庭に足を踏み入れた。

こぢんまりとした庭だった。狭いが綺麗《きれい》に手入れされ、隅のほうに白椿《しろつばき》の花がひっそりと咲いている。

「ごめん下され」

宗是は庵の奥へ向かって声をかけた。

しばらく待ったが、庵の障子は閉ざされたきりである。物音ひとつしない。

低いがよく通る声で、二度、三度と、おとないを告げた。

「誰もおらぬようでございますな」

声をひそめるようにして、小十郎は言った。

「留守なのでしょうか」

「ここでお待ちになりますか」

「うむ……」

「いや、よい。もしかしたら、すでに庵を引き払い、よそへ引っ越してしまったのかもしれぬ」

老人はかすかに首を横に振ると、庵に背を向けて歩きだした。

そのときである。

庵の横の笹藪《やぶ》が揺れ、小柄な人影が姿をあらわした。

墨染《すみぞめ》の衣を身にまとった老尼であった。年は、七十過ぎといったところであろう。品のいい小づくりな顔を、白い頭巾《ずきん》でつつんでいる。

裏山に仏にそなえる花でも取りにいっていたのか、尼の左手には桃の枝を入れた竹籠《たけかご》があった。

「宗是さま……」

小十郎は老人の袖を引いた。

ゆっくりと振り返った宗是と、老尼の目が合った。

次の瞬間、老尼の手から竹籠がこぼれ落ちた。淡い紅色をした桃の花びらが、掃き清められた庭に散るのを少年は見た。

それから——。

老尼は、宗是と小十郎を庵に招き入れ、手ずから茶を点《た》てて馳走してくれた。

(誰なのだろう……)

老尼と宗是は、ろくに話をするでもなかった。ただ、しずかに茶を喫し春の日暮を過ごした。

宗是の横で、時を持てあましながら、

(なんと、優艶《ゆうえん》なる尼御前《あまごぜ》か)

小十郎は老いた尼に、気高い美しさを感じた。

蕭条《しょうじょう》たる竹林のなかの庵にいると、老尼が妙齢の女のように若やいで見え、八十を越えた宗是までが潑剌たる壮者のごとく目に映じてくる。なぜなのか、小十郎にはわからなかった。

四半刻ほどして、ふたりは深草の庵をあとにした。

「あの尼御前は、宗是さまとは、いったいどのような由縁のお方なのです」

柴折戸のところで宗是を見送る老尼の姿が竹林に埋もれ、すっかり見えなくなってから、小十郎は聞いた。

「あれはな……。遠いむかし、わしが恋をした女人よ」

「えっ……」

「おどろくこともあるまい。わしにもそのような若き日があった」

老人は馬上でつぶやいた。

「口では言い尽くせぬわけが、さまざまあってのう。わしと別れてから、女は世を捨て、この深草に庵を結んだのだ」

「宗是さまも尼御前も、いまだ、たがいにお心を残しておられるのではございませぬか」

「そなたの目にも、そう見えるか」

「はい……」

老人が小さく笑った。

「たしかに、わしは俗世への妄執をいまだ捨て切ってはおらなんだのかもしれぬ。だからこそ、この世の最後のなごりに、女へ別れを告げにきた」

一本道をゆるゆると進み、淀川岸までもどってきたとき、いきなり宗是が馬をとめた。

胸をそらし、こちらを振り返ると、

「ここで別れじゃ、小十郎」

決然とした口調で告げた。

「どこかへ行ってしまわれるのですか」

「わしが行くのではない。そなたがみちのくへ帰るのだ」

「いまさら何を……」

小十郎はうろたえた。小十郎も、老人とともに大坂城で最後まで戦う気でいた。

しかし、宗是は、かつて少年が目にしたことのない冷厳な顔で、

「そなたには、武者たる者の心得はすべて伝えたつもりだ。このうえ、教えるべきことは何もない。わしとともに、城へもどる必要はない」

「嫌です。わたくしも大坂へ参ります」

「ならぬッ。今度のいくさは、間違いなく大坂方が負ける。豊臣家とは縁もゆかりもないそなたを、城を枕に討ち死にさせたくはない」

「ならば、宗是さまも、みちのくへ参りましょう。かつて、宗是さまはおっしゃったではございませぬか。彼我の力を知り、負けるとわかったら、いちはやく逃げ去るのが肝要と……」

「わしにとって、今度のいくさは、勝つためのいくさではない。死に花を咲かせるためのいくさなのじゃ」

「…………」

「若いそなたには、まだわかるまい。武者には、死ぬためのいくさというものもある」

老人はゆっくりと、腰の大刀を引き抜いた。青光りする刀の切っ先を、小十郎の喉元《のどもと》

に向けると、

「去《い》ねッ！　去なねば、容赦なく斬るぞ」

「宗是さま……」

「そなたは生きよ。生きて、乱世を闘い抜いた男の死にざまを見届けるのじゃ」

言い放つや、宗是は刀の峰で小十郎の馬の尻をたたいた。

川べりの道を、馬が狂ったように走りだす。

馬の背に必死でしがみつきながら、うしろを振り返ると、老人が刀をおさめ、一礼して駆け去るのが見えた。

＊　＊

小十郎が、和久宗是の姿をふたたび目にしたのは、それから二月後のことである。小十郎は、家康から出陣を命じられた伊達政宗の軍勢に属していた。

前日の戦いで力を使い果たした豊臣方は、その日、最後の決戦をおこなうべく、大坂城を打って出た。

軍勢の先頭に、ひときわ目立つ、真っ白な浄衣に一ノ谷の兜《かぶと》ばかりをつけた武者の姿があった。

白い衣を風にはためかせ、朱槍を小わきにたばさみ、まっしぐらに突き進んでくる武者を見て、

（宗是さまだ……）

小十郎は、すぐにわかった。

宗是はまわりに群がる雑兵を槍で突き伏せ、蹴散らし、徳川の本陣めざして進んでゆく。

一羽の白鷺《しらさぎ》が、空を翔《か》けていくように見えた。

(漢《おとこ》だ、漢がいる……)

孤高の白い姿は、やがて、入り乱れた両軍の将兵のなかに消えた。

小十郎は、硝煙と血の匂いに満ちた戦場を栗毛の馬で駆けめぐりながら、

「宗是さまッ、宗是さまーッ!」

声を嗄《か》らしながら、老将の名を何度も、何度も、叫びつづけた。

あとがき

本書のタイトル、

――壮心の夢

は、秀吉の家臣のひとり前野将右衛門がよんだ漢詩の一節からとった。

戦国とは、壮心、すなわち胸に野望を抱いた者たちの時代であった。

尾張の農民の小せがれが、天下の支配者にまで駆けのぼる世の中である。その男――豊臣秀吉のまわりには、かれの出世とともに、野心を持った多くの異才たちが群れあつまってきた。

秀吉が天下人となり得たのは、かれ自身の能力もあろうが、むしろ、かれを取り巻く異能の男たちがぶつかり合う、凄《すさ》まじい力に後押しされたところが大きかったにちがいない。秀吉軍団のなかで生きた男たちの姿を描きながら、筆者はそんなことを強く感じた。

麻のごとく乱れた戦国の世に、民を至上のものとする理想国家を築き上げようとした赤松広通。天下一の政商をめざし、修羅の道を生きた今井宗久。あるいは、はるばる西洋から日本へ渡って来てサムライとなった、蒲生の鬼武者ロルテス。そして、老将和久宗是……。

かれらの心は、みな渇いていた。

男たちの渇きのみなもとをもとめて、わたしは各地を歩きまわった。戦国のサムライたちが渇いていたのと同じように、わたし自身も何かに渇いていた。壮心の夢とはきっと、渇いた心のことなのだろう。

わたしが書きたかったのは、男たちの出会いと別れのドラマにほかならない。

「二十年つき合ってみなければ、人のほんとうの姿はわかりまへん。とことんつき合ってみて、ようやく相手のおもしろさがわかってくるんですわ」

というようなことを、京の老舗《しにせ》のご主人に言われたことがある。

長年親しくしていた人が、一瞬、

——あっ

と思うような貌《かお》を見せるときがある。それがいい貌であるかもしれないし、悪い貌であるかもしれない。

仲のよかった友人とのあいだに、ふとしたきっかけで厚い壁ができてしまうことがある。また逆に、嫌だと思っていた相手と、ひょんなことから理解し合うこともある。

たしかに、人は二十年、三十年つき合ってみないとわからないのかもしれない。それこそ、人生の妙味である。

だから、人間はおもしろいのだと思う。

火坂雅志

解説

縄田一男

本書が書店に並ぶ頃には放送がはじまっているが、二〇〇九年度のＮＨＫ大河ドラマの原作は、火坂雅志の『天地人』である。

いま、私が原稿を書いているのは師走――。久しく見ようとも思わなかった大河ドラマを今度は見ようと思っている。理由は二つある。

まず一つは、何年も場当り的にテーマを選んで来た（私にはそうとしか思えない）大河ドラマが、ようやく時代が必要としている主人公、すなわち、直江兼続を選んだからだ。まず兼続は、これまで主に関ヶ原合戦の脇役として描かれるケースが多かったが、徳川家康を激怒させた〝直江状〟を叩きつけた快男児であり、今日の閉塞的な状況に風穴をあけてくれる、胸のすくような人物であるからだ。

さらに、主君であり師でもあった上杉謙信の標榜《ひょうぼう》した〈義〉を、より高い次元で止揚した〈愛〉＝家臣や領民に対する慈しみの心をもって政事を行った人物でもある。もはや家康に従うしか上杉家存続の道はない、と判断してからの彼の決断ははやい。主君景勝とともに、会津百二十万石から米沢三十万石に減封されることを承諾。あらゆる屈辱に耐える一方で、自らの意志で去る者以外は、家臣を減らすことにはあくまで反対。人員整理をすることなく、自ら農業の手引書『四季農戒書』をまとめたり、青苧《あおそ》や漆、そして紅花等の栽培を奨励し、領国経営に辣腕をふるうことになる。

恐らく彼にとっては、関ヶ原以後の方が苦しい戦いであったのではないのか。いま連日のニュースで大企業の非情な人員解雇が報道される中、もしこの国のリーダーやトップに一人の兼続ありせば、と思うのは私だけではないであろう。『天地人』は正に世に出るべくして出た力作なのである。

そしてもう一つの理由は、これまで、物故した巨匠や現役の大家の作品、もしくは脚本家のオリジナルでつくられてきた大河ドラマにおいて、ようやく同世代作家の作品が原作となったのである。いま、脂の乗り切った作家のみずみずしい力作があるのに、何故、彼らの作品に目を向けない――そう思っていた読者の渇はここにようやく癒されたのである。

そして本書『壮心の夢』は、火坂雅志が大きな飛躍を見せるきっかけとなった大作『全宗』が刊行された記念すべき年、一九九九年七月、徳間書店から刊行された短篇集ということになる。

ここで少々、はじめて火坂作品を手に取る読者のために説明をしておこう。ミステリーの世界では、隠れた実力派であった今野敏が、近年、さまざまな賞に輝き、苦節二十年の果ての開花となったが、火坂雅志にも同様のことがいえるだろう。

早稲田大学在学中、歴史文学ロマンの会を主宰した火坂雅志が、歴史雑誌の編集者を経て、歌人西行を主人公とした伝奇小説『花月秘拳行』でデビューしたのは、一九八八年、いま、私が原稿を書いている二〇〇八年から見れば、ちょうどこちらも二十年前のことである。この作品は、西行を拳法家としてとらえた異色の傑作だったが、私が思うに当時は、そうした異色さが災いしたのであろうか。火坂雅志の作品の伝奇性には、鬼才山田風太郎のそれのように一抹の、いや時にはそれ以上の歴史的根拠があるのだが、恐らく、ビジネスマン向けの歴史情報小説や解説小説が跋扈《ばっこ》している中、作品の持つロマネスクな面白さは、悔しくも評価されなかった嫌いがあった。

それでも作者は書き続けた。人と歴史にロマンを求めて――。その結果、『柳生烈堂』『霧隠才蔵』等の長篇連作や、幽玄妖美な世界に筆を遊ばせた『西行桜』、さらには火坂雅志にとっての『妖星伝』（半村良）ともいうべき大河小説『神異伝』、そして、児島高徳を主人公にした『鬼道太平記』といった作品が世に送り出されたのである。

その火坂雅志の存在を大きく世に喧伝することになったのが、前述の『全宗』なのである。全宗とは、秀吉の侍医であり、かつ参謀でもあった一種の怪人物。豊臣政権の中で〝医によって天下を取る〟ことを目指すという、いわば〈賢〉と〈俗〉が何の矛盾もなく一体化した。戦国期の〈夢〉の象徴とでもいうべき人物である、といえるかもしれない。

そしてこの大作を書下して以来、火坂雅志は、信長に〈商〉をもって天下を取らせた男、今井宗久を主人公とする『覇商の門』（本書収録の「武装商人」はその原型としても読める作品）や、第三の元寇を阻止すべく大陸に渡った海の男の活躍を描く『蒼き海狼』等を発表。何かがふっ切れたというのか、この頃から作者の作品には、たとえていえば、小高い丘の上に立って美しい景色を見る時に感じる、頬を打つ風のような、一陣の涼風が感じられるようになったのである。

こうした涼風は、以後、陸続と書き継がれる戦国小説――『黒衣の宰相』『黄金の華』『家康と権之丞』『沢彦』『虎の城』と続き、第十三回中山義秀賞を受賞した『天地人』で一つのピークを迎えることになる。そして、これらの作品群のポイントとなっているのは、常に、ストーリーは信長、秀吉、家康の天下取り三代の構図の中にありつつも、彼ら自身を直接の主人公にすることなく、前述の『全宗』などのようにその側近やもしくは近親の者たちを通して、天下人を斜めに見る、つまりは客観視できる視点が存在することであり、さらには『天地人』のように、天下を取らなかった男たちが代わりに何をなし得たか、を模索する構図が設けられている点であろう。

だが、驚くなかれ――『全宗』と同じ年に刊行された本書には、これら後の作品を網羅し得る見取り図が既にできあがっているではないか。題名にある〝壮心〟を『広辞苑』はことば少なに「壮烈な心。壮志」と説明しているが、作者は初刊本あとがきで、自己流に解釈して次のように記している。

かれらの心は、みな渇いていた。／男たちの渇きのみなもとをもとめて、わたしは各地を歩きまわった。戦国のサムライたちが渇いていたのと同じように、わたし自身も何かに渇いていた。壮心の夢とはきっと、渇いた心のことなのだろう。

「渇いた心」＝〈壮心〉であるとするならば、このテーマを最も端的に表わしているのは、秀吉の墨俣一夜城伝説をモチーフに前野将右衛門らを描いた「男たちの渇き」ではないのか。作者は将右衛門たちを動かしているのは、「藤吉郎の智恵と、小さな身のうちにひそむ何かのなせるわざにちがいなかった」と記す。が、秀吉が諸大名の上に立ち戦さの形が変わってくると、「自分たちの力で道を切り開いているという」喜びや誇りは失われ、さらに天下人になった後、将右衛門が秀吉の政治的思惑によって詰腹を切らされた旨を記して幕となる。そして本書の題名の〈壮心〉はこの将右衛門が死に際し、詠んだ漢詩からとられているのだ。

　己が人生をいっときの夢と見るか、はたまた、その夢を切り捨てて天下人に登りつめるか――。夢の両極は、〈理想〉と〈野望〉であり、その間で主に秀吉を中心として世に名をはせた男たちの、いったいいくつの夢がひしめいていたことであろうか。

　己れの野心を絵空事であると自嘲しなければ、もはや生命をつなぐことのできぬ晩年の荒木村重を描いた「うずくまる」、君主が民に仕える、という〈理想〉を実現しようとした赤松広通が、〈利〉に転んだ男のために死に追いやられる「桃源」――ちなみに、戦国期、武士の間には、将の器ではない者を君主にいただいた場合、臣下が退転するのは当然のことであったが、これを「君、君たらざれども、臣、臣たり」と変え、情報操作を行い、天下を磐石のものとしたのは徳川家康であり、さらに余談ながら、徳川を否定したはずの明治政府は、武士道とは死ぬことと見つけたり、という鍋島一藩に伝わる『葉隠』の教えをあたかも武士道そのものであるかの如くに擬装し、国家のためにつごうよく死んでくれる人間の量産へと励むことになる。

そして、作品に戻れば、赤松広通の信じたものを、より極端なかたちで尖鋭化すると、「石鹼《シャボン》」の石田三成の潔癖性となる。さらに「（正義をおこなって、どこが悪い……）」というその杓子定規は、「わしは、逃げぬ。もはや、どこへも逃げるところはない」という木下半介の憤怒の死（「冥府の花」）を経て、優れたライバル物語「天神の裔《すえ》」で、「だが、天神が許さぬでな」と、世の不条理を従容として受け入れ、死を迎える菅道長の姿に、逆説の美学として華を咲かせることになるのである。

一方、尼子再興の夢をいつしか己れ自身の欲望にすり替えていったために、無念の晩年を迎える亀井茲矩《これのり》の像「おらんだ櫓」の系譜は、〈利〉を追い求め、理想なき軍略をもてあそぶことによって破滅を迎える神子田《みこだ》半左衛門「幻の軍師」や、なまじ一片の良心を持っていたがために、己が人生の唯一度の欲の記憶に追われる神屋宗湛「盗っ人宗湛」へと受け継がれていく。

本書には他にも、絶妙なコントともいうべき「抜擢」や、男たちの夢を過去に傷を持つイタリア人ジョバンニ・ロルテスを通し、外側から相対化する視点を設けた「花は散るものを」や、怪談仕立てで池田輝政の臆病な自尊心を描いた「おさかべ姫」が収められている。どの作品も、小説自体、刻々と変質を遂げる現代において、極めてオーソドックスな、あたかも菊池寛直系の人間的興味《ヒューマン・インタレスト》と的確なテーマのとらえ方によって、読者に久々に切れ味のいい短篇を読んだ、という感想を抱かせる秀作となっている。

そして巻末の「老将」は、もはや名品と呼べる域に達しており、私がとやかくいうよりは、本書を通読された方々の思いが、そのことを証明するであろう。

さて、ここで最後に火坂雅志の最新作を挙げておくと、秀吉に仕えた二人の軍師、竹中半兵衛から黒田官兵衛に伝わる〈義〉――これは火坂雅志の戦国小説ことごとくを貫くキーワードといっていい――の行方を描く『軍師の門（上下）』である。半兵衛が官兵衛に身をもって教えたのは、人は弱肉強食の戦国時代にあっても、時として〈利〉より〈義〉を取ることがある、ということ。さらに大きくいえば、創造と破壊を繰り返した人間の歴史の中で、そうした利害や立場を越えて行動した＝〈義〉に殉じた者たちがいたからこそ、私はいまこうして息をしているのではないのか。

火坂雅志が平成の世に送る作品は、いま、最も面白い――そして、こんな世の中だから、ひるむことなく人間の理想を追ってやまない。私が好漢、火坂雅志に全力でエールを送る理由は正にここにあるのだ。

（文芸評論家）

単行本　一九九九年七月　徳間書店刊
一次文庫　二〇〇三年一月　徳間文庫刊

文春文庫

壮《そう》心《しん》の夢《ゆめ》

定価はカバーに
表示してあります

2009年2月10日　第1刷
2009年11月25日　第2刷

著　者　火《ひ》坂《さか》雅《まさ》志《し》

発行者　村上和宏

発行所　株式会社　文藝春秋

東京都千代田区紀尾井町3-23　〒102-8008
TEL　03・3265・1211
文藝春秋ホームページ　http://www.bunshun.co.jp

落丁、乱丁本は、お手数ですが小社製作部宛お送り下さい。送料小社負担でお取替致します。

印刷・大日本印刷　製本・加藤製本

Printed in Japan
ISBN978-4-16-775342-9